中俄文学互译出版项目·俄罗斯文库

本书属于中国国家新闻出版署和俄罗斯出版与大众传媒署批准的《中俄文学互译出版项目·俄罗斯文库》，由中国文字著作权协会和俄罗斯翻译学院负责组织实施。

ТАЙНЫЙ КОРИДОР
秘密走廊
АНДРЕЙ ВОРОНЦОВ

［俄］安德烈·沃龙佐夫 / 著

吴萍 / 译

群众出版社
·北京·

图书在版编目（CIP）数据

秘密走廊 /（俄罗斯）安德烈·沃龙佐夫著；吴萍译.—北京：群众出版社，2019.3
ISBN 978-7-5014-5915-5

Ⅰ.①秘… Ⅱ.①安…②吴… Ⅲ.①长篇小说—俄罗斯—现代 Ⅳ.①I512.45

中国版本图书馆 CIP 数据核字（2018）第 007390 号

秘密走廊

（俄）安德烈·沃龙佐夫 著
吴 萍 译

出版发行：	群众出版社
地　　址：	北京市丰台区方庄芳星园三区 15 号楼
邮政编码：	100078
经　　销：	新华书店
印　　刷：	天津盛辉印刷有限公司
版　　次：	2019 年 8 月第 1 版
印　　次：	2019 年 8 月第 1 次
印　　张：	10
开　　本：	880 毫米×1230 毫米　1/32
字　　数：	258 千字
书　　号：	ISBN 978-7-5014-5915-5
定　　价：	38.00 元
网　　址：	www.qzcbs.com
电子邮箱：	qzcbs@sohu.com

营销中心电话：010-83903254
读者服务部电话（门市）：010-83903257
警官读者俱乐部电话（网购、邮购）：010-83903253
文艺分社电话：010-83903973

本社图书出现印装质量问题，由本社负责退换
版权所有　侵权必究

本书属于中国国家新闻出版署和俄罗斯出版与大众传媒署批准的《中俄文学互译出版项目·俄罗斯文库》，由中国文字著作权协会和俄罗斯翻译学院负责组织实施。

目录

| 上篇 | 1 |
| 下篇 | 162 |

上 篇

墓地的后面是垃圾场、街道、围墙,还有一座一座的独栋住宅。

墓地位于低处,而独栋住宅坐落在小山丘上。它们中间的一道沟壑像斯堤克斯河①一样,使得堆满建筑垃圾的坟茔与独栋住宅泾渭分明。天渐渐地黑了,但是住宅的窗户里却没有一盏灯是亮的。这说明所有住宅的主人都没有住在这里,大概是因为与墓地为邻有损他们的尊严。有传言说,墓地很快就要被迁走了。这里要修建一个健身中心,里面会有健身器材、桑拿房和游泳池。

阿列克谢最后一次环顾了一下父母的坟墓。他拂去上面的尘土,拔除杂草,把一切都整理妥当了。"再见了,我的亲人们!"说完,他扛起耙子,回家去了。

在墓地的水泥围栏边安息的是一些老人,但是在高处的"新领地"上安息的却都是些年轻人。他们是十六、十七、十八、十九岁的……吸毒者、妓女、自杀者、"不走运"的小伙子。"走运的"是那些更富有、更年长的人。他们躺在入口处,让豪华的大理石纪念碑压在自己身上。

阿列克谢走在狭窄的过道上。墓碑上,一双充满稚气的眼睛在望着他。"纪念难忘的鲁斯兰"、"悼念唯一的、最亲爱的丹涅契卡"……他

---

① 希腊神话中的冥界之河。

秘密走廊

并不认识这些人:"我不认识,也不可能认识。"儿童和青年人的死亡是如此罕见,他甚至了解埋葬在这里的每一个人的故事。这个遭电击,那个溺水身亡,还有一个被车撞……当时,所有的墓地都有十几个这样的坟墓。而现在……

  驾车进入墓地中央的林荫道之前,阿列克谢朝冰冷、灰暗的豪宅望了一眼。乌鸦在树冠上尖声鸣叫着。房子的尖顶上方飘浮着一朵白云,其形状就像淫荡女人舒展的肥腿。她把脸转向他,睁开了惺忪的睡眼。刹那间,天空中划过一道闪电,散发出火柴般的硫黄味。天一下子暗了下来,闪电在黑暗中划过。他在可怕的寂静中挪动着脚步,心一阵阵地发紧。紧接着,可怕的雷声持续不断地传来,如同火炮轰鸣。阿列克谢眯缝起眼睛,紧紧地抓住了坟墓的围栏。当他睁开眼睛的时候,富人的村镇已经不复存在了。除了墓地,一切都不复存在了。

  持续不断的雨下得更大了……

*   *   *

  天空中的云朵就像一个裸体女人。十五年前,可怕的"自杀疫情"在莫斯科蔓延:年轻的外交家从十四楼跳了下去;既年轻漂亮又打扮入时的女人在浴室里割腕自杀;部长会议上的一名前途无量的工作人员用猎枪自杀身亡;成功地保守住秘密的科学家上吊自杀。当时,阿列克谢干的是救护工作,总是出现在不幸的地方。然而,比起上百种图书、报纸和杂志来,人类的不幸更能告诉他社会的现状。

  与二十世纪七十年代相比,这种不幸有所改变,变成了另外一种情形。人们等待着不幸,只有看电视上的幽默节目时,才会开怀大笑。唯有暴徒和高加索人是性格开朗、乐观的,会不惜一切代价来征服这座城市。从前,大多数杀戮都是荒谬的,但是他们现在却仍然以闻所未闻的残暴手段大肆进行屠杀。突然，出现了大量的妓女。

她们是"夜店"的常客，经常会被不为人知的老鸨殴打得遍体鳞伤。对她们来说，外来词"瘾君子"并不陌生。

阿列克谢在翻阅从前的手稿时（当时写的都是些短小的微型小说），忽然发现这是人在极其残忍的利己主义控制下完成的速记。不久前，就是这些人热泪盈眶地目送充气的奥运吉祥物——小熊消失在天空中。同时，他们也是他反复阅读的可怕故事的主人公。

夜

他用菜刀割断脐带后，把新生儿用被子包裹起来，放到一个塑料袋里，挂到了窗外。此时，外面的温度是零下三十摄氏度。

孩子可能已经被冻死了，但是母亲的胎盘仍然无法剥离。她出现了大出血的症状，体温升高至四十度，出现了"产后热"。但是，他们这些"孩子的杀手"根本就不敢向医生求助。产妇惊恐地看着他在房间里跑来跑去——她不想死去。

不时地刮起一阵冷风，冻僵的小身体如同食指敲打着窗户。

这是生活中的一种偶然的情况。这种偶然的情况是：丈夫参军了，年轻的妻子便把自己的宝宝淹死在浴缸里了。她证明自己无罪的理由是，在结婚之前，她不能因为这个孩子而不去跳迪斯科舞……

不是生活变得更糟了，而是人们自己变得更糟了。

还有一些更加奇怪、令人作呕的公寓。这些公寓里装满了鱼缸，孕育珍稀的鱼类，然后出售。在另外一些公寓里，塞满了纯种的狗或猫，使其交配。还有一些公寓，里面摆满了电视机和录像机，大量的"毛片"……

在汽车（尤其是货车）的挡风玻璃上，出现了领袖的画像——这有可能是一种无意识的反应。

但是，没有人知道，面对像蟑螂一样黢黑的、难以消灭的爬行动物——昆虫，领袖会做些什么……也许会发出将要进行大搜捕的通告，或者是枪毙某个提出抗议的商店经理。结果，很少有人觉得这是正义力量的胜利。人们似乎已经明白了，犯罪是由不确定性灾难产生的结果，但人们却理解不了其中的因果关系。

* * *

最近，流行着肖洛霍夫的这样一句话："钢刀在小巷里再次发出响声……"战争和鲜血在童年时便与他为伍。尽管他浑然不知，但却以准确无误的本能感觉到了战争的临近，如同疟疾病人感觉到了远处的一丝寒意——严重的发热是发作的先兆。钢刀在小巷里再次发出响声！什么也没有发生，生活似乎仍然如火如荼。人们务实而自信——每天晚上，窗户里面都亮着柔和的灯光。除此以外，天边的晚霞中藏着暗红色的乌云，似乎预示着一场可怕的灾难即将来临。1914年的大战前夕即是如此，后来转变成了一场革命。他很善于把这种感觉在《静静的顿河》中表达出来。于是，在1930年12月，当安静、平和、整洁的柏林城里闪烁着圣诞节的灯光时，数十万士兵的"铁蹄"突然打破了寂静。当时，人们对他说："这是希特勒的政治戏剧。"但是，他就像普希金笔下的格里涅夫一样,在那些注定要成为士兵的人中间长大了。他知道,"政治戏剧"不是简单地落下帷幕就算是结束了。"在乐队的伴奏下,成千上万的人列队行进"这一场戏是漫长而充满了血腥的。

钢刀在小巷里再次发出响声……在商谈"和平共处"时再次作响……肖洛霍夫不理解,为什么要和一个公然急于充当霸主的强国为邻呢?而且,这个强国在世界各地建有无数陆军基地和空军基地,驻扎着大批军队,诡诈地让自己的军队偷越其他国家的领空。要知道,他们当年就是这样对付希特勒的。从 1934 年开始,他们就这样"安抚"他……直至占领整个欧洲。肖洛霍夫绝对不明白,为什么这种"和平共处"会延伸到意识形态层面的斗争中来。他不明白,上个世纪二十年代,为什么会像第一次世界大战前后一样,俏皮的"玩笑文化"突然席卷了全国。与其说他们把苏联的秩序当成了嘲讽的对象(日常的笑话不再流行了),倒不如说他们嘲笑的是俄罗斯所固有的和根深蒂固的东西。很明显,有一个特殊的宣传机器在运转,比令人沮丧的"敌人的声音"更具有腐蚀作用。关于这件事,他给勃列日涅夫写了一封信……像往常一样,他们由此而成立了专门的委员会。委员会给出的答案是人所共知的:从一个角度看是这样,而从另一个角度看则正相反。总之,作者是在"夸大其词"。中央委员会里的"自己人"对肖洛霍夫说,安德罗波夫①办公室的工作人员对这封信进行了研究,给出的答复是肯定的:俄罗斯民族主义对于苏联来说,有着巨大的危险——比肖洛霍夫同志所指的"威胁"还要危险。这时,他意识到,国家安全委员会也像当时亚戈达和叶若夫的办公室一样,是有问题的。

显然,每一代俄罗斯人都面临着自己这一代人要经受的考验。无论生活是朝着好的方向发展,还是朝着不好的方向发展,都不可能停止不

---

① 苏联政治家。

前。根据自己的惨痛经历，他意识到，一个人的功绩还在他活着的时候就会被人遗忘。至于人民的历史功绩，对新的一代来说，并不比书里所讲的更现实。如果这些书不是垃圾，就更好了……

无论是国内战争还是抵御外敌入侵的战争，都绝非始于刀枪作响的时候，而是始于"人们忘记了为什么在以前的战争中会有死亡"的时候。在"和平共处"和"共存"的静水深处，栖息着肥胖的、令人作呕的妖怪。这些所谓的"居民"，只关心自己的幸福，根本就不是什么"和平人士"。他们不愿意抵制邪恶，随时准备向邪恶妥协。把刀架在脖子上（比方说，把刀架在站在你身旁的人的脖子上），他们就可以忍让一切。诗人准确地看到，正是在寂静的市井胡同里，孕育着充满了血腥的风暴和阴谋。好吧！只是，希望这种事情不会发生在人世间。

肖洛霍夫虽已病入膏肓，但却知道这一点。直到最后一次赴莫斯科接受治疗之前，在他看来，死亡仍然是遥远而神秘莫测的。年轻的时候，不断地有人想要他的命：一会儿是马赫诺匪帮，一会儿是狂暴的肃反人员。于是，在一个阳光灿烂的日子里，人们用黑色的"海鸥"牌吉普车把他送到了城南的一家肿瘤医院。他注意到，在门口和窗户旁边站着一些人——患者和医务人员。他们目送着坐在轮椅上的他被推到了放射科。

忽然，他在头顶上方人们的眼睛里看到了头发花白、身体瘦小、面孔干瘪的自己。他昂着头，消失在了黑暗的走廊里。在这些围观者中，很可能有像他一样的危重病人，躲到了地下室的阴影里。他觉得，他们留在了上边鲜活的世界里，而他则属于另一个世界——死神的世界。

这也许只是对作家想象力的一种玩弄。如果说这是城南肿瘤医院大夫的一种心理暗示，那么作为一种文学比喻，描述的是在他身上发生的真实事件，而不是他对个人命运的长期思考。起初，一个孩子有着无限的未来和超乎寻常的想象力——他曾经见到过这一幕。但是，就在那个难忘的夜晚，他赖以生存的地球在不知不觉中变小了。自由随着童年的失去而消失了——不是明天的自由，而是今天的自由。他年轻时选择的道路毁掉了他的一切：他既不能成为航海家，也不能成为科学家，更不能成为著名的探险家。他即使不需要这些，也不会错过与他的创作活动并不矛盾的东西。

他非常善于从宗教的角度理解人类的生活，但是在现实生活中却从来没有像那天晚上在维约申斯卡亚①政治保卫局的地下室里那样，与神秘的神父进行交流。从那以后，他便与上帝更加亲近了，虽然神父第二天早晨就消失了。当时，迈克尔神父说，他命中注定要为反对宗教的政府服务，但是不会放过做善事的机会。于是，被神父言中了，事情就这样发生了。然而，肖洛霍夫从国家政治保卫局被放出来之后，并没有去过教堂。即使在能让他免遭关押的维申斯克教堂，他也不会去祈祷。他根本就不在家里挂圣像，也不读宗教类的书籍。没办法，迈克尔神父也说过，尽管肖洛霍夫具有祖先的"基督教灵魂"，但他并不是出身于朝圣者的家庭。不过，神父还说过："失去基督教的灵魂很可怕……就没有人会保护你了。即使你退回去，不走这条路了，等待你的仍然是毁灭。当我们的罪过使我们变得软弱时，我们在敌人面前就毫无自卫能力了。"

他是否遵循了这个原则呢？他永远也过不了女人这一关。她们每一个人，就像他现在所理解的，都让他失去了某种东西，使他的生活空间变小了。一切都似乎应该截然相反，因为作家们认为，女人的爱情丰富了他们的生活。但是，这并不正确。道理就是如此，就像童年时失去选择的可能性一样：你选择了一些东西，就会永远失去其他东西。成年以后，他就可以接近女人了，而她们则会毫不犹豫地同意和他在饭店里共

---

① 作家肖洛霍夫的故乡，位于俄罗斯拉斯托夫州的北部。

秘密走廊

进晚餐。可是，同其他人，他甚至不知道该讲些什么。要知道，正是这些女人，没有接受酒鬼们"迷倒女人的游戏规则"——饭店、宾馆……上床，而是真的去煽情。她们才是不朽的文学形象的原型……

他生活中的女人越多，他就越软弱无力——这些妇女形象都不像阿克西尼亚和达丽亚①那样光彩照人，但这不能怪那些女人。他早期获得的荣耀使他丧失了在文学创作中应该取得的更大成就，即普希金、果戈理、托尔斯泰、陀思妥耶夫斯基、契河夫所取得的成就……在他的灵魂深处，已经失去了童年和青少年时期的那种无拘无束的感觉。荣耀、女人和酒精能创造出这种无拘无束的错觉，但是，众所周知，人的任何错觉都迟早会被证实。衰老的身体已经不再需要女人了……医生禁止他饮酒，而荣耀……荣耀——如同一种温和的生灵，任何诽谤都有可能将它毒害。即使是五十年前创作的……

圈子里留下了什么？狩猎、钓鱼……毁灭了续写战争小说的愿望，他放弃了写作。然后，他就像黑夜里的盗贼一样，患上了"蹑手蹑脚病"——一场接着一场……生活的圈子已经缩小到了医院的病床上……旧世界留给他的只有法国"嘎鲁阿兹"牌香烟的味道，这使他感到很惬意……好吧，允许被判了死刑的人吸烟……

最后一次从莫斯科回来时，他透过直升机的舷窗看到了正在修建的横跨顿河的大桥——他一生都在顿河的上游"打孔"②。突然，他有了这样的想法："我可能永远都不会过这条河，也有可能根本就过不去……"

他躺在二楼办公室的沙发上，很想睡觉。尽管打过针以后稍微减轻了一些疼痛，但他却怎么也睡不着。有两种思绪困扰着他：首先是"钢

---

① 作家肖洛霍夫创作的《静静的顿河》中的两个女人。
② 意思是"敲打字机"。

刀在小巷里再次发出响声"，然后是"他赖以生存的地球在不知不觉中变小了"。难道说命中注定就是这样一种结局：在无意识的年纪，获得了一个人未来所需要的一切吗？然后，便会逐渐地丧失这些东西，直到失去最后的一点儿……呼吸的能力吗？在这种情况下，生活的意义在哪儿？难道说一个人的灵魂和肉体真的是紧密相连的，以致灵魂会随着肉体的消失而不复存在吗？所以说，物质是第一性，精神是第二性。

他立刻就看到了自己生活中的"小圆点儿"，周围被耀眼的光芒包围着。于是，他突然知道自己为什么会感到心情沉重了。人烟稀少、毫无生息的土地依然存在，而照耀着大地的则是自由和幸福的光芒。一切邪恶和痛苦都聚集在了这个圆点儿上。它在收缩，仅此而已。生活不是徒劳无益的——它是光明与黑暗之间的抗衡，结果是光明征服了黑暗。"那么，在死亡的情况下，灵魂消失的可能性就增大了吗？"他愉快地询问着陌生人，但是没有得到任何回应，因为他醒了。原来，他只是打了个瞌睡而已。

肖洛霍夫挣扎着站起来，点燃了夜灯，然后拿起一根拐杖，走向了自己的办公桌。脑子里有了某种想法，但却无法立即表达出来的时候，他就想抽支烟。他喘着粗气，坐在了椅子上。他拿起一支"嘎鲁阿兹"牌香烟，用打火机点燃了之后，深深地吸了一口。但是，当他坐在沙发上吸烟的时候，头脑深处的那个忽然产生的想法却消失得无影无踪了。他又深深地吸了两口烟，然后把烟蒂放到了烟灰缸的边缘。

肖洛霍夫躺在沙发上，闭上了眼睛。天已经大亮，强烈的太阳光把眼睛刺得很痛。他立刻就回忆起了自己的想法，但是寻找自己生活中的那个小圆点儿却是枉然，因为它无处可寻。他意识到，肯定是发生了什么事——那个小圆点儿永远地消失了。他的生活突然转向了相反的方向，圈子的外延变成了内延。于是，他便来到了幸福与自由的王国。

秘密走廊

* * *

肖洛霍夫去世的那一天,阿列克谢被叫到了"精英之家"。门上有一种密码锁,当时还没有门禁对讲机。宽敞的大堂里设置了一个"稀罕物"——礼宾台的女服务员。

在公寓门口,一个发型优雅、忧心忡忡的年轻女子迎接了阿列克谢。她略显惊讶地打量着他的衣着——军大衣里面穿的是长袍。这件军大衣是阿列克谢用两瓶伏特加酒从苦命的酒鬼——医疗卫生营营长米盖洛大尉那儿换来的。当时,他在那儿接受军事医疗培训。事实上,给助理医师们统一定做的黑色大衣,都是用鱼皮草缝制的。阿列克谢已经有了坐骨神经痛的迹象,于是他决定给自己弄件大衣来保暖。当时,追求时尚的年轻人都穿军大衣。阿列克谢那威武雄壮的样子,还有那闪亮的金色双排扣,都让医疗站的负责人——一个秃顶的中年犹太人感到大为震惊。

"这个人是白卫军战士吗?"他气愤地想。

"把您的大衣脱下来!应该穿这件!"他说。

"在苏维埃的军队里没有白卫军的大衣。"阿列克谢平静地回答说,"您要是发给我一件普通的棉大衣,我就把这件脱下来!"

头儿依然坚持,阿列克谢也固执己见。大衣除了保暖以外,还受到了患者和亲友们的一致赞扬。来者不仅仅是一个医生,而且是一个军人!

这个额头上留着垂直刘海的、显得十分做作的女人打量完他的大衣之后,态度缓和了下来。

"医生,"她说,"您是否能抽出时间随我到厨房去呢?我必须向您解释一些情况!"

"好吧。"阿列克谢随声附和道。他对这些"情况"已经了解得八九不离十了。请他来的理由是"有一个四十岁的男人,患有严重的头痛症",可是在门口迎接他的那位夫人却不知为什么将他拉进了厨房。患者的头痛症大概是由酗酒造成的,但是在电话里不能这么讲——患者有可能是一位领导,所以不能太声张。

宽敞的厨房里,铝合金的灶台和白色的厨柜闪闪发光,墙上贴着进口瓷砖。夫人请阿列克谢坐到沙发上,而她自己则坐在对面,双手交叉。

"您想喝杯茶还是喝杯咖啡?"她用问话取代了开场白。

"不用了,谢谢!我还要给病人看病呢!"

"就是关于……"她犹豫了一下,"……关于病人,我想和您谈谈。幸好是您……据我所知,您从前是一名军官……也就是说,有了希望。您会明白我讲的话的!"

阿列克谢移开视线,清了清嗓子,然后说:

"请讲吧!"

"我能否确认,这是我们两个人之间的谈话?请相信……我将感激不尽!"

阿列克谢皱了皱眉头,不禁打了个寒战。像往常一样,老生常谈!她干吗要兜圈子呢?不是一切都很清楚了吗?

"如果患者的秘密与犯罪无关,并且对他的健康无害,那么保守秘密是我的职责。"

"但是,您需要记下一切……记在卡片上……"

"我可以在卡片上写一些常用语,但前提是,我的治疗方法行之有效,不用到医院就医。否则,我就必须真实地写出细节。"

"几乎没有医生能帮助他……我指的是普通医院的医生。也许他需要的不是治疗,而是您的劝告。我的丈夫是一位上校……一个重要军事部门的上校。他在等待更高的任命……也许不久后就能成为将军。过些日子，他要到国外去出差……"

"听着，您干吗总是兜圈子？"阿列克谢忍不住说道，"我还有其他患者呢！让我们直接切入正题吧！您的丈夫总是无节制地狂饮吗？"

夫人的脸上流露出了难以言状的惊奇表情。

"从何谈起呢？他根本就不喝酒！"

"是这样……"阿列克谢警觉起来——直觉对他来说已经不管用了，"那是怎么回事呢？"

"如果我知道是怎么回事的话……"夫人忧心忡忡地说，"星期四晚上，他一回家就把自己关到了书房里，还拒绝吃晚饭。从此以后，他就坐在办公桌前，眼睛盯在一个点上。他不睡觉、吃饭，也不喝水，只是机械地回答别人的问话。星期五，他没有去上班，今天也是如此。我只好给他的同事打电话，说他生病了。可是，我完全不知道他得的是什么病！"

"您为什么叫了救护车？"阿列克谢懊丧地问道，"应当去自己的诊疗所！他大概需要到特殊的诊疗所去看神经科……或是精神科。也许，他只是在工作中遇到了不顺心的事……"

"没有。"夫人肯定地说，"起初，我也这么认为。他沉默不语，我就绕着弯儿地打听。他顶头上司的老婆是我的朋友……他在单位里一切正常。我再重复一遍：他在等待更高的任命。过些日子，他要到国外出差……假如他能去……这个嘛，我不担心。假如我把他们那儿的医生叫来，他们就会禁止他去……接下来怎么办？我丈夫所在的工作单位不欢迎患有怪病的工作人员，特别是患有神经系统疾病的工作人员。高层人物可以控制职称和职级的晋升……您能正确地理解我的意思……这个对我来说主要是……为了获得所有这一切。他干了很多年，我能拿他的仕途去冒险吗？而且，有人对我说，救护车上的医生比诊所的医生水平高。从某种意义上说,就是实际经验多一些。可能您也遇到过类似的情况,并且知道怎么来帮助他。"

阿列克谢通常不介意患者称他为"医生"(能够满足虚荣心),但是在这种情况下,玩这种游戏太危险了。

"为什么您当时的借口是'严重的头痛症'?我毕竟不是真正的医生,只是一名助理。可以说是'因为心脏剧烈疼痛而被送诊'……还有更巧妙的理由:重度抑郁症。然后,就会有一个专门的治疗精神病的团队出动了。我充当了什么样的角色呢?我只是对症治疗,并且是手术的第一助手。但是,遇到了复杂的病情,我就得把病人送到医院,或者叫医疗队来。"

"在电话里,我不能说'抑郁症'!"夫人小声说道,"这个电话……当然,这不是实情,但是有可能被窃听。被自己人窃听……"她察觉到了阿列克谢的眼神中流露出来的惊讶,便补充说:"为了安全!"

他挠了挠后脑勺,说:"您的公寓没被窃听吗?"

"我丈夫查看过了,他说没有……"夫人简单地回答说。

阿列克谢陷入了沉思。对了!他知道,有一个军事情报机构……那里的工作人员能拆除窃听装置。

"好吧,"他挺直了身子说,"让我们去看看病人吧!既然我已经来了……我将尽我所能帮助病人。如果有不到之处……请您原谅。"

"好的。"夫人再次把双手交叉在了一起,"我不知道一个医生应该做些什么,而一个助理医生……您的处境,让我对您信任有加。请您帮我一个忙……"她拉开餐具柜的抽屉,掏出了事先准备好的一个厚厚的信封。

阿列克谢坚决地摇了摇头。他并不是那种来者不拒的"守规矩的人"……通常,香槟酒是不会被他拒绝的,可是患者的钱,就算是有钱人的钱,原则上也不能拿——它们散发着"不幸"的味道。从这位上校妻子的钱上,能明显地闻到监狱的味道。

秘密走廊

"可是,您让我们不胜感激……"夫人喃喃地说,"而我们也相信您……"

"您可以相信我……咱们走吧!"

他们走在打过蜡的纯木地板上,穿过了明亮的客厅。在书房的橡木门框旁,夫人停下了脚步。

"请等一等!我先去给他准备一下。"她把门打开了一条缝儿,溜了进去。

大约过了五分钟,阿列克谢似乎觉得,透过关得严严实实的厚门,能清晰地听到她那耐心说教的声音,还有她丈夫由于不满而发出的低沉的声音——这可能只是他的第六感。

最后,她走了出来,脸涨得通红。

"请进来吧!"她简短地说,"就算是……一种请求吧!请不要生他的气,如果……"

"……他会很粗鲁吗?"阿列克谢猜想着,"别担心!对这种事情,我已经习以为常了。"

* * *

就像夫人描述的那样,上校坐在写字台前,面对着门口,背靠着座椅,眼里布满了血丝。两天没有剃胡须了,他那端庄的、颧骨凸显的脸上布满了胡楂儿。他穿着一件缎面的、纫线外露的翻领家居外套。这种打扮,阿列克谢只在电影里见过。一看到这家的主人,您就会立刻想到马尔克斯①的那部著名中篇小说的名字——《没有人给他写信的上校》。

---

① 加夫列尔·加西亚·马尔克斯(1927—2014),哥伦比亚作家、记者和社会活动家,1982 年诺贝尔文学奖得主。

书房的几面墙旁边摆满了书架，带靠枕的小沙发床的上方有一块挂毯。作为装饰，挂毯的前面挂着一些古老的武器——军刀、剑、匕首、燧石枪，还有用珍贵木材制作的、带有镶嵌物的武器架。书橱和书架之间的墙上挂着地图和巨幅照片，上面的大多数人阿列克谢都不认识。他只认识那个穿着"希特勒式制服"的人——充满了传奇色彩的间谍尼古拉·库兹涅佐夫。

　　"您好！"阿列克谢清了清嗓子，向他打了声招呼。

　　上校朝阿列克谢的头上瞟了一眼，将警觉而又疲惫的目光转向了他，但却没有回应。

　　光滑、锃亮的写字台将他们两个人隔开了，他们都没有开口说话。写字台上除了台灯、电话、日历和上校的一双手以外，别无他物。主人左边的小桌上有一部电话机，手柄上有国徽的图案。

　　"自动电话的转盘……可能是某个总司令部的联络电话。"阿列克谢猜测着，"没错！"

　　"您坐下吧！"终于传来了上校那低沉的声音，"听我妻子说，您以前是个军官……"

　　"其实，我只是个准尉——医疗机构的准尉。"阿列克谢含糊其词地说。

　　主人的脸上掠过一丝懊恼，但他什么也没有说。他们相对而坐，再次陷入了沉默。在这种情况下，人们通常会说："审问马上就要开始了。"只不过，这是一种类似于"教训拖欠作业的学生"的审问。其实，上校本人未必在等陌生人开口。他仔细地揣摩着对方，就像在研究某种植物或昆虫。

　　"您哪儿不舒服呀？"阿列克谢一边问，一边移开了目光。

　　主人稍微动了动身子。

秘密走廊

"俄罗斯人有一种抱怨①,"他嘲讽道,"就是抱怨国家。而我……您明白吗,抱怨的是国家要崩溃了。"

"哦,是这么回事!"阿列克谢马上就反应过来了,"是'与国家有关的一些具体的想法'!是作家舒克申小说里的主人公——某位公爵!不,他不会在情报部门工作了!"

上校苦笑了一下。

"我会配合您……我不是在抱怨。我既没有听到任何声音,也没有产生任何幻觉——没有幻想自己是一个伟大的人物。但是,我看不到政权的崩溃……就因为这一点,我自己要崩溃了,您明白吗?"

"这是美国中央情报局的阴谋!"阿列克谢平静地说。他的日常工作就是帮助病人"打开心结"。他通过呼叫信号就能确定这是个精神病人,并且掌握了一些医生应该具备的技巧。

但是,结果却超出了所有的预想。军人那毫无生气的眼睛突然放出光来,一只手迅速地向下摸去,掏出了一支闪闪发亮的长把儿手枪——阿列克谢从未见过这种枪。上校的脸色刷地一下阴沉了下来。他把枪口直接对准了阿列克谢:"是谁派您来的?说!快说!"

"他的那个臭娘儿们真是个傻瓜!"阿列克谢暗暗地骂了一句,"她的男人真的疯了,可她却仍然害怕说出去!遇到这样的'典型患者',是要报警的!他要是打掉了我的脑袋,我就完蛋了!"但是,他仍然在安慰自己,告诉自己不要害怕。他最近遇到的一个变态的人,手里拿着斧头——当然,他那次是带着警察去的。

阿列克谢保持着沉默,紧紧地盯着上校。他知道,在这种情况下,不冷静就等于找死。这个疯子像公牛一样站在他面前,竖起了犄角,直到他挥动红布……令人感到惊讶的是,上校虽然眼睛通红,但是看起来

---

① 俄语中"抱怨"和"身体不舒服"为同一个词,此处有讽刺的意味。

并没有疯狂到极点。不太像……他的思维很有逻辑，并且带有讽刺的意味。

"您以为我在跟您开玩笑吗？"这是不祥的预兆，军人以一种毫不做作的威胁语调问道，"是谁派您来的？"

如果这是一个没有丧失理智的疯子，那么就应该用合乎逻辑的方法劝导他！阿列克谢决定这样做。于是，他把医疗呼叫卡递给了上校：

"这是您的医疗呼叫卡，上校同志！请您拨打'03'，问一下呼叫中心的值班医生！把您的预约单号告诉他，问他是否有这样一个要求急救的呼叫……您就知道呼叫者和我的名字了。这是我的证件……"

"您怎么知道我是上校？"

"这是您的妻子说的，您问她好了！"

军人终于把枪放下了，阿列克谢这才松了一口气。

"您为什么要对美国的中央情报局进行调侃？"

"您是否注意到了，"阿列克谢谨慎地说道，"许多人，嗯……有许多病人会把他们自己以及周围发生的莫名其妙的事情与美国中央情报局的阴谋联系起来。"

"哈哈！他们为什么要这么做？难道说在我们国内有很多关于中央情报局的报道？"

"这个……我不知道。"阿列克谢耸了耸肩，"他们或许是看了有关中央情报局的电影吧。"

"什么电影？《海外间谍头目的过失》吗？简直是胡说八道！这种东西不会造成'间谍恐惧症'！只不过，心理上有问题的人会比其他人更早地感受到真正的威胁。明白吗？就像风湿病患者一样——关节一疼，就意味着要下雨。"

"您觉察到什么了吗？"阿列克谢试探着问道。

"不是觉察，而是知道。您见过啃木头的蛀虫吗？我有个熟人，他

秘密走廊

有一张革命前的书桌。书桌的体积很大,显得很笨重,边上带有隔板,就像托尔斯泰的桌子一样。它好像永远也不会腐朽,但是会被蛀虫啃坏。桌子立在那儿,看样子很结实,但实际上有成千上万个虫眼儿。有一次,桌子在偶然间被推了一下,就散了架。这就是我感觉到的,明白吗?桌子就立在那儿,"他把手指放到了桌面上,"其实已经不复存在了。"

这时,阿列克谢来了兴致。

"我想,您是在影射我们的国家……"

"算您聪明!"

"也就是说,我们庞大的军队、内务部、国家安全委员会已经完全从内部被掏空了……"

"别忘了,我们是一党统治的国家,有一个国家安全委员会就足够了。从鱼头开始腐烂——您知道这个谚语吧!疯子嘛,我们大家都是!我们在这个国度里生活,已经超过了二十五年,却无法对我们的高层领导——政治局成员之间的关系进行研究。想象一下,敌人潜伏在上层,而您却说,为了保守国家秘密,军队、国家安全委员会、内务部……成千上万的人在下面战斗,对每一个多嘴的人进行审查——是否有亲戚在为白宫或者弗拉索夫的军队效力?他们是否在法西斯的占领区生活过?然而,在体系的上层,他们却不作为。只需把一个具有完美履历的鼹鼠放到一楼,直到他潜入高层……"

阿列克谢忍不住嘿嘿一笑,问道:

"就这么简单?"他根本无法想象,一个大活人是如何进入这遥不可及的政治局的。

"确实不容易,但是如果鼹鼠'引领'得好的话,还是有可能的——只要不断地扫清面前的竞争者,就能办到。"

"那么,谁是'鼹鼠'呢?"阿列克谢天真地问。

上校用通红的双眼凝视着他。

"对您而言,准尉,这可不是侦探小说,而是真正的生活。您知道得越少,您就活得越久。知道了'鼹鼠'的名字,没有任何好处。无法证明他就是'鼹鼠',更何况'鼹鼠'根本就不是一个人。他们冒着生命危险在国外工作,就是为了给我弄到这些情报。但是,我不能使用这些情报。没有这样的机制——为了弄到一些毫无价值的东西而录用上层的'鼹鼠'!'鼹鼠'一旦爬到了上层,就大功告成了,明白吗?他们费了九牛二虎之力才获得的情报,就存放在我的保险柜里。我们甚至不知道该将这些情报交往何处!1968 年 8 月,我在布拉格认识了一些国家安全委员会的特工人员。他们允许那些毫无用处的人在我们的使馆里用热线电话把与新政府的组成过程有关的秘密信息说出去。然后,这个消息便被他们在当地电台转播了。国家安全委员会的人解释说,泄密是一种策略。他们这些'母狗'上演了一出好戏,但我们这些准备在布拉格加入新政府的人,却被害死在了角落里。如果不是泄露了军事情报,我们就不会败给捷克斯洛伐克!事态朝着捷克斯洛伐克方面设定的方向在发展,而我却无能为力。"他停顿了一下,"不知道为什么,我要告诉您这一切——可能是因为您长着一张俄罗斯人特有的坦诚的脸。"

这时,他又停了下来。阿列克谢吃力地"消化"着听到的信息。上校为他打开了一扇通向未知世界的门——如果不是他那略显刻薄的"偏执狂世界",就更好了。

"喂,怎么样?"上校嘲讽地看着他,"您还给我看病吗?"

"为此,我想知道您是否需要治疗。"阿列克谢有点儿不好意思地回答道,"您的妻子说,您寝食难安,不愿意走出书房……"

"您要是处在我的位置上,会能吃能睡吗?"

"更让她担忧的是,您星期一能否去上班。据她讲,您还要去国外出差……"

秘密走廊

军人皱了皱眉头。

还有什么要对他说的和下一步该怎么做,阿列克谢全然不知。

"既然您的夫人把我叫来了,"他说,"那我就给您检查一下吧!测量一下血压,听一听心肺……"

"如果有必要,那就检查吧!"上校淡然地回答道,把一只手放到了桌面上。

一切正常,没有什么问题。阿列克谢在听心脏的时候,似乎并非故意地在上校的胸口反复听了好几次——他想看看波频显示的是否是红色(如果波频显示的是红色,那么就说明此人患有精神分裂症)。还好,波频显示的是白色。双手不颤抖,眼珠有反应,膝盖的条件反射正常……他没敢让少校用手指触摸鼻尖。但是,对于偏执的说法,他还是决定予以彻底地纠正。

"我还想问您点儿事情。我知道您想把自己的痛苦向谁倾诉,这对您来说并没有多大的意义。我能减轻您的痛苦——您在不经意间遇到了我这么个诚实的人。那么,您为什么不这么做呢?我就像一个间谍……不过,您讲的是国家机密。我简直无法想象,您作为一名军人,能立刻让一个初识者头脑开窍。您甚至没有求我不要把这件事情告诉任何人。您的推断很有逻辑,但是您不觉得选择我作为交谈对象不符合逻辑吗?可能,您所承受的压力确实很大。您需要休息,进行心理治疗……比方说,去疗养院。"

"不,这已经不是我们国家的秘密了。"上校有些心不在焉地微笑了一下,"这是兰利①主人的秘密。我对保守他们的秘密已经厌倦了……您说的对,我需要休息一下。"

---

① 美国中央情报局总部所在地。

"那么,您是不是会像施季里茨①一样……"阿列克谢脱口而出,"寻找您的鲍曼②——最上层'鼹鼠'的对手,把材料交给他?"

"我没有那么愚蠢!"上校点了点头,"他们就像同一个玻璃罐里的蜘蛛,彼此是竞争对手。但是,只有施季里茨才能用火柴棍儿计算出上边的一切。政治局里有没有鲍曼这样的人呢?为了自己那孤独的游戏,他是否敢于冒这个险呢?在这场阴谋中,力挺他的米勒③在哪儿?我不知道。我是侦探,不是阴谋家。但是,我知道,如果绕过其他成员,只通过中央政治局的某个成员来实施行动,那么很可能会导致相反的结果。所以,最好的结果便是政治局的非正式审理。但是,为什么是这种繁琐的'鲍曼式战役'呢?"

"毫无办法。"阿列克谢两手一摊,"很抱歉,如果我让您思绪混乱了……是否需要我给您打一针,好让您睡一会儿?"

"不用任何安眠药,我就能睡着。再见!"

"祝您一切顺利!别忘了疗养院的事——越早越好!间谍很多,而健康却是唯一的。"他习惯性地说出了一句蠢话。

上校没有对阿列克谢的话进行回应,而是再次朝他的头上看去。

* * *

客厅里,上校的妻子紧张地等待着阿列克谢。她的旁边站着一个身材修长、褐色头发的女孩儿——像上校一样,颧骨略高。顺便说一句,不知为什么,她长得根本不像她的父亲,而像电影《女巫》里的玛丽娜·弗

---

① 苏联间谍,1925年至1945年间在德国潜伏了二十年。
② 法西斯德国的主要战犯之一。
③ 德国社会民主党的右翼领袖之一。

秘密走廊

拉季。两个女人凝视了一会儿阿列克谢之后,老女人做了个手势,请他进了厨房。上校的女儿麻利地给他倒了杯咖啡,拉近了装饼干的高脚盘。

"怎么对您说呢?"阿列克谢喝了一口咖啡,"我怀疑是您想错了,其实您的丈夫在工作中没有感到任何不愉快。这与他个人的升迁没有关系,只与局势有关。因为是秘密,所以他没有多讲。关于您丈夫的心理状况,我的看法是:如果他的烦恼不是臆想出来的,那么他的行为就是自然而然的了。反之,如果他的烦恼是臆想出来的,那么就说明他得了狂躁症。在这种情况下,他应该去找心理医生,而不是来找我。表面上,除了由于疲劳而显得有些抑郁,我没有发现他有任何心理问题。在这种情况下,酒鬼往往靠饮酒来缓解压力,而他却不喝酒。我建议给他注射一些镇静剂,但是他拒绝了,并且保证能睡着。这就是我能对您讲的……"

"就这些?"夫人双手合十,"可您跟他谈了将近四十分钟!他的工作怎么办?能到国外出差吗?"

"妈妈!"女儿责备道。

"我建议他到疗养院去治疗心理疾病。顺便说一下,他同意了我的看法。至于到国外出差嘛,我认为,还是算了吧。他一旦去了,就会使病情加重。至于职务升迁,上司不会因为您丈夫因病接受治疗和疗养而将其取消——他们不会把这么难得的下属逼上绝路。大概,您已经不记得上一次休假在什么时候了吧!"

"是的。"夫人点了点头。

"好吧,他该休假了!"

穿衣服的时候,经验丰富的阿列克谢检查了一下大衣口袋,从里面掏出了一个熟悉的信封。他警觉地皱了皱眉头,把信封退还给了女主人。

上　篇

*　*　*

几个小时之后，特鲁巴切夫上校自杀身亡。

早晨，国家安全委员会的特工人员突然出现在了医疗站。他们在医疗站负责人的办公室里审问了阿列克谢，而负责人则被毫不客气地撵到了门外。得知患者自杀的消息之后，阿列克谢立刻就犯了一个错误：提到了上校的枪。

"您为什么不报告？比如说报警……"一个年纪稍大一点儿的男子问道。他眯缝起眼睛，像埃及木乃伊似的绷着脸。他自我介绍说，他是涅米洛夫斯基上尉。"如果您这样做了，人就应该活着。"

"是啊，他要是不钻牛角尖就好了。我想，他是一名军人，理所当然地持有武器。"

"您怎么知道他是一名军人？"

"他妻子说的。"

"她为什么要说这个？"

"这您问她好啦！"

"难道您不知道……一般来讲，我们的军人是不能在家里存放武器的。"

"一般来讲……您是这么说的。但是，每一种规则都有例外。"

"依您看，在这种情况下，例外是什么？"

"嗯……显然，他是个特殊的军人。"阿列克谢又犯了一个愚蠢的错误。

"这个是谁告诉您的？"涅米洛夫斯基紧紧地盯着阿列克谢。

阿列克谢突然想起了死者在谈论"国家安全委员会特工人员"时那毫不掩饰、没有好感的语气，便停了下来。

"是这样……我自己猜的。"

"不许说谎！"坐在桌旁的彪悍的肃反人员声音嘶哑地冲他喊道，"您和他谈了四十分钟，也没治什么病。你们都说了些什么？"他大概是扮演了"黑脸侦查员"的角色。

阿列克谢的血管里流淌的是贵族的血液，所以这种蛮横无理让他感到痛苦不堪。

"我和您毫无关系！"他透过牙缝对彪形大汉说，"请不要插嘴！"根据涅米洛夫斯基斜视彪形大汉的眼神可以判断出，说这些话已经足够了，但阿列克谢却没有及时地停下来。"黑脸侦查员"一时语塞，但却使阿列克谢冲动起来："雇用了个黑人？您认为，我作为助理医生，会按照自己的方式来处理这件事情吗？可是，您要知道，我是文学研究所的大学生。"这是他犯的第三个错误，也许是最严重的错误。幼稚的阿列克谢认为，他们只是害怕，所以继续"猛攻"——又犯了新的错误："顺便说一句，我可以自由地向国家安全委员会报告！您想让我供出什么呢？嫌疑人吗？我可是个受牵连的人！你们认为我愿意到上校这儿来吗？我一连工作了二十四小时，几乎没有睡觉，而他们却试图愚弄我的大脑！关于枪，我没有告诉过他们！你们那该死的手枪——我没有这个嗜好！我只负责给病人治病，而动用武力才是你们的专长。顺便说一句，抓间谍也是你们的工作。"

"您凭什么认为我们没抓他们？"非常认真地听完阿列克谢说的话之后，涅米洛夫斯基低声问道。

"上校跟我说了你们是怎么抓他们的！'您有亲属在被占领区吗？'简直是'大炮打蚊子'！起初，我还以为上校是误入歧途的间谍，现在我明白了——这是真的。"

"所以，您认为他的心理是健康的？"

"我不是心理医生——这一点，我已经告诉他的亲属了。我觉得，他是因为工作而抑郁的,并没有发疯。当你们进行与被占领区有关的问卷调查时,没人认为你们是疯子。总而言之,你们最好了解一下,他到底是健康的,还是生了病。"

"为什么?"

"因为只有您能回答这个问题。上校所讲的与间谍有关的事情如果是真的,那么他就是个身心健康的人;如果是谎言,那么他就是生病了。"

"关于间谍,他都说了些什么?"

"您最好到他的单位去一趟!难道您认为,他在半个小时之内能告诉我一些事情,而这些事情能让您了解他到底为什么自杀吗?"

"您认为,他自杀仅仅是因为工作上的问题吗?"

"其他的事情,他在跟我谈话时没有提到。"

"小伙子们,"涅米洛夫斯基对自己的同伴说,"请在门外等一会儿!"

于是,那个彪形大汉和一个长着大鼻子、有点儿像亚美尼亚人的肃反人员便走了出去。

"我提出的问题,请您严肃对待!"只剩下他们两个人时,涅米洛夫斯基对阿列克谢命令道,"在最后一天,您是唯一同他进行过长时间谈话的人。您走了以后,同他讲过话的就只有他的妻子了,并且没说多长时间。这是为什么呢?当时,他有没有提到一些人的名字?"

"他没有提到任何人的名字。"问题是,他们这些"鼹鼠"就像木头里的蛀虫,蛀蚀着国家的机体。上校认为,"鼹鼠"存在于政治局和国家安全委员会的领导层中。阿列克谢也不清楚这是为什么,所以决定还是不提为妙。

"他的工作与'鼹鼠'有关吗?"

"嗯,这个您应该更清楚!"

"我也不是很清楚。他在总参谋部的情报局工作过,是搞刑侦的,而不是搞监察的。您知道两者之间的区别吗?"

"我读过侦探小说。"阿列克谢含糊不清地嘟囔了一句。

"您应该知道,情报人员就是潜入敌人堡垒的'鼹鼠',所以不能在我们自己的堡垒里捕捉他们。况且,死者在行动的过程中并没有接触国外的谍报人员。正如您所说,不能说他的问题是纯粹的职业问题。"

"我认为,你们的职业也有例外。"阿列克谢嘲讽地说,"私吞金钱……投机倒把、倒卖外汇……您不认为有这样的可能性吗?也就是说,我们的'鼹鼠'在敌营里获取了与敌方'鼹鼠'有关的情报,并且按照指示出卖了情报。"

涅米洛夫斯基那警觉的目光立刻变得凝重起来。

"您确定已经把上校所讲的全部内容都告诉我们了吗?"他低声问道。

"大概……是的。至于细节嘛,他避开了……说得相当含糊,只是暗示了一下。"

涅米洛夫斯基把视线转移到了桌子上。他迟疑了一下,从公文夹里取出了一张纸。

"请以书面的形式记录一下您对我讲的一切!要是暗含着难以察觉的威胁,就更好了。"他继续说道,"除了这一点……您把能想起来的东西都写上吧!"

阿列克谢没有回答对方的问话,默默地拿起了笔和纸。他没有屈尊直接回答问题,而是想先弄明白声明是写给谁的。于是,他在信纸的顶部写上了"致苏联部长会议国家安全委员会"。涅米洛夫斯基看了看,冷笑道:

"它已经不隶属于部长会议了。不过,这并不重要。"

"为什么?让我们来纠正一下……现在隶属于哪个部门呢?"

"不隶属于任何部门,"涅米洛夫斯基漫不经心地说,"是一个独立的机构。"

"您的直接领导是谁？直接与国家元首对话吗？"

"就算是吧……如果这对您来说很重要的话。"肃反人员不耐烦地说，"众所周知，国家元首是立法机关的代表。不过，您很难了解我们的地位。所以，不要浪费时间了。到我们在库兹涅茨克的接待室来吧，我们会向您作合理的解释。现在，您写吧！"

"在您的地位没有确定之前，您没有权力逼迫我写任何东西——审讯也是如此。"

"冷静点儿，我们似乎有这个权力！"

阿列克谢作为随笔爱好者，马上以随笔的形式开了个头："从事件的本质上讲，我将告知您如下……"这种体裁从修辞的角度给书写者划定了范围，不允许他绕弯子。另外，正是"从事件的本质上讲"的必要性，催生了这种表现形式——这是他经常采用的一种笔录形式。"从事件的本质上讲，我将告知您如下内容：在街巷的道路上发现了一个年龄在三十五岁至四十岁之间的陌生男子的尸体。尸体的双脚与躯干平行……"在这份报告中，出现了人体被肢解的恐怖画面，并且没有任何与现实中的人体相同的东西。军人想告知"尸体的双脚伸了出来"，但却没有找到合适的词。

阿列克谢的声明只占了一页纸。这是介于短篇小说和医疗病例卡之间的中性材料。

"写得太少了！"涅米洛夫斯基扫了一眼稿纸，不满地嘟囔了一句。

"写多少才算多？"阿列克谢两手一摊，说道。

"好吧，如果需要的话，我们会再叫您来。您不打算外出吧！还有……"涅米洛夫斯基直视着他的眼睛，"您虽然并非情愿，但却参与了涉及国家机密的案件。您需要再写一份保证书，不能披露这一悲惨事件。"说完，他从文件夹里掏出了一份正式的表格。

"怎么写？您这是什么意思？警察还没审问过我呢！"

秘密走廊

"不再审问了,由我们来进行调查。请签字吧!"

阿列克谢不情愿地签了字。

* * *

阿列克谢在医学院读了三年书之后,就转到文学研究所学习了。这里的氛围非常自由、愉快,没有兵营式的管教。这里的学生向往着巴黎,崇拜着像海明威、乔伊斯、菲茨杰拉德那样的人。殊不知,二十世纪八十年代,莫斯科的文学氛围已经超过了巴黎、伦敦和维也纳。青年作家的课业和研究就是在这幢楼里进行的。其实,它本身就是一座文学的丰碑——位于特维尔林荫道25号,因《大师和玛格丽特》、《格里鲍耶陀夫》而闻名遐迩。文学院的所有学生(除了翻译专业的学生)都认为自己是伟大的作家。你是否还记得,曾经有三百个"伟人"聚集在巴黎?严格地讲,在他们中间,真正有才华的人寥寥无几。在这里,究竟有着一种怎样的氛围呢?可以说,任何一个俄罗斯作家都是普希金、莱蒙托夫、果戈理、陀思妥耶夫斯基、托尔斯泰、契诃夫的继承人。他们有可能文笔不是很好,但是他们的思维却比法国人和美国人更加深入和广泛。

唉,这个精彩的世界并没有反映出文学的观念、情节和手法!世界虽然很精彩,但是它不需要读者,而读者之所以需要这个世界,是为了找到自信,不至于因为写作而感到羞怯,拿着珍贵的笔记本离家出走!文学研究所的创始人马克西姆·高尔基正是由于创作了《在人间》才进入了"我的大学"。显然,只有他能深刻地理解这一切。

就在这个令人愉快而又充满了自由思想的文学研究所里,发生了不愉快的事情。最后,这一连串不愉快的事情彻底改变了阿列克谢的生活。

上 篇

星期一这天，他毫不怀疑地从体育基地到文学院来取鉴定书了。与其他在职大学生不同，阿列克谢不是在函授部学习，而是读的"全日制"——"急救中心"二十四小时（每周至少要值一天班）具体而又繁琐的工作不允许他很好地学习。不过，非函授部的手续办起来十分麻烦。上半年的所有科目都要进行认证——当然，所有科目的考试或考查结束之后，还要进行"创作和社会政治"课程的测评。不过，他们几乎没问政治问题，只看了文学讨论课的导师鉴定和考勤记录。最烦人的是，他们还进行了与"社会工作"有关的初步调查。在考勤和"社会工作"方面，阿列克谢一直有问题。像大多数大学生一样，他也有"翘课"的现象。他声称，旷课是由于每个星期都要在急救中心值班。实际上，这种事情很少发生，他基本上是在星期六或者星期日值班。关于"社会工作"，他公然宣称，他在急救中心做了大量的"共青团工作"，所以耽误了文学研究所的课程。总而言之，没有人认为认真听他喋喋不休地絮叨逃学的事情是有必要的——阿列克谢甚至连团费都没有交。他解释说，他要在医疗站交团费——这一回，他没有说谎。

大多数情况下，没有人想到要去问他为什么会在读全日制人文大学时继续做医疗工作。如果有人问起，那么阿列克谢就会回答说，他在医疗站会获得一个作家最宝贵的创作经验。况且，在苏维埃国家从事两种职业，是不是也不错？

然而，阿列克谢即将遇到一个与评语有关的令人不愉快的意外事件。评委会主席、文学研究所党委书记宣读了对阿列克谢的评语，对他进行了毫不留情的否定。进修班的导师、散文作家帕利采夫不在评委会里，但是该文件是他签发的。阿列克谢与帕利采夫级别相等，尽管他们彼此没有任何好感。阿列克谢的神态过于自信，所以很难判断谁是进修班的导师。有时，阿列克谢那毫不掩饰的"风土人情随笔"会令多愁善感的帕利采夫感到不愉快。但是，他从未怀疑过阿列克谢的创作才能。

秘密走廊

在评语这件事情上,帕利采夫甚至没有事先和阿列克谢交流,就确信他的学生表现出的彻底的"艺术软弱"是"资产阶级仇视人类文学"的结果。

阿列克谢感到十分震惊,一动不动地坐在那儿。但是,这只是第一重打击。给他第二重打击的是团支部书记。此人面目丑陋,尽管一下子很难说清楚他究竟是什么地方丑陋。但是,如果仔细端详,就会发现,他那浓密的红褐色眉毛全都不见了——不知是他把眉毛给烧了,还是另有原因。所以,尽管团支部书记的微笑端庄而得体,但是看起来仍然像雕鸮一样可怕。真是巧合,他竟然姓"菲林"①!

突然,菲林宣读了两份证明。第一份是莫斯科医疗站干部处的证明,说助理医师阿列克谢在过去的一年里,只在平时值过三次班。第二份是来自同一个单位的共青团组织的证明,说苏联共产主义青年团团员阿列克谢在"半工半读"时确实没参加过团组织的社会活动和政治活动。

第二重打击并不比第一重打击小!这并不意味着阿列克谢没有预料到这样的结果,只是他完全不明白这种耗神费力、细致缜密的调查有什么必要性。在这个充满了自由主义的文学研究所里,关于他的日常工作和社会工作的流言蜚语还少吗?但是,这仍然令人难以置信。并且,为什么这件事与另外一个不可思议的事件——用老掉牙的评语来评价阿列克谢——同时发生了?难道是巧合吗?

与此同时,来自委员会成员的威胁声音来势凶猛,形势急转直下。他们叫嚣着要把他"开除团籍"、"开除校籍"。在此之前,富有传奇色彩的校长皮缅诺夫一直在打瞌睡。现在,他终于睁开了眼睛。这是一位头发花白的老人,面部表情十分严肃。他个子不高,双腿不是很长。他

---

① 在俄语中,"菲林"与"雕鸮"是同一个词。

面前的桌子上放着一个笨重的镶着铜头儿的手杖。他看着前面，不时地敲着桌子。

"阿列克谢是个道德败坏的典型。"皮缅诺夫含混不清地说，"第一学期怎么能让他来办墙报呢？"稍微停顿了一下，他又补充说："不过，墙报的效果还不错，甚至令人称奇……"

"谢谢您，还记得这件事！"阿列克谢有些惊慌失措，竟然把这件事情给忘了——没想到，出墙报还能让他出名。阿列克谢的一位朋友是艺术家，用搞笑的漫画形式对墙报进行了点缀。以前，阿列克谢强烈地批评过文学研究所的领导，说他们没能有效地组织夏季的大学生宣传鼓动队，只把学生们以散兵的形式派到了高尔基市。皮缅诺夫读了这篇文章——可怜的人，他不得不读，因为有人把一份墙报贴到了他办公室旁边的仅供其个人使用的厕所门上。于是，校长把阿列克谢叫到自己的办公室，以收买的口吻直率地问："怎么会这样？假如我自掏腰包给宣传鼓动队的队员们每人十卢布的额外费用，你就不会批评我了吧！"但是，阿列克谢傲慢地回答说："善意的批评胜过赞誉！"老人斜视着他，动了动嘴唇，然后说："就材料的内容而言，批评确实有善意的成分。"校长和副校长一唱一和，让阿列克谢紧张了半个小时。但是，对高尔基市宣传鼓动队的批评仍然没有停止。大概是因为阿列克谢，这个墙报才重新出现在了皮缅诺夫的记忆里。结果是"阿列克谢并非完全不可救药，他是有社会工作的"！不错的墙报、夏季的宣传鼓动队……

皮缅诺夫是牧师的儿子，却在二十世纪二十年代末领导过激进的雅罗斯拉夫尔"无神论联盟"。可以看出，那时他已经"打够了仗"，并不稀罕自己的学生身份。相反，他却经常称自己的研究所为"法政学校"①，似乎是为了强调他与皇家学校的"血脉联系"。他并不喜欢开除

---

① 沙皇俄国为贵族子弟专设的学校。

秘密走廊

学生，原因有两个：首先，他们是他的学生；其次，在二十世纪六十年代，他开除了诗人鲁布佐夫，成了文学界活生生的反面人物。他不想再"扣帽子"了，这是在犯罪。谁能保证日后不像鲁布佐夫一样，把今天的逃课者和醉鬼说成天才呢？

现在，他用手杖敲着桌子，连看都不看阿列克谢一眼：

"我们无法对您作出评价！现在，您自由了！好好想一想以后的生活吧！"

党支部书记和团支部书记的脸上露出了失望的表情。

阿列克谢穿着一双厚棉鞋走出了房门："永别了，助学金！幸好没有被开除！不用这个鉴定书，我也可以学习！瞧，没有正面的创作评语，要不了多久……"

第二天，新的灾难来了。刚刚摆脱那份令人不愉快的鉴定书的阿列克谢一到家就接到了单位的电话，请他第二天去参加医疗委员会的会议。

来自卢比扬卡的宾客把负责人和主治医生吓蒙了，他们甚至用放大镜研究了那张招灾惹祸的"呼叫求医地图"。负责人特别卖力——他是一个无党派人士，打算将来用以色列签证去美国定居，所以他非常害怕陷入这些事件，因为这些事件有可能影响他实施这些计划。他像国家安全委员会的间谍一样，认为阿列克谢应该向警察坦白说，那个表现与身份不相符的人持有枪支。可是，那位留着"鸡窝头"、长着一双不诚实的眼睛、嘴里散发着难闻气味的主治医生说，阿列克谢应该把呼叫电话转给37号医疗站的神经科医生。因为这件事，阿列克谢受到了严厉的斥责，并被调到集体农庄的医疗中心去做三个月不出诊的"03"号业务员。就在同一天，他那件有名的大衣不见了。他找了好长时间，就连后门的垃圾桶都看了。最后，他在堆满了旧大衣的工棚里找到了那件大衣。"应该马上归还！"他一边纳闷，一边把皱巴巴的大衣抚平了。

阿列克谢暗下决心，坚决不去干操作员（即电话接线员）的工作。医疗中心的接线员人手不够的时候，他在"03"号控制台待过两天。当时，他一连好几个晚上听到数百人在呼叫急救车。电话听筒把他的耳朵弄得生疼，别人的病痛仿佛通过耳膜传给了他。在急救车上出诊，他还能帮助一下这些人，而在这儿，他只能像机器一样记录下病人的诉求。就这样，他一昼夜要工作二十个小时。当然了，这样的工作确实需要有人来完成。可是，医疗岗位上是需要人的，并且不是什么人都能胜任。

他可能应该辞职！但是，如果不干够三个月的话务员工作，他们会如他所愿地将他解雇吗？在急救站拿到第一个月的薪水以后，阿列克谢就没有向父母要过钱。现在怎么办？难道要退回到中学时代吗？

阿列克谢在冥思苦想中包好了大衣，朝门口走去，撞上了一群佩戴着肩章的人。他们问道：

"我们在哪里可以见到助理医师阿列克谢？"

这是一个新的麻烦！如果不是麻烦，还能是什么？为了上校的案子，军事检察院的侦查员和莫斯科刑事侦查局的官员来到了医疗站。涅米洛夫斯基许诺说，这个案子将由国家安全局来负责侦查！他们像国家安全委员会的间谍一样，把负责人撵出了办公室，打算对阿列克谢进行各种形式的审讯，并且记录下来。但是，阿列克谢立刻向他们交代了他曾给涅米洛夫斯基写过字据。侦查员和负责讯问的人面面相觑，但是从他们的表情可以看出，他们并不知道来自卢比扬卡的"协作单位"的行动。有那么一会儿，他们犹豫不决，不知道应该采取什么样的措施。然后，负责讯问的人说：

"好吧，我来证明泄露情报究竟是什么性质的问题。但是，您应当明白，检察院要对整个事件进行监督，不管由谁来进行调查——是警察，还是国家安全委员会的人。不管怎样，我们都将与您合作。当案件变得更加清晰时，我们会打电话传唤您！"

过了一天，侦查员（名叫"切列帕诺夫"）往阿列克谢家打了个电话，请他到检察院去一趟。于是，他忐忑不安地去了一趟检察院。在普希金大街上，阿列克谢遇到了文学研究所的一帮朋友。他们愉快地朝"地窖"（大学生们这样称呼"大船"地下啤酒屋）走去，以喝酒的方式来庆祝寒假的开始。

"老兄！"他们冲阿列克谢高声喊道，"不给你写鉴定书……叫它见鬼去吧！那就去拿纳博科夫助学金①吧！让我们用啤酒把这件事给浇灭了吧！走，我请客！"

"我还有事。"阿列克谢回答说。他站在检察院的大门外，羡慕地看着无忧无虑的他们。

"有什么事？是在这里吗？"

"是在这里。"阿列克谢叹了一口气，无精打采地用一只手敬了个礼，走向了出入口。

同学们张大了嘴巴，目送着他的背影，半天没回过神儿来。

"暴风雪来了！"阿列克谢的一个哥们儿——诗人库佐夫科夫低声地说出了大家的一致看法。库佐夫科夫又高又瘦，头发在棉帽子下面支棱着。

"这是为什么……因为逃避社会工作，还是……"

"等他们警告你的时候，你就知道了。"

侦查员切列帕诺夫的"特别重大案件办公室"非常干净，像家一样舒适。办公室的窗前悬挂着色彩鲜亮的窗帘。墙角处摆着一张桌子，上面放着一个带插头的电水壶，还有杯子、糖碗和面包圈儿。

---

① 二十世纪八十年代，在文学院里的一种玩笑话，指给予无助学金者的一种生活补贴（每个月二十卢布）。

浅黄色头发的谢尔盖·彼得罗维奇·切列帕诺夫少校脸色绯红，长着两道滑稽的细眉毛。他坐在那儿听着收音机——正在播放果戈理的中篇小说《伊凡·伊凡诺维奇和伊凡·尼基福罗维奇吵架的故事》，讲到了密尔格拉得县法庭。

"真荒唐！"切列帕诺夫对走进来的阿列克谢说道，"不过，说实话，在我们地方法院，连猪都能偷走任何文件。坐下吧，阿列克谢·伊里奇！"他关掉了收音机，"您抽烟吗？"

"抽烟！"阿列克谢说着，机械地把手伸到口袋里去掏烟。

"我不得不忍一忍了，"谢尔盖·彼得罗维奇乐呵呵地说，"我不吸烟，并且无法忍受烟味儿。这是'海鸥'牌香烟，印度产的。您想喝点儿什么吗？"

"不，我在家喝过了。如果您不介意的话，我们现在就直奔主题。坦率地说，发生在上校身上的这件事情使我感到很厌烦。当然啦，没有人会羡慕他的死亡，但他的自杀却给我带来了许多不愉快。"

切列帕诺夫变得严肃起来，可笑的眉毛弯成了弧形。

"什么样的不愉快？"

"目前，这并不重要。"

谢尔盖·彼得罗维奇把目光移开，挠了挠粉红色的耳朵。

"要知道，"他若有所思地说，"与这件事情有关的一切，哪怕是细枝末节都很重要。所以才会有这么多不愉快……对吧？"

阿列克谢简明扼要地讲了起来。

"是这样……"谢尔盖·彼得罗维奇站起来，脱下军装外套，搭在椅背上，然后在办公室里踱起步来，"手枪是什么型号的？不会无缘无故地说'不知道'吧！"

"我也是第一次见到这样的手枪……个头儿很大，金光闪闪。"

切列帕诺夫点了点头。

"'斯捷奇金'手枪①……是奖励的手枪。这些人……是国家安全委员会的人……他们确信特鲁巴切夫上校是用这把手枪自杀的吗?"

"他们对我说,如果我及时报了警的话,他就不会开枪自杀了。"

"他开枪自杀——如果他是开枪自杀的话,"谢尔盖·彼得罗维奇转向了阿列克谢,"即使用的是自己的'斯捷奇金'手枪,也没有配套的'斯捷奇金'子弹。但是,这并不是唯一的怪事。我们和您的上司会搞明白……惩罚您是不公平的。特鲁巴切夫有携带武器的权利……如果你报警的话,他就会把相应的证件给警察,其结果无非是警察向他行个礼,并且请他原谅。但是,另一个有趣的……"切列帕诺夫停下来,直盯着阿列克谢的眼睛,"国家安全委员会的特工人员在电话里告诉我说,他们的侦查员并没有到您的医疗站去,而不属于他们参谋部的一个叫涅米洛夫斯基的人也没有去。此人的名字既不是真名,也不是谍报机构的代号。我去情报总局查看了证明函……考虑到您有可能把这个部门同国家安全委员会搞混了。有人告诉我说,他们去过特鲁巴切夫家……他们那儿没有涅米洛夫斯基这个人。"

阿列克谢沉默了片刻。

"怎么会没去……"他终于有了说话的底气,激动地叫道,"要知道,除了我,负责人波利亚科夫也见到他们了!我们就坐在他的办公室里!"

"是的,"谢尔盖·彼得罗维奇点了点头,"是有人来过您的医疗站。不过,波利亚科夫与您不同,他无法准确地回忆起伪涅米洛夫斯基在证明函上写了些什么——是'国家安全委员会'、'情报总局'、'内务部',还是'12345'。"侦查员面无笑容地说道,"简直是笑话!他说证明函是用红笔写的,但是又说记不清细节了。"

---

① 当时的一种新式武器,是全自动手枪。

"简直是谎话连篇——这个狗娘养的！我可是看得很清楚：他不停地摆弄着证明函——不仅看了外面，还朝里面看了看……直接拿到了眼前，甚至还嗅了嗅！"

"他是这么说的：'对不起，我的视力很差。'"谢尔盖·彼得罗维奇坐在桌旁，圆鼓鼓的眼睛闪着貌似同情的目光。

"证明函上写着'国家安全委员会'，"阿列克谢肯定地说，"涅米洛夫斯基是这样介绍的。在签字的地方印有'国家安全委员会'的字样。您从波利亚科夫那儿得到正式的口供了吗？"

"那时候，我的一个同事在忙这件事……"

"他是个懦夫！让我们来看看，讯问笔录里都记了些什么。"

"即便是说谎，也没有威胁到他。试想一下，我们抓到了一个持有假证明函的涅米洛夫斯基……我们能给波利亚科夫看什么呢？没有什么——他也不确定那上边写没写'国家安全委员会'……"

"都是些什么莫名其妙、乱七八糟的东西？我们大概就是为了把意念变为现实而生的！为什么这一切都和我有关？关于特鲁巴切夫家的三个人，他们是怎么说的？"

"什么都没有说。自杀事件发生之后，到他们那儿去了很多人，但是没有人问他们证明函的事——当时顾不上这个。就算是现在，他们也顾不上。我在他们那儿查明的情况不多……据说，到那儿去的有警察局、卫戍司令部和情报总局的人，还有安全委员会的代表……可是，你说的那个'三人调查组'，他们不记得了。不管怎么说，波利亚科夫的描述是我转述的，所以我还要把他讲的和您描述的进行核对……"

"我陷入了窘境！"阿列克谢大声地说出了能让他心跳的想法，"我在格雷姆、格林和西默农的作品里读到过很多这样的故事——作为游戏的见证者，间谍叔叔连一个小孩儿的内脏消失的事情都见过。我笑了起来……这是徒劳无益的！"

"请把一切都告诉我，"切列帕诺夫缩头缩脑地低声提议道，"包括细节！"

"字据呢？"

"跟谁要字据？莫非是一个骗子冒充了肃反人员？"

"是冒名顶替？还有印制精美的伪造证件和表格……哪个印刷厂印的？"阿列克谢的头脑里突然闪过一个念头，立刻解释了一切。他向切列帕诺夫俯下身去，紧盯着切列帕诺夫的眼睛，"您从国家安全委员会的间谍那里拿到了关于涅米洛夫斯基及其团伙的证明函？"

谢尔盖·彼得罗维奇笑了起来。

"您知道……想从这个部门得到证明函是非常难的。不过，当然啦，我是会争取的……"

阿列克谢靠在了椅背上。

"起初，我也这么认为，谢尔盖·彼得罗维奇！可是，您不认为这个案子很神秘吗？就连涅米洛夫斯基他们都得到了类似的字据……这就是他们失踪的原因吗？"

"嗯……"切列帕诺夫思索了起来，"这很容易查清楚！到那时，我就不需要他们的证明了。"

"在电话里答复您的那位军官是基热少尉吗？"

"未必是！因为，总要有人回答我的最新提问。如果你说的是事实，那么，国家安全委员会的每一个跟我有来往的新官员都有可能是基热少尉。"

"我为什么要说谎呢？怎么，我的名字在犯罪嫌疑人的名单里吗？"

谢尔盖·彼得罗维奇亲切地微微一笑。

"在那一刻，您就是证人。"

"嗯，我听说，在重大的案子里，证人和犯罪嫌疑人差别不大。"

"可以这么说……但是，所有这些都是心理战术。这些犯罪嫌疑人通常会被提前羁押，而证人却能自由自在……请相信我，他们是有很大区别的。"

阿列克谢陷入了沉思。切列帕诺夫没有打搅他，一如既往地坐在桌旁，轻轻地晃动着穿着锃亮皮鞋的一只脚。

"是这样，谢尔盖·彼得罗维奇……"阿列克谢终于开口说道，"我可以回答您的全部问题，但是您得拿到国家安全委员会的证明函，证明他们没有审讯过我。另外，还得给我一份军事检察院的证明函，证明我不再受不明身份之人的限制，被笔录制约了。"

切列帕诺夫的圆脸拉得很长。

"如果您打算认真地调查这个案子，"阿列克谢继续说道，"那么劳您大驾，哪怕用证明函来掩护我撤离卢比扬卡……为什么所有打击都得由我来承受？您知道我现在有个什么样的想法吗？以前在工作中发生的不愉快、在文学研究所里产生的烦恼，还有您所不知道的诸多事情，以及您今天所讲的有关涅米洛夫斯基及其同伙神秘失踪的新闻——这些事情都是相关联的，始于我对特鲁巴切夫的拜访和国家安全委员会间谍对我的关注。我告诉了他们特鲁巴切夫讲的一些话，他们就要求我签署了一份保密协议。没有被记录在案的一些事情，我会告诉您，目的是让您明白，您和我处于什么样的境地。所以，上校说，根据军事情报，美国中央情报局谍报机构的人越来越多地渗透到了国家安全委员会当中。他指的不是某个具体的层级，比方说普通员工、中层或管理层……他指的是所有人——从上到下……"

谢尔盖·彼得罗维奇眨了眨眼睛。

"您愿意这样吗？"

"作为一名律师，我不应该忘记，您是……嗯……"切列帕诺夫清了清嗓子，瞥了一眼阿列克谢，"您是一位作家。也许，您正在写一本侦探小说……您的想象力被激发出来了。"

秘密走廊

"我想象不出……涅米洛夫斯基怎么会带着他的人来到医疗站,把枪放到前途光明的准尉头上呢?我是否还可以想象一下,昔日给人印象很好的文学院大学生,突然要被开除……在医护人员长期短缺的'急救站',他被派去做了三个月的电话接线员……"阿列克谢悲伤地说道。

谢尔盖·彼得罗维奇吃力地从桌旁离开了。

"特鲁巴切夫被人射中了心脏,导致了死亡。请把你的烟递给我!"他要求道。

"什么?"阿列克谢一时没有反应过来。

"香烟!把你的香烟给我,咱们一起抽支烟吧!"

阿列克谢哈哈大笑起来,终于摆脱了最近三天的压力。切列帕诺夫看着他,发出了响亮的笑声。笑过之后,侦查员麻利地打开耐火柜子的保险锁,将手伸到肩膀的高度,在那儿摸索着,最后掏出了一个沉重的水晶烟灰缸。

"切列帕诺夫少校的耐火柜子里有一个骷髅!"阿列克谢愉快地说完,吹了一声口哨。

"不,我彻底戒烟了,只是在神经紧张的时候才……"谢尔盖·彼得罗维奇显得有点儿不好意思地低声说道。他怡然自得地沉醉于其中,很享受地闻了闻香烟("爪哇"烟草厂生产的"爪哇"牌香烟——还有一种"杜卡特"烟草厂生产的"亚瓦"牌香烟,质量不如"爪哇"牌香烟),然后开始吸烟。

"我向您承认,"吸了一口烟之后,他一边吐着烟圈儿,一边平静地说,"让我感到惊讶的是,国家安全委员会的人持有证明函和表格,却至今逍遥法外。我把这个情况向上级汇报了,但却没有激起他们立刻进行内部调查的愿望。他们只是回答说'没有这么回事',好像剩下的事情与他们毫无关系!"

阿列克谢的好情绪立刻就消失得无影无踪了。

"这……"他忧郁地弯下腰,陷入了沉思。

沉醉于香烟的切列帕诺夫也沉默了一阵儿。他小心翼翼地把烟蒂放到烟灰缸里,然后将烟灰缸推到了一边。

"不幸的是,我没有到上级那里去邀功的资本——我既没有国家安全委员会的书面文件,也没有您的口供。他为什么决定把这些事情告诉您呢?您对此怎么看?"

"我向他提出了同样的问题。他回答说:'对于保守中央情报局的秘密……我已经厌倦了。'从他说最后一个词的语调中,我理解了他的意思,即'现在,谁都不能随便告诉'。我可以问您一个问题吗?"

"说吧!"

"您真的有理由相信……特鲁巴切夫不是自杀?我离开之后,有人跟他接触过吗?"

"据他妻子说,没有。"

阿列克谢已经学会了洞察切列帕诺夫话语的细微变化。

"您倾向于……不相信她的话?"停顿之后,他问道。

"这已经是第三个问题了。"谢尔盖·彼得罗维奇微笑着说,"我们一下没有统一的认识。好吧,我告诉您,您对我说的这些事情,我可没有做笔录。您是一位作家,阿列克谢·伊里奇,被称为'灵魂学家'。您面对的是一个年轻的女人——事业有成的军官太太。据我所知,这样的人往往会有情人。在这种情况下,这位女士肯定有隐情。比方说,她既瞒着她的丈夫,又瞒着办案人员……依您看,现在应该如何看待这个案子呢?也就是说,太太的所谓'情人'有可能是敌特人员,是不是这样?"

"她有情人?"

"据我掌握的情报……不止一个。"

阿列克谢由于惊愕而哑口无言。他突然想起来了:

"可是，还有他们的女儿呀！她说什么了？"

"您走后不久，他们的女儿就到朋友那儿去了。家里发生悲剧的时候，她不在家。不知为什么，听到您说她父亲没有严重的心理疾病之后，她平静了下来。'他原则上同意去疗养院治疗……'顺便问一句，您说过这样的话吗？"

"说过。"

"那是个什么样的疗养院？"切列帕诺夫友善地轻声问道。他再次成了重大案件的侦查员，而阿列克谢则是一名普通的证人，并且是嫌疑人。

"我建议他去疗养院休息一下，治治病。他点了点头说：'是的，我需要休息。'我现在才明白他的意思……"

"唉，他们的女儿成了这次过失的受害者。头三天，她从家里出走了几个小时……"

"特鲁巴切夫没留下遗书吗？"

"有问有答的晚宴结束了。"谢尔盖·彼得罗维奇轻轻地用手掌拍了一下桌子，"我提议，我们的谈话以这样的方式结束——如果提供给您的材料（即国家安全委员会的人从您手里拿到的字据）无效的话，您就同意与办案人员合作。做个笔录，好吗？"

阿列克谢点了点头。切列帕诺夫拿出一个空白的表格，手里捏着一支笔。

"您的姓、名和父称是什么？"他微笑着问道。

做完了笔录，他让阿列克谢在上面签了字。

"笔录的复印件连同正式的讯问记录，我会寄到国家安全委员会去。"他说着，把表格装进了文件夹，"讯问笔录将由莫斯科的首席军事检察官签字……口头敷衍了事是不行的。然后，根据答复，我们再决定怎么做。"

"国家安全委员会的人不会只接手案子,却不给您任何材料吧?"

"完全有可能。说不定我们还会相遇,因为这个案子已经在军事检察院的掌控之中了。"

"目前,我会落入当政的涅米洛夫斯基之手吗?如果上校是正确的呢?国家安全委员会的间谍怎么办?他们会折磨死我的……七大罪状!他们已经开始了,难道您看不出来吗?"

"您认为国家安全委员会的所有人都是间谍吗?"

"对我来说……难道不是吗?有一两个就已经足够了!这帮混蛋!"

"行了,不要泄气!您是个男人!我可以很负责任地告诉您,国家安全委员会里面有很多体面人——真正的专业人士。我和他们当中的一些人很熟……假如国家安全委员会的人接手这个案子,我会为您奔走……"

他们就此告别了。阿列克谢走到外面,发现夜晚的普希金广场上已是灯火阑珊。他想:"终于可以在松软的床铺上睡个好觉啦!我要做的是:严格按照规定的程序办事……认为我的内心是纯洁的……而我又回到了最初的状态。最坏的情况也就是军事检察院的人把我交给国家安全委员会。不过,最好……这些办事机构把我拖向了不同的方向,使我四分五裂。我上套了,就像公鸡被拔了毛!可是,万一切列帕诺夫和涅米洛夫斯基是在演双簧呢?"这种想法使他痛苦不堪,"可是,我把那些没有告诉涅米洛夫斯基的事情都讲给这个能让人产生好感的肥胖检察官听了!"

阿列克谢发起愁来。他站在三位伟大领袖(马克思、恩格斯和列宁)的浮雕下,思考着自己现在应该怎么办。这时,他的目光落在了"地窖"的位置:"我们的人肯定还在那儿!库佐夫科夫肯定跟他们在一块儿!这回知道应该向谁求教啦!他什么样的不幸没经历过呀!"

诗人安德烈·库佐夫科夫,绰号"库佐夫",在阿富汗打过仗,在莫斯科国际关系学院学习过半年,蹲过三个月监禁——确切地说,是去

秘密走廊

过流浪汉接收站。他还当过警察，淘过金子，在盲人办的杂志上发表过作品，做过保险公司的代理人和在产房里给产妇剃毛的助产士。顺便说一句，他本人用一个龌龊的词来称呼这一职业。陷入绝境之后，他以一种奇妙的方式走出了困境，堪称"无与伦比的高手"。在苏尔古特郊区对天然气管道修理工进行定员时，"化学家"们对库佐夫科夫不公开派工单的做法非常不满。于是，他们就把他弄到带阀门的管道上折磨他，让他向压缩机站爬行了几公里，并且是退着走的，直到累得睡着了。据说，他睡觉打呼噜的声音特别响，以至于巡查队的人老远就能感到线路在震动。于是，他们便开始查找这种超自然现象的源头，最后在管道上找到了异类——库佐夫科夫。事实上是否如此，很难判断。不过，有一件事让阿列克谢信服了——库佐夫科夫的故事并非子虚乌有。在莫斯科一座公寓的五楼上，他们庆祝了新年。库佐夫科夫走到阳台上去透气，阳台的门正好对着聚餐的桌子。过了十来分钟，门铃响了起来。他们打开门一看，浑身沾满了雪的库佐夫科夫站在门槛上。大家发出了尖叫声，而库佐夫科夫却若无其事地来到餐桌前，豪爽地喝了几杯伏特加酒。这一次，他没有告诉大家发生了什么事情。据说，他一边走，一边深吸了一口气，然后就什么都不知道了。

阿列克谢插到队伍中，大声说道：

"伙计们，我到你们这儿来了！他们派我喝酒来了！"

排队的人自觉地向两边闪开——显然，这被看成是一种"赏光"。在他所在的纵队里，有一个戴着狗皮帽子的检察院的人，紧跟着阿列克谢走了进来，坚决地挡住了他的去路。那个人一句话也没说就马上离开了。他快步拐到街角，进入了一个散发着酸啤酒味、堆满了箱子的院子。这里是"地窖"——内部员工的出入口。在这儿，他果断地敲了敲包着铁皮的门。门打开之后，他给一个穿着脏兮兮大褂的员工看了看证件，便钻了进去。

阿列克谢想的没错：文学研究所的同学们还在"地窖"里。在门口，他就听到了不甚清晰的嘈杂声——大家各谈各的，谁都不听对方讲话。

"哎哟！"他们看到阿列克谢，高声喊了起来，"你是自由了，还是受到了一定的监管？让我们为狱友的获释干杯！"

在他面前立刻就出现了一个装满了酒的杯子。杯子里的泡沫在逐渐减少，于是他贪婪地一口气把酒喝干了。

"被他们折磨得……渴成这样！"有人解释道，"库佐夫科夫，给他加点儿'工作量'！混蛋，他不喜欢社会工作，而你却一定会喜欢！"

库佐夫科夫穿着一件短皮袄，满嘴酒气地念叨着，给阿列克谢倒了满满一杯白酒。

"坐下吧！"

"为了我们和您！"不胜酒力、醉态百出的阿列克谢宣布，"为……和他们干杯！"

同学们哈哈大笑起来。他喝了一口酒，吃了一口"苏卢古尼"奶酪。

"好吧，你告诉我，"库佐夫科夫严肃地说，"总检察院狗屁不是！你都干了些什么？"

"我没去总检察院，去的是军事检察院。一个军队里的'大人物'自杀身亡了，而我在此之前被叫去给他看病……现在正扯皮呢！"

"嗯，没有问题——他们会把责任推到你身上。他们会说，你给那个大人物打了氰化钾……凶手是穿白大褂的人！"

"伙计们，很抱歉，就这个问题，我要和库佐夫科夫谈一谈！"

"就在这儿谈吧！"

"不！我知道你总是喜欢开玩笑，可我需要的是严肃认真的建议！"

"嗯，好吧！商议的时间别太长，否则伏特加酒就冻成冰了！"

秘密走廊

阿列克谢与库佐夫科夫拿起自己的酒杯,向角落里的一张小桌子走去。这里的老主顾——无家可归的科里亚把几个杯子里残留的啤酒合并到了一个杯子里。

"科里亚,给你四十戈比,你走吧!"库佐夫科夫吩咐道。

"遵命!"科里亚用一只颤抖的手抓起零钱,朝自动设备跑去。

"给我倒一杯,库佐夫科夫,好让我清醒一下!"阿列克谢请求道。

库佐夫科夫把白酒直接倒到了啤酒里。他们碰了一下杯,喝了一口"约尔什酒"①。

"事情是这样的……"阿列克谢精力集中地讲道,"你听着,一定要记住:要是走漏了风声,等着我的可就是监狱了。"

他把一切都告诉了库佐夫科夫,但却省略了和少校谈话的内容。并且,有关情报机构和间谍的事,他根本就没有提及。让阿列克谢感到奇怪的是,库佐夫科夫表现得温文尔雅,什么都没问。

"结果,"阿列克谢总结道,"我完全处于边缘……不管案子落到谁手里,我的情况都会变得更糟……国家安全委员会、检察院和警察局的人在不紧不慢地递交文件。你说,我怎样才能走出这个圈子?"

"把脚派上用场!"库佐夫科夫毫不犹豫地建议道。

"怎么讲?"

"是这样……你跑吧,玩儿失踪,让他们相互折腾吧!你给他们签'保证不出行'的字据了吗?"

"没有。"

"所以……你还磨蹭什么?就像厄普代克②的小说《兔子,快跑!》……"

---

① 用伏特加酒和啤酒勾兑的一种烈性酒。
② 约翰·厄普代克(1932—2009),美国作家、诗人。

"我不是兔子。请你认真点儿！不像你想的那么简单！虽然这个切列帕诺夫面带微笑，但是我总觉得他不是很相信我说的话。我要是消失了，他会怎么说？说我在撒谎？如果我撒了谎，就意味着我参与了谋杀'大人物'……"

"阿列克谢！"库佐夫科夫高声说道，"其实很简单，是我们自己想得太复杂了！我们作为作家，总是试图去寻找对复杂事物的简单解释。老兄，你还需要什么？"库佐夫科夫突然转向了一个人。此人戴着狗皮帽子，侧身站在他们的桌子旁边。

"我在等着腾出来一个杯子。"那个人干巴巴地回答道，眼睛望着别处。

"你为什么断定，我们会有一个杯子腾出来？到洗碗槽那儿去，有人会给你一个杯子！或者，向科里亚要一个！不要再到这儿来了——我不喜欢你的杯垫，一不小心就会弄坏。"

戴狗皮帽子的男人阴险地笑了笑，向洗碗槽走去。

"你为什么这样对待他？"阿列克谢觉得很奇怪。

"总比日后有人找你的麻烦好！"库佐夫科夫含糊地解释道，"就这样，早点儿为自己的离开找到一个简单的理由，就完事大吉了。"

"可是，我应该去哪儿呢？就算我去了某个地方……靠什么生活呀！"

"哪怕是去雅尔塔……你已经报名了呀！"

库佐夫科夫指的是为期两周的"雅尔塔创作之家"活动。文学基金会有时会为"大学生文学家"的冬令营提供费用。阿列克谢在获得鉴定书之前就拿到了许可证，后来也没有被收回。

"现在，对我来讲，雅尔塔意味着什么？"阿列克谢有气无力地摆了摆手。

"现在，雅尔塔……是最好的机会！记住……合法的雅尔塔！这就是你离开的理由！这就是你的活路！在这两个星期里，国家安全委员

秘密走廊

会、军事检察院和警察局肯定会达成协议……也就结案了。而你,只会妨碍他们……"

"也许吧!"阿列克谢若有所思地说,"不过,还有一些细枝末节……也不能不考虑。例如,分别时,切列帕诺夫把自己的电话号码给了我,说如果有事就给他打电话。我怎么能不事先给他打个电话就突然离开呢?如果我打了电话,那么他……国家安全委员会的人就会通过他知道我去了哪里。那么,这种出行还有什么意义?"

"他怎么把自己家的电话号码给了你?"

"不是……是单位的电话号码。"

"怪人!明天是星期六,是休息日,而你的许可证……刻不容缓!你往哪儿给他打电话?"

"我离开之后,他要是主动给我的父母打电话怎么办?"

"你嘱咐一下父母,让他们这么回答……就说到南方度寒假去了……匆匆忙忙地收拾完行李就离开了。他们要是问究竟去了什么地方……匆忙中,他们也想不出什么解决方案——就让他们到整个南方去找吧!"库佐夫科夫显然对这个主意很满意,"他们未必会想到去文学研究所打听你在哪里,因为其他高校不免费送学生去南方。两个星期之后,他们找到你时,会严厉地质问:'你为什么要躲起来?'你就对他们说:'我没觉得这是躲起来!我有出差的许可证,并且是紧急许可证!'……对吧?"

"反正切列帕诺夫认为值得怀疑……在与他的交谈中,我表现出了对公平调查的兴趣。可是,后来……"

"阿列克谢,你又把问题复杂化了!你有没有想过别人是怎么看的?这会让他们想得更多!还记得拉斯柯尔尼科夫①的焦虑吧!当你以自己的方式作出解释的时候,就别再关心各种假设了。你只要把许可证往桌

---

① 俄国作家陀思妥耶夫斯基的长篇小说《罪与罚》的主人公。

子上一放,大声地说'免费的',这些狡猾的侦查员就会感到郁闷和沮丧。他们都是世俗之人,立即就会明白一切。这样的话,他们就没有必要想那么多了。"

* * *

很奇怪,高高的天花板竟然有些地方开裂了,就像洒了一层香槟酒的泡沫似的。"我在哪里?"这是俄罗斯人阿列克谢早晨给自己提出的第一个问题。在他麻木的肩膀上,躺着一个黑褐色头发的女人。"我和谁在一起?"这是俄罗斯人阿列克谢早上提的第二个问题。昏暗的灯光下,飘浮着灰尘。他眯缝着眼睛,没有转过头去,端详起这个陌生人来。啊,这是列娜·波雷瓦伊洛———一年级的学生!在宿舍里,他有可能被当成杜勃罗留波夫。于是,常常会是这样:当他从研究所的走廊里经过时,与女孩儿对视了一下。他冲她微笑,但不知为什么,并没有跟她说话。他认为,最好别说那些有失体面的话!他喝了一杯兑了伏特加酒的啤酒,就不存在不体面的问题了。一切都自然而然地发生了!顺便说一句,这是怎么发生的呢?在"地窖"里喝了库佐夫科夫的酒……难道他不是库佐夫科夫?可是,那儿并没有女人——绝对没有!那么,这个波雷瓦伊洛是从哪儿冒出来的呢?是这样:他去了电视机修理部,引起了人们的注意。其实,作家是不用通过资格审查的,而那些通过了资格审查的人也未必就是作家。天哪,多尴尬!列娜在那里吗?似乎在——怎么会不在呢?如果她说了一句"我把你想得很好"就走出了电视机修理部呢?嗯……怎么不尴尬……他就开始追她了。在走廊里,他摔伤了。这时,有人敲门。天哪,不应该发生的事却偏偏发生了!嗯……她的女室友打开了门。可是,她在哪儿呢?阿列克谢因为头痛而皱起了眉头,朝左侧瞥了一眼。女室友用毯子裹着头,面朝里躺在床上。这就是他和

秘密走廊

她在一起时发生的事情吗？嗯……不，她那时已经优雅地离开了。那么，接下来呢？为什么列娜挑选了他？"我会把自己的麻烦告诉她吗？"阿列克谢打了个冷战，然后开始了痛苦的回忆。不，谈的好像不是这件事！他说，他迷上了她那优美的步态。俗——低俗！他亲吻了她的手，混蛋！从手掌到肘部！当然，她已经"融化"了！奇怪，一个和女人在一起的醉鬼竟然作出了正确的决定！清醒的他有点儿难为情，吻了一下她的手。躺下来之后，她要求关灯。在黑暗中，她变得大胆起来。啊……哎哟……全身酸痛！膝盖和肘部也很痛，干这种事使他暂时忘掉了一切！女室友来了？阿列克谢，所有能做的，你都做了——该到结束的时候了！怎么能当着女室友的面穿衣服呢？况且，衣服是需要找的……

他轻轻地把手从女孩儿的头下面抽了出来。她立刻就醒了：

"你要走？"

他点了点头。列娜把身体移到他身边，胸部紧紧地挨着他，低声说：

"咱们再玩一会儿，好吗？"

"嗯，现在最是时候了——当着女室友的面，为了'爱'而交流！"他这样想着。

他又点了点头，从床上坐起来，环顾了一下四周，问道："内裤在哪儿？"

她稍微欠了欠身子，摸了摸他的胳膊，笑着指了指自己的脚。阿列克谢把手伸到毯子下面，顺着光滑、温暖的皮肤摸到了她的脚。在她的脚踝处，他找到了自己需要的东西。于是，他胡乱在毯子下面穿上了内裤。列娜把手放在脑后，注视着他那双半睁半闭的闪亮的眼睛。

"你还会来吗？"

他像玩偶一样点了点头。她捧起他的脸，吻了吻他的眼睛、鼻子和嘴唇。

"来吧，亲爱的！"

阿列克谢尽量不去看床的左边。他从毯子里出来之后，继续找……啊哈，在地板上找到了牛仔裤——就在脚边！这是上衣……在椅子上。袜子呢？袜子……找到了一只，在牛仔裤里。另一只呢？这不是嘛，穿着呢！穿着袜子睡觉——真是个英雄！好吧，一切都结束了！没找到夹克衫和帽子——很明显，落在库佐夫科夫那儿了。

列娜裹着一条毯子，幽灵般地向他走了过来。阿列克谢搂着她的腰，匆忙地吻了一下她的面颊，便抽身来到了走廊里。哎！在楼梯转角处的平台上，他发现了口袋里的一包皱巴巴的香烟。于是，他惬意地抽起烟来。他的手指在发抖，是"约尔什酒"在起作用。对，找库佐夫科夫去！

阿列克谢猜想，库佐夫科夫肯定还在自己的房间里睡大觉，房间里散发着浓重的烟酒气味。但是，他错了。他刚敲过门，就听到了欢快的声音："无论你是谁，都请进！"于是，他走了进去。面色红润的库佐夫科夫和前一天在"地窖"里一起喝酒的两个朋友坐在整洁的、摆着一排啤酒的桌子前面。气窗大敞着，雪花飘进了房间。

"已经明显谢顶的一帮男人像射击的目标一样坐成了一排！"阿列克谢引用了一句名言，"但是，"他看了看表，"才七点钟！一大早，你们这些斯拉夫人是从哪儿搞到啤酒的？"

"老兄！"库佐夫科夫惊呼道，"如果面前有个奥斯坦金诺啤酒厂，那么坐在那儿没有啤酒喝就奇怪了！是过去的伙计们救的急——我在那儿当过品酒师。"

"从什么时候起，搬运工被称作'品酒师'了？"

"就是从那个时候……"库佐夫科夫哈哈大笑起来，"放慢速度搬着成品通过时，我一次能搬二十瓶！是的，在零下三十三度……我不得

秘密走廊

不品尝，因为没有出厂！应该有人知道他是个搬箱子的！你坐下来吧……鉴定不合格的人……喝一瓶带气的饮料吧！"

"真会生活，你这条狗！"阿列克谢心想。他很享受地喝了一口细嘴瓶子里爽口的啤酒，这是略微有点儿苦涩的"奥斯坦金诺"啤酒。"我每天上午都在无精打采地寻找啤酒，直到发现一种可口的啤酒才会振作起来。"

"感觉好点儿了吗？"库佐夫科夫关切地问，"准备一下，车臣人很快就来追杀你了。就因为你，我今天起了个大早，用'手榴弹'武装起来……"他指了指酒瓶子。

"什么车臣人？"阿列克谢含糊不清地问。

"车臣的车臣人。你不记得了？昨天你还把扬达尔比耶夫称作'山羊'呢！他被通缉时声称，是我们的噪音干扰了他的工作。"

"称作'山羊'？"

可是，阿列克谢认为，库佐夫科夫用逻辑推理的方法还原了前一天的整个场景！不，实际上是酒精作用下的模糊情节？

"为什么会立刻想到了'山羊'？"阿列克谢疑惑不解。

"嗯，你和奥尼先科用乌克兰语交谈，习惯性地对扬达尔比耶夫说：'泽利姆汉，为我们干杯！'"

"他说了什么呢？"

"他说：'我们不喝酒。'你问他：'"我们"指的是谁？''信奉伊斯兰教的——自己人！'他自豪地回应道，并且抚摸着自己的胡子。而你这个可疑的人……竟然不知道'自己人'是谁。'为什么一下子就……'你说。我想，是他派你来的。'难道你喜欢让我把你称作"山羊"吗？'他气得脸色发白，'你喝醉了，去睡觉吧！'那么，你在我这儿，就像在主人家一样。你会问：'库佐夫科夫，为什么留着胡须、称自己是"民族精英"的"山羊"来到这里，却打发我去睡觉？你怎么了，是邀请我来睡觉吗？'泽利姆汉对你说：'我以真主的名义向你发誓，你要为"山羊"负责！'于是，你拿起了板凳，默不作声地朝他走去。我不知道……可能，你是想请他坐下。可是，他理解成别的了。他声音沙哑地说：'你这条狗！我和兄弟们是来追杀你的！'事实上，的确如此……我们坐在这里，等着他们来杀我们。"

"他们是不会来的！"阿列克谢摆了摆手，"我认识他们的一个兄弟！成为儿童诗人的山民已经不再是山民了！要知道，尽管车臣人有着凶狠的面孔，但他们都是儿童诗人……如果他们把俄罗斯的作家杀掉，谁会去消灭他们呢？如果不消灭他们……谁会知道他们的存在呢？存在决定意识……喂，库佐夫科夫，关于自己人，你没有胡诌吧？"

"老兄，证人就坐在这里！"

阿列克谢笑了起来：

"这件事真可笑！"

"注意，伙计们，与这件事情有关的议论就到此为止吧！"

啤酒使阿列克谢的情绪得到了缓解。大家好像都感觉不错，就连表情阴郁、善于谄媚的扬达尔比耶夫都活跃了起来。他点燃了一支烟，又喝了一瓶啤酒。库佐夫科夫留心地观察着他。

"嗯，阿列克谢……怎么样，休息好了吗？放松一些了吗？"

"我仍然感觉很疲倦！谢谢你，伙计！"

"你是不是该走了？"库佐夫科夫问道，重点强调了最后一个词。

走？他差不多已经忘了在"地窖"里的谈话，但是他却回答得准确无误。

"是该走了！"

秘密走廊

* * *

在铁路代办处，阿列克谢不慌不忙地买了晚上"莫斯科—塞瓦斯托波尔"的火车票。这个时候，去南方的车票并不难买。他买的是学生的卧铺票，才花了十一卢布。阿列克谢回到家，把零散的东西收拾起来，拿上钱、许可证和文学基金会的医疗证明，并且按照库佐夫科夫说的，向父母交代了一下，如果有人打电话找他，应该怎样答复。然后，他就去了库尔斯克火车站。阿列克谢决定，所有工作上的事情都往后拖——他在"少校事件"和"修改鉴定"之前，已经值过两次班了，目的就是2月份能腾出两个星期的时间外出。

他沿着一个个车厢朝前走，深深地吸了一口令人振奋的带着木炭味的空气。火车是新的，很干净。车上还卖食品，最好能让自己喝个一醉方休！他走进包厢，听到隔壁的包厢里传来了啤酒瓶子互相碰撞发出的响声。又是一个惊喜：窗边坐着一个招人喜欢的高个子姑娘，紧身的高领衫包裹着她那凹凸有致的身体。阿列克谢仍然沉浸在"昨日的兴奋"中——他们就这样相识了。这位邻座叫斯维特兰娜。五分钟后，他们就开始像朋友一样推杯换盏了。要是能这样坐到辛菲罗波尔①，并做点儿什么更有趣的事，而不是喝啤酒、讲笑话就更好了。可是，火车快到站时，又出现了两个"邻居"。

列车启动后，一个长相酷似已故约翰·列侬②的人朝包厢里窥视了一下。那个人戴着一副圆圆的眼镜，一缕头发耷拉在脸上，还长了个鹰钩鼻子。他认真地环顾着包厢，向新来的"邻居"——一个不算年轻的

---

① 乌克兰的一座城市。
② 英国"披头士"摇滚乐队的成员。

男士提议道：

"您想换一下铺位吗？您是在上铺吗？我在下铺，就在旁边。和我在一个包厢里的这个同行者已经不算年轻了，很稳重，带着夫人和孩子。我喜欢和年轻人在一起，听听音乐。"他拍了拍挂在肩上的"松下"皮带。

那位老人点了点头，收拾好东西，离开了。

"请问，您介意我听音乐吗？"稍后，一个浑身长满了毛发的人问新来的同路人。

无论是年轻人还是老年人，所有人都在破坏车厢里原有的愉快氛围。斯维特兰娜微笑着，露出了一口白牙。第三个"邻居"冷冷地冲阿列克谢耸了耸肩。他皮肤黝黑、身体结实、毛发厚重，留着一头短发——只能有保留地把他归结为"年轻人"了（他显然已经三十出头了）。他说：

"放音乐吧，会使气氛活跃一些！"

"列侬"脱下扎染的牛仔棉上衣（其实是无袖的牛仔坎肩），笨拙地坐到沙发上，与斯维特兰娜并肩而坐，敲击着"松下"键盘。"披头士"的歌曲《嘿，扎德》与他的面庞、头发和衣着十分相配。

"我要去雅尔塔参加全苏'甲壳虫'音乐迷大会。""多毛症"愉快地告诉她，并且意味深长地解释道："当然，是非正式的！咱们认识一下吧——我叫阿列克谢，可是在小圈子里，大家都叫我'列侬'。"

"我叫斯维特兰娜。"

"叫我康斯坦丁吧！"

"正式称呼是'格里戈里·康斯坦丁'吗？认识您很高兴，康斯坦丁！顺便说一句，在我所在的小圈子里，大家都叫我'列宁'。"他扮了个鬼脸，"正如你们所知，名字虽然一样，但是差距却很大。"

"'列宁'这个名字比较好，"阿列克谢回应道，"是个俄语名。在

秘密走廊

我童年的时候,'甲壳虫'里有一个人叫麦卡特尼·马卡尔,大家都很崇拜他。当地有个流浪汉叫瓦西里·马卡罗夫,也被人称作'瓦夏·麦卡特尼'。"

"好,""列宁"哈哈大笑起来,"瓦夏·麦卡特尼!一定要记住!您叫什么名字,诙谐的陌生人?"

"也叫阿列克谢。"

"同名!同类!莫非我们还要去同一个地方?"

阿列克谢想予以确认,但突然想起了库佐夫科夫的训诫,便明智地保持了沉默。

"你们可以许一个愿,"所谓的"列宁"坐在两个阿列克谢中间,对斯维特兰娜和康斯坦丁说,"顺便说一句,还是关于列宁的。4月22日,在学校的一堂课上,老师拿出列宁的画像,问全班同学:'这是谁?'孩子们异口同声地回答:'列宁!'可是,沃瓦奇卡却没有作声。老师问:'沃瓦奇卡,难道你不知道这是谁吗?''我知道。''那为什么不说话?''因为他不是列宁。'老师很困惑:'你觉得他是谁呢?''加油站的沃洛佳叔叔。'因此,'迷糊老师'把他领到了校长那里。他在那里执拗地说,就是加油站的沃洛佳叔叔。于是,校长把家长叫到了学校。为防万一,他还请来了特派员。沃瓦奇卡哭着重复着那句话:'这不是列宁,是加油站的沃洛佳叔叔!'特派员听烦了这句话,于是对他说:'好吧,让我们到这个加油站去看看!'于是,他们来到了加油站。一位负责加油的师傅朝他们走来,穿了一条连衣裤。一开始,特派员吃了一惊。然后,特派员说:'嗯……你,弗拉基米尔,不知道怎么回事,看起来容貌变了……'沃洛佳叔叔一直是这样,没有什么变化。'列宁'把两只手分别插到腋下,撩起胡须,问道:'莫非你们应该改变一下自己的政治原则?'"

大家都笑了起来。在这种情况下,斯维特兰娜也没忘了卖俏。她向后挺了挺身子，以便更加明显地突出薄高领衫裹着的前胸。

"这是有轨电车上的一个恶棍讲的。""列宁"满意地总结说。

"'加油站的沃洛佳叔叔'应该是你的同事吧！"阿列克谢笑了，"他用的是'列宁'的名字，而你用的是'列侬'的名字？"

"没错。""多毛症"从包里掏出一瓶有进口商标的伏特加酒、一些小酒杯和两瓶浅色的饮料，"顺便说一句，这可是用桦树汁做的饮料。你试过一边喝伏特加酒，一边喝'托尼克'① 吗？独特而又清新的味道，可以完全消除酒精的气味！"

"我就算了吧！"阿列克谢马上就拒绝了。

"怎么能这样呢？""列宁"扬了扬眉毛。

"我昨天喝多了，所以今天只喝啤酒。"阿列克谢朝自己的啤酒瓶子点了点头。

"阿列克谢，俄罗斯啤酒非但不能缓解压力，还能加重压力。""列宁"以行家的口吻解释道，"你为什么会头疼？用'托尼克'把伏特加酒稀释到啤酒的度数，然后像模像样地去休息……"他麻利地用开瓶器拔出"托尼克"的瓶塞，立刻就冒出了一些气体。他倒了半杯饮料，然后拧开了"首都"牌白酒的瓶塞，将瓶子递给了阿列克谢。"添点儿伏特加酒能提味儿！"

阿列克谢往酒杯里斟上一点点酒，疑惑地看着斯维特兰娜。她点了点头，脸色变得绯红。沉默寡言的康斯坦丁也没有拒绝，喝光了杯子里的饮料。

"怎么样？"不甘寂寞的"列宁"追问道，"上档次吧！'鲜红玛丽'、百事可乐和伏特加橙汁都已经过时了。现在，酒友在聚会时只喝伏特加酒加'托尼克'。当然，是在没有威士忌和杜松子酒的情况下。"

---

① 西方人为了冲淡烈性酒而添加的饮料。

秘密走廊

清新的混合饮品很快就产生了效果。他们愉快地谈着各种饮料的特点和调配方法，还讲了些其他笑话。闲聊中，火车已经过了图拉。一瓶酒喝完了，康斯坦丁到小卖铺去买了第二瓶酒——为美丽的灵魂干杯！他们还是按照老规矩，就着火腿三明治喝酒，而不是喝"托尼克"。

阿列克谢把喝醉了的斯维特兰娜拉到车厢连接处去抽烟，可是烟还没有抽完，他就要去强吻她。斯维特兰娜扭捏地用拿着烟的那只手挡了一下，却没有反抗，而是噘起了嘴。"列宁"抽着自己的"白桦林"和"万宝路"牌香烟，胡扯着"披头士"摇滚乐队。

阿列克谢只好又点燃一支烟，做出在听的样子。令他恼火的不仅是"列宁"的不礼貌行为，还有其他……比方说，谈到"甲壳虫音乐迷"时，在与诗歌爱好者爱德华·阿萨多夫或者谢尔盖·奥斯特罗夫的交谈中，总有一种不舒服的感觉。周围的群众对"披头士"、"大门"、"滚石"等音乐组合的痴迷已经影响不到他们这一代了。他们有自己的偶像："粉红弗洛伊德"、"甜"、"尤拉·伊河马"……与他们相比，"披头士"摇滚乐队就显得很普通了。起初，阿列克谢像许多同龄人一样，在"亚乌扎"和"宇宙"牌老式录音机上听这些组合的音乐。他觉得"披头士"摇滚乐队的录音效果很糟。他有幸听到国外"披头士"摇滚乐队的唱片之后，印象仍然如此。他们的"三度和弦"确实是"三度和弦"，但是录音效果并没有改善。

因此，在听"列宁"高谈阔论时，阿列克谢只是不经意地笑笑而已，觉得这是斯维特兰娜的"专属"。但是，他很快就发现，"列宁"主要是在针对他。他猜到阿列克谢是个知识分子了吗？阿列克谢真希望他能出去抽支烟，但他又开始和斯维特兰娜接吻了，只是不像先前那样放肆了。这时，阿列克谢建议斯维特兰娜回包厢去。她点了点头，而"列宁"则立刻扔掉珍贵的"万宝路"，慢慢地跟着他们走回了包厢。在包厢里，他继续亢奋地聊着"披头士"摇滚乐队——想要制止他，显然是不可能的。

"'披头士'摇滚乐——它不仅仅是一种音乐！如果您不反对的话，可以说这是一种生活方式——是一种哲学！听着这些音乐，我的黑白世界就变得色彩斑斓了。你知道这是为什么吗？只要能看彩色电视，就没有人愿意看黑白电视了。因此，我们不应该允许'披头士'进入苏联。你看，我们的人民不需要赫赫有名的'甲壳虫'……"

一听到"甲壳虫"这个词，阿列克谢就会有一种不愉快的感觉。

"还有一个笑话……""列宁"继续讲道，"从狗屎里爬出来两只蠕虫——父亲和儿子。儿子对父亲说：'爸爸，原来这个世界这么美好啊！阳光灿烂、绿草如茵，树上还开着花……可是，我们为什么要生活在狗屎堆里？''因为咱们家没被选中，儿子！'父亲回答说。"

斯维特兰娜咯咯地笑了起来。阿列克谢和康斯坦丁没有作声。

"这是个冷笑话。"阿列克谢说。

"是吗？""列宁"吃了一惊，"也许不该当着女孩儿的面谈论狗屎……"

"问题不在于狗屎，而在于与什么作比较。我们的一个大学生——东德人——告诉我们说，他坐火车到我们这儿来时，路过布雷列特边境。他特别紧张，以致无法入睡，默默地重复着'我是在俄罗斯'……对他来说，俄罗斯不是'狗屎'，而是一个伟大而神秘的国家。可是，你却在笑话里说……"

"他是个德国人，大概是在为没有得到这片领土而苦恼。""列宁"哈哈大笑起来，"他先是想'我是在俄罗斯'，然后又想'也有可能是在我们的……'。所以，他睡不着觉！不过，我有时会想：'好吧，如果他们在那个时候征服了我们，就能教我们如何酿造啤酒了……'"

康斯坦丁突然站了起来。

"请您站起来！"他对"列宁"说。

秘密走廊

"干吗?"

"请您站起来,咱们出去!"

"你要干什么?!""列宁"睁大了眼睛看着他,"你不知道我是在开玩笑吗?"

"站起来,让你爱开玩笑!"科斯佳用右手抓住"列宁"的后脖领子,遭到了对方的抵抗。于是,科斯佳用左手抽了"列宁"一记耳光。斯维特兰娜尖叫了一声。"列宁"踹了科斯佳一脚,然后破门而出。科斯佳追上去狠狠地揍他,最后由于用力过猛,导致这位"甲壳虫迷"的牙齿咯咯直响。他"扑通"一声栽倒在沙发上,头顶着膝盖摔到了斯维特兰娜所在的那个角落里。眼镜飞到了地上,头发怪怪地遮住了脸——本该是鼻子的地方,却突然出现了后脑勺。片刻过后,大家才看清楚,他的头上戴着假发。

"我是黑海舰队的一名少校!"科斯佳严肃地介绍道,"列宁"立刻就慌了神儿,"我的父亲是一名水手,保卫过塞瓦斯托波尔——九个月!……滚出去!我不想和你坐在同一个包厢里!去把那个老头儿带回来!"说完,他推门而出。

"列宁"搂着斯维特兰娜坐下来,把假发放到了姑娘的腿上。她用指尖轻轻地抖落了假发。黑暗中,"披头士"的秃头闪闪发光。他用一只手抓起自己的"松下"键盘,用另一只手去摸上衣和包。康斯坦丁坐在沙发上,厌恶地蜷起了双腿。"列宁"突然冲向空出来的过道,猛地撞到了门框上。他倒吸了一口凉气,在走廊里踱着步。车厢连接处的门咣当作响。

"喂,假发呢?眼镜呢?"斯维特兰娜惊呼道。

与此同时,阿列克谢从地上捡起了眼镜,在手里旋转着。

"我虽然不是眼科医生,但也算是个医务工作者。我必须告诉您,这只是普通的玻璃,没有屈光度。"

"演员！"科斯佳轻蔑地说，"小丑！"

"他大概已经带着警察来了。"斯维特兰娜说，"你们所有人都对他有失分寸……没有必要立刻就动手打人嘛！"

"有必要！"科斯佳立刻反驳道，"瞧，这位同志十分通俗地向他进行了解释，"他指了指阿列克谢，"可他就是什么都不明白……'列宁'是不会带警察来的……这样的人不会再回到自己胡闹过的地方了。"

于是，斯维特兰娜不作声了。显然，她喜欢的是"列宁"的"猫叫音乐"和他的奇闻逸事，而不是有些阴郁的科斯佳。

"嗯，让我们来收拾一下吧，好吗？"少校打破了长时间的沉寂，"散完了步，该到铺位上睡觉了。"他皱着眉头，拿起"列宁"喝完伏特加酒丢下的细嘴瓶，把它扔到了垃圾箱里。

为了让斯维特兰娜换衣服，阿列克谢跟着他走到了车厢连接处。火车开到了斯库拉托沃镇，车站上的灯光一闪而过。阿列克谢和康斯坦丁在车厢连接处吸着烟，望着被白雪覆盖的站台。一阵汽笛的长鸣过后，火车停了下来，传来了打开车门的声音。

"小心！"少校抓住了阿列克谢的胳膊。在站台上，一个穿牛仔夹克衫的男子正在奔跑。"就是他——'列宁'！他这是去哪儿？"

"莫非他真的要去叫警察？"

"什么呀——对他来说，情况可能比这更糟！让我们拭目以待！"

但是，无论是警察还是"披头士迷"，都没有在开车之前从车站的大楼里出来。

"他是去雅尔塔呀！"目送着车站上渐渐远去的建筑物，阿列克谢感到有些莫名其妙，"他为什么要留在斯库拉托沃镇呢？难道说……"他越想越觉得可怕。

"是要在这里转乘吗？可是，他为什么不在奥廖尔或者库尔斯克转乘呢？这里，不是所有的火车都停。顺便说一句，当他出现在我们的包

秘密走廊

厢里时,我没觉得他胆小怕事。我觉得他是一个蛮横无理、机智果断的人。"

"等一下……他说,这次在雅尔塔的'甲壳虫大会'好像是非法的。也许他是怕自己因胡言乱语而受到攻击,才决定迅速溜走的。既然是秘密会议,那么他为什么自始至终都在大谈而特谈自己的别名'列宁'呢?我相信,就像'列侬'被发现一样,大部分乘客都不知道有这列火车。"

"他有可能是个同性恋者!"科斯佳只是说说而已。

* * *

第二天深夜,阿列克谢到达了雅尔塔。整个城市都被白雪覆盖着,汽车和无轨电车的轮胎防滑链条轰隆作响。灯火阑珊的著名滨海大道寂静而又空旷。"创作之家"在山顶上,攀登到那里要经过一条结冰的呈螺旋状上升的坡道。在这里,甚至能够听到惊涛拍岸的声音。

大学生们住在一座古老的二层楼里。睡眼惺忪的女值班员瞄了一眼阿列克谢的许可证,让他第二天把许可证拿给行政主管。然后,她给了阿列克谢一把钥匙,就去睡觉了。阿列克谢没有室友——在潮湿的、散发着霉味儿的房间里,连第二张床都没有。自然,这使他兴奋不已。

阿列克谢不知道文学研究所的其他同学(他们总共有八个人)都住在哪些房间,并且忘了问服务员。隔壁传来了某种声音,有男声也有女声。他走到外面的走廊上,仔细地听了听。他觉得有个声音很像摩尔达维亚诗人维克多·卢帕纳雷的声音——没错,这个家伙在读诗(他只用俄语写诗)!阿列克谢敲了敲门,便推门进去了。房间里除了维克多,还有诗人阿绍特·哈恰特良和两个矫揉造作、引人注意的姑娘。他们穿着款式新颖、价格昂贵的服装,围坐在小桌旁。桌上放着已经开了盖的伏特加酒和小吃。

"阿列克谢!"面带笑容的维克多愉快地说。他是个长着鹰钩鼻的黑发男子,眼神充满了情欲。"你终于来了!我们还在想——你在哪儿呢?过来吧,和我们一起喝一杯吧!"

阿列克谢很赞赏他们的组合,于是说道:

"不了,你们这里正好四个人,第五个人就显得多余了。我是想来打声招呼……我就住在隔壁……如果你们继续制造噪音,我就喊警察了,让你们知道我的厉害!"

女孩儿们面面相觑。

"嗯,他是在开玩笑!"胡子拉碴的哈恰特良连忙说道。

"去散步吧,伙计们!"阿列克谢笑了。

他回到自己的房间,走到阳台上,空气中弥漫着白雪和针叶林的奇妙味道。大海怒吼着,可是在这里根本就看不见大海。夜幕下的雅尔塔灯火通明,大坝上灯塔的灯光在闪烁。带装饰的阳台栏杆旁边,在触手可及的地方长满了裹着银装的棕榈树和柏树。"克里米亚!"阿列克谢开心地笑了起来,从柏树上拽下来一颗像足球一样的果子。库佐夫科夫真棒,出了个好主意!两个星期的时间足以摆脱令人烦恼的现实了!忘掉莫斯科的那些乱七八糟的事情,他就能安心创作了。然后呢……然后就听天由命了!

一想到写作,阿列克谢的情绪就低落了。他明白,自己的小说正面临着形式与内容的危机。显然,短篇小说的体裁与过于无情和夸张的现实生活已经使他疲惫不堪了。揭开生活的假面具,将不可避免地暴露现实生活虚伪的一面。也许,事实并非如此。他不由自主地被这种创作方法给"绑架"了。阿列克谢的"恐怖故事"没有反映人类的一般情感,却是现实的真实写照。他越来越坚信,文学的任务是艰巨的。无耻之徒帕利采夫并没有错,只是愤怒地进行批评的时机把握得不好。阿列克谢的那些"恐怖故事"的主人公们——杀人犯、强奸犯、吸毒者、莫斯科的"底层居民"——都是心理变态者,有着非自然的情感。他的抒情小说(他经常写这类小说)的主人公们是一些无所适从、孤芳自赏的人。他们完全可以被描写成所谓的"正常人",但"主人公们的片面选择"使阿列克谢没有机会说出自己的主要思想。他正是从"富有哲理的故事"入手,开始写小说的。当时,他还是一名医学院的学生。尽管他当时已经表现得很善于阐释"尖锐问题"了,但是对故事情节的表现力把握得不太好——语言不够简洁,陈词滥调时隐时现。在文学研究所,阿列克谢径直朝另一个方向走去,最后"矫枉过正",走向了相反的方向。现在,他应该把哲学思辨和表现手法结合起来。可是,应该怎么做呢?应该从哪方面取材呢?并且,最重要的是要针对什么呢?是为了完成使命,还是为了追求更高的目标呢?他那并不丰富的作家经验让他清醒地认识到,是为了崇高的目标。要是能早点儿知道这个目标就好了!

楼下的大门吱的一声敞开了,传来了人们说话的声音。在人行道上的斜射光线中,阿列克谢突然看到了一个头戴针织帽、身穿"阿拉斯加"牌上衣的人。此人站在林荫道另一侧的柏树下,直视着他。大门随即重重地关上了,周围瞬间一片漆黑。过了一会儿,有人再次打开了门。不过,在柏树旁,阿列克谢没有看到任何人,只看到雪轻轻地从柏树枝上落了下来。

这是维克多、哈恰特良和客人们的声音。看来,他们是在告别——女孩子们发出了笑声。

"他们似乎结束得有点儿早!"阿列克谢感到很奇怪,"大概,他们之间并没有产生崇高的'苏维埃感情'。"

过了一会儿,他的推测得到了证实。女孩子们笑过之后,鞋后跟在光滑的坡道上叮当作响,而诗人们却没有去送她们。一分钟后,维克多闯进了阿列克谢的房间。

"真折磨人!"他大声说道,"我们认为,这就是寂寞的雅尔塔美女,不知道如何打发这漫长的'死亡季节'!这可是要花外币的妓女!想象不到吧,阿列克谢……我们只给了她们一瓶伏特加酒,她们就美滋滋了!"

阿列克谢笑了。维克多眨了眨眼睛,责备地看着他。

"你笑什么?不对别人的痛苦表示同情吗?钱嘛,少得可怜!"

"你们是从哪儿搞到她们的?"

"酒吧……在这儿的一楼。我们以为来这里的都是有义化的读者,而这些是臭名远扬的……她们的手上有一堆法院和警察局的传票。一个女孩儿对另一个女孩儿说:'你明天做什么?'另一个女孩儿回答说:'明天?是这样,十点钟去法院,而在一点钟的时候,我要去找调查员。不管有什么事,我们都三点钟左右见面!'据我所知,她们已经不在乎这些法庭了!"

"怎么,她们到这里来,就是为了勾引顾客?莫非这里有持外汇的外国人?"

"不,外国人在'俄瑞阿得斯酒店'和'塔夫里达酒店'。现在,那里几乎没有外国人了,只有水手,并且很少。有风暴的时候,轮船不会在这里停泊。到这里来的都是当地的'野蛮人……在酒吧工作的阿尔图尔、瓦连京和他们一起干着见不得人的勾当。他们负责牵线搭桥,然后按比例分成……为'皮条客'拉客户,挣点儿提成。用'抽水'的方式赚点儿钱……"

"是啊,这就是'创作之家'给你带来的好处!"

"阿列克谢,什么创作?对他们来说,作家是身无分文的'老爸'。有钱人只有在夏天才会出现……"

"在黑暗中站着的那个男人是怎么回事?他穿的是'阿拉斯加'牌上衣吗?我在阳台上看见……是护卫这些婆娘的吗?是靠与之相好的妓

秘密走廊

女供养的人，还是'皮条客'？"

"什么样的男人？我没看见酒吧里有穿'阿拉斯加'牌上衣的男人！你是在哪儿看见他的？有可能是护卫……"

"好像，有可能吧！"

"究竟是不是，没关系……好在我们已经脱身了！他们把时间都浪费在我们身上了！好了，睡觉吧，我走了——疲惫不堪的人！"维克多在走廊里高声说道。

* * *

早上，阿列克谢把许可证拿给行政主管，然后就拿着餐券到餐厅去吃饭了。餐厅设在一幢新楼的二层，在大厅里就餐的人只占了四分之一的座位。阿列克谢让服务员安排他与维克多和哈恰特良同桌就餐。他们愉快地吃完了早餐，就到被冰雪覆盖的雅尔塔去散步了。晚上，他们去了酒馆。

第二天，有了一个新的能与他们共同进餐的伙伴——一个身材高大、蓄着黑色胡子的人。

"谢苗·库班斯基——导演！"他自我介绍道，"……来外景场地进行拍摄。我这是有幸和谁在一起呢？"

于是，小伙子们分别作了自我介绍。库班斯基得知阿列克谢是一位小说家，立刻变得活跃起来。

"坦率地说，我移居到这里，就是想与某位小说家或者剧作家共同创作电影剧本。我很想拍一部好电影，但却没有满意的剧本。国立电影学院的编剧狗屁不是，与他们合作简直是徒劳无益。一切都停留在细枝末节上，好像集中二十几个细节就能大功告成，像意大利剧作家托尼诺·格拉一样。可是，托尼诺·格拉是一个富有创造力的人，他创作的主要思想都是通过细节体现出来的。"健谈的导演十分激动，甚至忘了喝麦片粥，"我希望能够邀请到一个德高望重的作家。如果可以的话，就在这里——雅尔塔电影制片厂进行创作。剧本应该具有丰富的历史方面的内容，并且是一个富有哲理的侦探故事。但是，我把控不了这类小说的故事情节和写作手法，所以需要一个小说家来帮忙。那么，您擅长写什么样的小说呢？"

阿列克谢耸了耸肩。

"我在努力创作反映尖锐问题的作品。"

"您真幸运！"性格外向的维克多惊呼道，"阿列克谢正是您所需要的人！他有关于莫斯科夜生活的素材，情节十分曲折！"

"真的吗？"库班斯基抓住了阿列克谢的手，"现在，您手头上有这些素材吗？"

"好像有……"

"您不会婉言拒绝给我看吧！请相信我，我可不是随便问问。这件严肃的事情，我正在着手去做。假如我觉得有必要邀请您，那么您将有机会成为苏联最年轻的编剧。任务并不轻松，但并不一定要从头做起，因为基本框架已经有了。"

"阿列克谢，同意吧……你可要发大财了！"天真的维克多高兴地说。他具有招人喜欢的特点——由衷地为朋友的喜事感到高兴。

"用铲子捞钱——这样的美差只有在好莱坞才有。"库班斯基含蓄地微微一笑，"在我们这儿，是用小铲子捞钱。如果能谈成的话，足够生活所需了。您是不是偶尔也写点儿历史小说？顺便问一下，您写历史题材的小说吗？"

"顺便问一下？不是吧——大概不是顺便问一下！"

"对不起！那好吧，这并不重要——要注意表现手法！"

库班斯基无聊地戳着刚拿上来的鸡蛋，细细地品尝着加了牛奶的咖

秘密走廊

啡。然后，他把杯子放到一边，仔细地用餐巾纸擦了擦胡子。

"怎么样，可以去您那儿拿小说吗？"

对阿列克谢的作品感兴趣的人并不多——通常，编辑会把稿件退给他。尽管事情来得十分突然，并且令人难以置信，但是仅凭"库班斯基对他如此感兴趣"这一点，就足以让阿列克谢感到满足了。他们从餐厅走到一栋老房子里，来到了阿列克谢的房间。库班斯基饶有兴趣地环顾了一下这个房间。

"斯大林时期的风格！主要是外观的设计很独特，比我住的新楼要大气。没有冰箱？不过，您也用不着冰箱——您到这儿来，不是为了吃饭。阿列克谢，请您编写的故事里不仅要有侦探的情节，而且要有你说的那种能反映尖锐问题的情节。对此，我非但不会失去兴趣，而且会兴趣更浓——我们的电影将会反映一些尖锐的问题。"

阿列克谢请库班斯基坐下之后，便开始在文件夹里翻找起来。他挑选了六部短篇小说，有侦探小说，也有反映尖锐问题的小说。

库班斯基热情洋溢地感谢了一番：

"我保证不会耽搁太久——这是我的兴趣所在。"

于是，他们就此告别了。导演走后，阿列克谢去了市区。天气阴沉，但却不冷，尽管雪还没有融化。风不时地刮着，上游的海面使人想起了一张皱巴巴的白铁皮。阿列克谢沿着蜿蜒的滨海大道来到了海边。汹涌的海浪翻过大坝，呼啸着拍打着堤岸，然后又沉寂下来，悄无声息地淹没了石台。棕榈树在风中摇曳着。海面上空的云朵迅速地移动着，就像在与波浪展开竞赛。海鸥张开矫健的翅膀，在蓝天、白云中飞翔，天边的城市笼罩在阴霾中。夏季，上边的房子被从尼基塔的山地牧场飘来的云雾笼罩着。

在礼品店附近的一张贴有"游览"字样的桌子旁边，一个留着"船长胡须"的人坐在折叠椅上。他的身体完全被长长的羊皮袄（只有警卫和看守才穿这种衣服）包裹着。如果不是穿着双面的毛皮大衣，人们可能会认为，他从去年夏天就在这里了，因为他戴着黑色的沙滩镜和傻里傻气的毡制"巴拿马草帽"，围着一条蓝黄相间的三角巾。没有人来这里旅游，所以这个怪人伸直了套着胶皮靴子的腿，静静地看着《恺撒利亚的尤西比乌斯①》。

阿列克谢看完了摆在那里的双耳罐、大罐子、"飞蜥"模具、有牡丹图案的玉石荷包、燕窝模型，正要往前走，突然听到了那个头戴"巴拿马草帽"的人悄悄地问：

"您想看看哥特人的纪念品吗？"

他轻轻地打开了面前的小手提箱。箱子里面像商店里摆放纪念品的橱窗一样，黑色的天鹅绒上面放着一排排银制和铜制的饰品，上面有带鹰头的菱形饰物、貌似弓弩的金属锁扣，还有一些圆环形、小锤形和菱形的耳环，以及许多其他东西。饰品的中间是一个长方形的金属牌，上面有希腊的铭文"查士丁尼一世君主"。

"地下饰品店！"阿列克谢猜想着，"他给自己建了一个不错的'地下游览商店'！"

"是您自己做的吗？"他问。

"不，"陌生人盖上箱子盖，然后说道，"是一个老朋友的。这可是金块！商店里是不收黄金饰品的——需要艺术家联盟的会员证或者首饰匠的证书。我正在帮助他变现，反正我待着也是待着。当然，我也不是向所有人推荐。我看您是个正派人，不会告发……"

"当然。"阿列克谢耸了耸肩，"它们为什么被称为'哥特式礼物'？"

"别忘了，我们这是在克里米亚。"

"那又怎么样？"

---

① 尤西比乌斯（260—339），古罗马历史学家，著有《基督教会史》等。

陌生人摇了摇头，笑了：

"必须了解我们的历史，年轻人！您知道克里米亚从前叫什么吗？"

"克里米亚吗？好像叫'塔夫里达'。"阿列克谢不确定地说。

"嗯，还知道点儿……"奇怪的卖家点了点头，"还叫过'基梅里亚'、'西徐亚'、'科利马特'、'彼拉泰亚'……请问，您是学什么专业的？"

"第一学历是医学，将要获得第二学历——文学。"阿列克谢回答道。不知为什么，他感觉有点儿不好意思。

"这么说，您是一位作家？我启发您一下吧！从中世纪早期到十八世纪，欧洲人把克里米亚称为'戈基亚'，把当地东正教的管辖区叫作'哥特的主教区'。您知道这是为什么吗？"

"也许是因为这里有哥特部落的偷袭，"阿列克谢推测道，"所以留下了印记。"

"很好的偷袭！"陌生男子站起来，把羊皮袄裹得更紧了，"意大利的伦巴第之所以有名，是因为有他们在那里生活，而不是因为伦巴第人的偷袭。哥特人从波兰的维斯瓦河下游来到这个温暖的海边，是为了生活，而不是为了掠夺……这是在三世纪，基督复活以后。确实，五世纪时，一部分克里米亚的哥特人与狄奥多里克①（记得勃洛克曾经说过：'为了使在棺木里沉睡的狄奥多里克不再渴求暴风雨般的生活……'）一起去了意大利，还有一些人留了下来。哥特人主要集中在克里米亚的西南部，也就是我们现在所在的位置。在公元六世纪，他们效忠于拜占庭皇帝查士丁尼一世，可以派出三千名训练有素的精兵。这个作者……"他用手指敲打着书的封面，"他的另一部著作描写的就是这件事：'在军事方面，他们占有优势。在农业方面，他们用自己的双手耕种。他们心灵手

---

① 狄奥多里克（493—526），东哥特的国王。

巧，比其他民族的人热情好客。'但是，历史的倾轧在下一刻就要开始了。公元十世纪，在西欧，哥特人已经不复存在了。但是，在写于公元十二世纪的名著《伊戈尔远征记》里，我们可以读到：'看那哥特的美丽少女，在岸边冲着蔚蓝色的大海歌唱，唱响了俄罗斯……'这是'神秘的印象'，还是事实？如果是事实，那么其结果就是哥特人在克里米亚的出现比欧洲人还早二百年！一个世纪以后，著名的鲁布鲁克光顾了克里米亚。他写道：'科尔松纳和索尔达亚之间，也就是赫尔松涅斯和苏达克之间，居住着哥特人。他们的语言是德语。'结果，哥特人来到克里米亚一千年以后，作为一个民族存活了下来，并且德语讲得仍然很好！"

"难道说鲁布鲁克是德国人？"阿列克谢表示怀疑。

"他是弗拉芒人……而弗拉芒语，众所周知，跟德语很接近。不过，也有可能由于客观原因，鲁布鲁克是错的。又发生了什么事情呢？又过了两个世纪，热那亚人约瑟法特·巴尔巴罗坐船来到克里米亚，并证实，在卡法（即费奥多西亚①海岸的转弯处）有一个哥德堡，在那里居住的哥特人都讲德语！巴尔巴罗本人不懂德语，但他有个德国仆人。他和哥特人说话的时候，互相都能听明白——与弗尔兰人和佛罗伦萨人互通语言相似……就像你我在阿斯科尔德②时期同基辅人交流毫不费力一样。"

"简直令人难以置信！"阿列克谢回应道。

"您觉得，关于克里米亚的哥特人，这些证据还不够吗？那么，还有一个更有价值的证据！十六世纪中叶，另一个弗拉芒人布斯别克在君士坦丁堡会见了两个克里米亚的哥特人。布斯别克在文艺复兴时期还是

---

① 乌克兰的一座城市。
② 古代罗斯的王公。

秘密走廊

个孩子，但他做了许多鲁布鲁克和巴尔巴罗根本就想不到的事情。他写出了大概七十个克里米亚哥特语的单词和短语。你听一听，其中有一些词……'布罗耶'是'面包'（众所周知，德语的发音是'布罗特'）；'胡斯'是'房子'，德语的发音是'哈乌斯'；'布鲁德尔'是'兄弟'，德语的发音是'布鲁德尔'；'舒乌耶斯杰尔'是'姐姐'，德语的发音是'什韦斯杰尔'；'阿尔特'是'老年人'，德语的发音是'阿尔特'；'斯捷尔'是'星'，德语的发音是'什捷尔'；'塔格'是'白天'，德语的发音是'塔格'；'瓦根'是'马车'，德语的发音是'瓦根'；'什里片'是'睡觉'，德语的发音是'什拉分'；'辛根'是'歌唱'，德语的发音是'辛根'；'拉亨'是'笑'，德语的发音是'拉亨'；'科姆缅'是'走'，德语的发音是'科姆缅'；'斯塔特茨'是'国家、土地'，德语的发音是'什塔特'……语言学家并没有对哥特语中这些词汇的特点表示怀疑。可见，鲁布鲁克和巴尔巴罗并没有说谎，这两种语言实际上是相同的……四世纪，基督复活时，哥特主教乌斐拉将《圣经》翻译了过来。的确，哥特人在巴尔巴罗之前就与阿兰人（即现在的奥塞梯人）的祖先通婚了，所以在与布斯别克交谈时，他们使用了一些外来语。例如，他们把数字'一百'说成'萨达'，而奥塞梯人则把这个说成'塞迨'；把'一千'说成'哈捷尔'，而波斯人则把这个说成'哈仔尔'……根据与布斯别克交谈获得的信息来判断，克里米亚哥特人的数量已经减少了百分之七十五。作为克里米亚汗国的附属国……他们派给拜占庭帝国的士兵就有三千人之多，而在公元六世纪时只有八百人。但是，我们有理由相信，哥特人和哥特语在十八世纪就在克里米亚存在了。1925年和1935年，库夫京和别尔什塔姆探险时，在巴赫奇萨赖地区的山村里发现了一个原木造的老木屋，天花板与地面的距离很大，完全不像传统的克里米亚土坯房和篱笆建筑——多半是德国北部和斯堪的纳维亚的建筑。房梁是榫结构的，屋顶像一顶帽子一样扣在墙上。当地的老住户把这种用一排排房梁支撑的精巧小屋称为'拉赞'或是'拉兹纳'。在突厥语里没有类似的词，但在哥特语里，'拉兹恩'是'房子'的意思。克里米亚的鞑靼人认为，这些建筑是最古老的建筑。好的原木做的木屋大概建于一百一十年前或者二百年前。有证据证明，这些'拉赞'建于十八世纪或者更早——十七世纪末……"

阿列克谢十分惊讶地看着他。

"您问我受过什么教育……"他说，"您是做什么的？历史学家？"

"是的。"打扮怪异的商人谦虚地低下了头，"我认为，现在该作自我介绍了。阿尔伯特·佩佩利亚耶夫——一个没出息的历史学副博士。"

"我叫阿列克谢·兹沃纳列夫。您为什么说自己没出息？"

"因为我写的题为《公元三世纪至十八世纪克里米亚的历史巨变》的论文……答辩仍然没有通过。"

"莫非是因为你的研究方向是'哥特'？"

"不是。"佩佩利亚耶夫笑着说，"还没到这一步……虽然'持正统派观点的人'说，希特勒曾经打算把克里米亚叫作'东哥特兰'——这也是我论文中的一个议题。不过，一些古代的遗址……尤其是与坟墓有关的文献资料是会引起争议的。所有这一切，"他指了指小手提箱，"都是在克里米亚西南部找到的实物的复制品。我的历史观还没有确立！"

"您的意思是说，在克里米亚，哥特人是有尊号的？"阿列克谢推测道。

"不，"佩佩利亚耶夫活跃起来，"要在克里米亚找到有尊号的民族，还需要很长时间……问题并不在这里。我们并不是很了解其他民族的历史，就像塞瓦斯托波尔附近的一条铁路，会不时地在隧道中'潜水'。我们只能看见上面的那段，可是地下的那段是如何延伸的呢？从历史和哲学的角度来看，哪些更重要呢？哥特人居住在克里米亚，大概

秘密走廊

是在十五世纪。关于他们的道路，我们都知道些什么呢？对此，我们俄罗斯人还是很感兴趣的。依照欧洲非斯拉夫民族的观点，哥特人在精神上与我们很接近。顺便说一句，有很多斯拉夫民族在精神上与我们很接近。"

"真的吗？"阿列克谢表示怀疑地笑了笑，"我还是头一回听说！"

"瞧，长见识了吧！好吧，请不要生气！你确实有些孤陋寡闻——在一般的历史书里，不会写得这么详细。你能说出德语的第一个字母吗？"

"是关于古代文字的吗？"

"不……我指的是基督教统治时期。"

"关于它，我能说什么呢？拉丁字母是借用罗马人……要知道，哥特人的文字并不是一种原始文字。"

佩佩利亚耶夫笑了起来。

"这是因为，您没有找到那条'历史的秘密走廊'！假如我告诉您，他们使用了西里尔字母呢？"

阿列克谢的脸涨红了。作为"没出息的历史学副博士"，他有时会感到很不自信，甚至觉得自己很愚蠢。他担心自己会陷入窘境，所以保持着沉默。

"哥特人的部落是欧洲最先有书面文字的野蛮部落。"佩佩利亚耶夫微笑着看了一眼阿列克谢，"传说中的哥特主教乌斐拉在四世纪基督复活的时候就创立了文字……这就是字母表，我的朋友。更准确地说，这就是乌斐拉字母表，因为在四世纪，既没有基里尔[①]，也没有梅福季[②]！是的，希腊字母以哥特字母为基础，还有一些斯堪的纳维亚文字和拉丁字母的痕

---

① 斯拉夫文字的创始人之一。
② 斯拉夫文字的创始人之一。

迹！我们的字母表是造出来了，但是基里尔和梅福季并没有将斯拉夫民族的特点用字母表现出来。德国人的书面语是以哥特字母表为基础的。乌斐拉翻译的圣经比普通的圣经——圣杰罗姆①的拉丁文经典译本还要早！在路德之前，德国人没有较好的译本，所以专家称其为'德国散文的范本'！至于您提到的哥特文字……哥特人并没有采用。况且，它们之间也没有什么直接关系。这就是赫赫有名的'哥特风格'……"

"哦，是这样……非常有趣！"阿列克谢承认道，"不过，您的逻辑，我还不是很清楚。如果我们的文字像哥特人的义字一样，是建立在希腊文的基础之上的，那么我们有可能比哥特人更接近于希腊人。"

"这话很有道理。"佩佩利亚耶夫点头称是，"但是，这不仅仅局限于文字。我们和哥特人都是野蛮人。作为基督徒，希腊人堪比罗马人，而我们也堪比哥特人。是的，希腊的东正教徒作为精神导师，同样与我们很接近。无论是我们还是哥特人，都不是在罗马，而是在君士坦丁堡接受的基督教。一些史料可以证实，萨洛尼卡的兄弟乌斐拉是一个希腊本地人。作为其弟子，我们与哥特人很接近。乌斐拉在翻译《旧约》时看到了《列国志》，他是怎么处理的呢？其实，您是知道的，书里与以色列的敌人有关的内容是这样的：'击败他们，一个也不剩！''梅纳伊姆·季菩萨杀死了这里所有的人……也枪杀了这里所有的孕妇……'他一般不把这些内容翻译出来，声称'不想进一步激发本民族的好战精神'。但是，这与俄罗斯人所了解的旧约非常接近！请读一下都主教伊拉里昂的《法与神赐说》吧，虽然我不知道您在哪里能够读到它。但是，马丁·路德十分完美地翻译了《列国志》……"

一个身穿光亮的皮革长大衣的人打断了历史学家的长篇大论。此人跟佩佩利亚耶夫耳语了几句，阿列克谢只听到了"香烟"这个词。佩佩

---

① 把圣经翻译成拉丁文的伟大翻译家。

利亚耶夫皱了皱眉头,用眼神请求阿列克谢原谅。他问穿皮革大衣的人:

"多少钱?我是不赊账的,这你知道。"

"好吧,给我五包……"

"三包!"历史学家一口回绝了。他看了看周围,把手伸到皮革大衣里摸了摸。

穿皮革大衣的人打开了塑料袋。于是,佩佩利亚耶夫就像魔术师一样,轻而易举地从肥大的袖管里甩出了三包烟。阿列克谢觉得,这些烟是"骆驼"牌的。穿皮革大衣的人把一张十卢布的钞票塞到空空的袖管里,立刻就消失了。

"是的,但是……"阿列克谢有点儿吃惊地想,"看来,你的小生意并不局限于哥特纪念品!"

"孩子们要喝牛奶……"佩佩利亚耶夫讪笑着说,"工资,您也知道……只有九十卢布……我可以卖给您……五十戈比一包。就像志同道合的兄弟……"

"不,我只抽'爪哇'牌香烟。我已经习惯于抽上档次的香烟了……"

"顺便说一下,如果您有大量的'爪哇'牌香烟,那么我可以按照每包四十戈比要货……'杜卡特'牌的三十五戈比。或者,干脆按照7∶1的比例换取美国香烟。"

阿列克谢觉得交谈对象的话题转变得太快,所以对面前这位落魄历史学家的各种商业推销感到十分诧异。他摇了摇头,而佩佩利亚耶夫则善解人意地看了看他。

"多少有些出乎意料——从科学的殿堂到罪恶的人间,不是吗?但是,您别忘了,我们是在克里米亚——远古时代商船停泊的地方。阿乌格里·布斯佩克写了一首哥特文的歌曲,翻译过来大概是:'渐渐地,渐渐地,当船舶停靠在这里……这个区域就挤满了商船……'当然,这是为了换取黄金。不排除这就是《伊戈尔远征记》里的哥特少女唱的那首歌所表现出来的情景。看到了吧，商业已经渗透到了南部沿海居民的血液里。没有人能够在短短的六十年里改变它！让我们用'走私烟草'来结束这个话题吧！"他又把手伸到外套里，然后递给了阿列克谢一包开了封的"骆驼"牌香烟。

于是，他们便开始吸烟了。佩佩利亚耶夫继续着他的话题，好像什么也没有发生：

"西哥特人和我们东斯拉夫人在精神上很接近，但二者却选择了不同的历史道路。西哥特人和狄奥多里克的东哥特人是沿着乌尔菲拉的路线前行的：他们在西班牙和意大利的基督教王国中巧妙地将'德国的激进精神'变为了'和平的定居生活'。《乌斐拉福音书》感化了他们——就连欧洲哥特人的阿里乌教派①都在某种程度上走向了低迷，关注着君士坦丁堡的决定。欧洲就像架在火上的大锅里的水一样沸腾着，各民族都在进行大迁徙——这些人在十字架的阴影里怡然自得地生活着。然而，好战的邻居们并没有原谅这样的民族。于是，阿拉伯人击败了西哥特人。是的，还有阿拉伯人！基督教的拜占庭摧毁了意大利的东哥特人，却没有放弃罗马帝国的精神。欧洲的哥特人消失了，像布尔人一样，只留下了文化形象——哥特的文字和哥特式的风格，而这些并不是他们发明的。对于真实的历史来说，这简直是一种讽刺！不过，也不能说所有的哥特人都被消灭了，因为有些人被意大利和西班牙的原住民同化了，而另一些人则去了北部，与那里的其他日耳曼部落融合了。这样一来，问题就出来了：为什么那时住在西班牙和意大利的犹太人要逃避这一问题呢？答案是：他们只能按照《旧约》中训谕他们的旧法典来

---

① 公元四至六世纪的基督教教派之一。

秘密走廊

生活,也就是按照凶残的《列王纪》① 生活。我不知道东斯拉夫的大公们是否研究了哥特人的历史,但我知道,他们选择了另一种道路。要是考虑到哥特人的经验、犹太人的经验和拜占庭的经验,那么这就是一条'善战的基督教道路'——帝国基督教的道路。在拜占庭帝国,鹰的右爪上有一把宝剑,鹰的左爪上有一个十字架。'爱你的敌人——摧毁祖国的敌人、藐视神的敌人!'从此,俄罗斯就走在这条道路上了。为了建立帝国,他们付出了许多精力和汗水,但也只持续了五个世纪——比拜占庭帝国少一半。在1917年的'神父与帝国交响曲'之后,帝国是否因此而变得强大了呢?存在着帝国兴衰的规律……它们处于缓慢的运行中,而历史并不喜欢笔直、平坦的道路。不错,道路交通图上的道路是笔直的,但在历史的进程中却布满了沟壑。现在,让我们回到'克里米亚的哥特人'这个话题上来吧!他们存在的时间比欧洲人长了八个世纪,比拜占庭人长了五个世纪。而我们俄罗斯人,暂时比克里米亚的哥特人存在的时间短!这是什么意思呢?这表明,有第三条历史道路。克里米亚的哥特人成为基督徒以后,仍然没有彻底丧失'德国精神'。必要时,他们会拿起武器。例如,公元八世纪,在抗击哈扎尔人入侵的战斗中……但是,几千名哥特勇士没能抵挡住时常侵袭克里米亚的强大历史风暴。其实,这与抵御龙卷风的侵袭是一样的。于是,哥特人退回到了山上的城堡里。如果敌人继续围攻,他们就立即消失。几十年过去了,他们依然如此。风暴过后,他们又出现了,就像什么也没有发生过一样。他们去了哪里?他们走进了历史的'地下走廊'。克里米亚的巨大洞穴至今仍然是个谜。您大概知道,他们只被研究了25%。在克里米亚,每个山脚下都有一个巨大的洞穴——'南大门'下面中世纪的'洞穴小镇'楚福特-加莱就是如此。然后,就再也没有人敢往前走了,

---

① 波斯诗人菲尔多西的作品,又称《王书》。

哪怕只走出五百米。在埃斯基-凯尔门山,在山岩里凿成的垂直通道大概有一百米长,直接从山上通到了地下。沿着这条通道,就是不用探险的工具,也能走出二十来米。再往下,台阶被磨掉了——是被走向'历史地洞'的哥特人的脚磨掉的!类似的情况在曼戈坡也有:挤进一个细小的裂缝……被考古学家称为'曼戈坡之臀'。当你出现在有着巨大的拱形门的大厅里时,你会发现这里有一条不知通向何处的长长的地下走廊。"

"就是这样——就像'七个小矮人'一样,哥特人几十年来就住在山洞里吗?"阿列克谢充满疑惑地问道。

"不一定。"佩佩利亚耶夫耸了耸肩,"他们可以像匹诺曹①及其朋友们那样,下到洞穴里,再上到远离自己堡垒的地方——就在海边,在某个山脉的后面。在克里米亚的地下,好像有一种类似于地铁的交通工具。你知道吗?我认为,哥特人为了一些利益,引领其他部落走上了这条走廊。有时候,由于人数过多,他们突然出现,却又立刻从克里米亚消失了。不过,我丝毫不怀疑哥特人可以在克孜尔-科巴这样的山洞里住上几个月。那里有地下河流、湖泊,还有二十米宽的瀑布,应该可以住上几年。随后,他们再次上到地面……还有身穿红色衣服的哥特少女在蓝色的大海之滨歌唱。我们用购买的武器为自己获得了名誉,为大公们赢得了荣耀。顺便说一句,斯拉夫的'宝剑'一词是来源于哥特语的'梅基'。有必要改变哥特人的角色——让他们放下武器,专心唱歌和敲钟吗?当历史的火车头朝你飞驰而来的时候,你最好靠边站。没关系,不是到处都有山洞。不过,他们总会在适当的时候出现。需要找到自己的'历史走廊',即自己的'特洛伊之路'。秘密走廊不仅可以帮助你

---

① 意大利儿童文学作家科洛迪(1826—1890)的作品《木偶奇遇记》的主人公。

秘密走廊

躲避追你的敌人，让你远离流血和苦难，而且可以让你所处的社会从一种形态转变为另一种形态。还有，比方说，不用流血牺牲和遭受苦难就能使国家从一种社会形态转变成另一种社会形态。究竟是什么样的社会形态呢？也就是说，生活在一种理想的社会里——这往往取决于社会的现状。"

"现在，我终于明白您的论文为什么被'枪毙'了。"阿列克谢说道。

"嗯，在论文里，我没有写得这么直白，不过大概意思是这样的。"

"现在，那些哥特人在哪里？"

"迷失在历史的走廊里了。"佩佩利亚耶夫咧开嘴笑了笑，"也许还会出现……然而，他们作为'迷失自己国家的人'生活了很久，但却并不感到悲伤。"他把脸凑近阿列克谢，悄声说："为了让您明白我不是在开玩笑，我建议您进行一次'哥特式地下隧道的内部之旅'。您想这样做吗？"

"当然！"阿列克谢激动地叫道。"内部"二字，在那个时候意味着"享有特权"。只要享有特权，通常就不会被拒绝，比如"内部电影"、"内部戏剧"、"内部音乐会"、"内部甩货"，等等。这个词被用到了荒谬的程度！比如说，艺术家要吸引观众参加一个展览的开幕式，就说这是"内部展览"。

"你还用到别的地方去吗？"

"哪儿都不去。我已经告诉过您了，他们都在克里米亚的地下……也包括这里——雅尔塔。"

"您不用再说了……什么时候开始旅行？"

"嗯，您应该知道，这是一次计划外的旅行，要找可靠的人。后天晚上六点钟，您到我这里来……我也可以去找您。您暂时住在哪里？"

阿列克谢把自己的住处告诉了他。

"为了这次旅行,您需要支付十三卢布。您同意吗?"

"这么贵!"阿列克谢惊呼道。当时,徒步旅行的费用不超过一卢布。

"要知道,这并不是一次普通的徒步旅行……就像电影《潜行者》里面演的那样,无法召集很多人。但是,为了把他们送到地下走廊里去,我需要付费。况且,我还要冒很大的风险。不过,既然您是个大学生……这样吧,我给您优惠点儿——十卢布。一言为定!"

他们互相击掌,谈妥了价钱。

阿列克谢对近些日子自己所遇到的一些事情感到十分惊讶。他沿着江边走了走,从一个路人那里打听到了"契诃夫故居"博物馆怎么走,然后沿着普希金大道走向了公共汽车站。在街道的中间,浑浊的乌昌苏河①水哗哗地流淌着。阿列克谢心想,同名的瀑布现在正是水量充足的时候,值得去看一看。在文学博物馆里,他看见一个牌子上写着"罪恶的宗教法庭——中世纪刑具展览",笑了笑。此次展览是给来度假的人准备的,他认为有必要参观一下。不过,展览要等到几天后才开幕。于是,他便来到了灰色的波兰天主教教堂。教堂的院子里站着一群老年游客,一会儿讲波兰语,一会儿讲捷克语。阿列克谢立即就明白为什么宗教法庭的刑具展览被安排在附近,而不是在其他地方了。这么说吧,这是最直接的反宗教宣传。阿列克谢继续往前走,来到了"斯巴达克"影剧院。在那里,他遇到了一位身穿黑色镶边羊皮短外套的姑娘。那个姑娘惊讶地盯着他看,皱着眉头。他含糊地说了声"对不起",便继续往前走,边走边回头瞅一眼。那个姑娘仍然站在原地,惊讶地目送着他的背影渐渐远去。"我确实在什么地方见过她!"阿列克谢寻思着,"就在不久前!莫非她是昨天见到的那群流浪的女人中的一个?不,她显然比

---

① 流经克里米亚南部的一条河,全长七公里。

秘密走廊

她们要年轻一些,脸上什么都没抹……也许,我在莫斯科见过她。可是,在莫斯科的什么地方呢?文学研究所?不,所有的同学,我都认识。"很快,他就想起来在哪儿见过她了。

她是上校特鲁巴切夫的女儿——年轻的玛丽娜·弗拉季!

这时,阿列克谢就像生了根一样,立刻停下了脚步。没错,就是她!可是,她是从哪儿来的呢?他缓过神儿来,朝她走去,怯生生地看着她的眼睛说道:

"您好!……我们好像见过面。那时……在您家。"

她默默地点了点头。

"可是……您怎么在这里?"

"您呢?"

"我?"不知怎么回事,阿列克谢有点儿不好意思,"嗯,我有许可证……在作家疗养院度假……我还在文学研究所学习……在这儿度假。"

"您是大学生?"玛丽娜·弗拉季的眼中闪过了一丝不信任的神情,"我和妈妈都以为您是一位医生……"

"当然,我是医生。"阿列克谢显得更尴尬了,"准确地说,我是一名助理医师……但是,我还写小说……就进了大学……您好像不相信我说的话!"他突然想起了什么,"请看……"他在兜里摸索了一阵子,掏出了一个蓝色的学生证,上面印着烫金的大字"苏联作家联盟,高尔基文学研究所"。

女孩儿看了看他的学生证,然后把它还给了他。

"您不觉得我对您没有丝毫的怀疑吗?"她说,"只不过,围绕着我爸爸的去世,存在着太多的怪事和谜团……"她的大眼睛里涌出了泪水。

阿列克谢也这么认为,但他却没有说出口。

"我父亲下葬后，我们就被迫来到了这里，就连父亲的'头九'①都不让家里人悼念一下。到我们家来了一个医生，说我们家阴气太重，要立即送我们到精神病院去，以避免精神崩溃。当他说到'精神病院'时，我全身都战栗起来。当初，您劝过我爸爸……收拾东西，总共用了十二个小时。拿到了许可证，然后购买机票……我们甚至来不及收拾家里的东西。如果您能知道在我们身上究竟发生了什么事情就好了！他们敲击地板，甚至拆掉了踢脚线……问了很多关于您的事情……所以，看到您在这里，我感到很惊讶。"她迅速地向四周扫了一眼，压低了声音，"爸爸的保险柜被人打开了，钥匙不见了，文件也被偷走了……他们还问我们'是谁干的'。搜查的时候，他们不允许我们进入书房。有可能是他们自己打开保险柜……"

"他们是谁？是国家安全委员会的人吗？"阿列克谢压低了声音问道。

"我怎么知道！"女孩儿两手一摊，"您知道他们来了多少人吗？每次都换人！他们还相互打探，问某人是否来过这里——他们好像连我们都怀疑。他们把妈妈折磨得够呛！"

"他们要是怀疑你们，就不会让你们离开莫斯科了。"

女孩儿苦笑了一下。

"在这里，他们就不会审讯我们了吗？我们刚到这里……我有一种感觉，他们把我们带到这里，就是为了让我们与莫斯科的亲戚和熟人隔绝。告诉我，您被审问过吗？"

"何止审问！"阿列克谢本想简单地介绍一下自己的境遇，但是他突

---

① 十六世纪，东正教规定，悼念死者的日子是复活节后的第九天。现在，信奉东正教的人在亲人去世后的第九天、第二十四天、第四十天和周年时都会举行祭奠仪式。

秘密走廊

然发现有一个人站在他们旁边,嘴里叼着一支烟,穿着一件"阿拉斯加"牌上衣,头戴一顶黑色针织帽,两只眼睛离得很近。

就是他前一天在阳台上看到的那个人!此人转过身去,耳朵对着他们,做作、冷淡地看着另一边。他就是在"地窖"里被库佐夫科夫赶走的那个戴狗皮帽子的男人!

阿列克谢的脑海里突然闪现出一个可怕的想法。他立刻感到浑身发热,后背直冒冷汗。"狗皮帽子"……消失在斯库拉托沃镇的"列宁"……穿"阿拉斯加"牌上衣的人……原来,国家安全委员会的人在"地窖"里就开始"引领"他了!现在,他们成功了——"捉住"了他和特鲁巴切夫的女儿会面。在任何时候都无法向任何人证明,这只是个意外……甚至是对切列帕诺夫!意外的相遇有可能在莫斯科,而不是在雅尔塔!

她惊讶地看着他,不明白他为什么不再作声。阿列克谢向她俯下身去,面带微笑地耳语着,就像在说恭维话:

"你没发现有人在盯梢吗?"

她快速地看了那个人一眼,点了点头。

"是这个人吗?"他瞟了一眼穿"阿拉斯加"牌上衣的男子。

她摇了摇头,看向了另一边。阿列克谢仍然不自然地微笑着,朝那个方向瞥了一眼。右侧有一个相貌平平的男子,身穿灰色大衣,戴着毛绒帽子,站在栅栏边看海报,是个典型的"密探"。"原来,这个女孩儿是来监视我这个自以为是的作家的!"阿列克谢想道,"她早就知道有个'尾巴'了!真不愧是间谍的女儿!"而他就是个醉鬼……阿列克谢感到十分愤怒,像一只被困的恶狼一样。

穿着灰色大衣的"密探"离他们大概有十米左右,而穿着"阿拉斯加"牌上衣的男人比"密探"离他们更近,以致他抽烟时吐出的烟雾都能刺痛他们的眼睛。从他们身上散发出来的香水味可以判断出,香水是进口的。"大概是在佩佩利亚耶夫那儿买的!"不知道为什么,阿列克谢这样想着,环顾了一下四周。他们站在附近的公交车站上。在距离路口大约十五米的地方,停了一辆警车,里面坐着两个巡警。

于是,有些失意的阿列克谢有了一个大胆的想法。他拉起女孩儿的手,把她领向了巡逻车。这时,"密探"们紧紧地跟在他们身后。

"你要带我去哪儿?"女孩儿惊恐地低声问道。

"别害怕!"

阿列克谢来到那辆"拉达"警车旁,敲了敲侧面的车窗,里面的人立即放下了车窗。

"我们这儿有警情!"阿列克谢低声说道,"我身后的那两个人——一个穿灰色大衣,另一个穿'阿拉斯加'牌上衣——倒卖外国香烟,还在路边招揽嫖客,提供色情服务。作为共青团员,我们不能熟视无睹。得迅速采取行动,他们跑得很快!"

女孩儿看着阿列克谢,不停地眨着眼睛。

"我知道了。"警察点了点头,看了一眼后视镜,对搭档说了一句话。

同时,"拉达"车的车门砰的一声被打开了。警察一个急转身,跳下了车——车门差点儿碰到阿列克谢和那个女孩儿。

"在这儿等着!"警察对他们说。

"密探"们仍旧站在原地,而警察们则迅速地走到了他们跟前。和阿列克谢讲过话的那个警察瞟了一眼穿"阿拉斯加"牌上衣的那个家伙手里的烟,说道:

"请您出示证件!"

那个人从牙缝里挤出了一句话:

"什么?我去哪儿?……好吧,我们走吧!"

而"灰大衣"却没有争辩,而是狡猾地四处张望了一下,然后把手

秘密走廊

伸到了口袋里。"去掏手枪！"阿列克谢猜测着。他观察了一下过往的行人，发现一辆红色的"团结号"无轨电车正摇摇晃晃地驶进车站。

"走吧！"他说着，挽起了姑娘的手臂。

于是，他们跳上了"团结号"无轨电车。车门砰的一声关上了，无轨电车发出了一阵轰鸣——启动了。阿列克谢紧贴着窗户，看着窗外。一名警察死死地抓住了"阿拉斯加"的手，而对方则徒然地企图挣脱，并且向驶离的电车投去了绝望的目光。"灰大衣"张开镶着钢牙的嘴，看着第二个警察仔细地检查着他的身份证。

女孩儿转身离开阿列克谢，笑得前仰后合，而阿列克谢则很难为情地看着她。不知为什么，他一点儿也不觉得好笑。最后，她擦去眼泪，转过身来面对着他：

"对不起！这件事情，我可能做得不对！这些日子，有很多出乎意料的事情落到……"

"是的，当然……"他点了点头。

"可是，您为什么说他们向路人提供色情服务？"她问他时，又笑了起来。

"昨天我就发现这个人跟着我了，和另一个人在一起……"

"您是在哪里看到他们的？"

"就在我们的'创作之家'。"阿列克谢毫不犹豫地回答道。

"明白了。"她说着，后退了一步。

现在，该轮到阿列克谢笑了。

"不是，您没有理解我的意思。我碰巧看到……"

"可是，万一警察开着警车来追我们呢？"她打断了他的话，"我们摆脱了盯梢，换来的就是这个？今天这些人消失了，明天又会来另一拨人……"

阿列克谢无法回答她的问话，只是确信有必要逃跑。

"我们一起离开这儿吧!"他说,"实际上,他们真的有可能追上我们。特工人员有可能把车号告诉新的'密探',于是他们就会坐上电车……"

他们来到亚历山大·涅夫斯基教堂对面的那个草木被修剪得非常整齐的花园,钻进了地下走廊。阿列克谢回头看了一眼——没有人跟踪他们。

"顺便说一句,我叫娜塔莉娅。"女孩儿说道。

"请原谅,"阿列克谢突然发现了自己的疏忽,"还没来得及做自我介绍——我叫阿列克谢。"

"那么,我们现在该做些什么呢,阿列克谢?"

"我想,我们既然已经甩掉了'尾巴'……就这么回家,太委屈了。要好好地利用一下这段自由的时间……咱们可以坐上巴士,沿着海岸兜风,好好地谈一谈。如果您想在什么地方下车的话,咱们可以去散散步。"

"可是,我妈妈怎么办?她还等着我回去吃饭呢!不过,可以给楼道值班员打个电话,让她通知妈妈一声。"

"您只能说自己去了某个博物馆……要是值班员告诉了其他人,咱们的宏伟计划就泡汤了。"

娜塔莉娅点了点头,在口袋里找到了两戈比的硬币,向自动电话亭走去。

* * *

一辆破旧的"巴兹"汽车行驶在雅尔塔宽阔的街道上,不时地发出咯吱声,防滑链叮当作响。街道两旁的房子像梦幻森林里的蘑菇一样,布满了山坡,以其独特的魅力征服了游客——这里是苏联唯一不准修建

秘密走廊

高楼的地方。然后,汽车驶入了下行坡道,开始上下颠簸。突然,它不知是驶向令人头晕目眩的大海,还是前往"通向天际的陡坡",因为如果不注意拍岸的浪花,蓝色的大海与天际已经融为一体了。无论是身后的雅尔塔还是山体两侧的道路、倾斜的山脊——一切都仿佛悬挂在几百米的高空中。高度一般的克里米亚山与"几千米的高山"相比,简直是相去甚远。它体积庞大,充满了纵深的空间感,就像充满空气的氢气球一样,充满了整个地球。无论你在埃佩特里山的顶峰,还是在上坡或下坡路上,只要你朝雅尔塔的方向望去,就会感受到这种空间感的魅力,同时感觉自己像海鸟儿一样在海面上翱翔。

顺着阶梯从半圆形的山上下来,你会发现雅尔塔的景观并没有"就此结束"。卫星云图下的利瓦季亚镇、奥列安达镇、加斯普拉镇和科列伊兹镇的白色民房尽收眼底,就像从有洞的袋子里洒落的一块块方糖,曲曲弯弯地伸向岸边。房顶被积雪覆盖着,但围绕着这些房屋的却是耀眼的、芬芳的、永不凋零的克里米亚绿色柏树和意大利针叶松树,以及散发着桧柏球芳香的灌木丛。上冻前保存下来的粉红色杨梅时隐时现,像蛇蜕皮一样脱掉了外皮。因此,在克里米亚,人们准确而恰当地将其戏称为"不知羞耻的女人"。在世界上最令人称奇的海天一色的城市中行驶的公交车上的数字,竟然是枯燥无味的"26",并且从 A 点到 B 点运送的都是些平庸的人。

阿列克谢和娜塔莉娅坐在汽车的后排座上,上下颠簸着。阿列克谢买了两张到终点站锡梅伊兹镇的票。他把发生的一切都告诉了她——当然,跟往常一样,回避了有关政治局间谍和国家安全委员会领导的话题。她沉思着,没有作声。

"现在该怎么办呢?"最后,她问道。

"我也不知道。"阿列克谢坦诚地回答道,"我的朋友保证说,我躲在雅尔塔的时候,一切都将烟消云散,但事实上并非如此。现在,我们把全部希望都寄托在切列帕诺夫身上了,前提是他别跟涅米洛夫斯基扯上关系。"

"我说的不是这件事。"娜塔莉娅说,"怎样才能找到置我父亲于死地的那些人呢?"

阿列克谢感到十分惭愧。他想的最多的是自己的性命,可是人家的父亲死了,想知道真相……

"只能寄希望于那个切列帕诺夫了……"他很难为情地回答道,"还有你父亲在情报机关的那些同事,他们可能也想知道保险柜里的那些文件是如何失踪的、为什么会失踪。"

"他们来过我家。可是,他们马上就为了'谁是最早来的'吵了起来。他们开始争辩,是谁拿走了放在书桌上的文件……还是那些人,不知道往哪儿打了很长时间的电话,弄清楚了谁能接触到机要文件,以及谁有权力进行侦查……结果,我父亲的同事只是简单地向我们进行了询问,并且仔细地查看了书房,然后就离开了。他们好像还拿走了一些文件……"

"出事以后,谁第一个走进了书房呢?"阿列克谢有些迟疑地问道,"对不起……"

"没什么。"娜塔莉娅忧伤地说,"您应该了解这件事……顺便说一句,那些穿便衣的人问起过您。他们问我,您走出书房时,手里是否拿着文件,衣服口袋是不是鼓起来了……当然,把责任转嫁给别人,对他们来说是再好不过了。如果转嫁给我和妈妈……是这样,妈妈出去以后,第一个走进书房的是一个警察,然后是一些医生和戴红袖标的军人——卫戍区的巡逻兵。然后,进去了一些文职人员,分成两拨:一拨是国家安全委员会的人,另一拨是检察院的人……就在这时,我从朋友那儿回来了。所有的门都大敞着,里面是一些陌生人……我立刻就明白了,爸爸……"她的声音中断了,泪水涌了上来,"当然,我不记得他们都是从什么地方来的了。如果可以指认的话,我还记得谁是第一个走进书房的……"

"关于这一点,你对别人说过吗?"阿列克谢立刻问道。

"说过。"

"完了……现在,我总算明白他们为什么要把你们打发到这儿来了。"

"为了除掉证人?"

他点了点头。

"后来,"娜塔莉娅擦干眼泪,继续说道,"我父亲单位的人来了。然后,来了一些莫斯科刑事侦查局的人。再后来,军事检察院的人来了……还有法医、摄影师。他们是哪个部门的,我就不知道了。"

"我说的那些人——涅米洛夫斯基和另外两个人,一个是大高个儿,另一个是黑头发,好像都是亚美尼亚人。您不记得了吗?"

"切列帕诺夫已经问过我了……不,不记得了——在任何情况下,他们都在一起。当然,那里除了一个'亚美尼亚人'以外,其他人长得都很相像。有一个人很像他们的人……就算是'亚美尼亚人'吧。可是,他们当中有哪些是你们的人……要是能看一下他们的照片……"

"是啊,"阿列克谢摇了摇头,"这是个难解之谜……什么时候发现文件失踪了呢?"

"不知是检察院的人还是国家安全委员会的人……就在那些人来的时候。先来的人出去十来分钟后,就有人问'谁打开过保险柜'了。"

"明白了。我想,不管他们是怎么进行自我介绍的,他们都是国家安全委员会的人……还有警察局的人、医生和卫戍区巡逻队的人。关于打开保险柜的事,他们是怎么说的?"阿列克谢说。

"无论是最先来的巡警和普通民警,还是后来的医生、军人,都已经不在了。然后,是否有人讯问过他们,我就不得而知了。"

阿列克谢陷入了沉思。这时，汽车驶入了狭窄、弯曲、高低不平的阿鲁普卡大道。司机十分从容地驾车高速行驶在下坡路上，尽管路面上已经结了薄冰。一个急转弯，车辆躲避了迎面而来的车辆，险些撞上……可以明显地看出，当地的乘客对此已经习以为常了。

"娜塔莉娅，您父亲有没有留下便条之类的东西？"阿列克谢问道。

她瞥了一眼身旁的阿列克谢，把脸转向了窗外。

"如有冒犯，请您原谅。"阿列克谢说道。

"不，我很抱歉……"娜塔莉娅回应道，"您处于和我们一样的境地，有知情权……没有留下任何便条。不过，有一封信，是父亲星期五交给我的。他说，如果他出了事，我就把这封信放到邮筒里。"

"您按照他的话做了吗？"

"没有。在那个可怕的晚上，从走进住宅的那一刻起，我就没有独自出过门。这儿的军事疗养院里有邮筒，可我担心监视我的人从邮筒里把信取走。"

"那封信现在在您身上吗？"

"是的。"

"沃伦佐夫宫站到了！"乘务员报了站。

汽车停了下来，大多数乘客下了车。沃伦佐夫宫距离车站只有四百米，但是在车站上却望不见这座宫殿。顺便说一句，从他们路过的阿鲁普卡的其他地方，阿列克谢也看不到这座宫殿。似乎就是为了这个，沃伦佐夫才选择这个地方修建宫殿，好把宫殿及其周围的巨大公园隐蔽起来。在岩石的掩护下，宫殿躲开了在下边看热闹的人的视线。

"我想，您和您的母亲正处于极其危险的境地。"阿列克谢轻声说道，"这封信是寄给谁的？"

"一个叫瓦西里耶夫·列昂尼德·安德烈耶维奇的人……莫斯科市邮政总局……不投递，待取。"

秘密走廊

"要不，就在这儿投到邮筒里？还有其他可能性吗？"

"这个……我也想过。"

满眼都是些克里米亚式的新奇、别致的房屋，自上而下布满了门廊和凉台。过了气候湿润的阿卢普卡市，就是锡梅伊兹镇的疗养胜地了。汽车驶过环岛，便平缓地上了主路。两侧都是住宅小区，前方出现了二层楼的古老建筑。在几乎垂直的街道上，男孩子们骑在了自己的书包上——显然，他们南方人没有置办爬犁。一个满脸通红、头上包着毛巾、脚上穿着拖鞋、身上裹着睡衣的老女人从澡堂里出来，穿过马路，冲着"26路汽车"的司机挥了挥拳头，以示威胁。

汽车在带有宽敞的门廊的停着一排"巴士"的汽车站停了下来。站前的圆形广场上空空荡荡，显得很冷清。阿列克谢和娜塔莉娅下了车，环顾了一下四周——没有人跟踪他们。其他乘客已经四散离开了，只剩下他们两个人。

"自由啦！"阿列克谢说道。

娜塔莉娅冲他微微一笑。他们离开汽车站，不慌不忙地沿着街道往前走。这条街道被称为"苏维埃大道"，却一点儿苏维埃的痕迹都没有。当年，契诃夫和蒲宁就在这样的山间坡道上骑马。人们像小溪一样从各处聚集到狭窄的中世纪街道上，连台阶都被磨得光滑、发亮了。在一个殖民地风格的白色房子上，"联络处"的标牌十分引人注目。这是阿列克谢在克里米亚首次见到用乌克兰语写的题字。这儿悬挂着一个标有"邮局"字样的邮箱。阿列克谢看了看四周，然后瞟了一眼娜塔莉娅。她会意地点了点头，把手伸进了灯芯绒裤子的后兜。

看到女孩儿手里那皱巴巴的信封，阿列克谢突然感到有些困惑不解。

"您是否有必要先看一下这封信，或者把它誊写下来？"他问。

"不，"她摇了摇头，"爸爸禁止我做这样的事……我从来没有欺骗过他。"

"那好吧……"他再次朝四周看了看，发现除了少数的几个忙于自己事情的路人，周围就没有其他人了，"放进去吧！"

显然，娜塔莉娅也考虑到了这些。因此，将信封插入邮箱时，她犹豫了一下，就像政治活动家在投票站的镜头前摆姿势一样。然后，她把头一甩，决定把信扔下去。寂静中，他们清楚地听到了信封碰到箱底的声音——显然，邮箱是空的。

他们仍然站在邮箱旁，看着它，过了很久才转身离去。"也许，特鲁巴切夫上校的全部秘密已经被我们掌握了，而我们却把这个秘密转给了乡村的爷爷。"阿列克谢心想，"可是……我们真的需要知道这个秘密吗？就像上校说的——你知道的越少，就会活得越长久。"

悬崖边的道路向下延伸着，左边是落满白雪的锡梅伊兹镇停车场和小松树林，波涛消失在了大海的深处。寒冷的空气中散发着一种奇妙的味道，好像还夹杂着一股南方针叶林的清香，但是无法确定这香气从何而来。右边的山丘上，清真寺像城堡一样耸立着，圆圆的"宣礼楼"是用彩色的马赛克装饰的。但是，他们走近了才把它看清楚。根据上层的许多窗户能够判断出，这不是清真寺，而是具有东方色彩的沃龙佐夫宫。石拱门的铁栅栏上了锁，上面挂了一个牌子，牌子上写着"红色灯塔疗养院"。门后是一个雅致的半圆形壁龛，是在山岩上雕刻出来的。墙边有一个长椅，上面坐着一个美女。她双腿交叉，把一件时尚的大衣扔到了地上。此时，任何人都会赞赏她那修长的美腿。她涂着鲜艳的口红，吸着烟，无忧无虑地抖着脚上的高跟鞋。当时，女性在大街上吸烟可是稀罕事，即使在莫斯科也是如此。

"坐在那里抽烟的是一个外国女人……唉，您为什么要抽烟呢，夫人？"阿列克谢开始引经据典了。

"喜欢吗？"娜塔莉娅斜眼瞧着他，问道。

秘密走廊

"总的来说,很喜欢——像外国杂志封面上的图片。"阿列克谢说,"说实话,我不喜欢这样的姑娘。但是,问题不在于她,而在于您太漂亮了。"他总算知道娜塔莉娅为什么脸红了,"在这样的宁静中,她坐在柏树的树荫下吸着烟。难道这就是和平和自由吗?不,我不是羡慕……只是陈述事实而已。我从来没有这样悠闲自在过……这大概就是'无产阶级的吸烟和休息'。上帝呀,我在说什么呢?"他突然停了下来,"我是想到什么就说什么。有时候,这样也挺有意思的!您相信我说的话吗?"

"我相信。"她表情严肃地说。

他们向右转,看到了另一座宫殿——一座哥特式的宫殿。宫殿的名字竟然被雕刻在了墙上——"克谢尼娅别墅"。"就像个迪士尼乐园!"阿列克谢笑着说,"这里有你想见到的东方建筑,还有哥特式建筑……显得有点儿奇怪,是吗?如果相信佩佩利亚耶夫,那么就请相信这里既住着哥特人,也住着克里米亚的鞑靼人。"

但是,锡梅伊兹镇的建筑师们显然没有忘记那些居住在这里的古希腊人,因为"克谢尼娅别墅"左侧的街道与克里米亚的街道相比,异常地笔直。这里就像皇宫里的某个地方,布满了白色的罗马人物雕像。要进入"希腊林荫路",就要经过一个巨大的"光荣榜"——上面悬挂着表情严肃的正面人物照片,而不是有基座的裸体大力神雕像。雕像之间是冬季关闭的喷泉和花坛里缠着布条的玫瑰花。这条街道的名字与阿列克谢和娜塔莉娅从前走过的街道一样简单——"列宁"。此外,还有一个弗拉基米尔·伊里奇的纪念雕像,但他却远离裸体的大力神,独自站立在街心公园里。街道的两旁是高大的柏树——这是意大利共产党在列宁逝世那年赠送给锡梅伊兹镇政府的。

在列宁大街的尽头,猫山向下伸向大海。这个"猫山",如同克里米亚海岸所有的山……像动物一样喝着海里的咸水。虽然无法分辨熊山的"眼睛"、"鼻子"、"耳朵"和"尾巴",但是猫山的这些"部位"

却能够看得一清二楚。

　　阿列克谢和娜塔莉娅走上了通往大海的林荫道。他们穿过公园，发现公园里到处都是高大的松树，有的树要两个人才能合围。在林荫道的尽头——海滨的"岔道"上，有一个带柱子的圆形石头凉亭和一个宽敞的观景台。从这里到下边的海滩，有三段长长的阶梯。海浪冲刷海湾处的三角形怪石时，如同倾盆大雨。沙滩上有很多被风暴卷来的绿色海藻，散发着浓烈的腥味，就像男人的汗味。阿列克谢和娜塔莉娅来到日光浴广场上，周围一个人都没有。万顷碧波在他们面前摇曳，他们感觉自己就像在一艘巨大的石船上，手扶栏杆，面向大海。锡梅伊兹镇被一些小房子团团围住，使人不禁想起了一条古老的船。船的艏柱是"女魔王"，而船帆则是"天鹅的翅膀"。没有什么能比看见大海更令人浮想联翩了。然而，用石头雕塑而成的庞然大物立在水中，会使人产生一种敬畏感。我们仿佛经历着创世纪的第二天，上帝将水域与陆地彻底分开了。

　　"我们逃离雅尔塔，简直是太正确了！"娜塔莉娅说。

　　"的确如此。更何况，我们可能不会来第二次了。我敢打赌，现在这里都是自己人。就让那些穿得人模狗样的人在公交车和汽艇上折腾吧……他们还有可能把我们的照片出示给售票员。当你站在大海边，置身于山水之间的时候……什么国家安全委员会啦，跟踪啦，都已经置之度外了。周围的一切都如此壮观……为什么会这样呢？如果我们只是无聊的游客，就不会有如此强烈的感受了。"

　　"我们回去以后，会发生什么事情呢？"

　　阿列克谢耸了耸肩——他还没有想过这个问题。

　　"大概不会有什么好事——又是监视。当然，还有可能让我坐牢。他们不会动您和您的母亲，多半是要等我的结论。毕竟，他们非常想知道我为什么要和您见面，都说了些什么……您知道为什么吗？"他转向娜塔莉娅，抓住了她的胳膊，"我们利用一下这次机会，继续见面，或

秘密走廊

者坐车到处逛,而他们则会一直对我们进行跟踪!这些家伙就在我们的背后,令人非常不愉快,可就是无法摆脱。确实有一定的风险……克格勃①的特工人员看见我们会面,就会把上报的文件拟好。并且,跟踪我们的有可能不是一个人,而是一帮人。但是,我们可以扮演一对情侣,这会让他们感到郁闷。您不介意吧?"

"只是为了让他们感到郁闷?"娜塔莉娅微笑着抬起头看着他。

"当然不是!"阿列克谢十分欣喜,"您不用怀疑,这只是一个借口!"

"听起来不错!"姑娘叹了一口气,"但是,我不能忘了妈妈——没有人和她会面,带她去海滨游览。"

"当然啦,"阿列克谢说,"你说的对。我只是说说而已,振奋一下精神。不过,也不是完全没有这种充满神秘感的希望。可是,娜塔莉娅,不管坐在这里有多好,我们都应该回去了。如果跟踪我们的人发现我们在锡梅伊兹镇,就会去检查本地的邮箱。"

他伸出手,帮她从洒满阳光的甲板登上了高处。来到船的顶部时,阿列克谢并没有松开姑娘的手。娜塔莉娅匆匆地看了他一眼,没有试图挣脱。

就这样,他们手牵着手,沿着长长的阶梯向上走去。

* * *

阿列克谢把娜塔莉娅送到了位于斯维尔德洛夫大街的疗养院。疗养院的前面是著名的托里切利的作品——圣约翰大教堂,酷似太空火箭发射场。在回来的路上,他们没有发现跟踪者。确切地说,他们没有特别注意,因为太疲倦了。

---

① 即"苏联国家安全委员会"。

夜幕降临了。当阿列克谢来到亚历山大·涅夫斯基大教堂时，天已经彻底黑了。天空晴朗，云开雾散，南方的星星在闪烁。上冻了，脚下的薄冰嘎吱作响。阿列克谢慢慢地爬上通往"创作之家"的山坡，微笑着想起了娜塔莉娅。路灯很少，两侧长满了柏树和松树的坡道蜿蜒曲折，人们走着走着就会消失在转弯处。其实，达尔桑山就坐落在雅尔塔的市中心，但是在黑暗中，你总会觉得自己在人烟稀少的偏远之地。阿列克谢突然感到背后有脚步声。他转过身去，发现路上一个人也没有。阿列克谢站在那儿，留心地听着周围的动静，还是感觉有人跟着自己。他继续向前走，还没走出五米远，就又听到了这种声音。他再次转过身去，还是没有发现有人跟踪他。如果有人跟踪他，那么他现在就会停在拐角处或者钻到树林里去。莫非这是他自己脚步的回声？他又走了几步，竖起耳朵仔细听了听。的确，这是他的脚步在寒冷的空气中发出的回声。阿列克谢正在自嘲，却发现脑袋后面有呼吸的声音。这一次，他连转身都没有来得及。一只有力的手抓住了他的衣领，把他拖进了灌木丛。阿列克谢奋力挣扎，得到的却是朝他胃部的可怕一击。他瘫倒在地，艰难地呼吸着——剧烈的疼痛使横膈肌失去了知觉。他无奈地大口喘着气，手被扭到背后，被一种柔软的东西（好像是一根电线）紧紧地绑住了。

"喂，"有人亲切地说道，"跑出结果了吗？你再也不用跑了！"

阿列克谢抬起头，发现自己旁边有三个黑色的人影。他们和穿着"阿拉斯加"牌上衣的那个人一样，把针织帽拉到了眉毛下面。也许，那个人就在他们中间，只不过穿了另一件外套——在黑暗中跳动的灯光下很难辨别清楚。

"站起来！"其中的一个人拉起阿列克谢被绑着的手说。阿列克谢吃力地用右腿支撑着站了起来。

"走！"有人推了他的后背一下，他差点儿没再次跌倒。

秘密走廊

阿列克谢走在没膝的雪地里，患有风湿性关节炎的脚踝钻心地疼。他跟在一个黑影后面，缓慢地挪动着脚步。另外两个人跟在他后面，下到了一个长满灌木的洼地。大概，这个沟壑的底部曾经有小溪流淌过。

"你再叫一声试试！装可怜！"从声音判断，说话的是推他后背的那个人。

他们对阿列克谢进行了野蛮的搜查——更确切地说，是刑事侦查中的"搜身"，结果从他身上翻出了钱夹子、证件和笔记本。一名"劫持者"走到一旁，用手电筒从上到下地照着，研究着这个"猎物"。但是，阿列克谢仍然看不清他的脸。阿列克谢仔细地打量着这个彪形大汉的脸——既不是穿"阿拉斯加"牌上衣的那个人，也不是戴灰色帽子的那个人。"莫非，他们只是强盗？"他推测着，但这一假设并没有使他变得轻松。不会有什么好结果的，即使是一般的抢劫。但是，很快就会真相大白。

"你去过哪儿？"第一个跟他讲话的那个人已经变得不那么亲切了。

"你们是国家安全委员会的人！你们不会杀我，因为我和娜塔莉娅见了面以后，你们对我很感兴趣。所以，滚吧，你们这些家伙！"阿列克谢气愤地说道。

"你这个混蛋，干什么去了？去了你想去的地方吗？"

"态度温和的人"又朝阿列克谢的腹部踹了一脚。阿列克谢立马疼得倒在了地上，脸向下埋到了雪里，然后用双臂撑地爬了起来。

"我再问你一遍——你去哪儿了？不说的话，我会打得更狠！"

他们按住阿列克谢的肩膀，让他跪在了地上。阿列克谢极其困难地喘着粗气，吐出嘴里的雪，流下了眼泪。

"别再打他的胃了！"有人对"亲切的人"说，"等到他痊愈，时间就太长了！最好打他的肾脏！"

"你是怎么和这个女孩儿联系上的？你们是什么时候认识的？什么

时候约定在这儿见面的？目的是什么？你们都说了些什么？"问题一个接着一个，"你们都去过哪儿？"

"我们……"阿列克谢清了清嗓子，"我们在雅尔塔寻找其他的'皮条客'和倒卖外国香烟的奸商。"

他们中的一个侧身站在旁边的人一拳击中了阿列克谢的脖子。阿列克谢眼前发黑，一阵剧痛穿透了脊柱，引发了一阵头痛。他的身体摇晃了一下，但这一次没有倒下。"偷袭者"们走到阿列克谢的身后，拉起他那被捆绑的双手，用很重的东西（同时又很柔软，可能是沙袋）从后面击打着他的肾脏。阿列克谢没挺住，呻吟了起来。

"怎么，你不喜欢这个？""亲切的人"问道，"你是不是不喜欢我们？"

沙袋飞到空中，又重重地落到了阿列克谢的背上。他咬着牙，轻声地叫唤着。第三次击打过后，"审讯者"抓住阿列克谢的肩膀，猛地把他拽了起来。其中的一个人在旁边研究阿列克谢的钱包、证件和笔记本，然后把笔记本藏到了自己的口袋里，把其余的东西扔到了雪地上。然后，那个人关掉手电筒，朝阿列克谢走了过来。

"怎么样，想好了？"他问阿列克谢，"要回答了？那么，让我们按顺序来！第一个问题是：特鲁巴切夫上校告诉你什么了？详细点儿，别隐瞒！"

阿列克谢吃力地喘息着。

"录音吧……"他声音微弱地说道。

"这是另一码事！"第三个"偷袭者"从口袋里掏出了一个巴掌大小的录音机，"开始吧！"

阿列克谢喘了一口气，慢慢地说道：

"特鲁巴切夫上校说：'生存还是毁灭，这是一个值得考虑的问题。'"他清了清嗓子，"是默然忍受命运那'暴虐的毒箭'，还是挺身

秘密走廊

反抗人世间无涯的苦难,在奋斗中结束一切——这两种行为,哪一种更高尚?死了……睡着了,就什么都完了。如果在睡眠中,所有心里的伤痛和肉体上遭受的不可避免的打击都能消失的话……那就是我们求之不得的结局。死了,就像睡着了。睡着了,也许还会做梦。嗯,问题就在这儿:我们摆脱了这样一副腐朽的皮囊之后,在那死亡般的睡眠里,会做些什么样的梦呢?这不能不使我们顾虑重重……人们甘心久困于艰难之中,就是这个缘故……"

"他竟敢戏弄我们!"手拿录音机的"偷袭者"张着嘴听阿列克谢讲了一会儿之后,厉声说道。

他关掉了录音机,小心翼翼地把它收了起来。他本来已经转身离开了阿列克谢,但却突然猛地转身一跳,用空手道的招数照着阿列克谢的裆部猛地踹了一脚。阿列克谢疼得眼冒金星,蜷缩成一团,感到一阵恶心。

"你们会付出代价的,混蛋……我要是有个三长两短,就让你们吃不了兜着走!"阿列克谢呻吟着。

于是,阿列克谢的胃部又被打了一拳。他跌倒之后,失去了知觉。

不知道过了多长时间,阿列克谢才醒了过来。他趴在雪地上。双手已经被解开了。他试图站起来,但是立刻就吐了。他缓过来之后,吐了一口血。他四处看了看,发现周围一个人都没有。

"母狗……"他声音微弱地骂道,然后像个孩子似的哭了起来。他感到轻松了一点儿,用颤抖的手在口袋里翻找着烟和打火机,却什么也没有找到。他想起来了,"偷袭者"在搜查时把不感兴趣的东西统统扔到了雪地上。他用手在周围摸索了一阵子,找到了打火机和香烟。打火机上沾满了雪,他用外套的前襟擦了很长时间,直到可以打着火。他点燃了一支烟,贪婪地吸了一口。"偷袭者"还会回来吗?现在,他怎样才能拖着病体回到"创作之家"呢?一想到需要爬起来走路,他身上的每一个细胞都仿佛疼了起来。可是,钱包和证件呢?应当找到这些东西!钱是否完好无损呢?于是,他爬到了手持电筒的那个人站过的地方。但是,那个地方很干净,没有一丝痕迹……借助打火机微弱、颤动的火光,他四肢着地,仔细地察看着那三个恶徒在雪地上留下的足迹。最后,他找到了护照,然后是打开的钱包、学生证和揉成一团的作家疗养院的居住证。据他判断,钱没有丢。"记事本被拿走了……现在,得找到地址、密码、昵称和验证码……白痴!现在怎么能恢复电话联系呢?"

阿列克谢摇摇晃晃地爬了起来。他想起了摇摆着的拳击运动员的沙包,一口气猛击了半个小时。"只要不踢你的睾丸……当个英雄多容易!"他的想法没有任何讽刺意味。他一边想,一边吃力地往坡上爬。爬到大路上之后,他不时地轻轻呻吟着。他抖了抖身子,蹒跚着向"创作之家"走去。

谢天谢地,大厅里除了值班员就没有其他人了。他取了钥匙,勉强走到了房间里。在这里,有新的意外在等着他:房间被翻了个底朝天。他冷静地看了看这些搜查的痕迹,然后锁上门,脱下了外套。他把外套扔到包里的那些被毁了的内衣上,连衣服和靴子都没脱就扑通一声栽倒在了床上。在昏昏沉沉的睡梦中,他听到了敲门声。维克多在喊他,他甚至还说了一句"我睡在……",然后就掉进了一个黑洞。

* * *

醒来是一件很可怕的事情!他刚想挪动身体,腹部的肌肉就钻心地痛。他的脑袋疼痛难忍,就像喝了一升劣质伏特加酒,还掺了啤酒。他背朝下躺着,刚一翻身,就感觉被打的肾脏疼痛难忍。"这些混蛋都对我做了些什么?他们是什么人?怎么能无缘无故地摧残人呢?怎么办?

秘密走廊

去找警察,寻求保护吗?"他沮丧地想起了前一天与投机者和"皮条客"开的玩笑。不,他在警察局是得不到庇护的。逃离莫斯科——这是喝醉了之后最愚蠢的想法!在莫斯科,至少还有切列帕诺夫(在阿列克谢的内心深处,莫名其妙地认为他和涅米洛夫斯基毫无关系),可是这里的人又是谁的人呢?

阿列克谢忧伤地环顾了一下一片狼藉的房间。一想到要清理这些东西,他就感到恶心——仿佛被间谍们触摸过的东西,再让他接触,就会弄得满身污垢。

身体上的痛苦让他不想起床,可是此时他已经饥肠辘辘了。前一天,他既没有吃午餐,也没有吃晚餐,只在锡梅伊兹镇的汽车站和娜塔莉娅匆匆地吃了些羊肉馅饼。一想到娜塔莉娅,他就感觉好多了。但是,好景不长。"如果娜塔莉娅也遭遇了这些该怎么办?"想到这儿,他感到十分恐惧。要知道,他只把她送到了疗养院的大门口,那里只有一个站岗的军人。他们约好了,中午还在大门口见面。可是,距离十二点钟还有很长时间(现在大概是早上八点钟)!

伴随着痛苦的呻吟,阿列克谢站了起来。他来到洗脸池旁边,照了半天镜子。他那浮肿的眼睛周围都是"黑眼圈儿",就像在饮酒作乐中度过了一整夜。"肾脏完了!"他十分悲凉地给自己下了诊断。他把头伸到水龙头下面,好好地洗了洗脸、刷了刷牙。然后,他四肢着地,将散落的东西扔到包里,把移了位的书桌和柜子推到了原位。

在去餐厅的路上,阿列克谢遇见了吃完早餐回来的维克多和阿绍特。维克多充满怀疑地审视着阿列克谢:"令人作呕的放荡痕迹过多地写在了这个男人的脸上!"胡子拉碴的阿绍特会意地微笑着。"阿列赫①,你去哪儿了?我昨天晚上敲你房间的门……想象一下,半夜三更

---

① 阿列克谢的爱称。

地突然出现了一个你不认识的'褥子'①……和她一块儿来的还有一个漂亮妞儿,而且是绝代佳人……她们说:'今天我们在法院交了罚款,事情总算了结了。把你隔壁的那个人也叫过来,我们正好可以凑成三对!'她们还说,大家都很喜欢你。"说着,他意味深长地使了个眼色。

阿列克谢撇了撇嘴,笑了:"明白了。喜欢又怎么样?既然'监护人'下了命令,就只管喜欢好了!然后,带上我这个热心肠的人,同妓女上了床,你的'法令'就算起草完了。"

"我去了你那儿,可你却躲在门后说着含混不清的话。我马上就意识到,你什么都不需要了。我对'褥子'们说:'不,姑娘们,他不再发挥职能了……我去给你们找别人吧!'可是,她们却说:'我们不是和任何人上床都行的那种很随便的人。如果和随便什么人上床都行的话……那可是要收费的。有时候,我们干这种事,只是想放松一下。'那就让我们两个对三个吧!'我说。我们和阿绍特并没有疏忽大意。'你们……这是淫乱!'她们回答说。你知道吗——淫乱!就这样,她们和我们一起喝了'钦扎诺'酒,然后就离开了。你是用什么方法令她们着迷的?你不承认,是吗?顺便说一句,她们一直在问你。我还真不知道你小子有这种本事!表面上正经,心里坏!阿列克谢,你小子真自私——尽情地享受了交媾之欢!"

"她们都问了些什么?"阿列克谢眯缝起了眼睛。

"听说,你和一个女的在一起。我立刻就明白你为什么昨天晚上装熊了!秘密工作者!孤独的好色之徒!在这里,我们已经住了好几天了。除了这些'海绵',没有什么女朋友啊!可是,他刚来了两天就勾引上了姑娘,竟然累得疲惫不堪!快说说,这是个什么样的姑娘?"

"她们是在哪里看到我的?"

---

① 指妓女。

"我们没问……有什么区别吗？"

"区别是……她们在撒谎。城市里空寂无人，所以我不可能注意不到这些淫荡的女人。你别再和她们说我的事了，请你把她们打发得远点儿！"

维克多张开了嘴巴。

"你想……"

"什么叫'你想'？让大象去想吧，它的脑袋大！我们屈从于她们的趣味了吗？看见了吧，她们想'放松一下'……这种人喜欢在饭店里放松，咚的一声栽倒在柔软的双人床上，而不是在这些很硬的单人床上。谢谢你，告诉我'她们走了'！她们才'自私自利'、'享尽交媾之欢'！我还不知道这次邀约之后，你会在哪儿！"

维克多和哈恰特良面面相觑。

"谢谢！"哈恰特良认真地说。

"不客气！"

阿列克谢走进了饭厅。"他们有点儿问题！贪图享乐者令人厌恶！他们享尽了交媾之欢！在这里，他们把人像野兽似的围困起来……"在餐桌的后面，他看见了黑胡子、红嘴唇的库班斯基。经历了一天的事情，他早已把库班斯基的存在忘得一干二净了。导演微笑着向他挥了挥手。

"我早就吃过早餐了，只是在等您。您写的东西，我读完了！遗憾的是，没有像别林斯基这样的人跑过来说：'新的海明威诞生了！'不过，这很容易让人想起他早期创作的短篇小说。嗯，您知道……作品里描写了……黑人被吊起来，希腊的大臣被枪杀……对我来说，最重要的是，它就像一幅画，非常有表现力，一目了然……这是在电梯里被谋杀的卫生员，还有冻僵的婴儿、敲窗户的……发生在环线地铁上的一起谋杀案！散热器被人穿孔后，水滴下来……经典佳作！咱们要谈很长时间，所以我建议到我的房间里去说。您快吃吧……吃吧！"

库班斯基的赞美和对作品的了解，都让阿列克谢感到非常愉快。痛苦的紧张情绪得到了缓解，就连被殴打的身体都好像不那么疼了。阿列克谢一边听导演的恭维话，一边很有食欲地吃了一碗米粥、两根凉的肉肠、一个鸡蛋和一个黄油奶酪三明治，并喝了一杯加了糖的咖啡。然后，他去了库班斯基的房间——与娜塔莉娅见面，要等到三个多小时以后。

导演在餐厅的楼上租了个房间。这里既有冰箱，又有电视，地上铺着地毯，还有卫生间。库班斯基请他坐下，然后从冰箱里拿出了一瓶"爱彼特里"牌白兰地和一个装了几片柠檬的小盘子。

"你来点儿白兰地，怎么样？昨天，我在电影制片厂的宴会上喝多了，所以我需要来点儿'波尔柳兹'①。这在亚美尼亚语里是'早上好'的意思……同时还要喝一小杯白兰地和恰奇酒②。我认为，亚美尼亚人从来都不会一大早就以酒解酒，只有我们会以此来消遣。其实，根本就没有这么回事！他们甚至认为，如果醒了酒之后不再喝点儿酒的话，对身体有害！一定得来点儿'波尔柳兹'解一下酒，但是不能超过两杯。另外，你随意啊！这肉皮冻是用猪蹄煮的！要知道，这可不是一般的肉皮冻！况且，早晨是不会有肉皮冻的，因为需要煮很长时间。这是白兰地……喂，来一杯，怎么样？我觉得，你昨天也没有吃斋……如果你有英国人那种吃早餐的习惯，那么我可以给你倒杯啤酒或者煮杯咖啡。"

"来杯白兰地吧！"阿列克谢说。其实，他没有任何醉酒的症状。不过，他的状况的确和库班斯基发现的差不多。

"这很好！"导演很高兴，从瓶子里倒了一杯酒，"这是真正的'爱

---

① 一种饮料，用于醒酒。
② 出产于中亚的一种烈性酒。

彼特里'——最好的克里米亚白兰地！早上好！"

"早上好！"说着，阿列克谢和他碰了一下杯。白兰地的味道很柔和，但却很醇正，散发着樱桃的香气，瞬间就对阿列克谢起了作用。他立刻就感到十分暖和，血流加速，身体变得轻松起来。他吃了一口柠檬，靠在椅背上，怡然自得地点燃了一支烟。

"现在，我们可以进行重要的谈话了。"库班斯基微笑着说。他伸出手来，从写字台上拿起了阿列克谢的公文夹。"阿列克谢·伊里奇，你的小说贴近生活、注重细节，这正是电影剧本缺乏的东西。终于该讲小说的内容了！小说的素材取自阿布拉姆·鲍里索维奇·德尔曼①的《修道院院长帕尔费尼疑案》，根据真实事件创作而成。你听说过这部作品吗？"

"没有。"阿列克谢承认道。

"怎么会呢？"库班斯基难过起来，"一个有文化的人……文学院的学生……算了吧，以后可要读书啊！这个故事是这样的……"说着，他打开了书桌上的一个文件夹，"故事发生在很久以前……1866年8月。在费奥多西亚和苏达克之间的山上，有一个叫基济塔什的修道院。有一个叫帕尔费尼的修道院院长是个大祭司，善于经营管理，但却会让人感到难于相处。他总和克里米亚的鞑靼人争吵，而他们则习惯性地认为修道院的土地是自己的，经常在此地砍伐森林。修道院院长的前辈们对此视而不见，但帕尔费尼却对这种东方的习俗不予迁就——他是一个具有'帝国气质'的人，曾在克里米亚战争期间担任军队的牧师。他认为，他自己在各方面都是专家，这是有充分的理由的。因此，他在当地的俄罗斯地主和农民中享有非同一般的威望。他们遇到什么事情都去向他请教，就连砌个新炉子或者建个花园都要去问他。这些地主的管家往往是

---

① 俄罗斯作家、文学评论家。

克里米亚的鞑靼人,帕尔费尼神父经常干涉他们的事情。不过,如果他们不听他的,他就会想方设法在他们的主人面前责骂他们。所以,他的仇敌不仅仅在当地的居民中存在。不过,问题是,被发配到偏远的基济塔什修道院的塔夫里主教区的神职人员发现,这里有酗酒、好色、侵占教会资金等问题。他们平时不喜欢工作,却和所有人一样照常吃饭。修道院院长帕尔费尼发现这种现象之后,十分恼火。因此,鉴于教会和当局……他经常在两条战线上进行斗争——更准确地说,是三条战线,因为他总是以抱怨鞑靼人和流亡僧侣来烦扰上司。帕尔费尼神父不止一次提出过辞职或转到别处去,每次都被上司回绝了。

"于是,1866年8月21日,星期日,修道院院长帕尔费尼被派到苏达克去担任领导了。据说,他靠出售修道院的葡萄酒,每个月能从地方邮局拿到高达七百卢布的收入。这对当地居民来说,可是一笔巨款。他希望在星期一晚上祷告之前回来,但是无论是星期一、星期二还是星期三,他都没有回来。人们最后一次看见他是在星期一的下午三点钟左右,在从苏达克到基济塔什的路上。人们在进出山林的地方发现了马蹄踩踏的痕迹和几个烟头。传言在当地的东正教神职人员和他的教民中扩散开来,说是苏达克附近的塔拉克塔什村的鞑靼人打死了修道院院长帕尔费尼,目的是抢劫或者复仇。二百多个农民对周围的山林、道路反复进行搜查,都没能找到谋杀修道院院长的任何蛛丝马迹。鉴于警察办案不力,他们将案件移交给了宪兵队和行政部门。在这里,请允许我打断一下……可以分出第二部分。"

库班斯基又斟满了一杯酒,接着喝了起来。

"9月16日,"导演继续说道,"从辛菲罗波尔来进行调查的以宪兵队队长奥霍钦斯基为首的宪兵队,以其特有的精明和干练办理起这个案子来。与警察别扎布拉佐夫的调查方式不同,他特别仔细地审问了最后在从苏达克到基济塔什的路上见到修道院院长帕尔费尼的那些人……"

他看了一眼文件夹，"穆斯塔法·奥格鲁和他的母亲法特玛·乌梅洛娃见过……并且查明，遇见帕尔费尼之后，他们在树林里还遇到了塔拉克塔什村的居民雅库布……雅库布·撒罗·阿科特。他急匆匆地从山上下来……当穆斯塔法想抽支烟，向他借火时，不知为什么，他拒绝了……这样的事，以前从未发生过。"

他继续说道："奥霍钦斯基自认为是个心理学家，雅库布的怪异行为足以让他产生怀疑。在审讯的过程中，据雅库布交代，在森林里捡柴火时，他的牛不见了。于是，他就在附近找牛。奥霍钦斯基让他指出他与穆斯塔法及其母亲碰面的确切位置。雅库布说出确切的位置之后，宪兵队的队长并没有偷懒，跟随警长去了所有这些地方。最后，他们查明，这些地方雅库布一个都没有去过。第二次审问时，雅库布靠在墙上说，在遇见穆斯塔法之前，他在树林里听到了三声枪响。他走出去了将近一百步之后，看到了已经死亡的修道院院长帕尔费尼和三个当地的鞑靼人——谢伊特·阿梅特、埃米尔·乌谢因和谢伊特·伊布赖姆（他们是亲戚）。谢伊特·阿梅特和谢伊特·伊布赖姆要马上杀了雅库布，于是雅库布便跪在地上不停地磕头，答应不会把他看到的透露给任何人。就这样，歹徒们把修道院院长的尸体抬到马背上，运到了树林里，然后命令雅库布跟他们走。走了一俄里半左右，他们停在了一个坑边。他们强迫雅库布拾木柴，然后点燃了篝火。他们把尸体放到火上，开始焚烧。他们添加了一些柴火，用棒子劈开了骨头，从晚上六点一直折腾到了凌晨两点。谢伊特·阿梅特杀了修道院院长帕尔费尼的马，将其分割成几大块，用地衣和桑叶掩盖了起来。

"雅库布坐在可怕的篝火旁，听到犯罪分子们说，神父的钱夹子里除了一些银币，就什么都没有了。午夜时分，他们把一堆枯树枝堆在最后一块未燃烧的尸体上（看起来很像是胸部），就和雅库布一起回家去了。

"这件事情被揭发之后,奥霍钦斯基动员所有的力量,仿照宪兵队的一贯做法,迅速逮捕了这三名犯罪嫌疑人。然后,他们同样迅速地把这些犯罪嫌疑人一个接一个地带到了三十俄里以外的住着俄罗斯人的撒拉村。抓捕谢伊特·阿梅特时,他们在他那肥大的裤子里搜出了大约五卢布的银币——就这么多。据目击者说,修道院的院长离开修道院时,就带了这么多钱。然后,奥霍钦斯基请来了苏达克村的几个地主和塔拉克塔什村的五个鞑靼人——雅库布认识他们。他们来到案发现场,雅库布在奥霍钦斯基和证人面前指认了第一次见到已死的帕尔费尼神父的地点。然后,雅库布便领他们去看那个焚尸的大坑了。但是,焚尸的地方已被填埋,上面还堆放了很多石块。挖开之后,他们发现了很多烧焦了的小块骨头。"库班斯基又看了一眼公文夹,"这部分,嗯……是大腿骨、手指骨、锁骨、齿根,还有烧焦的软组织及六个残存的鞋钉子。但是,无论如何都没有发现大块的骨头。在距焚尸地点五百步远的下坡路上,发现了一块人体的骨骼。据奥霍钦斯基推测,这是偷运骨头时遗落的。队长把能找到的骨头都摆放到了一个铺着丝绸的小盒子里,然后派人把收集的骨灰运到苏达克村的教堂保存起来。

"到了苏达克村,奥霍钦斯基下令召集上、下塔拉克塔什村的所有鞑靼人,并且宣称一定会确保证人雅库布及其家人的安全。同时,他让大家以雅库布为榜样,一了解到与谋杀案有关的情况,就立即报告。然后,他讯问了三名犯罪嫌疑人,但是他们拒不承认犯罪事实。队长下令把他们带到费奥多西亚要塞的监狱,而他本人则在把案子移交给警察局和检察院之后,回到了辛菲罗波尔。这时,已经是10月5日了。"

"一部佳作!"阿列克谢说道。

"别急,我的朋友!最有趣的内容还在后面!"库班斯基再次拿起了酒瓶,"既然我们都不是亚美尼亚人,那么我建议咱们喝第三杯,怎么样?"

秘密走廊

香醇的白兰地似乎把阿列克谢的心肠变软了,他点了点头。

"不难发现,奥霍钦斯基行动神速和办事果断的背后……"导演喝了一口酒,又温文尔雅地吸了一口柠檬汁,"他感兴趣的主要是逮捕犯罪嫌疑人,所以他既没有去找马和大块的尸骨,也没有去找帕尔费尼神父在苏达克村的邮局收到的那些钱。同时,犯罪嫌疑人仍然没有承认犯罪事实,并称雅库布是'说谎的告密者'。接着,突然出现了一个新的证人。不知为什么,雅库布隐瞒了实情。一个名叫谢伊特的十三岁男孩儿,嗯……是塔拉克塔什村的谢伊特·梅梅特·库尔特-奥格鲁。他说,8月22日,他在树林里找自己的马时,听到了枪声。于是,他就朝他们走去,想向猎人们打听一下马的下落。他看见灌木丛后面有一个从马上掉下来摔死的人,还有他的四个同乡。其中一个人跪在地上,一边吃土,一边发誓。谢伊特·伊布赖姆冲向了那个男孩儿,将他击倒在地,想要杀死他。但是,埃米尔·乌谢因阻止了他。这时,谢伊特·梅梅特由于恐惧而失去了知觉。当他苏醒过来的时候,周围已经没有人了。于是,男孩儿战战兢兢地回到了家。几天后,在塔拉克塔什村的花园里,谢伊特·伊布赖姆遇见了他。谢伊特·伊布赖姆做了一个威胁的手势,然后告诉他,如果把在树林里看见的事情告诉了别人,就杀了他。有一次,他骑马从谢伊特·阿梅特身边路过时,又威胁了一下这个男孩儿。

"谢伊特·梅梅特供出事实后不久,警察便在雅库布的帮助下,在树林里找到了掩埋深度不超过半尺的帕尔费尼神父的棕红色马的残骸,但马头已经被割下来了。但是,被拘留者像过去一样,拒不承认谋杀了修道院院长。此时,距离失踪案的发生,已经过去了十个月。1867年6月25日,案件有了新的线索。雅库布来到法院,提供了补充证词。原来,他还看到了一个人与凶手在一块儿——一个叫……嗯……谢伊特……对不起,他们的名字,可能会搞混……谢伊特·梅梅特·埃米尔。在这么偏僻的地方,参与犯罪的人数和证人的数量就像野草一样,在不断地增加。当被问到这个人时,为什么雅库布沉默了这么久呢?他回答说,谢伊特·梅梅特·埃米尔准备当一个毛拉①。说精神领袖的坏话,按照穆斯林的观念,被认为犯了重罪。原来,正是谢伊特·梅梅特·埃米尔劝说谢伊特·阿梅特和谢伊特·伊布赖姆不要杀了他。还有一个目击者,那就是小男孩儿谢伊特·梅梅特。另外,虽然谢伊特·梅梅特·埃米尔没有直接参与谋杀帕尔费尼神父,但是他的出现从根本上改变了调查的性质。根据当时的观念,未来的毛拉参与谋杀东正教修道院院长的行为,被认为是犯了'反国教——东正教罪'。

"后来,案子被提交到了彼得堡。诉讼程序的准备工作要尽可能地做好。结果,刑事侦查中出现了一个新的证人。此人叫别基尔,出生于塔拉克塔什村,在费奥多西亚监狱服过刑,还当过执行死刑的剑子手。被捕的谢伊特·阿梅特的弟弟好像来找过他,给了他一千卢布,让他承担杀害帕尔费尼神父的罪责。于是,别基尔立即将这件事上报给了看守穆德罗夫。按照费奥多西亚警察局局长帕森科夫的吩咐,他们把别基尔关到了谢伊特·阿梅特的隔壁。在关别基尔的囚房里有个'秘密角落',关押着两个鞑靼语讲得非常好的目击者。别基尔对谢伊特·阿梅特说,他准备承担这个罪行。于是,他们便向他提出了帕森科夫事先想好的问题:'帕尔费尼神父是在什么地方被谋害的?''他骑的是什么马?''他穿的是什么衣服?''他的脖子上是否有十字架?''马和他们用来打死修道院院长的那支火枪到哪儿去了?'没有怀疑中计的谢伊特·阿梅特准确地回答了全部问题,目击者记录了这些答案。根据这些证词,他们找到了帕尔费尼神父的绳索、马鞭、马鞍和谢伊特·阿梅特的火枪。

"向法院提供的证据好像已经绰绰有余了。但是,也有对不上碴儿

---

① 对信奉伊斯兰教的学者的尊称(阿拉伯语)。

秘密走廊

的地方。例如,对于目击者穆斯塔法·奥格鲁……雅库布没有借给他火点烟,而是说,当他在树林里见到雅库布的时候,雅库布正匆匆忙忙地往山下走。第二次审讯时,关于这次相遇,雅库布没有向奥霍钦斯基提一个字,只是说他从山上往下走了四分之一俄里,便听到了枪声。这似乎证实了穆斯塔法·奥格鲁的供词,因为他看见雅库布正焦躁不安地往山下走。但是,根据雅库布接下来的供词判断,从下午四点到午夜时分,见到凶手之后,他就再也没有离开过半步。那么,他是什么时候遇见穆斯塔法和他母亲的呢?"

"在谋杀之前,他找牛的时候……根据他最初的供述,应该是这样。"阿列克谢推断着,把注意力集中到了情节的转换上。

"打个比方……"库班斯基点了点头,"因为雅库布的行为有点儿怪异,所以奥霍钦斯基才怀疑他与凶杀案有关联……这才找到了整个事件的线索!"

"犯罪史上常有这样的事——根据假的证据得出了真实的结论。"阿列克谢耸了耸肩,"更何况,在这种情况下,证据并不一定就是假的。"

"您是这样认为的吗?可是,穆斯塔法·奥格鲁供述说,雅库布当时是往下走,而不是往上走!这证实了雅库布最初的供词——他一整天都在找牛,但并没有看到活牛!"

"根据您的叙述,我并没有联想到雅库布像缆车一样,一味地向山上或是山下走。一个人在找牛,掉到坑里,然后再爬上来……"

"我也不是很确定,雅库布当时是不是百分之百地不在案发现场。但是,我不由自主地分析了一下这件事情:在第二次询问雅库布的记录里,奥霍钦斯基没有提及他同穆斯塔法见面的事。除了见面,还有一个事实就是,雅库布供述的方向与其实际行走的方向正好相反。要知道,这并不是结论中的唯一漏洞。

"案子被转交给费奥多西亚军事法庭以后,持自由主义观点的辩护人阿列克谢·彼得罗维奇·巴拉诺夫斯基接手了这个案子。总的来说，令他感到震惊的是，有确凿的证据可以证明，修道院的院长帕尔费尼在苏达克收受钱财的问题悬而未决，而且尚未发现受害者的大块尸骨。他也许还活着，只是躲藏起来了。为什么不满足他离开基济塔什修道院的愿望呢？是因为这样会引起教会高层的不满吗？还是另有隐情……为什么村子里驻扎了士兵之后，鞑靼居民就开始积极地供述了呢？为什么要选这么奇怪的证人——现任名誉顾问和退休士官别基尔与谢伊特·阿梅特来做谈话笔录呢？另外，在监狱里获得的证据有多大的把握呢？为什么谢伊特·阿梅特连雅库布把缰绳藏在什么地方都说了，却对把大块尸骨运到了何处只字不提呢？谢伊特·阿梅特的证词是不是调查人员杜撰的呢？他们有可能根本就不知道藏匿尸骨的地方。

"巴拉诺夫斯基还发现，在调查的过程中，一次对质都没有。于是，他坚持让雅库布和谢伊特·阿梅特在听证会上对质。在这种情况下，谢伊特·阿梅特表现得像所有东方人一样，情绪特别激动，冲着雅库布大喊大叫，致使工作人员制止了他三次。然后，检察官便承担起了法官的职责，向被告人走去，抓住他的长外衣威胁道：'谢伊特·阿梅特，你听着！如果你不听话……再不闭嘴，现在就给你戴上手铐！'

"审讯中，检察官不断地给谢伊特·阿梅特施压，而巴拉诺夫斯基作为用新方法培训出来的一名律师，也非常重视大家在听证会上的意见，能够积极地利用抗辩中的讽刺和挖苦。然后，检察官要求法官禁止辩护人到他那里去，以书面的形式呈交文书即可，甚至坚持用第三人称来进行陈述。于是，巴拉诺夫斯基尽量避免使用代词'他'，而把'他'字用'陪审员'、'奥别尔陪审员'或者'检察官先生'来代替。一般来说，这只是形式上的吹毛求疵，但使巴拉诺夫斯基感到奇怪的是，法官不仅同意了起诉方的意见，而且还要求辩护人'不要盯着被告'、'不要画像'，因为对被告人而言，这些都是假设的。这样做，可

秘密走廊

以避免出现'我要求你'等语句。在这种情况下替不懂俄语的被告人进行辩护，巴拉诺夫斯基当然做不到。此外，他得知，法院打算寻找新的律师来代替他。于是，他便公开拒绝了替被告人辩护的委托。

"其结果是，根据军事法庭的判决书，谢伊特·阿梅特、谢伊特·伊布赖姆和埃米尔·乌谢因被判处死刑，而谢伊特·梅梅特·埃米尔则被流放。但是，案子并未因判决而结束，而是得到了一个颇具争议的结果。巴拉诺夫斯基在进步报刊上积极发言，确认帕尔费尼神父的案子自始至终都在造假。几年后，一个官员在国外的火车上遇见了一个人，说他自己是偷过钱的修道院院长帕尔费尼。后来，好像有人在蒙特卡洛见过他。当时，他正在赌桌上谈论一起引起轰动的案件。输家之一冷笑着说，他就是被烧的修道院院长，赔光了基济塔什修道院的最后一笔钱。当然，任何重大事件都富有传奇色彩，但却不是传奇故事……扔到地里的血腥谷物会生出血腥的作物。管家谢伊特·阿梅特·埃斯梅拉里被枪决了，而他的后人谢伊特·阿梅特，或者说是当年的谢伊达梅特，在1917年革命后当上了克里米亚鞑靼民族主义者的统帅。"

"这是个有趣的故事，虽然有些可怕。"终于，库班斯基结束了陈述，而阿列克谢则低声说道，"但是，您所讲的故事，其尖锐性在哪里？如果不考虑'血腥的收获'，那么从中能够得出哪些历史和哲学方面的结论呢？"

库班斯基惊奇地盯着他。

"您怎么……不知道斯大林从克里米亚驱逐鞑靼人？顺便说一句，被控告的大概就是塔拉克塔什村的'三人帮'。莫非他们没有听说过登峰造极的'别伊利斯案件'？关于检察官维辛斯基的事情，您听说过吗？他的作品《修道院院长帕尔费尼疑案》是典型的俄罗斯悲剧……为了达到政治目的而不惜牺牲人的生命。"

"如果修道院院长帕尔费尼确实被害了呢？当你给我讲怎么折磨他

时，我已经毛骨悚然了。怎么，他的生命就那么微不足道吗？"

"别伊利斯案件指的是一个小孩儿被害的事。但是，用屠杀来惩治那些在政治、宗教和治国方面持不同政见的人——这样做合适吗？以基洛夫被暗杀为例……他可怜吗？可怜！据说，他人品不错。但是，如果你回忆一下，有多少无辜的人因这一暗杀而死……这不是个问题吗？但是，在现代史或者现在的史料上，很难巧妙地解决这一问题——不允许这样做。《修道院院长帕尔费尼疑案》是个完美的解决方案，他连看都没看就签了字。1866 年，在沙皇的统治下，当地的材料……结论完全可以轰动一时。但是，为了再现侦探、法律的混乱局面，他们将情节进行了艺术加工。这需要具备创作小说的才能，可是我不具备。我的舞台监督按照德尔曼的要求匆匆地签了字，但我不能按照他的作品拍电影。我觉得这有点儿像黑泽明的《罗生门》，同一事件的不同参与者，其供词完全不同，但却有着相同的真实性和可靠性。但是，如何能够充满戏剧性地做到这一点呢？为了使一系列描述不被大量的信息掩盖，他们是如何逃避司法调查的呢？这需要一个接受的过程——我在您的小说里都看到了。对您来说，实际情况并不重要，重要的是事件背后的故事。电梯中有两个活人和一个死人，面无表情的小男孩儿用手指敲着窗户……您的反应与您在小说里写的一样。我只是讲述了烧毁尸体的过程，毫不夸张，但您却说这令人毛骨悚然……这意味着，您完全可以把这个情节写得令人毛骨悚然。然后，是另一个场景。准确地说，是相反的场景：奥霍钦斯基的人在同一个地点燃起了篝火，把在墓地里找到的尸骨往火里扔，以获得所需的证据……是不是？"

"我需要考虑一下。"阿列克谢说。

他对库班斯基还没有形成完整的印象——暂时是不喜欢多于喜欢。在生活中，阿列克谢没有见过一个克里米亚的鞑靼人，所以描写一个陌生民族的代表，看上去有点儿奇怪。这是"别伊利斯案件"的原型吗？

类似的案件，阿列克谢知之甚少，以至于常常把它同"德雷福斯事件"相混淆。他不喜欢"处于急剧变化的阴谋中的是一个东正教牧师"，因为教母教他的东西与塔拉克塔什村的穆斯林所教的内容相同：关于神职人员……要么好，要么无所谓。根据库班斯基的讲述，阿列克谢很喜欢队长奥霍钦斯基，所以对于"把他塑造成作假者"，感到很遗憾。总的来说，他觉得在修道院院长帕尔费尼这个案子里，原告的论点是符合事实的，尽管有些地方"不一致"。"如果我是法官，很可能也会这样判。"他承认道。《罗生门》的效应呢？这确实很有趣！但是，这很难，因为需要比库班斯基陈述的还要多。可是，我到哪儿去弄这些东西呢？凭空杜撰吗？有必要到档案馆去查找一下，可是阿列克谢从未去过档案馆，就连列宁图书馆都只去过两次。他唯一喜欢的就是侦查的环境，很像《卡拉马佐夫兄弟》和《乌克留姆河》中描写的……而《卡拉马佐夫兄弟》的效果比《罗生门》的效果更好……让观众顺着作家的主要思路产生自己的想法。《修道院院长帕尔费尼疑案》不像日本的故事，根本就不存在任何中心思想。在这种情况下，中心思想又是什么呢？库班斯基所讲的并不是一种思想，只不过是作品的主题罢了。在此基础上，创作不出任何具有独创性的作品。

"有预付款，总归要好些，这我知道。"库班斯基说道。他走到写字台前，打开了一个小手提箱。"这是盖好了章的空白合同书。您在上面签个字，过几天就会收到三千卢布的报酬。我们的电影开拍时，您会得到剩下的五千卢布。"

阿列克谢眯缝起了眼睛。三千卢布——体面的年薪啊！在出版界，他从未听说有这么丰厚的预付款。然后，一切问题都奇迹般地解决了：抛开助学金，抛开"急救站"，就坐在这儿写剧本。对国家安全委员会和检察院，他不屑一顾——他们迟早会自己放弃。

"但是，有一个条件。"库班斯基坐在他对面，手里拿着空白表格，继续说道,"正如你所看到的,我有很多机会。但是,那些给我机会的人都想知道,特鲁巴切夫上校对您讲了些什么。"

阿列克谢就像被打了一下,猛地向后仰去。他一时语塞,看着库班斯基。对方捋着胡子,笑了。

"您怎么……是国家安全委员会的人?"阿列克谢问话时,连声音都变了。"享受"淡香白兰地的感觉立刻就消失了,受虐的身体再次疼痛起来。"您……这一切……"满腔的愤怒和绝望向他袭来,"您为什么要骗我这么长时间?这是什么剧本?您是在耍我吗?……谁想揭露谁?或许,这个剧本只是一个诱饵。您开出这样的价码,是想收买我吗?"

"您别生气!您过于看重自己了!我只不过是您的介绍人——电影导演库班斯基。我需要一个脚本……至于国家安全委员会,您的概念是狭隘而错误的。在国家安全委员会,有大约五十万人在做事,遵守与其他群体相同的法律。我们在报纸上看到,这个群体就像'一块巨石'——这是真的吗?是这样的!您为什么认为国家安全委员会是按照另外一种法则存在呢?在国家安全委员会里,人们永远在争斗,就连斯大林时期也是这样。如今,占上风的是那些不喜欢庸俗生活方式的人。您可能会感到奇怪——我作为一个导演,怎么能和国家安全委员会的一个正式的部门合作呢?恕我直言,现在谁会游离于国家安全委员会之外呢?我关注争斗总比争斗找上我要好——请原谅我的一语双关!现在不是单打独斗的时候!否则就会像昆虫一样,很容易被捻死。像我们这样的人,都需要庇护者。只是,为了夺回失去的阵地,我们的敌人利用了特鲁巴切夫上校的案子。难道您——自由的艺术家,连这个都不明白吗?"

"可是,您的'正式部门'几乎毁掉了我的健康。正是这些艺术赞助商让我失了业,取消了我的学籍。他们跟踪我,还派妓女秘密地……我只想知道,在这种情况下,'非正式部门'干的是什么勾当?"

"您最好不要知道这个,因为您的生命是不会受到威胁的。至于特殊的方法……有特殊的服务,可以使用它们。即使在最民主的国家,也是如此。您认为,是否可以用福音派的方法来对抗'顽固'的蒙昧主义者呢?"

"这么说,我就是愚民了?"

"不是。不过,您可以成为他们手中的工具。"

"不知是怎么回事,我暂时还没有遇见一个所谓的'愚民',但却见识了不少像您这样的'贤明之君'。确切地说,我觉得他们有胆有识。"

"承认吧……在这件事情上,您是错的!在遇到进口香烟和妓女之前,没人招惹过您吧?我不喜欢对您使用特殊的方法,这您是知道的!我被赋予了另一种角色——用仁爱和理智去使别人信服。但是,要知道,在任何特殊服务中都有专长各异的专家……就像有信誉的饭店一样,既有温文尔雅的服务生,又有壮实的大汉。他们以苏联警察的方式'教训'了您一下。不过,他们是有权对您进行'审查'的。我真的不希望事情发展到这一步……同时,您的表现很奇怪。显然,您对上校特鲁巴切夫的案子有某种独特的看法,并且已经变成了'固定的看法'。您只从一方面来看待这件事情,就像《罗生门》里的人物一样。但是,仅有事实是不够的。为了发现事件的真相,要善于从不同的角度去看待……"

"您是指修道院院长帕尔费尼的案子吗?"

"就算是吧!"

"但是,我并不知道您对'特鲁巴切夫案件'的看法。"

"请原谅!特鲁巴切夫上校是一个典型的斯大林主义者,企图在全国再次发动'秘密侦查行动',以便不受干扰地消灭重要的政治对手。大概,他的想法没有得到上层人物的同情,这才导致了他的自杀。不过,关于他的死亡,我知道的并不比您多。我们担心另外一种情况:他们即使要离世了，也会竭尽全力损害自己对手的威望，就像常言说的那样，将他们从坟墓里拖出来。对此，他们会随机地选择像您这样的人作为工具。因此，如果您能把和他的谈话内容毫无保留地和盘托出，那么这对您和我来说都是最好的结果。还有您和他女儿会面的事——你们怎么会在这儿见面呢？咱们还要致力于电影的制片，所以让我们提前把关系理顺吧！但是，"在他那明亮的黑眼睛里，突然闪现出了笑意，"希望这一次能绕开哈姆雷特式的独白。我本人喜欢您的笑话，可我不能说出关于……"库班斯基竖起了大拇指。

"我想告诉您一个秘密……我不是在开玩笑。从本质上说，特鲁巴切夫讲的就是这件事。您不想给我倒一杯白兰地吗？"

"很高兴！"库班斯基面露笑容地给他倒了一杯酒。

"来，为我们的协调一致干杯！"阿列克谢站起身来，说道。

库班斯基也站了起来，把酒杯伸向了阿列克谢。阿列克谢微笑着把白兰地泼向他的脸，然后用尽全力给了他的肚子一拳，将前一天的恐惧和屈辱全都付诸一击。导演强忍着疼痛，发出了呻吟声。"别伤着他的脸！"阿列克谢严厉地对自己说。他本能地挥起了手，把库班斯基打倒在地。他狠揍库班斯基的脸，把库班斯基嘴里的白兰地打得四处飞溅。导演倒地时，后背猛地撞了一下椅子，和椅子一块儿倒在了地上。

导演躺了一会儿，把头缩了起来。然后，他用过于凸起的眼睛瞟了一眼阿列克谢，扶着墙站了起来。深红色的鲜血顺着他那乌黑发亮的胡子滴了下来。

"您……您知道后果吗？"他声嘶力竭地说道，"……把您消灭掉，磨成粉末！"

"我昨天晚上说的大概就是这样的话。"阿列克谢点了点头，"嗯，只要没被你们打死，我就要让你们的灵魂脱离你们的身体。这么说吧，我不能白白遭受你们的折磨。"

秘密走廊

库班斯基紧张地用一只手捂着肚子，用另一只手捂着脸。阿列克谢走到库班斯基跟前，满足地用鞋尖照着他的睾丸踢了一脚。导演大口地喘着粗气，顺着墙滑到了地上，轻声地呻吟着：

"别再打了……求求您……是他们逼我……我是上了他们的'套儿'……外币……名人年鉴'大都会'……"

"好了，这个不用担心！"阿列克谢假装关切地说，"毕竟，用苏联警察的话说，我只是教训了您一下。顺便说一句，'教训人'是警察的专利。"他回到了桌旁，把剩下的白兰地（差不多有四两）倒到了干净的杯子里，"把它喝了，非法倒卖外币者！要不然，我就杀了你！"他把杯子递给了库班斯基。

受到惊吓的导演把酒喝了，仍然喘不过气来，牙齿直打颤。

"别想呕吐！给你一个柠檬！当你站在主人的面前时，必须'看起来不错'。还有酒精制品吗？"

"有……在冰箱里……"

阿列克谢从冰箱里拿出一瓶专供出口的"首都"牌白酒（和"列宁"的白酒一样），又灌了他一杯。然后，他点燃一支烟，看着蜷缩在墙角里的库班斯基。不久，他的脸在酒精的作用下变得通红，又因出汗而变得闪闪发亮。

"好样的！"阿列克谢拿定了主意，再次将杯子递给了导演，"喝！"

"我不能再喝了！"库班斯基哀求着，用一只手抓住了自己的喉咙。

"那我就掰开你的嘴巴，把酒倒进去！喝！"

库班斯基痛苦地打着嗝儿，浑身颤抖着分几口喝下了杯子里的酒。

"水！"阿列克谢把装水的长颈玻璃瓶递给了他。于是，导演便贪婪地喝了起来。

"这就对了！"阿列克谢满意地说道，"现在，去睡觉吧！我给你留了解酒的'波尔柳兹'。抱歉，肉皮冻没有了。"

阿列克谢拿起外套，离开了房间。"我敢肯定，我现在是完蛋了！"当他走下楼梯时，脑海里闪过了这样的念头，"我为什么要打这个'大胡子'呢？"但是，他的内心深处没有半点儿悔意。阿列克谢看了看表，快到十一点了，该去和娜塔莉娅会面了。当他来到外面的时候，悲伤再一次向他袭来。"上帝啊，哪儿才是我的栖身之地呢？"他忍受着痛苦和胆怯，环顾了一下四周，看有没有"尾巴"。阿列克谢顽强地晃了一下头，向前走去，低头看着脚下。"不敢报仇……"他想起了最近去世的肖洛霍夫在《静静的顿河》里塑造的格里高利·麦列霍夫的一句话。这是一个硬汉，但在与肃反人员打交道时，却感到腿软……"这样的人尚且如此，就别说我了！"他心想。

　　经过前一天被打时所在的那个沟壑时，阿列克谢停住脚步，郁闷地看了几分钟。他想起了库班斯基说的修道院院长帕尔费尼在大坑里被焚烧的故事……"脚本作者！"他痛苦地对自己说，"你是什么脚本的作者？你只是这个脚本里的人物之一，和这个不幸的帕尔费尼神父一样！"

　　他朝坡下走去，走到了教堂。不知为什么，他来到了这里。他小心翼翼地迈过门槛，摘下了帽子。昏暗的教堂里空无一人，只有蜡烛和油灯还亮着。阿列克谢犹豫着，有些歪斜地画着十字。

　　他不是一个没有信仰的人，会时常想起上帝来，但又认为上帝太抽象，就像电视机里的主持人带领大家做游戏时，你不知道"是什么"、"在哪里"、"什么时候"，只能听到从某个地方传来的声音。他向人们提出问题，却不帮助他们寻找答案。阿列克谢大概就是这样理解"崇高的、充满理性的使命"的。他认为，祈求上帝毫无益处，并且不需要这样做。如果一个人是由上帝创造的，那么上帝显然不是让他来求救的。他完全有能力自救——想办法得到社会保障或者基层委员会的庇护。事实上，他在向上帝祷告时，就知道了这一点。例如，一个病人说"主啊，求你救救我吧，我不会再作孽了"时……因为不再犯罪了，他真的被治好了——罪过才是疾病的根源。

现在，所有知识分子充满理性的学说都一下子从阿列克谢的脑海里消失了。他站在教堂那高高的穹顶下，以不同寻常的敏锐洞察力，发现自己不需要某位最高法官的公正，而需要有一个人抓住他的衣领，把他从危难之中拯救出来。这就是普通百姓几百年来一直信奉的东西！

阿列克谢注意到，有个衣衫褴褛的人跪在供台旁，额头贴在冰冷的方砖上。于是，他就想："难道说神的世界就是最高法院的某个审判庭吗？什么时候有了这样的法院？人们祈求上帝的怜悯，但这种怜悯却少之又少！我们可以自我救赎——自己回答所有问题，正确地去做一切事情，但世界并不会因此而变得更加美好。我独自一人，被敌人包围着……我干吗要知道正确答案呢？答案正确与否有何区别？会由此改变什么吗？他们会说：'请吧，你不是受害者！'我们正在等待上帝的怜悯，而他却要我们'发慈悲'——这就是深奥的道理……一个人躺在圣殿的地上，想询问该往何处去，但却无人可问。世上的仁慈太少了，因为它被冷漠和邪恶掩盖了。大概，正因为如此才会有教堂的存在，目的是汇集弥足珍贵的点滴慈悲与怜悯。"

难怪人们说这是"大教堂"！一粒金子没有什么，但如果是成千上万粒金子，就能熔成一枚金币。但是，一枚金币没法儿分，只能给一个人。显然，上帝把慈悲给了最需要的那个人。谁请求得最强烈……如果把世上的诸多黄金平分给所有人，包括躺在地上的那个人，那么大家就都会得到那样的金币。或许，慈悲也不过如此。世界上的慈悲不多也不少——有多少人，就有多少慈悲。为了呼唤慈悲，你要么问别人要一枚金币，要么把自己的金币送给别人。

"库班斯基给他讲修道院院长帕尔费尼的案子的时候，就不应该考虑电影剧本的事！他应该想的是，一个无辜的人遭受了毒打，受尽屈辱之后被火烧死了，还被剥夺了举行体面葬礼的权利。到了那个时候，你就真的无愧于慈悲了……当你听说有三千卢布……顿时心跳加快……"

他尽可能地为帕尔费尼神父祈祷着。但是,那个冷漠的知识分子——"不干涉论"的支持者,嘲讽地从侧面看着他。"好像是'付出的越多,得到的回报就越多'!反正关键词就是'得到'二字!你对慈悲的思考,也可以作为一种'补偿'。"

出于这种双重考虑,不只是简简单单的祷告之事……他作为一个普通人,处境变得尤为艰难,都快要喊出来了。"上帝啊!"他哀求道,"仁慈的上帝啊!我是一个可怜的人,很不幸……主啊,救救我!"

教堂的烛光和神灯在阿列克谢的眼前晃动着,他的眼里充满了泪水。他仰起头,站在那里。空旷的教堂里只有他们两个人——他和一个一动不动地躺在圣像前的男人。"按照你的理论,他更需要帮助。"阿列克谢心想,"上帝啊,帮帮他吧!而你,就走自己的路吧……"

他离开教堂,走进地下走廊,仍然低头看着自己的脚。这时,有一些人朝他快步走来。"就是他!"传来了一个熟悉的声音。阿列克谢立刻僵在了那里。必将遭受厄运的他抬起头,看到"显要的人物"谢尔盖·彼得罗维奇·切列帕诺夫和两个又高又壮的男子都穿着便衣。

"就是他!"谢尔盖·彼得罗维奇把阿列克谢指给自己的同伴,"自己送上门来了!老兄,你跑得比兔子还快!给你戴上手铐,你就不会跑了!"

"那就戴吧!"阿列克谢很是惊讶,并为相遇感到高兴,"这样会好一些!只是,看在上帝的分儿上,不要把我送到国家安全委员会的监狱里!"

"我们的当事人变得成熟了!"切列帕诺夫和陌生人交换了一下眼色,"阿列克谢·伊里奇,我可跟您说,不要不识相啊!您要去哪儿?如果这不是秘密的话……"

"去见一个女孩儿。"

秘密走廊

"嘿,瞧这美事!明白了!不过,她得等一会儿了。"

"我想,这样恐怕不太好。您知道吗,她是特鲁巴切夫上校的女儿!"

切列帕诺夫和陌生人又交换了一下眼色。

"你们已经见过面了,还是想要见面?"在地下走廊里,谢尔盖·彼得罗维奇的声音显得很大。

阿列克谢警惕地朝周围看了看,确认后面没有人。

"您最好别这么大声说话……"他低声说道,"这里有很多'耳朵',从四面八方包围着……"

于是,切列帕诺夫变得严肃起来。

"好吧,那我们就走吧!"他点了点头,"认识一下吧,这是总参谋部侦查管理总局的格纳季·维克托罗维奇·沃斯特留科夫少校和国家安全委员会侦查局的巴维尔·瓦西里耶维奇·贡佐夫上尉。在我们这个案子中,他们帮了很大的忙。至于细节,咱们以后再讲。我只讲主要的:涅米洛夫斯基确实存在,他确实从您这里拿到了字据。"

阿列克谢对此并不感到惊讶。他只是笑了笑,瞟了一眼贡佐夫上尉,说道:

"你们看到了吧,他们正在牵着你们军事检察院的鼻子走,而你们却对我说'别气馁'。现在,你们知道我陷入了什么样的窘境吧!"

"现在,不仅仅是您……"切列帕诺夫乐呵呵地说道,"好了,咱们走吧!还等什么?我们也要找娜塔莉娅·特鲁巴切娃!"他拉起阿列克谢的胳膊,把他往地下走廊的出口拽,沃斯特留科夫和贡佐夫紧随其后。

"他们为什么要欺骗你们的上司?"阿列克谢追问道。

"他们解释说,是为了保密起见。顺便说一句,他们是在相当高的层面上这样做的,但却没有任何文件可查。这样一来,我就去了侦查局。在那里,可以对人施压,这才迫使国家安全委员会开始了内部调查。于是，包括巴维尔·瓦西里耶维奇在内……着手对这件事进行调查。还记得我对你说过的话吗？在国家安全委员会做事的并不都是涅米洛夫斯基的人。"

"那么，我的字据怎么办？我能摆脱这个字据吗？难道还有别的麻烦吗？……"

"忘掉您的字据吧，您是受法律保护的！"

阿列克谢停住了脚步。

"什么法律？难道我们是在按照法律生活吗？您拿到不再追究我所签字据的文件了吗？还是建议我再去堵枪眼？如果我受法律保护，那么请拿出文件来！就像文学作品里的一个人物所讲的——一份最终的、真实有效的文件。"

谢尔盖·彼得罗维奇皱起了眉头。

"目前正在进行一场争斗，充满了不确定性，所以上头是不会有人签署文件的。您肯定想象不出来，这件事惊动了最高领导人，并且没有统一的意见。现在，不止您一个人在冒险。"他向沃斯特留科夫和贡佐夫点了点头，"我们也冒着不小的风险……我们有家，有孩子。"

"这是您的工作！你们为什么要把它放到我脆弱的肩膀上？你们这是什么工作方式？不需要我们这些平民百姓的时候，你们就让我们靠边儿站。出现问题的时候，你们就对我们说：'往前冲！除了你们，再没别人了！'"

切列帕诺夫那圆圆的脸上的表情变得严肃起来。

"假如我不知道您是一位作家……"他平静地说，"我还以为您是一个凡夫俗子，遇事只会往后退呢！这样的人，我在自己的职业生涯中见过成百上千……听着，您是公民，而不是格林或者西默农笔下的小人物！如果特鲁巴切夫说的是真的，怎么办？您就这样无动于衷吗？还说什么'此事与我无关'……从机关里来的同志们，你们去干吧！为此，你们会得到报酬的！好吧，我们正在工作！我们从莫斯科乘坐军用飞机来到您这儿，腋下夹着枪……没有目击者，我们真的束手无策！顺便说一句，任何复杂的案件都是如此！如果您愿意，我会亲自给您写一份证明文件……我的同事也可以给您写。这下您满意了吧！"

阿列克谢感到羞愧难当，看向了别处。以前，他的确没有想过自己是一个公民。但是，他也没有认为自己不是公民——切列帕诺夫的话正中要害。"你总是想着这个证明材料！"阿列克谢对自己说，"难道你把字据给了国家安全委员会的人，你的生活就会变得轻松吗？他们是不会相信你的！"此时，能给阿列克谢带来信心的还有"腋下的枪"。不知为什么，他们做的比"亲自写证明"要多。

"既然这样，那我们就走吧！"他点了点头，"可是，你们怎么这么快就找到我了？"

"你小瞧我们了！"谢尔盖·彼得罗维奇微笑着说。

阿列克谢确认了没有尾巴跟踪他们之后，便在路上对切列帕诺夫及其同伴讲述了离开莫斯科之后发生的事情，并且回避了一些细节。"列宁"的故事使他们发出了笑声，而当阿列克谢讲到如何惩治库班斯基时，他们一下子停住了脚步，惊奇地瞪大了眼睛，然后大声地笑了起来，无视路人投来的异样目光。从侧面看，阿列克谢是在给这些人讲笑话，并且在人行道上引起了哄堂大笑。至少，阿列克谢能让他们开心。

"是踢……睾丸？！"沃斯特留科夫少校仍然没有安静下来，"教训了'乖孩子'……审查时没用这个吧！留下了'波尔柳兹'？哈哈哈！"

切列帕诺夫极力想让自己那粉红色脸上的表情变得严肃起来，说道：

"以后不要这么做了！"

阿列克谢耸了耸肩。

"我想，我不会再有做这种事的机会了。"

于是，他们继续向前走去。

"您知道这个待取信件的收件人瓦西里耶夫·列昂尼德·安德烈耶维奇吗？"谢尔盖·彼得罗维奇悄悄地问沃斯特留科夫。

"在管理局里，叫瓦西里耶夫的可不少！可是，连父称都和他一样的，我记不起来了。不过，您是知道的，这说明不了什么。毕竟，我们在工作中很少使用真名。在这里就不能截获一封信吗？"

"不太可能吧……在邮局，他们把信投进了邮筒。这意味着，这封信昨天晚上就被取出来了，今天上午就发走了。现在，要在辛菲罗波尔市的邮政总局才能截获这封信。弄不出大的动静，就很难做这件事。况且，是否需要这样做呢？要知道，从破案的角度看，这个神秘的瓦西里耶夫与这封信同样重要。所以，我们既希望得到这封信，又希望抓获瓦西里耶夫！"

"我们会查清这个人的！"

"一定要小心！如果没能查清楚，那么您能否委托可靠的人来监控信件，并对瓦西里耶夫进行监视呢？"

"尽最大努力吧！"

差五分钟十二点的时候，他们来到了疗养院的大门口。在约定的时间，娜塔莉娅并没有出现。到了十二点十五分，沃斯特留科夫焦急地说：

"我去打听一下，看出了什么事！"他一边掏介绍信，一边朝出入口走去。

大约过了二十分钟，少校还没有回来。于是，阿列克谢紧张地一支接一支地抽起烟来。切列帕诺夫看着他，作出了让步。这一次，他不是闻烟味，而是在那儿和阿列克谢对了个火，贪婪地深吸了几口，像醉鬼一样。

沃斯特留科夫回来报告说，吃完早餐后，立刻就有一辆白色的辛菲

秘密走廊

罗波尔牌照的"伏尔加"轿车驶入了疗养院。车里的三个穿便装的人出示了出入证和停车证，然后把车停在了特鲁巴切夫家的楼门口，上楼去了。二十分钟后，他们和母女二人一起走出来，拿着东西钻到车里，把车开走了。他们把特鲁巴切夫家的钥匙交给了楼层的值班员，并没有交代什么时候回来，以及是否回来。至于陌生人的许可证，干部局的人说，近来没有给任何人发放过许可证，除了给职工。

"原来是这样！"切列帕诺夫若有所思，眉毛拧成了疙瘩，"有人已经按捺不住了，巴维尔·瓦西里耶维奇！"他转向了贡佐夫，"他们企图把特鲁巴切夫的家属带离克里米亚。请您到军事检察院去，以我的名义打电话通知一下辛菲罗波尔那边，让他们在机场拦截母女俩和护送者，弄清楚护送者是什么人。同样的电话还要打给交通管理局……然后，到检察院去要一部车……还有司机，跑一趟'创作之家'，捉住这个'哥萨克'库班斯基，把他带到位于辛菲罗波尔的国家安全委员会下属的州管理局。"

"他大概醉得舌头都短了！"

"在路上，他会逐渐清醒过来的。路上需要一个小时的时间，可以在车上吓唬他一下，说要把他送到监狱去。嗯，这个大概用不着我教你。说不定，他会告诉你一些有趣的事情。到了国家安全委员会之后，先出示一下库班斯基的全权委托书，然后再要求他们把特鲁巴切夫的家属立刻带到您这儿来……如果他们仍然在克里米亚的话。如果他们已经把母女二人带走了，那么让他们查一下确切的地点。这是一张尚未填写……但是已经签署了的逮捕证。行事要果断……如果国家安全委员会的人装糊涂，那么您认为需要给谁开张传票，就不要客气。另外，还要调来一个支队的警察。我认为，这样做能让他们清醒一些。"

"可是，如果警察胆小怕事呢？"贡佐夫充满疑虑地问。

"那就到别的楼层去……去边防部队总部。带上站岗的战士，并对不配合者实施逮捕。您最好立刻到那里去，带上战士……一定要让子弹上膛！然后，你和他们一起去国家安全委员会。就让他们站在门前，这样会给人留下深刻的印象。"

"可别让我脑袋搬家！"

"如果我们失败了，那可就不好说了。因此，最好成功！案子已经接近尾声了……你可以通过雅尔塔的军事检察院，以电话通知或者密码电报的方式与我保持联系——到时候，视消息的重要性而定。一有消息就立即报告！最好在边防部队打电话！另外，一定要告诉我你的电话号码，以方便联系。去吧，上帝保佑你！"

"是！"贡佐夫一转身，快速走到了街上。

"格纳季·维克托罗维奇，"切列帕诺夫转向了沃斯特留科夫，"请你保护一下贡佐夫！他在辛菲罗波尔机场的时候，请通过你的那条线路同贝尔贝克和卡察的军用机场联系一下！我想，他们不会用普通航线转移特鲁巴切夫的家属。然后，请你前往塞瓦斯托波尔，在自己人的帮助下搞清楚，他们会把特鲁巴切夫的家属转移到什么地方。也许，情报机关知道国家安全委员会的'秘密据点'。如果你们能确定母女二人所在的位置，那么在我下命令之前，不要轻举妄动，注意监视目标即可。至于瓦西里耶夫和那封信，请用数字电报给莫斯科的自己人发出指令。请用与贡佐夫联系的方式与我保持联系！"

"是，听从您的安排！"

"可是，我们应该做些什么呢？"急于知道这些的阿列克谢看着沃斯特留科夫宽阔的后背。

"我们？只有等待……犯罪嫌疑人乱作一团的时候，我们就不要东奔西跑了。"

"怎么能这样呢？要知道，已经有人失踪了！您确信他们会善待她们母女俩吗？我不相信，因为我有过这样的经历……他们要是制造一场车祸呢？请立即逮捕国家安全委员会的反革命集团成员——您有这个权力！"阿列克谢激动地说。毫无疑问，切列帕诺夫果断的命令给阿列克谢留下了深刻的印象，尤其是"子弹上膛"那句话。

"国家安全委员会的拖延除了让您得到满足，还会给我们带来什么样的后果呢？"谢尔盖·彼得罗维奇问道。说完，他很快就恢复成了"圆圆的粉红色脸庞的善良大叔"的模样。"他们只是普通的执行者，而我们需要的是能给他们下命令的人。至于特鲁巴切夫的家属，我愿意和您一起分担。不过，与贡佐夫相比……我们很难及时地向他们提供帮助。阿列克谢·伊里奇，大家要协同作战！必须有人观察局势的变化，并且同各方面保持一定的联系。这不是侦探小说，而是生活！我们等着沃斯特留科夫和贡佐夫的消息！不过，即使有消息，"他看了看手表，"也得等到三四个小时以后了。所以，我们先去吃午饭，然后去军事检察院。我相信，我们会度过一个不平凡的夜晚！所以，我们应该暂时休息一下。这里有像样的咖啡馆吗？"

"海滨那儿有……"阿列克谢低声说道。

"好了，咱们走吧！我请客！"

他们走上堤岸，向用红色花岗岩雕塑的列宁纪念碑走去。这是典型的雅尔塔风格的纪念碑，四周栽种着棕榈树。一群幼稚、无知的年轻人以列宁和棕榈树为背景，面带微笑地在拍照。

在广场边上的咖啡馆里，他们默默地吃起了午饭。其实，阿列克谢一点儿东西也吃不下。他一直在想："娜塔莉娅怎么样了？她是否还活着？我真应该早晨醒来就去疗养院，让值班员叫醒她，然后随便去什么地方就好了，说不定能躲过一劫。"但是，直觉告诉他，这次他们不太可能离开……

"您听我说，"耐不住寂寞的阿列克谢对切列帕诺夫说，"您认为所有这些特务、叛徒、恶棍、同谋……会安静地被捕，并且供出事实吗？

被枪毙才能让他们光宗耀祖!我有一种感觉,这里有几十双眼睛在盯着我们。在这座城市里,我们完全处于孤立无援的状态,尽管您的腋下夹了一支枪。应该迅速调来一个排的冲锋枪手,整顿一下秩序,然后再坐下来不动声色地等消息。"

"我也有这种感觉……感觉自己正处于众目睽睽之下。"谢尔盖·彼得罗维奇若有所思地说道,"您尽管放心,他们想要攻击我们,所以不能公开地靠近我们。在这种情况下,他们将彻底失败。"

"为什么说是'失败'?见不到人,就不会有问题。"

"如果是一个人,那就好说了。可是,这个案子……已经被跟踪调查了……"切列帕诺夫伸出了一个手指头,"您不用担心,上边很快就会过问您想保护的人了。有了贡佐夫和沃斯特留科夫,我们将得到更多的信息。还有,我们现在要把谁交给他们呢?把您给交出去吗?那样的话,他们会说,这是第一次见到您。"

"他们要是知道特鲁巴切夫的家属被带到什么地方去了呢?"

"即便他们知道,没有辛菲罗波尔相关部门的批准,他们也不会说出来。贡佐夫就是去那儿交涉这件事了。让他采取行动吧!嗯,好吧,吃完了吗?咱们到检察院去,我给您写一份证明,然后再详细询问记录的事。"

他们来到大街上,阿列克谢点上了一支烟。这时,有人碰了一下他的肩膀。阿列克谢哆嗦了一下,转身一看,原来是佩佩利亚耶夫。他穿着一件毛皮大衣,围着黄蓝相间的围巾。谢尔盖·彼得罗维奇用自己结实的身躯以惊人的速度挡住阿列克谢,把手伸到了怀里:

"您要干什么?您是谁?"

"谢尔盖·彼得罗维奇!别担心,这是当地的一位历史学家佩佩利亚耶夫!"阿列克谢安慰着切列帕诺夫。

"历史学家?"谢尔盖·彼得罗维奇退回到原地,用怀疑的目光认真打量着佩佩利亚耶夫,"请原谅!"

"是这样,我们是在江边认识的……他在出售旅游门票。"

"什么?一位历史学家还出售……旅游门票?"

"生活嘛!"他简短地解释道,并向阿列克谢点头致意,"很高兴认识您!我叫阿尔伯特·伊万诺维奇·佩佩利亚耶夫。"

"谢尔盖·彼得罗维奇……"切列帕诺夫低声说道。

"我一直在找您,阿列克谢!"佩佩利亚耶夫高声说道,"我还去了'创作之家'呢!今天,我可以给您安排一次游览,正好有一个'空当'。"

"唉,"阿列克谢摊开了双手,"我今天哪儿也去不成了……恐怕明天和后天也不行……有紧急情况。"

"你不需要去任何地方!第一条线路就从这里开始……不远,在普希金广场。"

"您是说,在雅尔塔市的中心有一个哥特式的地下走廊?"

"小点儿声!"阿尔伯特·伊万诺维奇环顾了一下四周,"当然有啦!为什么没有呢?要知道,在古代,雅尔塔是一个名为'嘉里特'的著名港口,具有战略意义。在这样的地方,通常会铺设地下交通线。"

"阿尔伯特·伊万诺维奇,我还是不能去……要花大量的时间。"

"走雅尔塔的这条游览线路,只需要大约一个小时。您要是不去,那可就太遗憾了!今天正好没人妨碍我们——博物馆关门歇业,因为今天是休息日。"

"这跟博物馆有什么关系呢?"

"真是'无巧不成书'!"佩佩利亚耶夫压低了声音,"地下走廊的出口就在历史博物馆内……我在那里工作时发现的。"

"我们有一个小时的时间吗?"阿列克谢转过头来问切列帕诺夫。

"原则上……是有的!"他耸了耸肩,惊讶地看着阿列克谢,"这次游览对您来说很重要吗?"

"您应该知道,这是一次不同寻常的游览。"阿列克谢压低了声音说道,"是'内部游览'……沿着哥特人的秘密地下走廊游览。您听说过哥特人吗?过去,他们在这里居住过一千五百年,讲日耳曼方言。阿尔伯特·伊万诺维奇在论文中写的就是哥特人,可是没有通过答辩。"

"好吧,咱们去吧……如果不超过一个小时。我跟您一起去,可以吗?"谢尔盖·彼得罗维奇问佩佩利亚耶夫。

他犹豫了一下,然后点了点头:

"只是,对于看到的东西,要绝对保持沉默。一旦说出去,就会给我惹来麻烦!"

"我保证……如果没有遇到杀人和抢劫的话。"切列帕诺夫微微一笑,"博物馆里有电话吗?"

"当然有!"

"那咱们就走吧!"

"噢,请等一下!"阿尔伯特·伊万诺维奇拦住了他们,"我想,最好先把价钱谈妥。我答应过阿列克谢,给他大学生的优惠价——十卢布。我实在不好意思收太多,让你们吃亏。所以,就这样吧,还是十卢布!"

谢尔盖·彼得罗维奇张大了嘴巴——这个价格让他大吃一惊,尽管他的收入比阿列克谢要多得多。

"这叫什么'优惠'呀!简直是笑话!这是对外地人'狮子大开口'!现在,我总算明白为什么要保持沉默了!如果说给别人听,没人会相信!"

"在度假胜地,所有东西都很贵。"佩佩利亚耶夫抱歉地笑了笑,"不过,您也可以拒绝嘛!"

"这就是我不来你们这个度假胜地的原因!"切列帕诺夫低声地埋怨

秘密走廊

着,掏出了钱夹子,"简直是蒙骗老实人!"

现在,他不再像从前那样,用疑惑的眼神看着佩佩利亚耶夫了。投机商的做派显然使谢尔盖·彼得罗维奇放弃了先前的想法——站在他面前的不可能是库班斯基、"列宁"或者穿"阿拉斯加"牌上衣的同行。

阿列克谢也付了费,然后他们就向普希金广场走去。阿尔伯特·伊万诺维奇走在前面,身上的毛皮大衣的长前襟像旗子一样随风摆动。

"你看他,跑得还挺快……可就是浪费了我们不少银子!"谢尔盖·彼得罗维奇继续唠叨着。

"您说什么呢?可以说,他就是当地的'名胜古迹'!他能跑到哪儿去呢?他每天都坐在纪念品商店门前招揽游客……确切地说,他不是在招揽游客,而是坐在那儿自顾自地读历史书。"

在博物馆的铁栅栏旁,有一座现代风格的、有着椭圆形窗户的豪宅。佩佩利亚耶夫停下脚步,在那里等着他们。

"其他人在哪儿?"阿列克谢问道。

"今天,只有你们俩……是淡季。"阿尔伯特·伊万诺维奇一边解释,一边打开了栅栏门。

他们走进院子,看到了写有"拷问罪犯"的海报。在博物馆的门上,确实挂着一个写有"休息日"的牌子。佩佩利亚耶夫敲了敲窗户,门卫探出头来。这是一个面色苍白的老人,头上戴着一顶蓝色的大檐儿帽。他看到阿尔伯特·伊万诺维奇,点了点头,然后就不见了。一分钟后,门开了。

"请进!"佩佩利亚耶夫对阿列克谢和切列帕诺夫说道。

上 篇

* * *

他们走进了一楼和二楼之间的一个半明半暗的"楼梯间"。这里散发着一股霉味儿,还有一种博物馆特有的气味——不知是墨水的味道,还是黏合剂的味道。有点儿驼背的值班员拿着一串钥匙,默默地侧身站在门口,脸被帽檐儿遮住了。一进门,阿尔伯特·伊万诺维奇就把一张皱巴巴的纸币塞到了他的手里。

"需要穿拖鞋吗?"值班员语气平淡地低声问道。

"不用了,伊萨伊奇,我们去备展物品室。"佩佩利亚耶夫说道。

"我能打个电话吗?"切列帕诺夫问道。

伊萨伊奇看了佩佩利亚耶夫一眼,佩佩利亚耶夫冲他点了点头。

"打吧!"值班员指了指墙边的桌子,上面亮着一盏台灯。在台灯那幽暗的光线中,黑色的电话机闪闪发光。

谢尔盖·彼得罗维奇走到电话旁,开始拨号。

"值班员吗?我是从莫斯科来的切列帕诺夫。有消息要通知我吗?一有消息,就请拨打历史博物馆的值班电话!是的,我在这里。就这些……您——最亲爱的人,如果军事检察院的人打来电话,请您马上叫我!"说完,他挂断了电话。

一提到检察院,伊萨伊奇那长长的、没有胡须的脸上便闪过一丝惊慌。

"其实,今天是休息日……"他含混不清地嘟囔道,"不应该……阿尔伯特·伊万诺维奇……"

"伊萨伊奇,别心不在焉!"佩佩利亚耶夫轻声说道,"一切都在控制之中!要是有人打来电话,你就叫我们!当然啦,如果你能找到我们……"他意味深长地补充道。

秘密走廊

"'如果你能找到我们'是什么意思?"切列帕诺夫惊讶地问道。

"以后我再向您解释,好吗?咱们走吧,伊萨伊奇!请把门打开!"

值班员皱着眉头,从钥匙串里挑出一把钥匙,拖着老寒腿,步履艰难地上到了二楼。在这里,他打开了标有"员工入口"的门。阿列克谢和切列帕诺夫跟随阿尔伯特·伊万诺维奇走进了昏暗的走廊。

"我说过,我们要到地下走廊里去!"佩佩利亚耶夫关上了身后的门,听着钥匙在锁头里发出的咯吱声,凶巴巴地说,"他怎么还在叫我们?他怎么知道我们往哪儿走?"

"我不喜欢这样做。"黑暗中,传来了谢尔盖·彼得罗维奇对阿列克谢说话的声音,"这种行为太草率了!咱们离开这儿吧,现在还不晚!"

"同志们!……"阿尔伯特·伊万诺维奇一边呻吟,一边摸索着寻找电灯开关,"你们怎么像孩子似的?我又不是把你们往某个犯罪窝点领!"

"谢尔盖·彼得罗维奇,咱们总共只有一个小时的时间!"阿列克谢在帮着佩佩利亚耶夫说话。黑暗、低声絮语、神秘的环境——所有这一切都会使人想起童年时在阁楼和地下室里的探险。据说,那里还藏着宝贝呢!

灯终于亮了!阿列克谢和切列帕诺夫觉得周围的东西有点儿像果戈理的中篇小说《肖像》中的"美术作品商店"。墙边堆满了满是灰尘的带框和不带框的油画(大部分是普通的克里米亚风景画)、用破布罩着的雕塑和写有"请勿触摸"字样的大箱子,以及塞满了东西的厚夹板。与《肖像》中的跳蚤市场相比,这里最为抢眼的是对面墙边竖起的一幅油画,上面画着一个长着鹰钩鼻的瘦老头儿。他目光犀利,穿着绣花睡袍,头上戴着一顶圆形的黑色帽子。

"这就是果戈理的中篇小说中的那幅充满了神秘色彩的肖像画吗?"阿列克谢开了句玩笑。

"什么?"佩佩利亚耶夫没有听懂他的话。

"嗯,您还记得吗……在果戈理的《肖像》中,有个叫恰尔特科夫的艺术家。他在旧货摊上买了一幅表现某个东方高利贷者的画……这幅画从一个人的手里转到了另一个人的手里。"

"啊!"阿尔伯特·伊万诺维奇笑了,"猜得八九不离十!这是所罗门·克里木——1918 年,他是首相……作者不详。顺便说一句,这个男人长得很像列宁。"佩佩利亚耶夫指着一幅稍微小一点儿的肖像画说,"这是司法部长弗拉基米尔·德米特里耶维奇——著名作家纳博科夫的父亲。如你所知,在意识形态方面,两幅画作均不符合重要展品的陈列标准。不过,在官方规定的地方,从未挂过这样的肖像。问题是,所画的首相穿的竟然是卡拉伊姆人的服装。您大概知道,卡拉伊姆人的部族是这样一个部族:他们信奉的犹太教并不正宗。他们的首都是巴赫奇萨赖附近的一个叫'丘夫特-卡列'的山城——从克里米亚的鞑靼语翻译过来,是'犹太之乡'的意思。所罗门·克里木是卡拉伊姆人,他率领众人使克里米亚摆脱了俄罗斯之后,卡拉伊姆的商人决定送给他一件礼物。于是,他们定制了一幅肖像画,与贺信一起郑重地送给了他。不过,商人们显然做得有些过头了。他们要求画家将这位名人描绘成卡拉伊姆人的形象,但所罗门·克里木却在苦口婆心地与克里米亚的鞑靼人沟通,因为他根本就不想炫耀自己的出身。并且,在这个备展物品室里,这也不是卡拉伊姆人定制的唯一一幅肖像画——还有更大的呢!"阿尔伯特·伊万诺维奇费力地从墙上摘下来一幅华美的巨幅画作——这是沙皇叶卡捷琳娜二世的全身像。"从叶卡捷琳娜二世开始,"佩佩利亚耶夫接着说道,"没有一个皇帝不屈尊拜访'犹太之乡'……只有一个皇帝除外,那就是保罗。"

"大概正因为如此,他在位的时间才很短。"谢尔盖·彼得罗维奇笑着说道。

秘密走廊

阿尔伯特·伊万诺维奇也笑了。他想了想，说道："也许吧！"

然后，阿尔伯特·伊万诺维奇从墙上把那幅稍微小一点儿的油画摘了下来。这幅画描绘的是保罗·彼得罗维奇①的儿子和谋反的参与者。秃头皇帝亚历山大一世手里拿着禁卫军骑兵团的头盔，站在雷雨交加、乌云密布的背景前面。

"最初，这些肖像画都挂在丘夫特－卡列建于1897年的迎宾楼的接待大厅里。"接下来，是一幅沙皇尼古拉一世的画像，佩佩利亚耶夫把它转向了阿列克谢和切列帕诺夫。他像自己的哥哥一样，以同样的姿势站在乌云密布的背景前面。只是，亚历山大·帕夫洛维奇朝左看，而尼古拉·帕夫洛维奇朝右看。然后，阿尔伯特·伊万诺维奇展示的肖像画上面是：不祥地卷起胡须的亚历山大二世注视着前方身材魁梧的亚历山大三世，还有尼古拉二世（脚上穿着闪亮的靴子，呈坐姿，悠然自得地跷着二郎腿）。阿列克谢看着阿尔伯特·伊万诺维奇熟练地摆弄着这些庞大的画作，心想，他穿着一件有点儿脏的皮袄干活儿，还真挺像当时摘下这些画作的工作人员！

"1902年9月19日，沙皇尼古拉·亚历山德罗维奇②和他的妻子参观了'犹太之乡'——甚至早于去著名的'季韦耶瓦'进行视察。"佩佩利亚耶夫说道，"不过，这是'位高权重的人物'最后一次访问丘夫特－卡列③。因此，如你所知，迎宾楼里再也没有出现过新的肖像画——是为其他人制作肖像画的时候了！"他在墙边的画堆里摸索着画作（在其中的一幅画上，勃列日涅夫用浓眉下的一双褐色的眼睛安详地注视着参观者），又拉出了一幅积满灰尘、尺寸适中的肖像画，上面画

---

① 叶卡捷琳娜二世与彼得三世的儿子，史称"保罗一世"。
② 指末代沙皇尼古拉二世。
③ 中世纪的一座城堡，位于克里米亚。

的是约瑟夫·维萨里昂诺维奇·斯大林。他穿着一件扣紧了纽扣的大衣，站在克里米亚战争中的某个高地上，旁边是一门大炮。这幅画的名字叫《马拉霍夫山岗上的斯大林》!

"这幅画也是卡拉伊姆人定制的吗？"阿列克谢好奇地问道。

"不是。"阿尔伯特·伊万诺维奇笑着回答道，"斯大林对卡拉伊姆人不感兴趣，从未来过丘夫特－卡列，尽管众所周知，他经常在克里米亚休养。皇室贵族的迎宾楼在三十年代就被拆除了，只保留了地基。那么，咱们再往前走一走？"

"这是什么？"阿列克谢指着一个神秘的纪念雕像模型：大理石石碑的下半部分是克里米亚半岛的"浅浮雕"，被监狱般的栅栏围着。围栏上长满了已经开始抽芽的葡萄藤蔓，旁边的墓碑上分别用阿拉伯文和俄文写道："火灾降临到了塔拉克塔什村。我们作为受害者，被献给了大地和岩石。"就在不久前，他在某个地方听到过"塔拉克塔什"这个名字……

"这个纪念碑是为'塔拉克塔什案件'中克里米亚鞑靼人的死难者建造的。1867年，他们因谋杀当地东正教的教徒而被判处死刑。"佩佩利亚耶夫很乐意把问题解释清楚，"当时，激进的公众认为，仅以宗教和政治原因给他们定罪是不合法的。1935年，一群克里米亚的鞑靼雕塑家开始了纪念碑的设计工作，希望能在'塔拉克塔什案件七十周年祭'的前夕（也就是1937年）竖起这座纪念碑。快要大功告成的时候，州委会文化部门的人突然注意到了这个纪念碑——你看，在克里米亚的背景下，好像是一个塔夫拉人……栅栏下还长出了一棵葡萄藤。事实证明，这就是所谓的'克里木吉列王朝的标志'。当然，州委会的人立刻就惊慌了起来。这是怎样的一个时代啊！在栅栏上发现的是'对沙皇政权存在的暗示'，而葡萄就不仅仅是'反对罗曼诺夫王朝的民族解放斗争的象征'了。雕塑家的确什么也没做，只是在设计方案上画了个十字架罢了。"

阿列克谢感到很不自在——一天之内,他第二次听到了这个"塔拉克塔什案件"!总的来说,这个阴森恐怖的备展物品室更像在刑事侦查博物馆里展出的"物证",是对不幸和灾难的一种无声的证明,尽管在这里,他们除了所罗门·克里木的肖像和塔拉克塔什纪念碑模型,没有看见任何预示不幸或灾难的物品。他想,或许备展物品室的特征即是如此。无论真实与否,它们是历史和文化的"后院",而"后院"总是令人沮丧。

"这边请!"阿尔伯特·伊万诺维奇打开了一扇门,"我们要穿过的这个房间……这里是要布展的中世纪刑具。'数百年来,愚蠢和残忍的折磨……并没有将全部刑具都展出来,但刽子手的名单却越来越长。'"他像念咒语似的,突然拉长声音读了起来。

"哈哈!就是这把椅子!"切列帕诺夫惊呼道。他指着一把笨重的木制扶手椅——上面有手铐、脚镣,还有密密麻麻的尖尖的钉子。

"这是'摩西椅子'!"佩佩利亚耶夫解释道,"它既可以用来审讯罪犯,也可以用来处决犯人。这是著名的'纽伦堡的圣母'!顺便说一句,我们把它称作'婆娘'。"他走到一个铁制的、无眼无鼻的女人像跟前,吱的一声将其分成两半,就像拉开装低音提琴的盒子一样。"婆娘"里面插着一些长刀。"把被判刑者领到这里,就把'圣母'给关起来了。"

阿列克谢打了个寒战。

"这是根据西班牙画家戈雅的名画设计的刑具'绞喉'。"阿尔伯特·伊万诺维奇继续说道,"把人绑到这根柱子上,用一个金属箍套住他的脖子,然后从后面拧紧这个螺丝……试试吧!"

"啊!不,谢谢!"阿列克谢低声说道。

"这个是'查拉图斯特拉魔轮',将重约两磅或者更重的一块铁固定在轮辋上。死刑犯被放到这个轮子下面，脸朝上或者朝下——这取决于如何判决。就这样，刽子手开始转轮子了。铁锭敲打着死刑犯人，直至折断和摧毁其骨头。"

"脸朝上还是朝下，有区别吗？"阿列克谢皱着眉头问道。

"几乎没有！"佩佩利亚耶夫似乎没有注意到他话语中的讽刺意味，"不同的是……轮子朝哪个方向转。如果第一下击中了头部，那么这就是最后一击。但是，如果开始击碎的是小腿的骨头，那么载着受害者的板子就会慢慢地向前移动——这是最痛苦的折磨。这个石头箱子是'普罗克汝斯特斯床'①！将犯人绑在那里，床的机械轴使床在长度和宽度上发生了改变。悬挂在天花板上的是一把'摆刀'，爱伦·坡的小说中有对它有所描述。'摆刀'的下边是著名的'西班牙靴子'，可以将踏板捻成碎块。这东西虽小，但却设计得很精致。这是'机械梨'！可以把它放到人的嘴里，用螺旋杆撑开，直到把嘴撕裂。这个是'克洛维冠'，是套在头上的一个铁箍。可以把它拧紧，直到头骨裂开。在另一个房间里，收藏着一个很有分量的东西——'青铜公牛'。波兰人正是在'青铜公牛'里烧死了乌克兰的盖特曼纳利瓦伊科——在《塔拉斯·布尔巴》②里有对这件事情的描写，您还记得吗？您可以走近一些看看！"

这些展品似乎表现出了历史上的某些负面的东西，而表现出来的正

---

① 在希腊神话故事里，妖怪普罗克汝斯特斯利用他的床来杀死过往的游人。最初，他会以和善之人的面目出现，邀请过往的游人到家里休息。可是，客人们入睡后，普罗克汝斯特斯就开始折磨他们了。他要求客人的身高与床的长度相吻合，否则，如果客人是个高个子，腿或者脚搭在床沿上的话，他就会把客人的腿或脚砍掉；如果客人不够高，占不了一张床的话，他就把客人活生生地拉长，直到把人折磨致死。

② 俄国著名作家果戈理的作品。

秘密走廊

面的东西就是"展示和完善了人类的发明创造"。只是，一些人在机械中看到的是被拉长了的人体，而另一些人则借助机械尽力使人体变形和扭曲。执行处决和实施酷刑的工具就像劳动工具一样，设计得极为精巧——它们是人类千百年来智慧的结晶。"摆刀"的发明者很擅长形象思维，明白在受害者身上悬空而挂的小刀与执行死刑用的大铡刀没什么两样。这种场景在中世纪的版画中出现过……

"千百年来，愚蠢、野蛮地折磨……从前，人们都发明了什么？是符合科学道理的'摆锤'，还是刽子手的'摆刀'？"阿列克谢站在一个闪闪发亮的巨大而又可怕的大锅旁沉思着，"或者，两者兼而有之？莫非诞生在'文明的欧洲'的任何发明创造都具有双重性？例如，印着人像的古登堡①印刷版和带钉子的弹簧板，其正面是文明、公正的天主教，而反面却是惨无人道的酷刑和处决。象征着欢快的姓氏'盖特曼'……在这里被波兰人活活地烧死……被五马分尸的盖特曼·奥斯特拉尼察……哥萨克上校们被铁制的尖棒刺穿，活活地插到木桩上……还有森克维奇的小说……奥金斯基的波洛涅兹舞曲……肖邦的马祖卡舞……乌克兰叛乱分子的孩子们在悲痛欲绝的母亲面前被活活地烧死在铁笼子里……波兰群众目睹了这些……满脸放光的'纳粹'拍摄的以枪杀和绞刑为背景的照片，与他们的夫人和女儿的照片摆放在一起。这是什么样的历史呢？是真实的历史吗？这是阴森、血腥、没有尽头的历史。难道在这一历史中，用科学武装起来的人类会从黑暗走向光明吗？"

阿列克谢听到了某种声音，猛然间醒了，回过头去。不知为什么，只有他一个人在这里。这时，通往隔壁房间的门打开了一条缝。"阿尔伯特·伊万诺维奇！"他叫道，但是没有人回应。于是，阿列克谢便回到了第一个房间。这儿也没有人，只有一个"摆刀"在轻轻地摇晃。

————————

① 约翰内斯·古登堡（1397—1468），西方活字印刷术的发明者。

"阿尔伯特·伊万诺维奇!"

"怎么啦?""纽伦堡夫人"旁边的厚帘子微微动了一下,佩佩利亚耶夫出现了,"一切正常!现在,我们继续往前走!"

"谢尔盖·彼得罗维奇在哪儿?"

"他被叫去接电话了。他让我告诉您,他有急事要到军事检察院去。参观结束后,请在博物馆的出口处等他!"

"知道了……我们现在去哪儿?"

"就到这里。"阿尔伯特·伊万诺维奇移开与地板发生摩擦之后发出吱吱声的"摩西椅子",露出了挂有"紧急出口"标牌的小门,"小心点儿,这儿原来就有一个小楼梯!"

门后漆黑一片,散发着一股地下室的霉味。佩佩利亚耶夫点燃了一盏灯,照着狭窄的楼梯。他们沿着被踩得叮当作响的铁梯子下到了并排的三个房间前面,发现有一扇门是新的。阿尔伯特·伊万诺维奇从毛皮长大衣的口袋里掏出一把钥匙,费力地打开了所有部件都已经锈迹斑斑的锁头——被打开的铁门发出了沉闷的嘎吱声。

他们发现自己在一个普通的地下室,里面堆放着从备展室扔出来的所有物品:破旧的相框、没有门的柜子、残缺不全的椅子、干裂的书桌和陈列展品的展柜,还有沉积了多年、落满了灰尘的被撕坏了的卷宗和书籍,以及很久以前在示威游行时用过的宣传画和标语牌。佩佩利亚耶夫翻出了一个灯笼,上面写着:"二十年后,我们将奠定共产主义的基础!"

灯光在堆满杂物的水泥地上摇曳着。

"哈哈,就是它!"阿尔伯特·伊万诺维奇说道,"您拿着!"他把手电筒塞给阿列克谢,然后用力推开了一捆捆泛黄的报纸……在清空了的地方,他发现了一个下水道口。佩佩利亚耶夫吸了一口气,推开沉重的盖子,做了一个邀请的动作:

"咱们到这里去吧!"

秘密走廊

"哪里?"阿列克谢猛地向后一仰,"到下水道里去吗?"

"完全正确!您别担心,我们不会沿着下水道走太远。您犹豫了吗?历史学家和考古学家在这方面是很包容的。你看,咱们现在翻找的东西,已经有人翻腾过了。把灯给我!我先下去,然后您再下去!"

阿尔伯特·伊万诺维奇用手电筒照亮了下水道口那散发着恶臭的暗处,发现了一堵滴着水的红砖墙。一个个半圆形的管卡子被钉在墙里,间距很大。佩佩利亚耶夫抓住管卡子,向下爬去——井深大概有四米。到达底部之后,阿尔伯特·伊万诺维奇用手电筒传了个信号上来。

"下来吧!您能看清楚吗?"

"还好!"阿列克谢低声说道。他郁闷地想,本来可以自己下到某个地下走廊里,而无须支付这十卢布。于是,他开始往下爬,小心地用脚探寻着湿滑的金属条。此时,他那遭受过重创的身体立刻就有了感觉。

"当然,稍微有点儿味……"当阿列克谢出现在佩佩利亚耶夫身边时,后者乐呵呵地说道,"主要是供热管道从下水管道旁边穿过……不过,我们可以不用鼻子呼吸。请跟我来!"

他们在轰隆作响的拱形地下走廊里走着。

"下水道在这里!既然我们谈论它,那么它就是非凡的!"阿尔伯特·伊万诺维奇说道,"管道从山上向下铺设……水哗哗地向下流,没有任何阻塞!"

佩佩利亚耶夫手里的手电筒发出的黄光照到了地下室粗糙的墙壁,又晃到了包着肮脏的玻璃棉的像军官的皮靴一样锃亮的污水管。脚下的脏东西被踩出了响声……还有东西在滴水,但大部分地面都相当干燥。起初,他们可以挺直了腰杆行走,可是后来拱形的走廊变低了,他们只好弯下腰来。

"请注意,这就是……"佩佩利亚耶夫说着,照亮了地面上凸起的一截水槽。"依您看,这是什么?您不知道吧!我在赫尔松涅斯①见到过类似的东西。先生,这是古代希腊、罗马的下水管道残片。我跟您说,咱们这是穿越到'地下的时代'了!"

这时,走廊突然向左转了。手电光先是照到了墙上,然后瞬间照亮了一个尖声叫唤的有尾巴的灰色"小毛团"。它滚到对面的墙边,突然消失了。

"老鼠!"阿列克谢低声说道。

"对,是老鼠!"佩佩利亚耶夫确认道,"您觉得他们能跑到什么地方去呢?这毕竟是一堵墙!这也意味着我们接近目标了……秘密通道的爱好者应该紧紧地跟着老鼠。"

他们快要走到老鼠消失的地方了。水泥墙有几个地方裂开了,墙皮脱落了,而洞孔上则覆盖着一块生锈的铁皮。铁皮与墙体贴得不是太牢固,啮齿动物能够通过墙缝钻过去。阿尔伯特·伊万诺维奇把手电筒交给阿列克谢,然后戴上针织手套,拽开了生锈的板材。眼前出现了一个不规则三角形的洞,大概高一米、宽七十厘米。佩佩利亚耶夫发现洞里有一块破布,凑近了一看,原来是从军用呢子短上衣上撕下来的一块布——随之散落的还有沙子、石子和水泥渣子。这块布堵住了地面上的一个漏洞——难道会有人把手从洞里伸出来吗?佩佩利亚耶夫穿着大衣爬下去,拿上来一把工兵锹。于是,他便开始扩充那个"漏斗",累得直喘粗气。很快,锹尖就碰到了一样东西。阿尔伯特·伊万诺维奇跪下来,把双手伸到洞里,从里边拉出来一个带手柄的木头轮——像积酸菜用的大瓶盖子一样。

"请往这边照!"他对阿列克谢说,然后把两条腿伸到洞里,用两只手支撑着洞的边缘。显然,洞不是很深,因为佩佩利亚耶夫触碰到坑底

---

① 古城,从公元四世纪起隶属于拜占庭。

秘密走廊

时,头还在洞外。"把手电筒给我!跟我来!"

"这个混蛋!哪怕事先说一声'需要换衣服'也好啊!他自己倒是穿了件脏皮袄!"阿列克谢尽量不弄脏自己的衣服,跟着阿尔伯特·伊万诺维奇下到了洞里。再往下,他们潜到了散发着霉味的拱顶。他尽量弯下腰,向灯光走去。

"我们面前是一个未知的入口!"佩佩利亚耶夫蹲在墙边,郑重地宣布着。墙是由巨大的未经雕琢的石料砌成的,有两三块石头从底座上凸了出来。"欢迎光临历史的走廊!"他趴在洞口的一块石头上说道,阿列克谢紧随其后。

他们发现自己正处于在坚硬的岩石上凿出来的弯曲的隧道里,墙上有明显的被十字镐和其他工具敲打后留下的痕迹。接着,他们爬过了一个墙垛。这个墙垛牢固地插在了地上,就像旧箱子上的金属护角一样。在这里,就像在水井里一样,又可以挺直身体了。

"要想确定地下走廊建成的年代,似乎不太可能。"在地下,阿尔伯特·伊万诺维奇的声音听起来既响亮又可怕,"要知道,凿出这样的隧道……即便用较软的克里米亚石头,十年也不会完工——也许要超过一百年才能完工。但是,这个墙垛上面的图案与公元六世纪的石窟很相像。原来,这是个'洞穴教堂'啊!"当他们走过大约二十米长的走廊时,佩佩利亚耶夫说道,"从其与因科尔曼修道院里的圣安德烈教堂的相似度来判断,这个'洞穴教堂'……完全可以追溯到八世纪。"他从羊皮袄里掏出一支手电筒,递给了阿列克谢,"拿着,这样会看得清楚一些!"

于是,他们用两支手电筒照亮了凿出的半圆形洞穴。在洞穴里,墙壁不仅粗糙,而且有裂缝,低矮得像弯曲的拱门。人们在入口对面的墙上凿出了一个墙洞,这显然是通向另外一个房间……过道的两侧各有两扇小窗户。顶棚上边的石头上刻有十字架,周围是圆形的图案。

"皇宫的大门就是圣殿的入口。"阿尔伯特·伊万诺维奇说道，"咱们去看看！祭坛上的面包、红酒、蜡烛和其他物品，很可能是通过左侧的窗户递进去的。他们是通过右侧的窗户接受忏悔者的忏悔的——祭坛窗下的石座显然是为牧师准备的。"

阿列克谢回忆起在教堂时的情景，摘掉帽子，在胸前画了个十字。戴着风雪帽的佩佩利亚耶夫讪笑着看着他。

"是的，你有理由认为这个教堂没有废弃，因为任何时候都没有人将其关闭。"

祭坛被照亮了。祭坛不大，教堂大门对面的墙下有一个平台。

"御座！"阿尔伯特·伊万诺维奇指着它说，"御座一直都挨着'洞穴教堂'的东墙。正因为如此，我们才能在地下分辨出东、西、南、北。"他走近祭坛，在手电筒晃动的光线下找到了"御座"的下半部分。阿列克谢隐约地知道，凡人是不允许走近祭坛的（在亚历山大·涅夫斯基教堂痛苦的反思使他变得十分虔诚），所以在任何情况下都不能碰王位。于是，他便一动不动地站在原地。玩笑归玩笑，未必会有人关闭这座教堂，只是没有教民罢了。

佩佩利亚耶夫用手拍了拍王位，回到了"洞穴教堂"。

"看见左侧的墙壁上凿出的墓碑了吗？那儿有个墓地——也许是牧师或僧侣的墓地。请注意，墓碑上有一个鱼形的十字架，是古老的基督教的象征！顺便说一下，离这儿不远，还有一个墓穴。总的来说，这个墓穴更趋于大众化。"

于是，他们继续沿着通道向下走去。根据地下墓穴祭坛的位置来判断，往北走即是往山上走。右边还有一个低矮的洞口，旁边是一扇小窗户。他们将此处照亮之后，阿列克谢退缩了。洞穴位于隧道下面一米处，里面的尸骨一直堆到石头台阶上——头骨和身体的骨骼分开存放。类似的情形，阿列克谢在基辅的佩乔尔斯克修道院的洞穴里也看到过。

秘密走廊

"墓室，或者人们常说的'存放骨灰罐子①的地方'……"阿尔伯特·伊万诺维奇说道，"这里有很多这样的罐子。当然，还有一些单独的墓室，给人留下了很深刻的印象。首先，我可以负责任地说，无论是我，还是那些不熟悉这条路的人，都没有改变过遗骸的位置。请吧！"他停下来，用手电筒照了照下边，发现墙里边有一个1.5米长的壁龛。佩佩利亚耶夫坐了下来，并且示意阿列克谢也这么做。

当阿列克谢把头伸进壁龛时，他的头发微微地动了一下。在凹槽里，平放着一副马头人身的骨骸，自然地伸展着双臂，腿微微地弯曲着……周围撒了一些类似于赭石的红色粉末。

"人马像！"阿尔伯特·伊万诺维奇兴奋地喊道。显然，他对作品非常满意。"迷宫的主人！顺便说一句，这绝对是个例外。马的头骨出现在这里，是个意外！你看，马头完美地对准了人体的脊柱。显然，墓穴不是哥特式的，而是萨尔马特－阿兰式的——就像我对你说的，他们与哥特人是情同手足的兄弟。这个符号象征着什么——就是打死我，我也不知道。据说，这是奥列格大公的原型。他和自己的战马一同葬在这里——这是一种被普遍接受的说法。这种说法虽然很吸引人，但却不是唯一的说法。请您照一照他的脚！您看，那儿是不是有一个孩子的头骨和身体的骨骸？这是一个用黏土做的长笛——头骨的主人很可能是一个牧童。两具尸体的脚都朝西！莫非这是一个悲哀的游牧队伍，走在夕阳的余晖里，即是走进了死亡的神话王国？可是，为什么一具尸体被砍了头，却加上了马的头？它的形象就是这样的吗？还是说，他们就像马儿一样，快乐地奔向死亡？或者说，这种生物确实长着马头？我不知道……"

阿列克谢十分惊恐——他总算明白杀害修道院院长帕尔费尼的凶手为什么要割下那匹马的头了。

---

① 俄罗斯人用罐子存放骨灰。

"我们往前走吧!"佩佩利亚耶夫邀请道,"我要让你看一件令人感到惊奇的东西!现在,您觉得怎么样?花上十卢布很值得吧!"

"很值得!"阿列克谢坦率地承认道,"但是,您怎么能从人身上发现具有如此巨大的文化价值的东西呢?是的,您会因这样一个巨大的发现而获得各种荣誉,就像施里曼①一样!"

"您是说施里曼?但是,施里曼发现的是特洛伊的黄金宝藏,而我们却没有自己的宝藏。"

"黄金宝藏?"

"俄罗斯的黄金宝藏!哥特的红衣少女在蓝色的大海之滨,向着隐藏着迷宫的地方放声歌唱。如果没有黄金,他们早就放考古学家进来了。这里会被弄得乱七八糟,留下许多脚印。东西会被陆续地偷光……我算什么?我不知道!顺便说一句,即使您突然想到了人类的这一发明,那么没有我,您也找不到这条通道。您回去时还会走来时的路,而您则无论如何都不会发现我们来时的那条秘密走廊有裂缝。请您相信我!除此以外,各种各样的麻烦都在等着您。嗯……确实是一些不愉快的事。您还记得歌词里有'十五个人争夺一个装死人的箱子……'的这首海盗歌曲吗?嗯,好像就在这里!"佩佩利亚耶夫引领着阿列克谢,走到了侧面的一个洞穴里,"请您帮我一下!"

佩佩利亚耶夫指了指洞穴中间的一块巨石。他们把石头搬到一边,发现石头下面是下一个洞穴的入口。

"没必要下去,我们会崴脚的!"阿尔伯特·伊万诺维奇说道,"这是墓穴……墓穴里的'住户'不会让您想起谁吧?"

墓穴的底部有两副骨头架子,脸对着脸,紧紧地拥抱在一起。其中一副骨头架子大一些,接近两米高,颈部和腿部都很长,胸部很宽;另

---

① 德国考古学家。

秘密走廊

一副稍微小一点儿，头骨倾斜着，于细微之处显现出了优美——毫无疑问，这是一副年轻女子的骨架。

"另一个版本的爱情故事！克里米亚的罗密欧与朱丽叶！男孩子大概只有十七岁，身材异常高大，而女孩子则大概有十五岁。他们之间发生了什么事呢？或多或少，说的是年轻人的事。就像阿喀琉斯①一样，他被射中了脚后跟。仔细一看，年轻人的脚上被射了一箭，而正是箭上的毒导致了他的死亡。"

"莫非这就是阿喀琉斯的后代，继承了他的刀枪不入和脆弱的脚后跟？事实上，有许多人认为阿喀琉斯出生在克里米亚。"

"很巧妙的说法！不过，很显然，他们是古人的后代。至于这个女孩子，当然是这个男青年的未婚妻了。也许她是因为无法接受未婚夫的死亡，才像朱丽叶一样喝了毒药。但是，与罗密欧和朱丽叶不同的是，这对恋人仍然保持着童贞。"

"您是怎么知道的？"

"请照一下头骨！您看，两个头骨之间是不是放着一把短剑？您大概清楚地知道，在克里米亚和高加索地区，有许多民族（其中包括阿兰人）……认为将男女分割开来的匕首是童贞的象征。"

"啊……"无比震惊的阿列克谢无法将目光从"热烈拥抱"的骨架上移开，"男孩子头骨上的洞……听着，完全可以用现代的手段造一个。他们是死于中毒，还是另有原因？'半人半马'的头是真的还是后来加上去的？"

---

① 希腊神话中的英雄。他出生后，母亲握住他的脚后跟，倒着把他浸在了冥河水中。于是，除了未沾到冥河水的脚后跟外，他周身刀枪不入。在特洛伊战争中，他杀死了特洛伊主将赫克托尔，使希腊军队转败为胜，并用马车拖着王子的尸体示威，激怒了赫克托尔的保护神阿波罗。于是，太阳神用毒箭射中了他的脚后跟，导致了他的死亡。

"一切皆有可能！只是，我再强调一遍：这里的一切都有可能被翻个底朝天。我们将用分析、发掘、测量的方法来证实自己的假设，但是地下的秘密将会随之消失。所有这一切，包括非物质的现象，只有存在着秘密，才富有生命力。如果没有秘密可言了，那么这就是伪科学。"

"另外，黄金还没有找到……"阿列克谢有些讽刺意味地补充道。

"还有黄金！"阿尔伯特·伊万诺维奇乐呵呵地说道，"我有权做第一个发现者吗？谈的不只是金子，还有您提到的荣誉问题。现在，我已经处于学术界之外了——学术界的庸人立刻就用捞钱的手把我推出了哥特的文物界！我甚至连这里都不能来！看够了吗？咱们把石头放回原处吧！我再给您看一样东西！"

于是，他们继续向前走去。走廊变得弯曲起来，一会儿向左，一会儿向右。终于，他们爬到一个墓穴里。墓穴不是很深，角落里立着一个用平整的石板做的箱子。它的顶部雕刻着一些云杉树、鱼和人影的图案。

"咱们爬到石板做的箱子上去，怎么样？"佩佩利亚耶夫建议道，"只是，您最好小心点儿，别把它弄坏了！"

于是，他们将沉重的顶盖挪到了一边。箱子、大量的泥瓦罐和坛子完好地摆在一起，而罐子的细嘴上则盖着杯子、小钵和小瓦盆。

"所谓的'火化'，"阿尔伯特·伊万诺维奇说道，"就是哥特人的尸体被焚烧之后留下骨灰。我在骨灰盒里发现了公元三四世纪赫尔松涅斯和罗马的硬币。因此，可以相当准确地判断出墓葬的年代：从公元四世纪中叶到公元五世纪初。因为，从公元五世纪开始，在基督教的影响下，完全没有了哥特人的火化仪式。谢天谢地！也许火化尸体很卫生，但它给考古学家和历史学家留下了什么呢？瓦罐、骨灰、粉末状的钙化骨吗？的确，哥特人烧掉了死者。他们没有摘掉妇女身上的金属饰品——纽扣、胸针、钻戒、手镯、耳环、吊坠等，而男人们留下的则是短

秘密走廊

剑、刀和钱。所有这些东西都能在垃圾堆里找到。您会想，我的这些哥特纪念品是从哪儿来的呢？就是从这儿拿的！您要是能额外付费的话，我也能弄点儿东西给您。"

"不用了，谢谢！"阿列克谢拒绝道，"我不愿意动死者的任何东西。"

"是啊，我们从逝者那里夺取了一切——财产、历史、传统和文化！"

"是的。但是，通常是他们活着的时候，作为遗产留给我们……"

佩佩利亚耶夫不作声了。他们盖上墓穴的盖子，然后爬出了深坑。

"在十五个世纪里，这些骨灰存放处几乎没有变化……"阿列克谢小声嘀咕着，"包括那些墓碑和幕墙。那个墓碑上写的是什么？"

"古代的文字。"阿尔伯特·伊万诺维奇耸了耸肩，"这个是需要破译的，也许和现代墓碑上的碑文一样吧！也有可能是墓志铭，讲的是与瓦尔加拉宫①有关的事情。您说的对，他们没有什么创造性。但是，您可能会有这样一种印象：这里是清一色的坟地。可是，事实并非如此——我们只不过是来到了一个从基督教时期到多神教时期的独特的名人墓地罢了。面对历史，咱们再往纵深走一走！"

于是，他们继续往前走，却再也没有遇到壁龛和墓室。他们发现，走起路来有一种瞬间踩空的感觉。这说明上山的路已经结束了，现在是往山下走了。阿列克谢感到有些疲倦，于是变得有点儿迟钝，觉得古老的地下走廊就是一个简单的隧道，就像下水管道一样。

突然，一个高大的穹顶出现在他们面前。他们发现自己在一个圆形的大厅里面。穹顶越往上越大，就像木制的皇冠一样。这儿有一个十字路口——除了他们来时的那条路，还有三条岔路。

"您面临着童话故事般的选择！"佩佩利亚耶夫高兴地说道，"是往

---

① 在斯堪的纳维亚的神话中，是供阵亡将士的灵魂游憩的一座豪华宫殿。

右边走，还是往左边走……您认为哪条路好些呢？"

"今天，咱们哪条路都不走了！上帝保佑，让我'消化'一下今天留下的印象吧！另外，我的朋友谢尔盖·彼得罗维奇在等我……"

"客户就是上帝！说实话，有些人更愿意多游览几个地方，好对得起自己花的钱，直到手电筒里的电池用光为止。我有时候甚至会想，在这里，您漫步在黑暗中，可以充分地享受一下。我这是在开玩笑啊！有些人在底下感觉不太好，很快就会要求返回。况且，还有死人……过去的阴影……这您是知道的。"

"是啊……这些通道通向什么地方呢？"

"这完全取决于您的意思——时间或者地点。出口之一，您已经看到了——您不会从入口出去。别担心，这儿离您的朋友等您的博物馆很近。至于其他路线……这是一个秘密。不过，众所周知，任何秘密中都蕴含着商业利益。因此，如果您想知道另外一条路通往何处，那么至少还要参观游览一次。实话告诉您，下次就比较贵了，因为那个出口通向雅尔塔。"

"那么，第三次游览是不是会更贵呢？"

"不一定！一切都取决于路线的复杂性，以及时间和地点！不过，像这次这么便宜……不会再有了。"

"是的，您所做的一切都与商业很合拍！"

"那又怎么样？"地下走私者有些沾沾自喜，"好吧，我让您见识一下'家乡的粮囤'。咱们上去吧！"

"什么是'家乡的粮囤'？"

"您马上就会看到。请到这边来！"阿尔伯特·伊万诺维奇指着左侧的入口说道。

这条走廊比前面那条还要窄。阿列克谢盯着佩佩利亚耶夫的后脑勺，肩膀几乎碰到了墙壁。于是，他第一次因头顶上的厚石墙而感到

秘密走廊

惊恐。

"这里经常发生塌方吗?"他问道。

"经常发生!"阿尔伯特·伊万诺维奇快活地回答道,"有些通道被埋了!我认为,这是1927年发生在雅尔塔的地震造成的。"

"啊!"阿列克谢轻轻地叹了一口气。

这时,佩佩利亚耶夫突然站住不动了。

"当心点儿!"他一边警告,一边向侧面迈了一步,好让阿列克谢看清楚,"在你的脚下,会有一些洞!"

手电筒照在地上,形成了一个光圈儿。这里和刚才看到的地方一样,中间竖起了一根圆柱子。准确地说,它很像是拔地而起、直达穹顶的石笋。阿列克谢仔细观察了一下,发现石柱上好像有个人头——脸被雕刻得平平的,眉毛、鼻子和嘴巴很粗糙。用阿尔伯特·伊万诺维奇的话说,雕像的周围是石板上的一个个圆形的盖子。

"这是什么?"阿列克谢指着石柱问道。

"我想,这应该是弗莱尔——德国的生育和财富之神。这个从腰部到地面的'疤痕',大概是阴茎。古代的德国人相信,触摸过它之后,性能力会增强十倍。您想试试吗?"

"需要支付额外的费用吗?"

"哪能呢!"

"别误会,我只是随便说说。就像布尔加科夫作品的主人公说的那样,我们没有这个需求。"

"你真是个幸福之人,青春韶华犹存!当我来到这里的时候……不,我会触摸。我有前列腺炎——请原谅我的直率!"

"管用吗?"

"说实话,不是特别管用。尽力而为吧!您看,雕像的周围放了那么多骨头!"

"难道说……是人的骨头？"

"不，主要是猪的骨头。在德国，有一种迷信的说法，那就是'一个人如果养了一只鹿或者一头猪，那么它们很难和他一起下葬'。您觉得这些盖子是干什么用的呢？"

"打开之后，可以到其他洞穴去。"

"不是能到其他洞穴……它们是蓄水槽和石制粮仓的盖子。通过仓口把粮食装满，用木头盖子把口封住，然后从下边的仓口取粮食……沿着这些台阶可以直达下边的仓口。您不想下去吗？在下边，您可以看到地下河流，能补充点儿水分。夏季，河流通常会干涸。螺旋式阶梯很窄，所以您只能一个人下去。慢点儿，小心梯子滑！"

阿列克谢扶着湿滑的墙壁，用颤抖的双脚试探着走下了螺旋式阶梯。这时，一大滴水落到了他的额头上。他打了个寒战，迅速抹掉了水珠，差点儿没把手电筒掉在地上。正如阿尔伯特·伊万诺维奇所说，好像就在那边，能听到水声——每走一步，水声都会变大一些。

最后，手电筒的光束照到了墓穴的底部。角落里有一个方形的水井，里面的水哗啦啦地流着。对面的墙上有一个半圆形的窟洞，显然是取粮食用的仓口。阿列克谢跪下来，用手电筒向水井里照着。在下面，大约三米深的地方，一条小溪在暗无天日的石床上不停地流淌着。阿列克谢之所以能看见它，是因为在黑暗中，手电光是在接近湍急的水流时才灭的。一个人趴在井上，通常会愚蠢地冲着这口井喊点儿什么，但阿列克谢却带着敬畏和恐惧站了起来，低声说道：

"的确，时间的长河在流淌……"

他不太感兴趣地瞥了一眼空空的石头蓄水池，然后回到了上面。

不知为什么，佩佩利亚耶夫已经不在这里了。

"阿尔伯特·伊万诺维奇！"阿列克谢喊道。

"……伯特——伯特！……维奇——维奇！……"回声过后，传来

秘密走廊

了拱门发出的轰隆声。

"阿尔伯特·伊万诺维奇!"

还是回声,然后是寂静。

"阿尔伯特·伊万诺维奇,开什么玩笑?"

"……玩笑——玩笑!"地洞仿佛在戏弄人,实际上佩佩利亚耶夫并没有回答。

"他出什么事了?"阿列克谢刚一想到这儿,就害怕起来。他犹豫了片刻,然后通过狭窄的走廊返回到了有四个出口的带圆柱的大厅。

这里也没有阿尔伯特·伊万诺维奇。

"佩佩利亚耶夫同志!"

"……耶夫——耶夫!……同志——同志!……"

阿列克谢很想大声喊叫,但却羞于表现出恐慌。不知为什么,他的"导游"消失了。也许,他需要减压。在这样一个特殊的地方,他这样做只是出于一个研究者的慎重考虑。"我要离开这座神坛——这样做对吗?"阿列克谢犹豫起来,"在这种情况下,最好是留在原地。佩佩利亚耶夫回来之后,要是发现我不在,那可就麻烦了。他不会走得太远吧,我在下面待的时间并不长啊!"他猜想着,"我知道现在该做什么了!"阿列克谢关上手电筒,向其中的一个出口走去。哪怕能看到佩佩利亚耶夫的手电筒反射的光也好啊!"这么黑,就像在……这么说,他不在这里。那我就去另一个出口……也很黑!再往前走……还是一片漆黑。到了这里,还是不见他的踪影……这里呢?也没有!我检查了多少个出口?五个?四个?"阿列克谢打开手电筒,数了起来,"一……二……三……四……等一等!总共四个——我是从第四个出口出来的!是这里,还是那里?好像是那里!同样是狭小的通道……来吧,检查一下……"阿列克谢向通往"家乡的粮囤"的那条路走去,"看起来很像……这里应该是多神教的神庙……"

他走的这条路好像比来时的路要长,沿途没有看见多神教的神庙。但是,他却在墙上看到了方才和佩佩利亚耶夫一起走时没见过的一个箭头。"这不是那个出口!"他心想。

"阿尔伯特·伊万诺维奇!"因为不感到难为情了,所以阿列克谢有力气喊了。

这一次,连回声都没有。

阿列克谢几乎是跑回到有井的厅里的。"首先,要找到第一个宽隧道。"他非常兴奋地想着,"不用故弄玄虚,走那条路就能回博物馆。没有什么复杂的……别拐弯,只需要走到角落里的石头垛上,即可到达下水道。"于是,他在井的周围跑着,头部碰了一下井边。他急匆匆地奔向走廊,像中了魔法一样。所有的走廊都像通往弗莱尔神庙的走廊一样狭窄,都用箭头做了标记。他再一次研究了隧道的入口。这已经是第三次了——结果仍然是这样。最后,阿列克谢选择了四条通道中最宽的那条。他沿着这条通道前行,终于发现了"家乡的粮囤"。

"你这是在牵着我的鼻子走,恶魔!"他愤怒地做了个手势,威胁了一下……他不想单独和"猪"待在一起,于是便返回到了十字路口。

"在我看来,第一条隧道有可能最宽。"阿列克谢有些疑惑,"不对,我和佩佩利亚耶夫一起走过这条通道时,几乎是肩并肩!不管在什么情况下,都有必要检查一下其余的两个隧道。"但是,他马上就发现,手电筒几乎发不出光了。于是,他把手电筒的光束转向了自己。灯丝微微地颤抖着,泛着红光——电池的电量很低。

阿列克谢关闭了手电筒,靠着石柱坐了下来。"它只能坚持五分钟了。虽然还有打火机,但是也坚持不了多长时间。"一想到打火机,他就想起了香烟。于是,他掏出一支香烟,点燃了,惬意地抽了起来。他很享受地深吸了一口烟,吐出的烟雾污染了这些古代的拱门——要知道,佩佩利亚耶夫从来不在这里吸烟。"可是,这个讨厌的佩佩利亚耶

秘密走廊

夫在哪儿呢?"

一种可怕的猜想立刻就袭上了阿列克谢的心头:"如果佩佩利亚耶夫是涅米洛夫斯基和库班斯基的同伙,怎么办?他特意把我领到这儿,是要把我和切列帕诺夫分开吗?"阿列克谢在黑暗中闭上眼睛,呻吟了起来——这多像是真的啊!由于他的过错,已经有点儿眉目的案子走了下坡路。"他为什么要到这里来,还拉着谢尔盖·彼得罗维奇呢?实际上,没有人给他打电话!叫他去接电话,然后把他领到一个小黑屋里,再到某个地方把他抛弃了,就像当初把我扔到臭水沟里一样……但愿他的状况比我好些——我真是个白痴!"

但是,无论如何都要离开这里!阿列克谢啪的一声打开了打火机,用一只手遮住光,慢慢地沿着两条未知走廊中的一条往前走。火苗虽然很小,但是投射到拱门上的影子却又大又丑。他很快就确信,这不是他和佩佩利亚耶夫来的时候走的那条走廊。前面是转弯处,他刚要往回走,就听到了扑棱棱的响声,还清晰地看见了一个影子(很像是翅膀)在角落里一闪而过。是佩佩利亚耶夫?

"阿尔伯特·伊万诺维奇!"他喊道。

没有人回答,只有顶部的那个东西再次发出了簌簌声。打火机的火焰闪了一下,他感觉到一股带着霉味的空气扑面而来。"十五个人奔向了逝者的宝箱!"一想起佩佩利亚耶夫的警告,他便不寒而栗,"这不会是死人在迷宫里转悠吧!会不会是在历史的走廊里'迷路'的哥特人呢?"于是,他用颤抖的手把打火机举得高了一些。就在这时,一些黑色的带翅膀的生物从天花板上向他扑来。有一个带钩子的软软的东西抓破了阿列克谢的额头。打火机熄灭了,他大叫了一声,倒在了地上。黑暗中,几十双翅膀在他的身上扑腾着,就像鼓风机的叶片,发出了"呼啦啦"的声音。"天啊,快飞走吧!"他像果戈理小说里的霍马·布鲁特一样哀求起来。接着,他用一只手疯狂地按着打火机。打火机的小齿轮转动了一下，突然冒出火苗来，发出了微弱的光，照到了拱门边那些可怕的影子。阿列克谢看到了一些有脚、有翅膀的动物，像恶魔似的在他的头顶上方盘旋。原来，这些都是蝙蝠。于是，他用打火机驱散了它们。

阿列克谢深吸了一口气。"不管怎么说……它们的样子很丑陋。上帝，原谅我吧！"他想到了地下的那些善良的飞行动物，"还好，它们没有揪住我的头发！听说，要是被揪住了头发，就无法挣脱了！"他等扇动翅膀的声音在迷宫里消失了之后，便站起来，拖着沉重的步子往回走——还剩下一个通道。在这里，阿列克谢立刻就想起了那条标着箭头的走廊。在此之前，他没见过墙壁上有任何箭头。这里的箭头意味着什么呢？会不会如佩佩利亚耶夫所讲，有其他出口？阿列克谢又靠着柱子坐下来，开始预测自己走出困境的几种办法。总共有三种办法：检查最后一条走廊（这条走廊在第一次检查时，明显与实际情况不符）；回到弗莱尔神庙，在那里等佩佩利亚耶夫；冒一把险，沿着神秘的箭头往前走。

每个选项都有显著的缺陷。针对第四条走廊进行的毫无结果的考察，耗尽了手电筒里的电池和打火机里的气体。如果阿尔伯特·伊万诺维奇真的是涅米洛夫斯基和库班斯基的同伙，那么等着他就毫无意义了。箭头可能指示的是迷宫的深处，而不是它的出口。"但是，所有这一切，"阿列克谢对自己说，"都需要合乎逻辑的思考。这里有某种神秘莫测的东西……如果这是神秘莫测的东西，那就意味着，道路上的任何标志都像童话故事里描述的一样，具有象征意义。例如，它有可能间接地指示着出口。除了箭头以外，还看到了什么呢？地下神殿里的祭坛是朝东吗？对此，要在宽阔的走廊里进行定位，但是走廊却突然消失不见了，只能看见蝙蝠。或许，蝙蝠飞行的方向就是'标志'？我对这些动物的特点知之甚少，所以无法得出正确的结论。还有什么？水井？地下

秘密走廊

河流？估计一下，河往哪个方向流……我这样走下来，旋梯在左侧，而水井则在右侧……如果背对着旋梯站着，河流就是从右向左流的。标有箭头的走廊位于'家乡的粮囤'对面，与河流是平行关系！不过，这是目测出来的……需要精确度，甚至需要以生命为代价。先别急，证据有了！这条走廊是向下倾斜的，所以河水是自上而下流动的！这就意味着，再往下走，不会走向迷宫的深处，而会走向岸边！"

在潮湿的地下室里，阿列克谢被冻得瑟瑟发抖。得出这样的结论以后，他下定了决心。他打开了只剩下一点儿电的手电筒，迅速地向标着箭头的走廊走去。走到箭头处，他关闭了手电筒，借着打火机的光亮研究起墙上的箭头来。与远古的遗迹相比，箭头边上的十字架显然是新凿出来的。留下标记的有可能是佩佩利亚耶夫，也有可能是"黑考古学家"及其同事。大约过了两分钟，这种假设得到了证实。在手电筒微弱的光线中，他发现脚下有一个发白的东西。于是，他俯身捡起了一个白铁皮瓶盖（带有蓝色和红色的"笑脸儿"）。有人在这里喝过"百事可乐"，而这种饮料前几年才在俄罗斯出现！这充分表明，他选择了正确的方向，达到了事半功倍的效果。

在走廊里转了几个急转弯后，阿列克谢的眼前突然出现了一缕光线。于是，他闭上了眼睛。他睁开眼睛的时候，看到了一个闪亮的矩形孔。从那里散发出了一股热浪，如同在壁炉中肆虐的红色和黄色的火焰。阿列克谢兴奋地大喊了一声，朝着那束光线奔去。他差点儿绊倒在台阶（准确地说，是十分现代的混凝土台阶）上。阿列克谢沿着台阶跑着，终于重见了天日。他闻到了一股烤羊肉的味道和大海的气味。出口对面的柱子上贴着五彩缤纷的海报，上面写着"无病便是福"。

街上挤满了穿着短裤和T恤衫度假的游人。人行道边停满了进口汽车——阿列克谢从未见过如此多的汽车。进口汽车旁边是一个令人称奇的跳蚤市场，四周用栅栏围了起来。道路两旁坐着一些穿戴整齐的老年人，把已经褪了色的台布直接铺在柏油路上，在上面放了一些明显已经用过的家居用品，有电烙铁、电话、扳手、螺丝刀、"三通"插线板、轴承、古旧图书、海魂衫、徽章、玩偶等。

  在阳光的照射下，阿列克谢眯起了眼睛。他穿着冬季的夹克衫，热得满头大汗。他傻傻地东张西望着，发现周围像西方电影里演的一样，到处都是外国广告，写着"酒吧"、"小酒馆"和"老虎机"的招牌随处可见。摆放香烟的圆形橱窗里摆满了色彩斑斓的奇缺的进口烟盒——佩佩利亚耶夫像变魔术一样藏在皮袄袖子里的那种烟盒也在其中。现在，阿列克谢知道自己所在的位置了——在莫斯科大街的起点和基辅大街的终点，离博物馆有好几个街区。在对面的苏维埃广场上，是雅尔塔市的执行委员会，但在大楼的尖顶上徐徐飘动的却不是我们已经习惯了的红旗，而是令人不解的、与佩佩利亚耶夫脖子上的围巾颜色相同的蓝、黄两色旗子。更让阿列克谢感到惊奇的是，离市议会大楼不远的地方竟然挂着"外汇兑换点"的招牌。在阿列克谢的身旁，站了不少看热闹的人。他们惊诧地张着大嘴看着他，就像在看圣诞老人——这在盛夏绝对是个奇迹。他无奈地回头一看，才意识到"反动的历史学家"跟他玩儿了一个鬼把戏。

  但是，他的身后是一堵坚实的墙。

下　篇

　　阿列克谢被雨水淋成了落汤鸡。

　　雨停了，就像开始下雨一样突然。尽管阿列克谢躲在树下，但是墓地里不久前刚长出新叶的白桦树的树冠根本就无法为他遮风挡雨。

　　他肩上扛着耙子，沿着公路旁的墓地艰难地走着。现在，乌云使他想起的不是趴在背上的女人，而是细长的纺锤。太阳照在纺锤上，反射出了一个很大的光环。好像有人在用放大镜恶作剧！鸟儿在兴奋地讨论着如何突袭，以便抢夺食物。"我告诉过你……喳喳！……要隐藏起来，可是你却没有……还迎面飞过去！真是新手！叽叽喳喳！飞到那个地方了吗？在这种状态下，怎么能捕到蠕虫？"

　　稍微有点儿沥青味儿的马路上升起了一股蒸气。衣服粘在了身上，让人感觉很不舒服。前面有警察——响起了恼人的警报声，车顶上闪着警灯。显然，这是某个寂寞的、精神分裂的城堡主人想要出城兜风。"大概是去杀人，或者是企图杀人。墓地嘛，就在旁边！"冻得发抖的阿列克谢严肃地想。黑色的汽车疯狂地咆哮着，迅速地驶了过来。为了避免麻烦，阿列克谢躲到了路边。

　　"领跑"的是两辆有防弹钢板的"奔驰"车，紧随其后的是一辆长长的、金属色的三门"普列茅斯"汽车，后面还有一辆"奔驰"车。组成这样的"纵队"，"精英墓园小区"里只有一个居民能做到，那就

下 篇

是寡头涅米洛夫斯基。

汽车像重型炮弹一样,呼啸着飞驰而过。"我不知道,"阿列克谢平淡地想着,突然想到要数出"奔驰"车到底有几个黑色窗户被遮挡住了——是四个还是五个,"涅米洛夫斯基能认出走在路上的我吗?这么多年过去了……"然而,扛着耙子的他更像一个避暑的人或者集体农庄的庄员。对于这样的人,他们肯定会不屑一顾。"即使他认出我来,又能怎么样呢?我现在是谁?只是蠕虫而已!"

阿列克谢一边镇定自若地安慰自己说"卑微的人没有什么好抱怨的",一边继续朝前走。在道路的左侧,排列着一座座单调的五层楼房,中间夹杂着一些私人住宅。道路的右侧是一片巨大的带有黑色斑块的荒地,是孩子们烧掉去年的杂草留下来的。荒地的后面是一片森林,那里有"吉卜赛人"(塔吉克的"吉卜赛人")的"营地"。阿列克谢很难想象,这些南方人带着一大帮肮脏的孩子怎么过冬。他走到路口时,驶来了一辆公共汽车,于是他便跑到了公共汽车站——他不想再穿着湿漉漉的衣服步行了。

在家里等着他的是"令人不愉快的意外"。他以为不会遇见妻子了,可以平静地换衣服、晒衣服,然后坐在电脑桌前喝杯茶,再抽上一支烟——妻子通常是在星期六的一大早就去"女性朋友"那儿。这个所谓的"女性朋友"多半是个年轻、有活力的男性,因为同他会面后,妻子的脖子和肩膀上就会出现吸吮后留下的淤青痕迹。刚开始的时候,她还扑上一层粉。现在,她意识到阿列克谢并不打算过问这些,便不再扑粉了。你瞧,真是个贱货!

今天,虽然已经接近中午了,但是她仍然半裸着身子在房间里走来走去——爱的伤痕依然清晰。她穿着透明的胸罩,用丝袜紧紧地裹着她那纤细的长腿——这双腿曾经让阿列克谢疯狂。但是,他现在只是瞄一眼这双腿,并有意地回避,就像看到了某一时尚杂志封面上的一双美腿。玛莎虽好，但却不是我们的！

意识到妻子背叛了自己以后，阿列克谢就再也没和她睡过觉。她千方百计地表现出，她需要这样的"节奏"，可实际上她却很气恼。对此，阿列克谢甚至不想深究。他感觉在这种暗无天日的生活中，暗藏着一种能导致精神崩溃的东西。他们如同生活在戏剧里，在对方面前表演着一出令人难堪的戏剧。剧中的一切都是用下列形式讲出来的：暗语、哑谜、表情、手势、吸吮造成的淤青、裸露的身体部位等。总之，这部剧的名字叫《伟大的失语症》。大家都在等着对方先说出痛苦的和重要的事儿，但谁都下不了这个决心。

妻子把手放在光滑的臀部上，站在镜子前，欣赏着自己那少女般苗条的身材。她的腰很细，胸部十分丰满，皮肤富有弹性——这是没有生育过的女性的体型……只是，那双大眼睛的眼角有些皱纹，下巴处的皮肤有点儿松弛……

她瞥了一眼走进家门的阿列克谢："你怎么了，掉到泔水桶里了吗？"

这就是她现在讲话的方式。她已经看到了从天而降的雨水！

阿列克谢点了点头。

"是涅米洛夫斯基的车队溅的！我就像普通知识分子一样走在马路上，而他……"

妻子皱起了眉头："你这是在开玩笑吧！"

"我为什么要开玩笑？我走在马路上，而他们的车队迎面驶来，回他们的老巢。我们还相互挥手致意……"

妻子轻蔑地转过身去："你看，这么多脏脚印！我是你的什么人——女佣吗？"

"我会擦的！"阿列克谢一边心平气和地答应着，一边脱下了湿漉漉的皮鞋，"你怎么还在家呢？"他尽量显得很无辜。

妻子慢慢地把头转向了他:"你想的倒美……就此散伙,独自一人做美梦?你还没幻想够吗?"

"你瞎说什么呀!什么时候去、去什么地方,那是你自己的事儿!"他刻意强调了一下"去什么地方","你通常星期六早晨就离开……"

她不作声了,皱着眉头盯着他。他脱下湿袜子,拿到洗手间去,就像拎着死老鼠的尾巴一样。在显得有些拥挤的走廊上,阿列克谢不得不紧贴着墙,叉开双腿,请求站在镜子前面的妻子给予关照。她的身上散发着一种熟悉的味道,所以他屏住了呼吸。

"我正在想,还去不去了……"妻子突然说道。

阿列克谢疑惑地从侧面看了她一眼,发现娜塔莉娅的眼里充满了悲伤。"好了,你说吧!"他用眼神回答了她。她避开了他的眼神,而他则不知为什么,立刻就变得无精打采了。他拿着自己那双湿透了的袜子,光着脚走在走廊里,嘟囔道:

"家务事儿……"

当他拿着拖把从浴室里出来时,妻子神情紧张地穿上了一条开叉很高的紧身裙。她没有看阿列克谢,裙子簌簌作响。阿列克谢仔细地用抹布擦着油毡。突然,咔嚓一声,闪电划过了天空。"她今天最好哪儿都别去!"阿列克谢这样想着,"好像有点儿不对头!好吧,她大概不止一个情人!她要去寻找自己的……奇遇。"

妻子穿上衬衫,涂了一些口红。没有什么是无法纠正的!她保持沉默,是正确的做法!此时,"言归于好"和"找出是谁的过错"都为时已晚了。她已经和其他男人睡了一年——不知是为了报复,还是热切地想要找回结婚这些年失去的东西。哪怕只是一次的不忠,他也不能原谅。更何况,她做了多少次呢,和多少人在一起过呢!电话里传来的是不同男人的声音,把她拉走的也不是同一辆汽车——其中就有像涅米洛夫斯基的护卫队那样霸气的"奔驰"……起初,他备受煎熬,想象着她

秘密走廊

如何被其他男人掌控……他们出双入对……晚上，他们把她送回来，为她打开车门……他无法摆脱这样的想法：她身上有别人的唾液、别人的汗水和别人的……后来，他强迫自己站起来，砰的一声把门关上了。一切都结束了！她死了，就这样死了！半夜时分，当汽车轮胎沙沙作响的时候，他不再侧着身子走到窗前了，并且会努力忘掉这让人感到羞耻的一幕。然而，他没有办法从阴影里走出来，只好起了床，穿好衣服，到有妓女的夜店去了。他很喜欢和她们在一起——来到这儿，得到了自己想要的东西，付了钱就再见了。没有任何感觉和情结，甚至没有交谈，除了"办事"："你知道怎样讨人喜欢吗？我想知道。可是她……是这样！打住！走开！"

"你把地板擦一擦！"妻子经过他身旁时说，高跟鞋踩得地板咔咔响。她已经拿起手提包，整装待发了。

然后，门砰的响了一声。这一次，她没有像往常那样说"我会晚些回来"。不知为什么，她总是喜欢在家过夜。这未必是出于礼貌——连"爱的淤青"都能给人看，还有什么礼貌可言呢？只不过，女人们哪怕是去沿街叫卖，也会保留一些日常的习惯和偏好。是为了某种信念吗？不过，他自己也不喜欢夜宿在女人那里——无论是妓女，还是偶遇的"无私女友"。他只是在童年时，早晨起来会精神饱满，并且对新的一天充满了期待。后来，当他开始彻夜读书和写作时，第二天早晨起床时会觉得头昏脑涨，莫名地心绪不佳。在他们关系最好的几年里，娜塔莉娅像小鸟一样，早上一起来就情绪饱满、精力充沛——他非常喜欢她的这一点。

阿列克谢坐在走廊里的凳子上，掏出了香烟。《伟大的失语症》……"是生活的凄凉把你——我的奥菲利娅骗走了……"没有什么可改正的，

下 篇

为时已晚。是不是就像纳博科夫①的作品里描述的那样？"岁月已经逝去，没有人为他的痛苦、磨难和耻辱负责。晚了，为时已晚——他的灵魂不会原谅任何人！"他无法原谅妻子——她不应该背叛他。他和她都是孤独的人……命运让他们聚在一起，并非偶然。阿列克谢出现在娜塔莉娅的生活中，是在她父亲离奇地死亡之前……没少让他伤脑筋。直到1985年的春天，才停止了对机密文件失踪案的调查。在她非常艰难的时候，是他支撑着她，就像照顾一个孩子……娜塔莉娅的母亲很快就结婚了。娜塔莉娅成了新家庭中的"陌生人"，只有阿列克谢是她真正的朋友。她离开了母亲，阿列克谢给她租了一套公寓。当她对学习失去兴趣的时候，是阿列克谢不求回报地供她读了新闻专业。只有在娜塔莉娅有意的时候，他们才会亲近。

他们曾有过五六年幸福美满的生活……他们结了婚，尽管娜塔莉娅的母亲对这桩婚事持否定态度。对她来说，在一个悲惨的日子里出现在她家里的阿列克谢是一个非常好的预言家。母亲预测说，他们会一直生活在贫困中——母亲甚至都没有参加女儿的婚礼。起初，母亲的预言似乎不太灵验。文学院毕业后，阿列克谢的事业蒸蒸日上。他在出版社谋得了一份好工作，他的作品也被出版发行了。他们攒够了买公寓的钱，梦想着有个孩子……可是，一切都随着"改革"的彻底失败而破灭了。

所有的积蓄都贬值了，化为乌有了。出版社走入了低谷——通货膨胀使稿费严重缩水。他们甚至没有钱租房子，只能找个地方凑合住了。他们住在了阿列克谢的父母家，勉强度日。阿列克谢的父母都很善良、友好，但他们就是无法摆脱始于1992年的那件亲身经历的事情在他们心里造成的阴影。他们都刚刚退休，现在却不得不重新开始生活。对于

---

① 弗拉基米尔·纳博科夫（1899—1977），俄裔美籍作家，著有《洛丽塔》等。

重新开始生活，他们既没有能力，也没有愿望。他们自我封闭起来，开始患病，越来越虚弱。

在生活中，一切都出了问题。起初，阿列克谢的父母很宠爱娜塔莉娅，可是后来，他们的关系急转直下。如果紧张的关系是由家庭的日常琐事引起的，还可以理解……可是，并不是这样——家庭的日常琐事是有办法解决的，问题出在了对政策的态度上。阿列克谢的父母都是苏联人，青少年时代是在灾难性的战争、饥饿、疏散和贫困中度过的。他们相信，在共产党人的带领下摆脱贫困，是唯一正确的选择。娜塔莉娅本来就对政治不感兴趣，父亲去世后就更厌恶政治了。大学毕业时，她作为新闻方面的专业人士，对政治充满了热情。娜塔莉娅的言语里出现了"政党"一词，使得阿列克谢的父母皱起了眉头，但却礼貌地保持着沉默。顺便说一下，当时阿列克谢本人并不讨厌这个词。他并非没有根据地认为，作家之所以能够立足于社会，并不是因为"政党"的存在，而是因为"公开性"的存在。

但是，倒霉的 1991 年 8 月来临了。就在那个时候，娜塔莉娅很长时间都没有工作，后来才终于进了民主青年报社。报社的领导曾经是苏联共青团的积极分子……虽然他们支付给员工的报酬不多，但是会以积极的"宣传鼓动"和"洗脑"作为补偿。娜塔莉娅异常激动地回到家，不仅经常在厨房里大谈"政党"的话题，而且还激动地劝说老人——好像没有什么效果。后来，她改变了交流的方式，经常引用激进派办的报纸上的句子……阿列克谢的父母不善于争辩，也不想和她争辩。他们叫娜塔莉娅冷静下来，可是她却求他们不要堵住她的嘴。奇怪的是，虽然她自己的生活像所有人的生活一样不尽如人意，但她却屈从于当时的舆论宣传，谴责旧政权，而不是新政权。

下 篇

"十月事件"① 发生后,她的病好像很快就好了——民主派的新闻工作者在新的形势下没有发挥应有的作用。不过,娜塔莉娅与老人们的关系并未改善。他们现在几乎不说话,仿佛"十月事件"的流血是她造成的。阿列克谢尽量协调他们之间的关系,但是黑色的"十月事件"也让他感到极为震惊。因此,他对妻子的"民主说教"感到十分气愤。不知道为什么,他们度过了两年郁闷的不正常生活。现在,只要娜塔莉娅一张嘴,他就感到厌烦,哪怕是她不谈什么"民主"。从那时起,他们之间的感情就出现了裂痕。现在,他一回想起这些,就觉得可笑:政治几乎将不和谐带入了每一个俄罗斯人的家庭……

病痛和苦闷使阿列克谢的父母——首先是父亲,然后是母亲——受尽了折磨。他们的身体越来越差,直到最后去世。父母走得如此突然,以至于阿列克谢认为,父母的早逝是娜塔莉娅造成的。当然,阿列克谢从未对妻子说过类似的话。不过,他们都感到十分内疚。简单地说,他要么承认自己的过错,要么羞于承认错误——把责任推到对方身上。在阿列克谢和娜塔莉娅之间,有关父母的话题成了禁忌。在公公和婆婆去世后的"头九"和"四十天的忌日",她到墓地去扫过墓,可是后来就再也没有出现过。显然,她是怕显露出虚情假意。后来,阿列克谢再也不和娜塔莉娅一起去父亲的墓地了——所有这一切都无法用语言来解释,只是一种无言的默契。于是,他便开始创作《伟大的失语症》了。

在家庭的争斗中,从来就没有谁是谁非。假如充满智慧的阿列克谢意识到,就像千千万万青年男女一样,这个缺乏经验的年轻女孩儿只是坦诚地进行了宣传而已,那么他就应该像刚结婚的时候那样,真诚地对

---

① "十月事件"又称"炮打白宫事件"。1993年10月,叶利钦下令军队包围俄罗斯联邦最高苏维埃所在的议会大楼,随后进行炮轰,以武力强行解散俄联邦最高苏维埃。

秘密走廊

她说:"娜塔莉娅,对于他们的死亡,你没有什么过错。"那么,就有可能出现另外一种情形了……开始,他觉得都是妻子的错。后来,由于与妻子感情不和,再加上痛失父母,他便不自觉地认为,确实是娜塔莉娅的罪过。其实,他本人也有不对的地方……在充满了不幸的1992年,娜塔莉娅怀孕了。阿列克谢已经有好几个月没往家里拿钱了,只能靠妻子在《民主青年报》的那点儿工资和父母的退休金生活了。他们要吃饭、穿衣,现在又要生孩子……拿什么来养孩子?他没有叫娜塔莉娅去做人工流产的手术——作为男人,他有其他办法。他会向妻子摆出"客观情况",于是妻子便不会让丈夫承担责任,而是自己作出决定。然后,丈夫会说:"我同意你的任何决定。"娜塔莉娅非常想要个孩子,但还是迫于"客观情况"……这种情况,她比阿列克谢知道得更清楚。因此,她首先需要的是丈夫强有力的支持。这些事情,他们没有让父母知道。但是,由于缺钱和耻辱而备受折磨的阿列克谢并没有给她以支持。"你自己拿主意吧!"他反复说道,"要不,等有了更好的机会再要?"

于是,娜塔莉娅便去堕胎了,但是结果却不太理想。她病了很长时间,子宫受到了感染。后来,医生说,她再次怀孕的可能性不大。唉,这就是最后的结果!就像故意作对似的,妻子做完手术之后,还没有恢复过来,所谓的"最好时机"就来了——单位突然付给了阿列克谢一大笔拖欠的工资。于是,她便去进行这次不成功的人工流产的后续治疗了。同时,新的工作也有了起色……

其实,娜塔莉娅一旦把孩子生下来,就能改善与公公、婆婆之间的关系。他们很希望抱孙子,但却没有如愿以偿。如果有了孙子或孙女,他们就不会孤寂了,也就有了活下去的勇气。就这样,没有孙子,儿媳妇还是个不善解人意的"民主党派人士"……一年以后,阿列克谢和娜塔莉娅有了足够的钱来养孩子,但却一直怀不上。他们像年轻的时候一样,有时候一直折腾到清晨,娜塔莉娅还吃了妇科医生给开的几种处方药……

下 篇

这对年轻夫妇觉得，如果他们与父母分开住，就能避免生活中的许多矛盾和冲突。但是，不知为什么，阿列克谢和娜塔莉娅单独生活以后，这种方法并没有奏效。在"拥挤"、"冒犯"和贫困中，他们似乎忘记了年轻时的梦想：辉煌、荣耀和用钱买来的自由，以及拥有私人住宅和许多其他东西。现在，他们过上了比较舒适的生活，可是映入他们眼帘的却是，有许多和阿列克谢同龄的人，不需要任何荣誉，仅凭精明强干和随机应变就获得了梦寐以求的一切。娜塔莉娅离开了民主青年报社，在一家广告公司找到了一份工作。当然，在那里，她在物质方面大开了眼界。别忘了，从童年时代起，她的物质生活就是极其丰富的。特鲁巴切夫一家住在市中心的一个设备齐全、有专人照看的大宅子里，有公家配给的别墅，还有带专职司机的公车……有一次，娜塔莉娅问了丈夫一个有关"俄罗斯新贵"的问题："如果你很聪明的话，那么你为什么还这么穷？"

唉，阿列克谢没有找到能挣更多钱的机会！他怎样才能挣更多的钱呢？凭着作家的声誉吗？他受到了读者和评论家的尊重，作品也出版了。但是，有一点必须承认，他获得的荣誉还没有达到非常高的程度——不知是"荣誉"这个概念的内涵变了，还是他不善于取悦身边的这个女人。现在，一个成功的作家必须是一个表演者、一个商人，同时还要有一系列的文学出版项目。阿列克谢义正词严地向妻子指出，这样的作家并不多。但是，那些无法运用自己手中的笔获得成功的作家纷纷转了行，干起了出版商的工作。"出版商是最有利可图的！"娜塔莉娅盛气凌人地说。尽管她与母亲闹翻了，但是随着年龄的增长，她变得越来越像自己的母亲了。

不过，也许她是对的——出版商有什么不好呢？普希金和涅克拉索

秘密走廊

夫①难道就没有从事过这种工作吗？也许，可以不脱产？文学研究所的朋友——阿列克谢现在的领导库佐夫科夫不是也在做出版商嘛，尽管不太成功！

自古以来，这种做法就很流行！作为一个作家，三十多岁的时候没有成名，他就曲线救国，以达到自己的目标——创办杂志社、报社或出版社。他做这些事情是为了不再生活在别人的光环下，而不是单纯地为了赚钱。于是，阿列克谢便尝试着办自己的杂志和报纸了……但是，正如大仲马笔下的四十岁的达达尼昂②所说："不是他不善于利用形势，而是形势对他不利。"二十世纪九十年代初，读者对文学和新闻的态度有了很大的转变，有足够的新鲜事儿让出版物活跃起来……不过，确实有一些能人，不用花费很多钱财，只需具备随机应变的能力和利用人际关系就能做到这一切，而阿列克谢却一样都做不到。

最重要的是，无论是对出版业，还是对其他事情，他都缺乏稳定的心理。1984年2月，他在雅尔塔被恼怒的"密探"殴打之后，情绪就不再稳定了。他躺在"创作之家"的床上时，做了一个与未来有关的可怕的梦。他十分亢奋，没有穿外衣，只穿了一件衬衫就来到了莫斯科的街道上——这些他都不记得了。在这儿，他用拳头敲墙，用脚踢墙，然后跑到这栋楼的商店里，兴奋地要求别人给他指出地下室的入口。别人问："为什么？"他的回答好像是："为了进入地下走廊，然后返回到博物馆。"人们无法让阿列克谢安静下来，于是就把他带到了地下室的一间屋子里。同时，商店的经理叫了一辆救护车。就这样，阿列克谢在精神病院住了几天，然后在莫斯科的神经病专科诊所进行了临床治疗。

---

① 俄国诗人。
② 大仲马的小说《三个火枪手》、《二十年后》、《布拉热洛纳子爵》的主人公。

下 篇

1984年的这次遇险没有给他造成任何明显的变化，忧郁、内向、出现幻觉的倾向并不明显。目标一旦消失，他就没有追求目标的意愿了。

眼看着无法激发他的创业潜能，娜塔莉娅便改变了战术。她决定让阿列克谢的自尊心发挥作用，于是便出现了"失败者"这个词。首先，她用的是疑问的语调："你是一个失败者吗？"然后，她用的是肯定语调："你是一个失败者！"阿列克谢对此表现得相当冷漠，因为他在内心深处就是这么认为的。但是，他错在没有让妻子尽早明白这一点。

"我为什么要忍受这么多年呢？"她愤怒地说，"就是为了和一个失败者白头偕老吗？"

"你是不是和谁白头偕老都一样？"阿列克谢充满歉意地笑了笑，而不是火上浇油。

"也就是说，所有这一切……"娜塔莉娅用闪亮的眼睛看了看放着电脑的写字台，"只是为了用梦想来安慰自己吗？那么，我堕胎、忍受贫穷……还有你父母那冰冷的面孔……是怎么回事？我成了你的牺牲品，知道吗？"

"请让我的父母安息吧！"阿列克谢面色阴沉地说道，"说实在的，为什么要这样呢？我对你父母的耐心……远远超过了对我的亲妈！可是，这些善良的人是如何对待我的呢？"

"你不能这样谈论他们！都是你自己的错！"

"我错在哪儿呢？错在不让你的父母生活在过去吗？但是，我们要生活在当下！我不说他们，他们就能起死回生了吗？他们躺在坟墓里，而你却像啄木鸟一样，发出了那些谁都不爱听的声音！"

有两种方法可以让他们停止互相羞辱和争吵。第一种方法是，爱抚娜塔莉娅，试着坦率、友好地向她解释"生活是不能回头的，特别是不幸的生活"。仅靠梦想和计算机就能让他挣到买面包和黄油的钱——出版界的混乱状态让他感到无所适从。第二种方法是，他不向她作任何解

秘密走廊

释,只是把自己封闭起来。当娜塔莉娅喊他"啄木鸟"、"死木头疙瘩"的时候,他反倒感觉轻松多了。当然,他选择了第二种方法。

于是,阿列克谢就这样做了。但是,夫妻之间的关系是相互的。妻子攻击他时,他转身离开了。晚上,他拥抱她时,她把脸扭了过去。于是,他们的暧昧关系出现了深深的裂痕。当然,要是有耐心,还是能够摆平的。在其他时间,女性更容易让步,比如在月经之后。另外,在早晨更容易示好和表示亲昵。但是,你要忘掉以前对你的称呼,比如"啄木鸟"或"阿尔丰斯"①。于是,有些人就这样做了——这样做也许是对的。"啄木鸟"就"啄木鸟"吧,"阿尔丰斯"就"阿尔丰斯"吧,他们仍然是丈夫与妻子。夫妻关系往往是维系家庭生活的最后一根链条,并且会维系相当长的一段时间。阿列克谢和娜塔莉娅是由于浪漫的爱情而结婚的,所以仅有性生活是远远无法决定他们之间的一切的——他们不善于在床上解决争吵的问题。为了在夜里言归于好,阿列克谢需要从妻子那里得到某种暗示——哪怕是一个诱人的眼神!但是,她好像"出故障了",似乎一定要占上风。在她的单位里,比较成功的妻子都是这样"培养"丈夫的。

于是,他们开始分房睡了。现在,他们两个人碰面,只有在厨房的餐桌前(谁下班早,谁就做饭)和走廊里了。令阿列克谢感到惊讶的是,他突然发现,与妻子之间没有性生活也是可以的。饥饿感不是在完全没有食物的时候才会出现,而是在食物过少时就会出现。在没有最后确定关系时,他还期待着娜塔莉娅会有所暗示——他被欲火折磨着。他们确定开始分居之后,他反倒轻松了起来。

不过,这是一种"臆想中的放松",是灾难发生前的寂静。女人的处事方法与男人有所不同:娜塔莉娅的眼里放射出来的是仇视和饥饿之

---

① 小仲马的作品《阿尔丰斯先生》中的人物。

光。这一刻,无论如何也不能错过!但是,阿列克谢很少看她的眼睛。有一次,他的房门一下子被打开了,妻子快步走了进来,身上散发着香水的气味(尽管她穿着睡衣)。她一句话也没有说,把手伸过他的肩膀,去拿书架顶部的一本书。这时,睡衣的前摆打开了,露出了她那赤裸的身体。但是,她并没有去整理睡衣。她出其不意地裸露了身体,就在写字台前,距离阿列克谢的鼻尖只有二十厘米。当他们还睡在同一张床上时,这种暗示已经足够了。现在,为了走出困境,需要做更多的事:他要让妻子给自己一个拥抱,把他的头发弄得乱蓬蓬的……他坐在那里等着,想看看接下来会发生什么事情。可是,接下来,娜塔莉娅拿了一本书,把它放到写字台上,连看都没看他就慢慢地掩上睡袍的前襟,系上带子,轻蔑地扭着屁股回自己的房间去了。

"这有什么,"阿列克谢想,"冰开始融化了!下一次,她肯定会比这一次温柔一些。要知道,我不是抢面包屑的麻雀!"

下一次是在星期六,娜塔莉娅第一次去"女性朋友"那里,深夜才回来。此时,他们的关系已经不是从前的那种关系了。从前,他是一定要刨根问底的:她的朋友姓甚名谁,电话号码是多少。现在,他觉得已经没有这个必要了。这天夜里(星期六或者星期日的夜里),窗外响起了一阵刹车声。砰的一声,车门响了一下。接着,从车里传来了立体声音乐的声音。阿列克谢朝窗外望去,发现下面闪亮的进口车旁边,站着娜塔莉娅和一个穿着鹿皮夹克、长着一张粉红色"猪猡脸"的年轻人。那个男人像主人一样搂着娜塔莉娅的腰,吻了一下她的脖颈。娜塔莉娅仰起头,直视着阿列克谢的眼睛。

从这个眼神里,他读出了新的生活——地狱般的生活意味着什么。她已经三十出头儿了,他也已经快四十岁了。她是在他的拥抱中变成真正的女人的,可现在她却同别人睡在了一起。他爱她,尽管她看起来很像她的母亲,并且说他是一只"啄木鸟"。可是现在,在他的灵魂深处

秘密走廊

已经没有了"宽恕"。

他们为什么不分手,而是继续在同一个屋檐下生活呢?无论是他还是她,都不知道这个问题的答案。也许,他们知道答案,却都不敢承认。

* * *

阿列克谢抽完一支烟,坐下来,打开了电脑。"沙漏"从屏幕上消失之后,他习惯性地用鼠标将箭头放到了"我的文件"上。

他最近两年写的东西都在这里。用鼠标双击这个小图标之后,文件夹被打开了。在生活中,除了这些该死的文件,他可以说是一无所有。

阿列克谢因为创作了恐怖的《医疗疑案》这本书而登上了文坛。假如是几个类似的小故事编成的一本书,那就不能称其为书了!在二十世纪八十年代末,出版了很多遭禁的书籍,阿列克谢也成了这些禁书的作者之一。诚然,一位评论家将此书与布尔加科夫的《一位年轻医生的笔记》做了比较。"阿列克谢能写出《大师和玛格丽特》这样的书吗?"在评论文章的结尾处,评论家问道。

不过,阿列克谢对自己的《医疗疑案》并不是很看重。他在文学研究所学习的时候,就不再写这些东西了,转而创作富有哲理的散文了。他将一切都收录到了一本书的手稿中:从"低级体裁"到"高级体裁"。当他明白了共青团出版社的编辑们在进行"改编"时更喜欢"讲述恐怖故事"和"在日常生活中猎奇"时,他是何等地吃惊啊!为了保持构思和结构的完整性,他们放弃了一切。从此以后,人们给阿列克谢贴上了一个标签:不知他是模仿年轻时的布尔加科夫、年轻时的海明威,还是纳博科夫和科塔萨尔……没有必要去得罪批评家,因为仅凭这一本书是无法说明阿列克谢(作为一位作家)会朝哪个方向发展的。

然而，阿列克谢的第一本书《空旷的街道》，印数竟然达到了五万册。这对一个初登文坛的人来说，是一个巨大的数目。每本书的成本只有一卢布，却如此受读者的欢迎，眨眼间就售罄了。在苏联时期，图书的推广体系很完善，不用做任何广告。对他的书进行评论的有来自基辅、斯维尔德洛夫斯克、车里雅宾斯克、雅库茨克的评论家。但是，不知为什么，莫斯科的书店里几乎从未出现过这本书。也许，对莫斯科人来说，这不是一件大事。在思考自己作品的命运时，阿列克谢得出的结论是，它完全与《空旷的街道》命运相同："并不是达达尼昂善于利用局势，而是局势不利于达达尼昂。"

现在，这本书在首都以外地区的销售数量已经达到了几万册，作者很快就进入了排名前十位的优秀作家的行列。假如出版商撕毁了他的手稿，那么他在莫斯科就成了"头号名人"，并会跻身于狭小的"精英读者圈"。然后，借助于新闻媒体和电视，"精英"们会把自己的看法强加于全国的读者。例如，像阿克肖诺夫和伊斯坎德尔这样的作家，他们在首都以外的地区，可以说是"鲜为人知"。在莫斯科的批评家看来，几乎没有人读他们的作品。

现如今，阿列克谢不再梦想自己的书能像《空旷的街道》一样，发行量很大了。但是，在生活富足的莫斯科，销售两三千册是不成问题的……二十世纪八十年代末，在莫斯科书籍有限的书店里，这是相当可观的数字。现在，满眼都是华丽的封皮。图书有可能被摆在书店里，也有可能不摆——这是毫无意义的。如果不做广告，那就寄希望于上帝吧！如果没有恰逢其时地进入时尚的"名流一族"，那么就只好"哪儿凉快，就到哪儿去"了。

令人感到遗憾的是，严肃的书籍在外省的销量很少。阿列克谢随作家代表团赴叶卡捷琳堡时，确认了这一点。在那里，可能会有人买他的书，如果有人把书运来的话。可是，哪有钱运送图书呢？简直是恶性

秘密走廊

循环!

  不对,如果一开始就出现了问题,那么就没什么好解决的了。阿列克谢年轻时热衷于创作《空旷的街道》这样的作品。现在,他背离了这种创作手法,回归了"自然",却被强行说成是"苏维埃的社会现实主义"!真是命运在捉弄他!不知是阿列克谢生不逢时,还是成名过早……不过,他早就已经不想进入"主流"了——为此要付出高昂的代价。阿列克谢无法与那些人站在一起……

  但是,除了对他不利的外部环境以外,他在文学创作中还遇到了一些不尽如人意的事情和尚未解决的问题。在精神崩溃之前,也就是在雅尔塔的"创作之家"的阳台上,他就思考过这些问题。与那些貌似很成功的作家相比,他的创作毫不逊色——既不比"后现代派作家"差,也不逊色于"现实主义作家"。然而,当他回过头去看自己走过的创作之路时,并没有看到自己留下的特殊痕迹。足迹是不少,可是谁的足迹在什么地方,却很难辨别……无论是他还是其他人,好像都在文学的道路上奔跑,而不是脚踏实地、一步一个脚印地往前走。有些"好动者"……

  "我们能对人们说些什么呢?我们能发现什么呢?有什么令人感到惊异的事情吗?"阿列克谢问自己,"我们都是凡夫俗子,所以我们和大多数人一样,心灵不够纯净。我们同在一个循环系统……贪婪和嫉妒'控制'了人们,也'控制'了我们。我们将自己的恶习带入了文学……像脱衣舞演员一样,在观众面前脱掉了衣服,尽管观众并没有请求我们这样做。思想和形象的纯洁性从何而来呢?这取决于一个作家的想法。"

  阿列克谢更加确信,崇高的"雅尔塔思想"是严肃的作家必须具备的。"雅尔塔思想"完全是作家对俄罗斯文学清醒的认识。在文学中仅仅表达个人的一个"我"字是不够的。况且,阿列克谢也不想把自己的

"我"字强加于任何人。他没有从中看到任何吸引人的东西……上大学的时候,他认为,正是文学中的崇高目标……能够把哲学方法与表现手法有机地结合起来。最初,他开始发表作品,是想靠写作赚点儿钱,所以自然而然地认为,思想和目标并不是最主要的东西。散文的主要"驱动力"是情节……在好的故事情节里,就像"套娃"一样,能够找到一切——目标、想法、形象和典型人物。有那么一段时间,他迷上了这些主题,于是便开始胡思乱想、信手拈来。他从个人生活中提炼不出多少有用的情节,更何况他对生活的观察还不够……那又怎样?现在,他明白了,这些都是别人的生活足迹。所以,他看不到自己在文学道路上的足迹。

也许,就是在雅尔塔的时候,他凭直觉发现了文学创作的正确道路。但是,他没有沿着这条道路走下去,而是在考虑如何在技术层面上准确地表达主题思想。新小说的页面在他面前的屏幕上闪现着,被鼠标的箭头"追赶"着。故事就发生在雅尔塔……冬天,主人公来到这里,在单位得到了优惠的疗养证。除了他,再也没有人拿到这种疗养证了。他住在疗养院里,有时会到城里去散散心。追女孩子失败了以后,他就出去游历了,用"匣子机"咔咔地照相。回家后,他就把胶片送去冲洗了。一天后,他拿到了三十六张光面照片,上边是从不同角度拍摄的带阁楼的房子。总之,这是常见的问题——冲印了别人的胶卷。可是,胶卷的接收人却拒绝承认自己的错误,并说胶卷标签上的数字与装照片的袋子上的数字完全一致,都是"4891"。主人公愤怒地提出了抗议,但是工作人员却异口同声地支持胶卷的接收人,还说"我们有可能犯错误,可是机器不会犯错误"。"也许是您搞错了!"他们开始反攻了,"您在拍照时,是不是喝多了?"这是对主人公的侮辱,因为他根本就没有喝酒。他表示不会付钱,直到这些照片的真正主人出现。可是,过了一个星期,照片的主人并没有出现。又过了两个星期,照片的主人还是没有出现。于是,主人公便开始坐立不安了。他不由得又想起了这些照片……他模糊地记得,照片的背景是大海……好像是冬天的雅尔塔,到处都是积雪,房子的样式是相同的。事实上,他只在克里米亚看到过……面对"柯达"公司的工作人员那嘲笑的眼神,他取走了照片。回到家里,他一次又一次地端详着这些照片。对,很像冬天的克里米亚!白雪、大海、带阁楼的房子……可是,他并没有拍摄过这些东西!他觉得,自己快要疯了!在这种感觉的支配下,他生活了一天、两天、三天……后来,他再也按捺不住了,就向单位请了事假,又去了一趟雅尔塔。在那里,主人公走在大街上,手里拿着一张照片,像个地道的密探。没有这样的房子!他想,难道房子被烧毁了吗?然后,他看到了一个写着"索道"的牌子。哇,可以从上面俯瞰整个城市!果不其然,当缆车经过传动装置的第三层时,他看到了一座带阁楼的房子——那是他经过了无数次的房子!不过,他是在街道的另一侧看到的。在克里米亚,人们像往常一样拥挤不堪。所有的房屋都被遮挡了一半,并且是从不同角度拍摄的。

于是,主人公毫不犹豫地走下缆车,朝带阁楼的房子走去。他按了一下门铃,无人应答。他犹豫了片刻,然后走了进去。他穿过走廊,径直走进了厨房。厨房里坐着一位头发花白、颧骨略高的老人,像是一位退伍军人……正在喝汤。"哦,是你呀!"老人说着,看了他一眼,"她还在单位!如果你愿意,就到楼上等她吧!"

"我对您的房子很感兴趣!"怅然若失的主人公低声说道,"您是这座房子的主人吗?"对于他说的话,老人并没有理会,只是自顾自地喝着汤。主人公又低声说了些什么,然后才意识到老人耳聋。他走出厨房,机械地沿着摇摇欲坠的楼梯上到了二楼。在一个显然是用作会客厅的房间里,他坐在了带雕花大靠背的旧沙发上。"他误认为我是谁了呢?这个'她'是谁呢?他要我等谁呢?他的女儿吗?我看起来像她的追求者吗？是不是太过于巧合了？"为了搞清楚这一切，为了证明自己是个精神正常的人，他觉得自己应该等一等这个女人。

就这样，他坐了二三十分钟。因为无事可做，所以他就开始想象房子主人的生活了。退休的老人由于耳聋，过起了离群索居的生活。他那尚未出嫁的女儿期待着夏天的到来，因为到了那时，房子里就会挤满了房客，其中可能会有她未来的丈夫或者情人。夏天转瞬即逝，然后将是漫长的冬季。冬天，老人经常光顾房屋租赁机构，看是否有需求者，但人们在一张纸上用大大的字母写给他的却是"没有外来客"。

天快黑了，主人公的思绪十分混乱。在海浪拍打岸边发出的声响中，他打起了瞌睡。有人碰了碰他的肩膀，想把他安顿到沙发上躺下。于是，他就醒了。即使在黑暗中没有看清这个人，他也能从体味上判断出，这是一个女人。"您是谁？"他被吓坏了，蜷缩在沙发的一角低声问道。"对不起，把你弄醒了！"那个女人急忙说道，"我就知道你会回来！""请把灯打开！"主人公用沙哑的声音请求道。于是，那个女人便啪的一声打开了灯。他紧张地看着她——女人就是女人，三十到四十岁的女人都很漂亮，只是眼睛里闪现出了一种不安的神情。最有趣的是，在灯光下看到了一个陌生人，她竟然没有表现出失望。她并没有皱起眉头，而是直视着主人公的脸。在她的眼神里没有丝毫的羞怯，有的只是像狗一样的忠实。

一时间，他们两个人都没有说话。最后，主人公结结巴巴地说："对不起，您把我误认为别人了。我是……""我准备接受任何人。"那个女人轻声回答道。"这是怎么回事？"他心想，"那位老人是个聋子……难道她是个疯子？"于是，他侧着身子向门口走去。此时，那个女人的神情变得有些黯淡。"你来干什么？"她责备地问他，"是来折磨我的吗？"主人公立刻停在了原地。确实，他来干什么？他们两个谁更像个疯子？他会尽量劝阻这个女人，证明自己并不是她要接受的那个

秘密走廊

人,并且向她出示证件。不过,她会问:"那你干吗要到这儿来,还蜷缩在沙发上睡着了?"从这一刻起,主人公就感觉到,自己既然来了,就要为这个女人的命运负责。

在此处,小说中断了。后面的情节,阿列克谢还没有想出来——他的梦正好做到把一句话说完。再往下该怎么写,他得自己构思了。可是,不知道为什么,阿列克谢有些犹豫不决。这个故事简直就是睡神修普诺斯送给他的礼物。他正处在十字路口……他甚至怀疑,情节对散文来说到底是不是一种助力。在这里,情节是第一位的。它产生于人的潜意识,并且要靠文字游戏才能发展下去。这大概就是他和娜塔莉娅的生活——如果他们还能够继续生活下去的话。生活可以虚构,但却不能过这样的生活。关于创作的梦可以继续做,但这已经不是梦了。不过,这也不是现实,因为现实不能回归到梦里,就像皮袄假口袋上的破洞一样。阿列克谢惊恐地发现,他的职业变得复杂起来,将他推到了现实的边缘。他不能简简单单地写字了,因为理性无处不在。在小说中,后续的每一个布局都似乎不太合理。他驼着背,坐在电脑前,在屏幕上打出了"一个新的想法浮现在脑海中"这句话。接着,光标在不停地闪动。

这是一个谎言。阿列克谢的脑子里一片空白。对他而言,创作已经成了一种精神上的折磨。青春已逝,家庭也破碎了,只剩下蠢笨的电脑中的"我的文档"和闪烁的光标。

这些都在提醒阿列克谢,他注定要继续创作这部小说,但充其量也不过是很少的一部分像他一样神经不健全的人会去读这部小说。

* * *

在莫斯科的西北郊区,过去是科研所的位置,建了一座钢筋混凝土的高楼。在尘土飞扬中,高层建筑上安装了一些并不时髦的空调外挂机。这就是"私营企业"——库佐夫科夫的"秘密调查机构"的所在地。

安德烈·库佐夫科夫端坐在两个房间中稍大一点儿的房间里。他的那张从未消瘦过的脸已经是圆滚滚的了，再加上花白的鬈发，越来越像演员伊万·博尔特尼克了。他看上去更像美国电影里的黑手党成员——穿着打扮像个平民。他穿着一件衬衫，打着领带，腋下夹着一个黄色的枪套。那是一把气枪，威力巨大，手柄非常棒，简直就是一把真枪。库佐夫科夫没有固定的防弹衣，所以不管天气多么凉快，都不会穿西装外套——好让客人和客户看见他时，都觉得他很"酷"。除了他以外，这个房间里还有业务部的副手——从内务部退休的上校伊万·普拉托诺维奇·祖博夫（或者干脆叫他"普拉托内奇"）、会计师和几个外来的"代理人"。他们是一帮目光阴沉、膀大腰圆的家伙。

库佐夫科夫进行秘密调查的"私营企业"的业务部，实际上是一个侦探机构，十分与众不同。他的侦探机构顺应时代的潮流，凭借着特色服务在同行业中占据了霸主地位。普拉托内奇利用自己的关系搞到了私营企业与内务部信息分析中心合作的契约——向"秘密调查机构"提供"信息服务"的契约。在实践中，这意味着某个倒霉的商人被合作伙伴"抛弃"了，而合作伙伴则消失了。于是，他看到库佐夫科夫在报纸上的声明之后，就来找库佐夫科夫帮忙了。库佐夫科夫向信息分析中心发送了一份请求，计算机文件中要是有"逃跑者"办公地点的真实信息，就把真实的地址告诉他，可以获取一定的报酬。库佐夫科夫提议，由欺骗者付款。如果对方拒绝了，那么接下来就该轮到那些膀大腰圆的"代理人"出场了。

除了"业务部"以外，"私营企业"还有"文学出版部"，由阿列克谢负责。他就在隔壁办公，和库佐夫科夫所在的秘密调查杂志社的出版、发行人员坐在一起，主要工作是每个月出版一期杂志，也少量地出

秘密走廊

版一些专著（库佐夫科夫本人的书会被优先出版）。不过，他也给阿列克谢出版了两本书……

库佐夫科夫报道"快讯"的时候，也出现过一些问题。在北高加索的一个自治州的首脑选举前夕，当地反对派的人来到"秘密调查机构"，请求出版一期专号，目的是反对诨名为"祖师爷"的现任首脑。他们支付的费用不低，但要保证杂志在他们自治州能够推销出去。库佐夫科夫亲自去了一趟该自治州，从反对派的手里拿到了有损"祖师爷"形象的黑材料。他们在山泉边吃了烤肉串，喝了用羊角杯装的啤酒，跳了列兹金人①的舞蹈。他回来之后，在阿列克谢和手下人的通力合作下，专号很快就出版了。接下来，无论是库佐夫科夫还是反对派的成员，都开始奔波了。他们认为，越早把杂志运到目的地越好，因为杂志和报纸不一样，卖出去是需要一个过程的。所以，他们没有在大选前的两周才把杂志运到地方，而是根据"公关"的需要，提前两个月就运了过去。结果，这期杂志的销售异常火爆，甚至还到了"祖师爷"的手上。作为具有东方基因的"圣人"，"祖师爷"是一个生活经验丰富的阴谋家。如果缺少经验的高加索首脑处在他的位置上，是绝对不会发售这期专号的。

他秘密派遣具有东方基因的温文尔雅的亲信到莫斯科去，低声向库佐夫科夫解释说，在大选之前的这段时间里，他们还需要发行一期这样的杂志，但这期杂志是支持"祖师爷"的。他还亲切地向库佐夫科夫暗示，如果拒绝的话，库佐夫科夫的个人生活将和现在截然不同——并非物质上的变化。库佐夫科夫瞥了一眼无用的气枪（那些膀大腰圆的伙计不在），然后用亲热的、充满信任的语气告诉那些不碰酒水的客人，他没有出版一期新杂志的费用。"这个……我们明白！""东方人"严肃地

---

① 聚居在南高加索地区的一个民族。

点了点头,"你需要多少钱?"库佐夫科夫像往常一样,索要了比反对派高出2.5倍的价格。来客微微一笑,说出了自己能出的价格——仅仅比合理的价格高出了1.5倍。看来,他们还不了解库佐夫科夫。库佐夫科夫为难地说,用这点儿钱,他们无法弥补合作带来的损失。"你的竞争对手们会来找麻烦,要求我把他们白白地用于出专号的钱还给他们——这种要求是合情合理的。我到哪儿去弄这笔钱呢?为此,我可能得典当一些物品。""祖师爷"的亲信想了想,喝了一口白兰地,问道:"他们要是不要求返还这笔钱呢?您会把钱给我们吗?""当然不会!"库佐夫科夫笑了起来,"精明的商人既不会把钱送回来,也不会把钱从账户上打过来。我要的不是风险抵押金,而是安全抵押金。你们今天来要挟我,明天又来恐吓我——我该怎么办?你们或许认为,这种事情以前根本就没有发生过。我是做生意的,专门出版揭露丑闻的杂志。万一出了事,我该如何走出困境呢?当然,我在内务部和联邦安全局里有熟人。对他们而言,就是将十字星对准目标而已。为此,我宁愿付给这些专家酬劳,并且不是全额支付,因为人工的费用一直在下降。我甚至留出了二次下单的费用……"库佐夫科夫表情丰富地瞥了客人一眼,"现在,必须把我们的关系说清楚!我接受你们的提议,不是因为害怕,而是因为要赚你们的钱。我以前既不认识您,也不认识你们的首脑,更不欠你们的人情。您不是我的客户!如果您想成为我的客户,那么就得像您的对手一样,先付钱给我。我不会狮子大开口,但我也不做赔本的生意。请把我讲的话转达给您的上司吧!"

"我们同意!"认真地听完库佐夫科夫的话之后,来人停顿了一下,说道。为了进行"秘密调查",他们显然得到了一大笔钱。只是,他们想从这笔钱中多截留一些。

"阿列克谢,你看到那个东方人了吧!"库佐夫科夫既保全了自己的物质生活,又做成了这件有利可图的事情。接下来,他对十分惊愕的阿

秘密走廊

列克谢说出了这样的话:"我太喜欢干这样的事了!像'我会杀了你'、'你死定了'这样的愚蠢而肤浅的表达方式,说明不了美国人的行为有多么卑鄙。美国人缺乏欧亚人的那种精神文明!欧亚人哪怕在杀人之前,都会尊重他人、注意倾听,让人把话讲完。死亡是极其冷酷和无情的,可为什么还要坚持杀人呢?这就是东方的问题!"

这一次,不知什么原因,库佐夫科夫不希望到自己喜欢的"东方"去,而更愿意在莫斯科接收"祖师爷"的亲信提交的材料。阿列克谢和他的同事并不想改变自己卑劣的生活方式。这一期"独一无二"的杂志编得比第一期要快——交给印刷厂之后,没过多久就见到了"样本"。

现在,两本高加索的杂志都放在库佐夫科夫的办公桌上。这些杂志刚一面世,就成了"稀罕物"。

"祖师爷"的亲信坚持要让两期对立的杂志使用同一个刊号,库佐夫科夫以其素有的灵敏进行了辩驳。结果是:反对派的第一本杂志为第四期,与其对立的第二本杂志为增刊。两本杂志封面上的"祖师爷"都非常醒目,正面和侧面都设计得十分精美。第四期的"政治舞台"栏目中的社论题为《首脑的贫穷与奢华》,并把这样的见解作为开头:"一个地方70%以上的人靠补贴生活,而其领导者却没有明智地进行经营和管理,只是忙于从联邦财政预算中捞钱……"

增刊栏目中的社论更加简洁,但却更加权威。题为《首脑》的社论是这样开头的:"我们拥有善良、好客、勤劳的人民……拥有发达的工业、农业和巨大的科学与文化成就……"

这就是阿列克谢和库佐夫科夫在大学时代就非常向往的"言论自由"。

两期杂志上都有一些极具创作才能的人写出的文章。从第86页到120页的内容完全一致,这是一件很自然的事:杂志要加急,对校对、排版和印刷都有时间要求,所以阿列克谢只好使用第四期杂志的一部分内容了。

但是，两期杂志的内容不一致，使库佐夫科夫感到十分不安。莫斯科的读者甚至没有注意到，在这一期杂志上咒骂"祖师爷"，而在另一期杂志上却在称赞他。除了马斯哈多夫和奥舍夫，读者就不知道其他北高加索的首脑了。更何况，他们根本就不会去看有关"祖师爷"的任何文章。库佐夫科夫很想知道第一期杂志的预订者——反对派的领袖会怎么想。他们是否认为，"秘密调查"惹的麻烦只能用流血来清算？

从本质上讲，库佐夫科夫和他的"私营企业"目前的状况与"祖师爷"的亲信拜访后的状况没有什么不同。阿列克谢立即将事情的进展情况向库佐夫科夫进行了汇报，可是后者认为，阿列克谢现在由于思虑过多，害怕触犯法律，所以想放弃这次赚钱的机会。谁能在赚钱的时候不计后果呢？"只有一种办法能够阻止我们……"他说，"证明'祖师爷'或者反对派是分裂分子！既然他们都拥护'统一俄罗斯党'①，那么对我们来说，给谁出杂志都一样——反正我们也搞不明白高加索的事情！再说，我们也不需要明白……这又不是帝国的王位！就算是帝国的王位，还有'分而治之'的说法呢！"

现在，登着《首脑》这篇文章的杂志印出来了，而库佐夫科夫的信心却没有那么足了。"祖师爷"那边来预订杂志的车子很快就要到了！确切地说，他们会从高加索运来"烧锅酒"，回去时装满一车杂志。再过一个星期，《秘密调查》杂志就会出现在自治区的报摊上了，反对派的人会如何反应呢？

"一方面，"库佐夫科夫若有所思地说道，"我们履行完了对他们的义务——按照约定的印数印刷完毕，并且运了出去。从这一刻起，我们的合作关系就结束了。我们下一步将与谁合作，就不关他们的事了。另一方面，他们付费是为了达到一定的效果，而我们要的就是这种'破坏

---

① 俄罗斯境内最大的一股政治力量，也是俄罗斯杜马中的第一大党。

效应'。"

"另外，"阿列克谢插话道，"这是高加索地区，所以考虑这些完全没有意义。'祖师爷'的对手会认为我们抛弃了他们……钱不管怎么转，最终都得还回去。"

"怎么回事？还回去？"库佐夫科夫抬起头来问道，"可是，我已经用这些钱来支付你的工资和奖金了！怎么回事，还要还回去？那就还吧！"

阿列克谢沉默了，其他人也不吭声了——在这个杂志社获得一份工资不容易。不，应该付给他应得的报酬！库佐夫科夫每个月都在竭尽全力地支付，但却并不总是有钱可发，因为那些无赖客户向"调查机构"支付服务费的时候，用的不是钱，而是实物。例如，乌克兰的一家糖厂的厂长在支付费用的时候，用的是白糖。库佐夫科夫考虑了一下，决定用糖来支付内务部派来的人的酬劳，并且用糖给自己的员工支付稿费。虽然这件事情发生在几年前，但大家却记忆犹新。杂志社的全体人员都到库尔斯克火车站附近的一个仓库里，将每袋五十公斤的食用糖运回了编辑部。他们用弹簧秤把糖称完了之后，分发给了各个办公室。当时，阿列克谢感到很奇怪——袋子上印着"拉斯托夫制糖厂"，而商品却是从哈尔科夫运来的。这就是"市场经济的谜团"！

"要是我，"眉头紧锁的库佐夫科夫打破了沉默，"就会请'祖师爷'的人到这里来。你和普拉托内奇穿上警服……还有你们的那帮伙计，都到这里来！让这些表情阴郁的大力士都坐在角落里！然后，我就把高加索民族的'诱饵'展现给他们。"他用手指敲打着"样本"，"接下来，在他们欣赏的时候，我就说：'只有得到了安全保障之后，我们才能开始发货。你们确实付了钱，但这些钱根本就抵不上人的性命。因此，你们要与反对派的人取得联系，并且承担起专号出版的全部责任。另外，你们要警告他们，我们哪怕只有丝毫的损伤，他们也会血流成河！如果你们不这样做，或者他们不听你们的，那么你们就会成为我们报复的对象——即使踏破了铁鞋，我们也要找到你们！'"

"一场血拼！"普拉托内奇点了点头。他身材矮胖，脑袋上没有头发，红红的脸上布满了皱纹。"他们会明白这种谈话的分量的！也许，应该叫彼得罗夫来一趟！"

彼得罗夫在联邦安全局做事，是普拉托内奇的熟人。他的长相不算出众，身体很单薄。他与从事这种职业的其他人一样，穿着一身灰色的西装。前不久，他为了区区五十美元的酬金，竟然直接从卢比扬卡①拿来了一本斯大林别墅的相册，让他们翻拍……

奇怪，库佐夫科夫和阿列克谢在年轻的时候都极其厌恶"克格勃"和"警察"，可现在却轻易地与他们有了共同语言！不过，他们不是和所有人都有共同语言，只有受过处分、退了役的普拉托内奇和官运不佳的彼得罗夫这样的人才会与他们有共同语言。毫无疑问，他们曾经给杂志社和"调查机构"带来过益处。尽管彼得罗夫拿了"稿费"，但他并不会从安全局里给所有答应付钱的人偷拿材料，并且不会牵涉"最高机密"。他既是一个爱国主义者，又是一个"秘密调查"的崇拜者。

"必须向彼得罗夫支付报酬！"库佐夫科夫低声说道，"好，让他来吧——穿着制服！如果不穿制服，就难掩他那单薄的身材了。"

"反正第四期的订购者也会把订购的钱要回去！"阿列克谢表了态，"即使告诉他们，不要招惹我们……普拉托内奇不得不再次穿上制服，并且拉来了小伙子们。"

"让他们来吧！"库佐夫科夫挥了挥手，"第六期的'亮点'是什么？"

---

① 俄罗斯联邦安全局所在地。

秘密走廊

"第聂伯河沿岸的什韦佐夫与列别季①的对决!"阿列克谢回答道。

"好!"库佐夫科夫点了点头,"可是,谁是列别季?捞回本钱的那个家伙!没有能引起轰动的材料!得有能让杂志被一抢而空的爆炸性新闻!'克莱默·柳齐菲拉'是为文学爱好者设置的人物形象。我们需要耸人听闻的消息,阿列克谢!只是,我们如何才能像高加索的那些朋友一样,摆脱对赞助商的依赖呢?"

"我们没有摆脱他们的资本!"阿列克谢沮丧地说,"得有让人感兴趣的耸人听闻的事件才行!绯闻是不会自动产生的……"

"可是,他们已经把这些材料给了发行量更大的杂志社!发行量……就意味着财富。无论如何都要增加发行量!"

"怎么增加?"阿列克谢叹了一口气,"为了达到一定的发行量,需要耸人听闻的爆炸性新闻!为了搞到耸人听闻的爆炸性新闻,就要扩大发行量!良性循环——这是广告的效果。"

"这就意味着,我们要自己制造出能引起轰动的绯闻。"

"我厌恶这一切,"阿列克谢坦率地说,"但却没有勇气离开。也许,你能拿出勇气来,把我赶到地狱去?你需要另外一种人——更年轻、更厚颜无耻的人……或者减掉一半薪水,把我留在出版社。"

"我需要那些信得过的人。干净的工作,你现在无处可寻。自立门户最简单!我们可以全力打造出版社,把杂志从出版社拆分出去。这样做不仅能偿还债务,而且能获得丰厚的利润。正如你所看到的,'侦查'只是量入为出而已——多余的利润都不得不交给了警察。现在,我们要想出一个两全其美的主意。"

阿列克谢皱了皱眉头——又是"主意"、"发誓"!他已经开始创作的小说都是因此而被搁置的。

---

① 俄语中"列别季"一词与"天鹅"一词同音,此处为双关语。

"所有人都是自由的，除了阿列克谢和普拉托内奇。"库佐夫科夫宣布道。文学创作组的同事离开以后，他从保险柜里拿出一瓶白兰地和三个小酒杯，倒满了酒。"让大脑清醒一下！我会向你们解释，我们为什么备受煎熬。我们不要再为挣这些小钱而绞尽脑汁了，要想办法去挣大钱。"

"嗯，这是可以理解的。"阿列克谢讥讽地笑了一下，"我们最好能够成为健康和富有的人，而不是贫穷和有病的人。从明天起，我们就开始为挣大钱而奋斗吧！要知道，金钱就在我们脚下……"

"我们表现出的机智堪称奇迹！"库佐夫科夫继续说道，似乎没有发觉他在讽刺他们，"为了哄骗外省的克尼亚济科夫和收取微薄的钱财，我们冒着生命危险。你可能要问：我们难道不能对莫斯科的公子哥儿们做同样的事情吗？他们为什么不用排队就能搞到'公关材料'？"

"我指的不是'公关'。我们的杂志与《莫斯科共青团》杂志相比，差了些什么呢？《莫斯科共青团》杂志上发表的都是别列佐夫斯基①与丘拜斯②的通话记录。"

"谁会给我们提供这些材料呢？我们自己是偷听不到的！普拉托内奇请内务部的人给我们搞了多少次'机密'了！可是，这个'机密'在哪里呢？分析印古什的瓦哈比教派③的呈文在哪儿呢？除了印古什人，就再也没有人能读懂了。"

"不要等待大自然的恩赐！"库佐夫科夫靠在了椅背上，"很遗憾，我们不能窃听。但是，我们可以写出好的对话——要不然，我们怎么是作家呢！"

---

① 俄罗斯的金融寡头，现居英国。
② 俄罗斯"统一电力公司"董事长，被称为"俄罗斯私有化之父"。
③ 兴起于十八世纪的伊斯兰教支脉，信徒主要分布于沙特阿拉伯和卡塔尔。

秘密走廊

"你说什么？提供虚假的电话交谈记录？雇一个声音与之相仿的演员？库佐夫科夫，你的脑袋进水了吧！"

"别紧张！"库佐夫科夫向阿列克谢和普拉托内奇俯下身来，压低了声音说道，"在美国，开发了一种计算机程序，可以模拟任何声音。不过，不是机械地模拟，而是在真实的基础上进行模拟。打个比方，先把别列佐夫斯基的声音输入程序，再把你的声音输入程序……程序会自动对你的发音进行处理，再把别列佐夫斯基的语音参数加进去。据说，光靠听是无法辨别真伪的。如果再安装一个电话干扰器，发出嗡嗡声、嘶嘶声和噼啪声，使音频失真，那么就连最敏感的电声设备都无济于事了。显然，就像许多美国的新产品一样，这个程序是我们的同胞过去为美国中央情报局和联邦调查局研制的——他们早就已经出去挣美元了。众所周知，他们不想只靠一份薪水生活，想赚更多的钱。总之，这种事情在莫斯科早就有，我知道是谁在做。当然啦，它的价格是十分昂贵的。如果我们下决心要清账或者还债，那么我们可以把它买下来。下一步，我们的一切活动都要围绕着这些事情展开。我们可以伪造一个拥有数十亿美元的叛国者的电话录音……我们可以在杂志上以书面的形式发出去，这样就自然会有人把录音带送到我们的编辑部来。当然，我们无法辨别录音的真伪，但是我们认为，'为权威机构辨明真理与谎言，将事实公之于众'是我们作为公民的义务。况且，我们确实会把副本寄给内务部和联邦安全局的相关部门，但一定要等到杂志被送到书报亭和订户手里之后。在此之前，我们需要和销售量最大的某个'街心公园书报亭'的人谈好，我们免费向他们提供爆炸性新闻里最耸人听闻的片段，条件是他们要做好'秘密材料'的预告和宣传工作。这样的话，杂志将被一抢而光。"

"如果没有全部销售出去，在印刷厂也没有耽搁的话……"聚精会神地听完之后，阿列克谢插话道。

"如果寡头不全部收购呢？"普拉托内奇补充道。

"既然已经在报纸上预告了，他们就不敢退订。况且，杂志已经被送到印刷厂去印刷了。这是一个丑闻，而这个丑闻对我们很有利。毕竟，我们的主要目的不是公布黑材料，而是要大肆宣扬。但是，为了不事先走漏风声，我们仍然有必要贿赂印刷厂当班的工人和'打点'厂长。至于收购的份数，就悉听尊便了。首先是体力跟不上——还有订阅者呢！其次是供不应求——这是最好的广告！出版量越小，读者的购买欲就越强。从寡头那里拿到钱，印刷一定数量的杂志，然后分给街头的摊贩……"

"好主意！"普拉托内奇称赞道，"安德烈·瓦西里耶维奇，你真伟大！只是，恐怕会有人要杀了我们。寡头们可不是高加索人，我的这身军服和肌肉吓唬不了他们。"

"他们不会杀了你们！"库佐夫科夫笑了，"难道他们是傻瓜吗？这样的话，他们就会立刻引起怀疑。阿列克谢·伊里奇，你是怎么看待这件事情的？"

"我认为，这和你的其他'项目'一样，是一种欺诈行为。这是无原则的卑劣行为，但确实有意思。无论如何……都比这些'以高山为背景的肖像'更有意思——别提这些肖像了！"

"怎么无原则了？"库佐夫科夫眯缝起了眼睛。

"事实证明，爆料完虚假材料之后，我们会像所揭露的那些卑鄙的骗子一样，只是地位卑贱了一点儿——像雅库鲍夫斯基一样。"

"你错了，雅库鲍夫斯基接到的是其他骗子的订单。我们不仅是在为自己工作，而且是在为祖国作贡献。我们选择了一个不爱国的寡头——一个仇俄分子。我们是在搜集了有关信息的基础上，把黑材料整理了出来。试想，你正在写一本小说，里面有一个历史上的反面人物。你虽然拥有很多关于他的文献，但是你必须以其他方式对他进行生动的描述，比方说，以对话或者电话交谈的方式。这是伪造的东西还是在真实的基础上虚构的呢？对此，你得抱着写小说的态度才行。我给你提供想法和事实，你赋予它们相应的形式。"

阿列克谢扬了扬眉毛，笑了起来。

"我？你想让我写这个？"

"你要是不写，谁来写呢？"库佐夫科夫两手一摊，"难道是我吗？我又不是小说家，我是个诗人。普拉托内奇吗？你要明白，这里需要的不仅仅是连我都能胜任的'可靠的对话'。我们公布黑材料的时候，不仅要验证寡头在磁带里的发音，而且要顾及他演讲的风格。其中，应该有他个人的语言表达风格。在我所在的圈子里，除了你和我以外，不知道还有谁具备模拟这种风格的才能。要知道，除了你以外，我不能把这项工作委托给任何人。抛弃一切虚伪的想法，就像写一篇命题作文一样——你就写吧！我会付给你报酬，并且是一次性付清。"

"你听着，这可是在干犯法的事！"

"上层人物一定会明白，我们给他们提供了怎样的帮助……自然就会把法律给忘了。"

"你确信当局不会和寡头们站在一起吗？"

"我确信——要不它怎么会被称为'当局'呢！他们在收取寡头们的钱财时，只是短暂地和他们建立了友好关系。国家把工厂、油井和银行交给了他们……现在嘛，寡头们的翅膀硬了，也就不愿意再为签署文件和盖章而付出巨额的资金了。他们的生活被这种想法搞得一塌糊涂！他们这些有权势的人，难道就不能自己来签字和盖章吗？与政府签订的协议似乎已经成了寡头们的沉重负担，而政府则意识到，必须遏制'七大银行家'，否则他们就不会与政府分享利益了。我们必须抓住这个机会！我将确保咱们不会有风险！一旦有了风险——你知道是什么风险吗？他们要把你抓起来，是因为……你就说：'库佐夫科夫向我约了一部短篇小说，于是我就写了。还有什么要求吗？你想签个合同吗？咱们在合同里写上'该协议的标题是《关于一个寡头的故事》'。从你那儿，他们什么也得不到——所有的责任都在我身上。"

阿列克谢笑了笑，说道：

"来吧，条约、责任……我是人还是战战兢兢的动物？还有，关于稿费，我会找到一个折中的办法。你想让我写一个什么样的寡头呢？"

"关于题目，我想和你商量一下。能捕捉到的人物有：别列佐夫斯基、古辛斯基、斯摩棱斯基、丘拜斯……还有那些不太知名的人。不过，他们像阿布拉莫维奇和霍多尔科夫斯基一样，暂时躲在暗处。他们揭露了'暗处的人'，效果并不好——没有发现波塔宁有明显的'俄罗斯恐惧症'……但是，我们在着手实施伟大的爱国主义冒险行动之前，一定要确信，出现在我们面前的都是敌人。阿列克谢先生，这是在无原则地对你进行指控。所以，'七大银行家'中只有一个是我们的人选，那就是涅米洛夫斯基。"

"谁?!"阿列克谢猛地向后一仰，"涅米洛夫斯基？年轻时，这只'山羊'没少给我制造麻烦！你怎么啦，头脑发昏了吗？当时，他们吸干了我的血！"

"你遭到算计了吧！"库佐夫科夫冷酷地眯缝起了眼睛，"也许他是神给你准备的最好的复仇工具！"

"啊哈，就是这么回事！我以前就说过，"库佐夫科夫向阿列克谢宣布道，"他就是我的复仇工具！"

"人类无法看到天神，但却让他出现在了书中。你了解涅米洛夫斯基的生存状况……大概在十五年前。当时，没有人知道他。'平步青云'之后，他背叛了培养他的体制，并且介入了你和娜塔莉娅的生活。现在，他就住在你父母的墓地旁边。这足以说明，他出现在你的生活中并非偶然。可是，我认为，你出现在他那卑劣的生活中也绝非偶然。这就

秘密走廊

是宿命，我的兄弟！你自己来判断一下！对我们这个'项目'而言，再也找不到更合适的人选了。涅米洛夫斯基在哪方面都合适！虽然现在还没有关于他的爆炸性新闻，但是人们毕竟对他很熟悉，因为他一直在电视上时隐时现！像基谢廖夫和波兹纳这样的自由主义者在暗暗地痛恨他，因为他曾经在国家安全委员会当过特工，并且认识他们中的所有线人。其实，联邦安全局的工作人员并不像喜欢间谍卡卢金那样喜欢他。只是，卡卢金悄悄地逃到了国外，而他却自由自在地坐着高级防弹轿车到处游荡，并且在电视上发表各种演说！"

"库佐夫科夫，当别列佐夫斯基还是一个研究所的普通研究员、古辛斯基还是一个微不足道的骗子时，涅米洛夫斯基就在'秘密筹划'自己的事了。想象一下，谁是幕后的策划者？我们就像鸡一样，任由上边的人宰割，尽管……"

阿列克谢突然想到："你那宝贵的生命……意义何在？你有正常的家庭、辉煌的成就和美好的未来吗？你就像一只老鼠，坐在电脑前的椅子上，想着你的老婆和谁在一起睡觉！不过，库佐夫科夫提出的建议过于荒唐和冒险了！"他揉了揉眼睛。库佐夫科夫与普拉托内奇认真地看着他，没有说话。

"可是……"阿列克谢继续说道，"为什么不这样做呢？涅米洛夫斯基之流在往上爬的时候就敢于冒险，而我们哪一点不如他们？"

库佐夫科夫笑着说：

"嗯，这就对了！我就知道你会同意的！同高加索人结清账目之后，咱们就开始行动！不过，今天必须弄到做这件事情所需的资金。现在，"他瞥了一眼时钟——广告商就要来了，"推销旧俄时期的茶炊……"

阿列克谢笑了起来。

"你笑什么？"

"古代的罗斯人什么茶都不喝！普希金曾经写道：'为什么我们的马

车夫要抱怨茶叶不好呢？众所周知，他们喝的是伏特加酒。'"

"注意，咱们这是在闲聊！不要对利普斯基先生讲这件事情，否则他会不高兴的。那他现在怎么办？改喝旧俄时期的伏特加酒了吗？我们关心的是，他的心情是不是很好。实际上，他刚才坐在这里的时候，看上了这幅画……"库佐夫科夫这位自学成才的艺术家指着挂在他身后的一幅两米半长的油画说道。

在这幅画上面，不知是米洛的维纳斯，还是无臂、无头、露出乳房的某个美女……不知是在剧院，还是在黑暗的宫殿的废墟上。总之，在这幅画的背景中，文明遭到了破坏。这一艺术珍品的作者是自学成才的艺术家科列什科夫——对外情报局的前雇员。杂志上曾经刊登过他的简历，并附有照片。于是，他就以实物——自己的艺术品对库佐夫科夫表达了谢意。

"他想买下这幅画吗？"阿列克谢吃惊地问道，"在市场上，这幅画也就值一百美元。"

"别逗了！光买画油画的颜料就需要二百美元！还有画布、画框呢……利普斯基立刻就对画的尺寸'动心'了。他们现在是资本家，对绘画作品爱得发狂，就像在计划经济时期，人们对壁纸很痴迷一样。他问我：'这是谁的作品？大师吗？'我说：'当然，这是柯岗的作品。'科列什科夫只在画上签了个'K'字……你可以仔细看一下，就在画的右下角。我想，犹太人里一定有艺术家柯岗，并且不止一个。好吧，利普斯基看到我面前的茶壶，感觉很不舒服。他翻着白眼儿说道：'哦，柯岗……这画很贵吗？当然，如果不保密的话！'我回答说：'这是柯岗早期的作品，显得很忧郁……实际上，这是价值连城的。这位艺术家是我的客户……我们的代理公司早就被盯上了，因为海关的人担心柯岗的一批早期绘画作品流失到海外。这些作品在参加'七十年代室外艺术展'时遭到过不同程度的损坏。柯岗为了向我表示谢意，在前往国外永

秘密走廊

久居住之前,把这幅画送给了我。''剩下的那些画作,他都带走了吗?'狡猾的资本家问道。'是的,'我说,'都带走了……还是通过那个海关。《和谐的僵尸》是他在俄罗斯的经济落入低谷时的最后一幅画作。'"

阿列克谢笑出了眼泪。普拉托内奇认真地听着,疑惑地看着他。

"利普斯基若有所思地离开了。星期日,他就打来电话说:'我想和您谈谈购买这幅画的事。'显然,他看中的是作者。有人告诉他说,确实有一个叫柯岗的移民到海外的画家。我没有打错算盘!柯岗……反正我们还有个瓦西里耶夫。如果说瓦西里耶夫是著名的风景画家,那么鉴赏家们就都要撇嘴了,因为他首先是贩卖茶叶的商人。有人会问,这是个什么样的画家呢?彩色的写生画家多如牛毛:费多尔、彼得、康斯坦丁……而柯岗嘛,可以是任何人!这不是姓氏,而是职业。好在我们没有在杂志上刊登这幅画的复制品!让我再考虑一下——向利普斯基要多少钱呢?"

"把他搜刮得一干二净!"普拉托内奇说出了这句一语双关的俏皮话之后,似乎明白了一点儿什么。

"就像扒椴树的皮……不能这样做——做任何事情都得适可而止。不能杀鸡取卵!如果他现在就下了血本,那么他下次就不会来找我们做广告宣传了。目前,我们广告宣传的订单并不多。为了搞好与利普斯基的关系,我们必须假装便宜地把《和谐的僵尸》卖给他。利普斯基出手并不大方——他不是寡头,就连垄断茶叶市场都办不到。"

"一万!"普拉托内奇不切实际地脱口而出。

库佐夫科夫赞许地点了点头:

"你指的是美元吗?我喜欢这个数!如果利普斯基发现我们拿柯岗的作品欺骗他,那么他是不会原谅我们的。不过,对他来说,损失五千美元也算不了什么,就像我们失去五千卢布一样。为此,我们是不会破产的！当然，也不能让他破产。"库佐夫科夫按下了呼叫秘书用的"三星"牌按钮，"卡佳，到我这儿来一下！"

于是，出版社的排版员兼库佐夫科夫的秘书卡佳走了进来，坐在了秘密调查杂志社过道上的电脑桌前。

"卡佳，摆上龙舌兰酒、柠檬、盐、薯片、三明治，然后再送一些咖啡来——利普斯基平常不喝茶，因为他对茶叶不屑一顾……"库佐夫科夫突然停了下来，皱起了眉头，"你是怎么打扮的？！"

"怎么了？"漂亮的卡佳红着脸，有些不知所措，鼻子都气歪了。

"我在电话里不是跟你说了嘛，请你穿得性感一点儿！"

"可我……"女孩儿显得有些慌乱，"难道……这还不够性感吗？"

阿列克谢和普拉托内奇转过身去，注视着卡佳的穿着：一条侧开缝的黑色薄纱连衣裙紧紧地包裹着她那乳房高耸的修长身体，就像娜塔莉娅一样，只是没有把缝开得很大。说实话，她面色绯红，穿着高跟鞋，看起来已经足够性感了。

"穿着这件连衣裙演戏还可以，但是迷不倒利普斯基！你可以穿一条显得极其放荡的短款连衣裙——短到露肚皮都可以……虽然这对别人来说也是一种干扰。必要时，就是要穿露膝盖的连衣裙！你这条在上流社会流行的落到脚面的连衣裙……我说你什么好呢？领口最好开得低一点儿！还有，你以为利普斯基是英国的勋爵吗？他曾经是一名投机分子！我所需要的利普斯基应该是：情绪稳定、不温不火、豪爽大度！要让他很轻易地就出手！俯身倒咖啡的时候，你应该把自己的风韵从正面和背面同时展现给他。这件事情对你来说不难吧！我会付给你薪水的……我不会像其他老板那样，说服你跟客户睡觉。我只求你在资本家面前表演'脱衣舞'！你是不是在想'要是只为了事业，我才不会脱到只剩下内裤呢'？"

据阿列克谢和普拉托内奇所知，库佐夫科夫很喜欢穿那条宽松的带

秘密走廊

条纹的家居短裤。一想起库佐夫科夫那肥胖的身材和那条家居短裤,他们就哈哈大笑起来。

"这个节目是专门为极端的同性恋者准备的!"阿列克谢以电视节目主持人的腔调宣布道。

"嗯,也许……应该给利普斯基这样的待遇!"普拉托内奇提议道,"不过,你的卡佳可得受折磨了!"

"你应该告诉卡佳,穿得越性感越好。"阿列克谢笑着说,"她不知道你和利普斯基理解的色情是什么样的。"

"安德烈·瓦西里耶维奇,我可以用大头针把连衣裙别住。"卡佳微笑着说道。

库佐夫科夫摆了摆手。

"那您就用大头针别吧!您可以把自己当成被我们解雇了的人,也可以认为自己是男人心目中最美的妙龄女郎。"

半个小时以后,利普斯基出现了。这位宽腮帮子、鱼形嘴的胖先生用一双明亮的眼睛紧盯着科列什科夫·柯岗的拙劣画作。聪明绝顶的库佐夫科夫没给利普斯基开口的机会。他先从广告谈起——只有解决了这个问题,才能把话题转向绘画。

"如果您决定出售这幅画,那么您打算要价多少?"客户直奔主题,"我指的是实际价格!"

"我想说,要几万美元……为了让我们今后的合作进展顺利、成效显著,我会给您打个折。比方说,至少五千……"库佐夫科夫按了一下按钮,让卡佳穿着改了式样的连衣裙把咖啡送来。用大头针别起来的连衣裙像芭蕾舞裙一样翘了起来。

利普斯基挠了挠自己的光头,抿了一口龙舌兰酒。他用眼睛来回寻找着,只在拿着托盘、露着腿的"芭蕾舞演员"身上停留了片刻。很明显,尽管库佐夫科夫掀起了一阵"暴风雪",但他还是觉得价格过高。

他觉得自己是个门外汉,不知道"真正的柯岗"的价值。于是,他不想买了。库佐夫科夫细心地观察着他……

"能不能再便宜一点儿……为了我们能有进一步的合作?"最后,利普斯基问道。

库佐夫科夫傲慢地挺直了腰。

"便宜?"他傲慢地低声说道,"这已经跟白送一样了!我非常看重您,所以就不跟您算细账了。依我看,您是真心喜欢这幅画。您大概已经注意到了,我们虽然不像您那样财大气粗,"他用手指了指自己的办公室,"但是也不能丧失尊严。为此,我决定作出点儿牺牲。"库佐夫科夫适时地停顿了一会儿——时间不是很长,但足以让茶商的光头上布满了汗珠,"现在,您可以免费拿走这幅画。我们会忘掉它!"

阿列克谢在心里默默地为他喝彩——说得好!最重要的是,库佐夫科夫不至于冒险——不管是他本人,还是和他一起搜集"秘密材料"的同事们,都不喜欢科列什科夫的杰作。

"为什么是免费拿走?"利普斯基有些不知所措,"您付出了劳动,联系到了走私者……好吧,我同意出五千美元。您是说,可以今天就拿走?"显然,他害怕库佐夫科夫变卦。

"当然!"库佐夫科夫没有改变姿势,点了一下头。

"我身上没带钱,不过司机也许有……"利普斯基掏出手机,拨了个号码,"科里亚,我是利普斯基!你身上有钱吗?……有多少?你把所有的钱都拿到这里来!"

五六分钟以后,科里亚来了。他穿着皮夹克,留着很短的小平头。他用怀疑的目光把库佐夫科夫、阿列克谢和普拉托内奇上下打量了一番,然后当着上司的面掏出了四千六百美元。利普斯基掏出自己的钱包,里面有三百美元,外加一点儿零头。

"够了!"库佐夫科夫大度地说,"作为真正的商人,我们是不会斤

秘密走廊

斤计较的。"

于是,茶叶大王笑逐颜开,分别与库佐夫科夫、普拉托内奇和阿列克谢握了握手。然后,他向"小平头"示意:

"把那幅画摘下来!"

科里亚极为惊愕地瞪大了眼睛瞧着科列什科夫的杰作——这就是被库佐夫科夫正式宣布为《和谐的僵尸》的画作。他咳嗽了一声,便爬上去把画摘了下来。在这种情况下,天花板的高度是他难以企及的。于是,他没有多加思考便直接把画框拉向了自己。于是,悬挂画框的螺丝钉连同墙皮一起掉了下来。于是,画上的那个无头无臂的美女便笼罩在了飞扬的尘土中。

"这画能装到车里去吗?"库佐夫科夫有些不满地看着留在墙上的洞,表示怀疑地问道。其实,这一切对他来说都无所谓。

"我们现在就叫辆箱式小货车来!"利普斯基乐呵呵地说道。

因为画框已经坏了,所以科里亚只好抱住了画的两侧。他气呼呼地喘着粗气,把画搬到了门口,身后传来了"茶叶大王"的声音:

"小心!这可是柯岗的画啊!"

"古罗斯茶室"的大门重重地关上以后,"秘密材料"的搜集者们笑得前仰后合,都快尿出来了。根据以往的经验,阿列克谢知道,现在库佐夫科夫会将龙舌兰酒锁进保险柜,提议喝第聂伯河沿岸的白兰地或者就喝伏特加酒来庆贺交易的成功。于是,他慷慨地给自己倒了一杯"阿尔梅克"。

"这个混蛋!"库佐夫科夫咬牙切齿地说着,接过了酒瓶,"无声无息地把我们珍藏的好酒给喝了!不过,我们也不亏!捞钱吧!喝吧!不要放过任何一个机会!卡佳,到这儿来!你的连衣裙不用加长了!"

"没问题!难道您还想命令我把衣服脱光,然后在桌子上跳舞吗?付给我这么点儿工资,就让我为您做这些吗?"

"不是。首先,他不会像答应的那样脱掉衣服!"阿列克谢提议道。

"他是不会脱的!"普拉托内奇模仿演员伏龙济克·姆科尔特奇扬在《高加索的俘虏》里的嗓音说道,"他有关节炎!"

卡佳笑着走了出去。

"没什么!"库佐夫科夫开心地笑着说,"我给自己买一双电视广告里说的医疗长筒丝袜,穿上六个月,关节炎就好了!而你,普拉托内奇,给自己买点儿手指头那么粗的痔疮栓——治好了病再来对付警察!习惯了就好了!但是,不要踏入'禁区'!那样的话,就不是习惯的问题了!"

"淫欲?粗俗的笑话罢了!"阿列克谢证实道,"不过,库佐夫科夫先生,这背后可有不少卡佳巧妙地提出的问题。鉴于咱们今天用欺骗的手段做成了这笔交易,还成功地和利普斯基达成了广告协议,你是不是该给我们涨工资了?毕竟,这幅画是科列什科夫送给我们大家的,而不是送给你一个人的。"

"这我知道!"库佐夫科夫认真地点了点头,"你给他喝了龙舌兰酒,所以他才往你的兜里塞钱。这些所谓的作家都这么贪婪!我给你讲个笑话吧!一个'俄罗斯新贵'开着'奔驰600'回自己的乡间别墅时,发现路边立着一个牌子,上面写着:'请给作家施舍!'于是,'俄罗斯新贵'便停下车,读了上面的文字,然后问站在牌子后面的那个人:'你是写什么的?''我是一个散文家!'此人自豪地回答道。商人对他说:'应该描写的是生活,而不是兔子!'阿列克谢先生,你应该描写的是生活,而不是婆娘们谈论的家长里短!"

"现在,我放下了一切,把时间都留给你这个吝啬鬼,去描写你所说的'生活'了!要不然,让你描写一下生活中的那些欺骗行为?可是,在《亲爱的朋友》和《我们在哈瓦那》里都已经写过了。反正你也不同意我写婆娘们谈论的家长里短!不知为什么,我们的这位'茶叶

秘密走廊

大王'不惜花费重金购买的并不是珍贵的现实主义画作,而是平庸、荒谬的《和谐的僵尸》!可是,安德烈·瓦西里耶维奇,你始终都在回避涨工资的问题。这是为什么?"

库佐夫科夫转向了普拉托内奇。他不喜欢龙舌兰酒,只喜欢国产的伏特加酒和白兰地。

"瞧,普拉托内奇,这回你知道我们为什么无论如何都不能离心离德了吧!这是内部制衡!他已经把我们要为特殊项目的计算机程序付费的事给忘了。你给他钱……走卒!雇员!"

"哎,我太喜欢并且看重这些钱了!"阿列克谢在伙伴们的笑声中抱怨道,"尽管磨破了嘴皮,但是我不得不承认,在和利普斯基之间的贸易价格战中,我们'亲爱的朋友'的表现是无可挑剔的。"他举起了装满龙舌兰酒的酒杯,"来,瓦西里耶维奇,为您的健康干杯!"

谈到"亲爱的朋友"的时候,阿列克谢一针见血。库佐夫科夫就像莫泊桑小说里的主人公一样,和第一任妻子离了婚。其实,他当时结婚,就是为了拥有莫斯科的户口。"妻子"居住的一居室……有父亲、母亲和姐姐的户口。实际上,他们住在郊区的一套私房里。通过假结婚,她从单位得到了一套三居室的房子,并按照事先的约定,租给了库佐夫科夫一间房。然而,没过多久,她以前的那个"心爱的阿富汗人"就出现了。原来,他有个宏伟的计划——是针对住房(包括建筑面积和使用面积)制订的,因为库佐夫科夫的"妻子"长得并不出众。有一段时间,"阿富汗人"总是不满地瞪着"合法的丈夫"。后来,他得知库佐夫科夫也是阿富汗人——他们是拿过枪的"同道人"。于是,"阿富汗人"便提议让他"净身出户",并威胁说,不然的话,就揭露其假结婚的骗局。"阿富汗人"的个头儿与库佐夫科夫相当,但身体却有两个库佐夫科夫那么粗,还发誓要把库佐夫科夫从窗户扔出去。"妻子"的同居男友并不知道,这种"空中漫步"吓唬不住库佐夫科夫——他的这点儿"本事"根本就震慑不了库佐夫科夫。

考虑了一段时间之后，库佐夫科夫制订了一个令人难忘的"乔治·杜洛瓦防卫行动计划"，并且把阿列克谢叫来帮忙。天气晴朗的时候，"妻子"的情人通常会出现。于是，那天他们便提前半个小时藏在了院子里的车库后面。"阿富汗人"来了以后，他们又等了半个小时，阿列克谢才用公用电话报了警："杀人了！赶快来吧！"说完，他把这里的地址告诉了警察。然后，库佐夫科夫和阿列克谢便到门廊里等着去了。他们在窗口处看见一辆巡逻车驶了过来，便急忙往楼上跑。库佐夫科夫悄悄地用自己的钥匙打开了房门，让房门半开着。他侧耳倾听了一会儿，便向阿列克谢使了个眼色——他听到了"妻子"的呻吟声。于是，他便闯入了她的卧室，一拳打在了"阿富汗人"的耳朵上。这对惊得目瞪口呆的全身裸露的情人向"丈夫"猛扑了过来。因为看不清，情人的这一拳打在了"丈夫"的颌骨上。不过，库佐夫科夫并没有抵抗——他的计划就是"挨打"。阿列克谢站在门口，观看了一会儿"家庭闹剧"。他让"阿富汗人"狠狠地打了库佐夫科夫两拳，然后才跑过去将他们俩拉开。就在"妻子"裹着被子尖叫时，警察来了。鲜血顺着"阿富汗人"的头汩汩地往下淌，两名警察无论如何都无法把他从库佐夫科夫那儿拉走。库佐夫科夫用手捂着脸，呻吟着说道："我已经厌倦了这种背叛！哦，我已经厌倦了这种背叛！"

事后，"妻子"徒劳地喊道："库佐夫科夫是婚姻的骗子！他这是故伎重演！"一名警察疲倦地对她说："你早就应该申报，这是虚假的婚姻，而不应该在丈夫把您和情人堵在床上之后才说。现在，谁都不会相信您！"另外一名警察在单独询问阿列克谢时，冷笑着说："老兄，你们肯定在此之前就做了手脚！"接着，他还不无钦佩地补充道："干得很漂亮，就是别闹大了！"显然，作为"三无人员"，阿列克谢本人也没有固定的住所。于是，他就吸取了库佐夫科夫和乔治·杜洛瓦的教训！

秘密走廊

第二天早上，库佐夫科夫去了诊所，在那里把被打伤的眼睛和颧骨做了医疗诊断。他把医疗证明拿到警察局的时候，得知"妻子"的情人也做了同样的事情。虽然"妻子"情人的脸上并没有明显的淤青和被挠伤的痕迹，但是他假装脑震荡。不过，这对他来说并没有多大意义。就像警察预言的那样，法院没有采信通奸者的证据，对"阿富汗人"实施了罚款，并且禁止他二十三点以后出现在库佐夫科夫的公寓里。库佐夫科夫心平气和地与"妻子"离了婚，然后心平气和地搬出了公寓。昔日的"妻子"就像普希金笔下的那个贪婪的老女人①一样，重新回到了只有一居室的公寓里，而他本人则住进了两居室的公寓。作为苏联作家联盟的成员，他拿到了一份证明材料，有权增加二十平方米的办公面积。

在和库佐夫科夫碰杯的时候，阿列克谢心想，库佐夫科夫在那场闹剧中奇怪的行为，把他的个人生活变成了一场悲剧。

他们正聊到兴头上的时候，已经发了福并且谢了顶的维克多·卢帕纳雷来了。他开着自己的进口汽车——乌克兰的"塔夫里亚"牌小轿车，在莫斯科到处转悠，希望能找到赚钱的门路——他对金钱的嗅觉不同寻常。现在，他猜到《秘密调查》可能有稿费了。维克多在著名的第四期杂志上发表了一篇题为《女间谍启示录》的纪实文章，讲的好像是他的一个熟人移居到了以色列，沦落到了"温馨酒吧"，为当地的士兵提供性服务，每次收取十美元。后来，她抢劫了一个富有的客户之后，就逃跑了。不知为什么，她逃到了缅甸——这儿没有任何"洛奇"② 会招募身为中央情报局情报人员的她。《女间谍启示录》中有一个亮点："和我最要好的联系人阮朗③受伤了，奄奄一息的他被抬到了马路上。然而，他母亲

---

① 指《渔夫和金鱼的故事》里的老太婆。
② 一个组织的代号。
③ 越南人的名字。

却说:'他要是能像男人一样去战斗,就不会像狗一样被杀了。'"

维克多站在门口,迅速地对形势作出判断以后,要求付给自己稿费。

"又来了一个!"库佐夫科夫皱了皱眉头,"没看见我们在休息嘛!一天的工作刚刚结束!坐下来,喝杯伏特加酒吧!"

可是,维克多宁可要钱,也不想喝酒。

"库佐夫科夫,我没法儿活了!我需要钱——急需用钱!我看出来了,你现在有钱了!"

库佐夫科夫没有向任何人支付第四期杂志的稿费,就连会计的报表都没有做出来。但是,他还是打算大发慈悲,以此来庆祝今天的成功。再说,他也没有精力和维克多纠缠了。他叹了一口气,把手伸到口袋里,给维克多数出了二十美元的钞票。

"就这些?!"维克多喊了起来,"我在《新莫斯科》杂志上发表一篇这样的纪实文章,还能得到一百美元呢!写一首歌,我能得到五百美元!"

"那你就去找你的《新莫斯科》吧!"库佐夫科夫平静地回答道,"你的密探从两个雇主那里只拿到了你发表一篇文章的钱。你要是不愿意,就把钱还给我!你要是觉得这些小钱不体面,那么我就给你杂志作为报酬。至于歌曲嘛,我又不是莱马·瓦伊库烈,他们不必付费给我。"他试图把钱从维克多手里拿回来,但是维克多挥舞着手里的钱,就像从赌棍的手里拿到了做过标记的扑克牌。

维克多立刻就把"绿票子"① 藏到了牛仔裤后面的口袋里,然后坐到桌前,想吃点儿东西,准备上路。他非常遵守交通规则,没有喝含酒精的饮品。

---

① 指美元。

秘密走廊

　　库佐夫科夫不喜欢诗人维克多，但是对他的冒险行为深感同情。当然，维克多与库佐夫科夫不是同一类人。不过，有一次，他在库佐夫科夫"犯规"时给予了配合。"改革"末期，维克多在苏共中央委员会出版社出版了一本自己翻译的日本古代色情诗集《宣传画》（胜过了阿列克谢在共青团出版社出版的那本"可怕的书"）。这本书以维多利亚·卡拉－瓦吉尼娅娜的前言为开篇，认为"可爱的短歌"是公元十世纪的时候从日文翻译成俄文的。这个写在羊皮纸上的文本，好像是某个身为亿万富翁的慈善家在京都的一个图书市场上买的。此人已经故去了，"突然在里斯本的书房里去世了，没来得及留下遗嘱"。在撤掉《宣传画》这本书的序言之前，维克多与文学院创作教研室的卡拉－瓦吉尼娅娜的名字是并列的——是一个熟人介绍他们认识的。出版商对他十分信任，图书的征订单已经发送到了各个书店，并且有了三十万册的订数。当时，人们对"色情文艺"的需求尚未得到满足。

　　然而，像维克多的"短歌"这样充满了污言秽语的粗俗的东西，在三四年后才大量出版。与其相反，它比一般的"非风格化"的诗作更有文采：

　　　　我离开
　　　　南部郊区的浴池之后
　　　　你决定随我定居下来
　　　　但我所拥有的财富
　　　　只是一张宣纸而已

　　　　对，这只狐狸
　　　　已经让我受骗了三年
　　　　那光滑的树干像什么？

下 篇

哦,真恐怖!那深色的种子
和满是贝壳的河流

一些"古代日本短歌"带有明显的"维克多本人的生活现状"和"四处寻找财富"的痕迹:

你更喜欢我
做油画生意
这会长久吗?
我无法想象
从哪里挣钱?

有人创作出了这样的俄罗斯诗歌:

任凭思绪万千
最后一群乌鸦
孤独地坐在
躺在路边的人身上
那是你迁徙的翅膀吗?

"迁徙的翅膀"这种说法,无疑是维克多从尤里·库兹涅佐夫那里借用来的。

总的来说,这是一个特色鲜明的、大胆的、故弄玄虚的诗作,堪比普罗斯佩·梅里美的作品和伊丽莎白·伊万诺夫娜·德米特里耶娃①的

---

① 俄罗斯诗人。

秘密走廊

《古斯里琴》，预示着一个真正的作家开始出名了。更何况，无论是梅里美的作品还是沃洛申的作品，都无法达到三十万册的订数！可是，也不能说达达尼昂①就不善于利用这种机会……在十九世纪的法国和二十世纪初的俄罗斯，人们非常喜欢和欣赏文学中的幽默。可是，在二十世纪后期，俄罗斯的政论文章充斥着紧张的气氛，人们都不知道什么是幽默了。此时，"纯色情的文艺作品"尚不成熟，在政治思想方面又显得软弱无力……在这种情况下，是不是就只有日本诗歌了呢？《独立报》以其惯有的"善于揭露的精神"揭穿了维克多和卡拉-瓦吉尼娅娜的造假行为，并以极其认真的态度详细地描述了正式询问日本使馆文化参赞的过程……据说，东京的"萨米戈拉出版社"并没有出版过与十世纪的色情短歌有关的书。更何况，东京也没有这样的出版社……（维克多好像也没有暗示说是位于莫斯科的"东京出版社"）。据他说，在京都的图书市场上，没有古代稀缺人才的相关信息，也没有人知道在里斯本的书房里去世的日本百万富翁、慈善家和藏书家……日本的一个百万富翁不会像一根针那样无足轻重……这是笔者进行的观察。他终于笑了，因为他意识到，真正的傻瓜是他自己，而不是上当受骗的读者。当时，在报社里，那些有幽默感和文学情感的人从来都不干活儿。他们的眼里闪烁着只有捕捉猎物时才会有的目光。其实，读者也是一样。即使向他们证明说，古代的日本色情诗歌都是抄袭的，他们也很快就会忘了这一点。至于作者——同样是个"冒牌货"。

维克多在《宣传画》（以前已经更了名）中出了丑，忘记了自己获得的利润，还向出版社赊了一部分稿费……没有人知道，在这种情况下，十九世纪的法国或二十世纪的俄罗斯作家会做些什么。总喜欢随波逐流的维克多决定：如果他的偏好满足不了多数人的需求，那就改变一

---

① 大仲马作品里的人物。

下。如果公众认为粗俗的色情好于含蓄的色情，那么他就一定要给他们提供更粗俗的东西。如果公众更喜欢歌词，那么他就写歌词："你想要歌词吗？我这儿有！"

于是，他便开始写《新巴尔科夫》了，并且给当红的艺人们写了歌词。然而，他并不鄙视任何赚钱的方式。例如，他像撰写《间谍启示录》一样，创作了散文集《彬彬有礼》。在维克多的"艺术手法"中，最叫得响的就是"维克多的浪漫主义"。如果说他的描写有什么独到之处（比如，不幸的克沃-朗在柏油马路上被轧死了），那就是他在写诗作赋时，一直在使用比喻的手法，并且加上了古代日本诗歌的元素。说实话，他已经变成了彻头彻尾的抄袭者。现在，维克多在写作时已经到了"把别人的大段东西直接拿过来，插到自己的文本里"的地步。例如，他在模仿洛尔卡①时这样写道：

> 我拽下真丝领带
> 而她则扔掉了衣服
> 我解开了裤腰带
> 她打开了胸衣的扣子……

他把"时代气息"加进了诗里，继续写道：

> 你脱下了外套并且摘下了领带
> 而我则垂下了眼睑
> 你解开了裤腰带
> 而我则脱下了晚礼服

---

① 西班牙戏剧家、诗人。

秘密走廊

他恬不知耻地效仿了被杀害了的诗人的作品《梅花、百合与匕首》和《怀抱吉他》。当学识渊博的人愤怒地揭穿维克多的时候,他一点儿也不感到难为情,还狡辩说:"普希金不是也引用过别人的诗句吗?"

搞流行音乐的艺术家需要丰富多彩的异域情调,以转移那些崇尚资本主义生活方式的人的注意力。于是,维克多心甘情愿地把充满了异域风情的海外景观介绍了过来,包括《战火中的赛达港》、《夏威夷岛》、《在檀香山的大街上》、《在蒙得维的亚码头》、《在科帕卡巴纳海滩》、《自由的里约热内卢市中心》、《在遥远的比斯开湾》、《亚的斯亚贝巴的社会名媛》、《在中国的金色港湾》、《加德满都的青楼》……总之,除了南极以外,所有的地方几乎都包括在内了。这种异国情调的地理分布如此之广,就连知识渊博的维克多都甘拜下风了。比如,在并不出奇的尼泊尔首都加德满都,几乎没有新加坡那样的可以"吸食大麻"和"随便打枪"的赌场。西班牙诗人鲁文·达里奥写的《眼泪》,与其说适合马那瓜或者布宜诺斯艾利斯,倒不如说适合"逍遥自在"、"讲葡萄牙语"的里约热内卢。

像《间谍启示录》里的那个倒霉的联系人阮朗(显然,他取这个名字要归功于"人工水肺"这个词①)一样,维克多在给诗歌的主人公起名字时,并没有遇到什么困难。比如,电视上热播欧莱雅洗发水的广告时,他马上就给悲哀的女主人公起名为"欧莱雅女士",正好与俄文的"悲伤"一词很押韵。

无法因诗歌而获得荣耀的维克多,幻想着以创作流行歌曲来出名和致富。作曲家和表演者都十分看好他创作的歌词,但是"点击率"却不高——不知是因为异国情调和色情的成分太多,还是音乐不好听。作为

---

① 越南人的名字"阮朗"与拉丁语的"人工水肺"是同音词。

歌词的作者,维克多的才华直到处女作发表了十年以后才被发现。这是让人始料不及的,所以他对此已经不抱任何希望了。维克多曾经把自己的一本诗集硬塞给了一位作曲家——此人后来去了温暖如春、生活富裕的美国。在那里,他十分思念自己那"虽然贫瘠,但却十分迷人"的祖国。有一次,他在喝醉了的时候,读了维克多的那部旧作《夕阳下的椴树》。看完之后,他立即坐了起来,一边踱步,一边创作出了怀旧风格的音乐。一个月以后,由"黑山羊"组合演唱的这首歌曲便在广播电台播出了,还被拍成了视频短片。

但是,苏维埃时期已经过去了。当时,在演唱每一首歌之前,都会分别介绍词和曲的作者——知道词作者多布龙拉沃夫的并不比知道其夫人——作曲家巴赫慕托娃的人少。现在,所有的荣耀都属于表演者。没有了全苏版权协会的监督,电视台和广播电台都不愿意支付使用费。五百美元的报酬,维克多是从作曲家那里拿到的。这是维克多创作《当椴树凋落》这首歌的歌词的全部所得……的确,他只要说自己是著名歌曲的词作者,就连交管局的人都不会罚他的款……姑娘们有时也会委身于他——这就是他获得的荣耀。如果交管局的监察员或者姑娘们只看到了维克多的这张狡猾、肥胖的脸,那么他们根本就不会相信他能写出如此美妙的歌曲。那么,他的荣耀立刻就会蒙上阴影。所以,他不得不随身带着一本诗集——很久以前赠送给作曲家的那一本,上面还有他的照片。他希望电视能帮助他走出"无名文本作者"的阴影——怎么办呢?于是,维克多便开始在电视上露脸了。与其他诗人相比,他"出镜"的频率可以说是相当高了。但是,维克多的面孔显然不像从前的沃兹涅先斯基和叶夫图申科那样被大众熟悉。

所以,为了赚钱,他不得不像十年前那样,满世界去找作曲家、歌手和编辑。

但是,不能把他称为"毫无担当的人",因为他比歌曲创作室和

秘密走廊

"民主作家联盟"的许多同行都有担当。总的来说，如果能过得去，他就不会与人交恶。

从本质上讲，维克多和库佐夫科夫就像在照哈哈镜一样，形象都不是真实的。这是因为他们都喜欢冒险，而且都缺乏诗意。在内心深处，库佐夫科夫不太喜欢维克多的诗歌，并不是因为他发现这些诗的内容很肤浅，而是因为他在创作时也会这么做，只不过维克多是有意识地这么做，而他是身不由己。库佐夫科夫是"根基派"诗人，只是在效仿下列作家的语气和形象：叶赛宁、瓦西里耶夫、鲁布佐夫、特里亚普金、库尼亚耶夫、库兹涅佐夫……他的诗歌创作毫无个性，尽管他在自己的出版社出版了大量的诗集。至于维克多，如果跟他约一个"通俗派"或者"根基派"的稿子，那么他作为"非俄罗斯族人"，能够比地道的俄罗斯人库佐夫科夫更加轻松自如地完成任务。维克多很会模仿叶赛宁和鲁布佐夫的诗，就像模仿洛尔卡一样，整行地引用："无法形容幼稚、温柔的你……""四处尘土飞扬……""呼唤我，宁静的家……"不可否认，他的作品达到了理想的"根基派"创作效果，但是他没有比叶赛宁和鲁布佐夫写得更好。库佐夫科夫不允许自己直接引用这些句子，于是便间接地引用了。名家使用了一个词，库佐夫科夫就使用两个词或者三个词。这是最糟糕的一种模仿，因为经典作家就是经典作家，他们能挑选出最准确的词语。最后的结果是：维克多进行了剽窃，并将剽窃来的好东西公开发售。库佐夫科夫虽然没有剽窃，试图创作出优秀的作品，但是最终写出来的东西却又臭又长、枯燥乏味。

最让库佐夫科夫感到不愉快的是，维克多成功地模仿了十几位诗人——既有俄罗斯诗人，又有外国诗人，而库佐夫科夫却只能模仿同一个流派的几个俄罗斯诗人，并且没有取得什么明显的成就。他们在私下里的明争暗斗，使人不禁想起了普希金的《埃及之夜》里的即兴诗人与恰尔斯基之间的争斗。

下 篇

现在,他们一句接着一句地谈着话,在不知不觉中转移了话题。库佐夫科夫瞥了一眼维克多,说:

"你创作诗歌只是为了满足那些追求低级趣味的、庸俗无聊的资产阶级大佬们的需求,与真正的诗歌毫不相干。你的那些'爱国歌曲'能给我什么启示呢?就像餐厅里的醉鬼在呜咽!你要是能像男人一样去战斗,就不会像狗一样被杀了。"

"你有可能认为,出版自己的《秘密调查》就不是'满足资产阶级读者的需求'了。"维克多机智地反驳道。

"我用杂志赚钱是为了做严肃的事情,而你拼命挣钱只是为了你自己。"

"出版自己的书,当然是一件严肃的事情了!"维克多嘲笑道,"当然了,你做这件事情,主要是为了造福社会。"

"顺便说一句,我是靠自己的书赚钱,而不是像你一样,向赞助商要钱。我不仅出版了自己的书,而且给阿列克谢出了一本书。"

"当然可以光明正大地给阿列克谢出书了,因为他是一个真正的小说家!不过,书很薄,用的纸也不好……"

"那你就给我用点儿好纸吧!你也知道,小说卖得比诗集要贵。我想让出版部门快速地运转起来,目的就是出版点儿像样的书。同时,我也准备满足那些资产阶级读者的需求。不过,我不会巴结他们!如果说《秘密调查》和小报有什么不一样的话,那就是你在上面发表了作品。对我们来说,'祖国'、'爱国主义'、'东正教'、'公民'、'道德'这些词都不是空洞的。在给读者带来娱乐的同时,我们旗帜鲜明地表明了自己的观点。"说完这些话以后,库佐夫科夫下意识地瞟了一眼桌子——上面有两本从高加索那边预订的杂志样本。不过,这个下意识的动作并没有逃过阿列克谢的眼睛。维克多还不知道增刊的内容,所以不用担心他针对杂志说风凉话。

秘密走廊

"我也创作过一些俗气的诗歌。"维克多说。

"那你就给我们读一首,让我们欣赏一下吧!"库佐夫科夫提议道。

"那我就不客气了!"维克多活跃了起来,因为他很喜欢读自己的诗,"《送别》……"他一边朗诵,一边挥舞着双手,就像一幅名画上站在杰尔查文①面前的普希金一样。

> 从萨哈林到杰尔宾特
> 我们的苏维埃坚不可摧
> 用谎言把我们引入
> 团结一致的欧洲之家……
> 我的父亲是一名铁匠
> 毫不倦怠地生活……

一阵笑声打断了维克多的朗诵。

"这就是您的那首'俗气的诗歌'吗?"库佐夫科夫高声说道,"您竟然设法将庸俗的东西加到了悲剧当中!"

"为什么说是'设法'呢?"维克多回击道,"没办法,我要写政论文章和纪实作品:'一个伟大、繁荣的国家是不是垮了?百姓是不是开始腐化堕落并陷入贫困了?'阅读涅克拉索夫写的'那里有一个女人被鞭打……她是一个年轻的农家姑娘'时,你为什么不笑呢?如果怪声怪调地把它读出来,效果就会完全不同!您可以用批判的眼光看待我的《送别》。顺便说一句,确实有这样一种'悲伤的小调'。举个例子吧:'妈妈,您怎么认不出您的宝贝儿子了?是您陪伴我度过了青少年时期!啊,妈妈,您怎么变得如此衰弱和苍老?'"

---

① 俄国诗人。

"不知为什么,俄罗斯人把它叫作'悲歌'。他们有忧愁,有悲伤,但是没有'悲哀'——只有残忍的人才喜欢'悲哀'这个词。所有这些'妈妈认不出……'和'等一下'、'蒸汽机车'、'不要鸣笛'、'车轮……'都是出生在敖德萨的刑事犯们想出来的。"

"可是,人民也在歌颂这些呀!"

"只有你们的人民才会歌颂这些!"库佐夫科夫笑着反驳道,"告别时,让列奥·萨耶尔唱:'离开这里,跟我去苏联!'他还唱过:'你到处吻我!要知道,我已经是个大人了!'只有白天和黑夜的交替停止了,人们才会很快地把这件事情忘掉。三天后,当你的歌被他们从节目单中取消时,人们读了你那稀奇古怪的名字,会问:'那是谁?'"

"《当椴树凋落》这首歌,你没忘吧?"

"也许,不会忘!但是,我会更加喜欢你的菩提树。白桦林寂静无声,金黄的叶子纷纷飘落……"

"那就让我们问问年轻人吧!"维克多转向了卡佳,"请告诉我,你最喜欢哪首歌?是我的《当椴树凋落》,还是伊萨科夫斯基①的《在靠近前线的森林里》?"

"我更喜欢瓦列里·梅拉泽的歌。"卡佳认真地回答道。

"明白了。"库佐夫科夫点了点头。同一首歌,有的人喜欢,有的人不喜欢——这样的歌数不胜数。

"顺便说一句,并不是所有诗人的诗都被拿去谱了曲。比如说,你的诗就没有被采纳。"

维克多的话正中要害——这是库佐夫科夫心中的痛。

"如果这些稀奇古怪的流行乐用了我的诗的话,我就上吊自杀!"库佐夫科夫的反应过于激烈,使得这件事情更像是真的。

---

① 苏联诗人,歌曲《喀秋莎》和《红梅花儿开》的词作者。

秘密走廊

"是吗？鲁布佐夫一旦听到巴雷金演唱'我会一直骑着自行车……'，就会自杀吗？"

"运气改变不了事业！流行乐没有给诗歌带来什么好处！"

维克多嘟嘟囔囔地自言自语道："如果说有影响的话……"考虑到库佐夫科夫的诗歌创作，他没敢把心里话说出来，因为他在秘密调查杂志社还有点儿额外的收入——虽然不多，但却很靠谱。

"你死了以后，"库佐夫科夫继续说道，"不会被他们放到地狱的油锅里去煎的。你写的歌会被传唱数千年！你写的《巴尔科夫》和《罗马妓院》也会被人传阅，并且不会间断！到了那个时候，你就知道这到底是不是诗歌了。"

"那他们给你读什么呢？"维克多问道。从库佐夫科夫脸上的表情来看，很显然，这种神秘的比喻已经奏效了。

"没有什么能给他读，"阿列克谢愉快地说道，"因为他要给你读。库佐夫科夫将要遵从上帝的旨意，就像果戈理的《可怕的复仇》中的那个严格遵守纪律的哥萨克人伊凡一样。"

库佐夫科夫笑了，维克多也笑了。阿列克谢的玩笑多少缓解了一些他们两个人之间的紧张关系。于是，他们便开始谈别的事情了。维克多像以前一样，仗着自己的创作才能，老是黏着卡佳，邀请她坐他的车出去，找个地方坐一坐。

"然后，就到你那儿了。"卡佳像其他成熟的女性一样，会意地微笑了一下，"咱们走吧！不过，你得付出昂贵的代价！"

这样的对话让维克多清醒了许多，虽然他知道他们是在开玩笑。他就像笑话中的"骠骑兵"① 一样，从未给女人花过钱，尽管他很愿意请客。

---

① 十六至十八世纪活动于欧洲中部的骑兵，主要武器是马刀。

下 篇

小型的聚餐结束了，但阿列克谢心里明白，自己并不想离开。他能去哪儿呢？回家去见娜塔莉娅吗？他曾经多次抱怨《秘密调查》的编辑工作，但是如果她不在家的话，在令人苦闷的家里，他连三天都待不了。

他们把办公室的门锁上之后，来到了楼下。维克多迅速地开走了他那辆溅满了泥浆的"塔夫里亚"牌汽车，而库佐夫科夫开的还是那辆苏联时期购买的黑色"伏尔加"车（他不害怕酒后驾车），并且把普拉托内奇也带走了。阿列克谢和卡佳与他们不是一个方向，需要步行到地铁站。

阿列克谢通常是在酒后或者"酒醒了之后又喝了一点儿酒"时，才会和女人们胡侃。真正喝醉了的时候，他更喜欢一个人陷入沉思。因此，他瞟了一眼优雅的卡佳，问道：

"你穿着这么漂亮的连衣裙，怎么能和我这种邋遢的人走在一起呢？"他指了指膝盖处凸起的牛仔裤和卸货时穿的坎肩，"别人会笑话你的！你快跑吧，我不会生气的！"

事实上，他并不在乎卡佳怎么看待他的穿着，只是不想和她走在一起，还要硬挺着不开口说话。他不想像维克多那样，都四十岁了还要像二十岁的年轻人那样，和女人们一起像夜莺一样歌唱。

"这有什么不好的呀！"卡佳感到很惊诧，"据我所知，女人就应该比男人穿得好。不过，很遗憾，我的全部行头都是为了讨肥胖的利普斯基欢心。而且，我还得把连衣裙别来别去，都弄坏了！总之，我真应该和你这个含情脉脉的朋友一起去咖啡馆！顺便问一句，你为什么从来都不邀请我去任何地方呢？"

事实上，并非完全如此。有一天，他们去了酒吧。还有一次，他们甚至一起过了夜（如果把那次在卡佳的办公桌旁匆忙而草率的性行为算在内的话）。但是，好景不长，卡佳很快就有了一个年轻的秃顶男朋友。

秘密走廊

此人每天下班后都会来接卡佳,所以阿列克谢就没有再去向卡佳献殷勤——他不想让任何人,哪怕是这个看起来非常愚蠢的年轻人,再去遭受情感的伤害。

"我是不是将要为此付出高昂的代价?"阿列克谢问道。他匆匆地瞟了一眼卡佳,看她是不是在开玩笑。

"傻瓜!"她说着,脸上的笑容消失了。

"那你的……嗯……嗯……未婚夫……或者是别的什么人……怎么办?"

"对我来说,他就是……嗯……嗯……没有什么特别的了。我跟他说了,一个月之内不要出现在我面前。而且,我更喜欢成熟的男人,而不是同龄人。成熟的男人是不会只把我当成女人来看待的,他们会把我当成一个完完整整的人来看待。"

"你是什么时候开始觉得跟我在一起像个完完整整的人的?在单位的入口处吗?"阿列克谢想了想,说道,"卡佳,让我们开诚布公地把话讲清楚吧!我要对你说的是,我已经不年轻了,算是个老男人了。因此,很抱歉,恕我直言……怎么,你还要恢复我们之间已经疏远了的关系吗?"

卡佳的脸红了。于是,她把脸扭了过去。

"我为什么要反对呢?"她像以前一样,看着别处,"我一眼就看上你了。"

看上?啊哈!让人脸红的"单位的入口处"!在那里,卡佳把脸贴到阿列克谢的脖子上,蜷缩着……一股暖流涌遍全身……现在的年轻人都是"极限运动员"吗?

"我们干什么去呢?在咖啡馆里坐一坐,然后回到入口处吗?要知道,我是个已婚的男人,不能邀请你到我家里去。"

"干吗要去入口处呢?到我那儿去!我在社区里有一个单间……我

父母住在对面,中间隔着一条走廊。"

"上一次,你为什么没领我去你那儿呢?"

"那时候,我们还不太熟。"卡佳不太自然地回答道。

"也就是说,在肮脏的地方做爱,使得他们已经相当熟悉了,而在普通的床上却从来没有过性行为!真是不可思议!不对!不知为什么,她在闪烁其词!"阿列克谢心想,"莫非她知道我和妻子不和,才来打我的主意?大概是库佐夫科夫说漏了嘴。还有,库佐夫科夫……真的没到她那儿去过吗?可是,他从前为什么总是用自己的'伏尔加'轿车把卡佳拉走呢?现在我才知道,他们根本就不顺路!不管是库佐夫科夫,还是长着一双温柔的眼睛的小青年,对她来说是不是都一样?她是不是在打我的主意呢?为什么不再干她一次呢?去找妓女,我还得破费!现在不用找了——她自己送上门来了!"

……卡佳并没有把他拽到咖啡厅,而是把他带到了嘈杂的迪斯科舞厅。天花板下面的旋转彩球时明时暗……销售的饮品价格非常高!在跳舞的人群里,她像电影《本能》①里的莎朗·斯通一样,随着音乐扭动着身体。阿列克谢像迈克尔·道格拉斯②一样,站在原地左右摇摆,只是显得更加笨拙——他已经有很多年没有来迪斯科舞厅了。"像父辈那样卷起裤腿跟着共青团跑!"他不无嘲讽地想,"我实在是太愚蠢了,竟然同意跟她出来了!女人就是女人,有可能为了爱情而不顾金钱,但是娱乐的费用却一分钱也省不下。这是另一种格调的音乐,就像当时的'阿巴合唱团'③。意大利人……给机器人准备的电声音乐,就像赶猪时的吆喝声。"音乐暂停时,他离开卡佳,去了酒吧。他以一瓶酒的价格

---

① 由荷裔导演保罗·范霍文执导的一部爱情片。
② 美国电影演员、制片人,电影《本能》的主要演员之一。
③ 瑞典的著名音乐组合。

秘密走廊

给自己要了二两伏特加酒和一杯橙汁。他决定在十几分钟以后悄悄地离开——就让她一个人在那儿左右摇摆吧!她会找到人送她回家的——这里有很多脸上长满了粉刺或者染了头发的"大叔"。你看,利普斯基不配让卡佳为他穿上连衣裙,只有这些穿着随便的公子哥儿才配有这样的待遇!所有女孩儿都像在海滩上一样,露着肚脐眼儿,而她却穿着黑色的开衩连衣裙!他没有想到,库佐夫科夫看重的就是这一点。

这时,气喘吁吁的卡佳疲惫地来到了他跟前。

"算了,别垂头丧气了,咱们走吧!"她拉着他的胳膊向门口走去。

* * *

深夜,他醒了,发现卡佳的头枕着他的胸口。他小心翼翼地伸手到床头去拿了小闹钟——已经是凌晨两点了。这么说,他错过了回家的时间。按照娜塔莉娅不成文的规定,他是不应该留在这里的。他总算让这个卡佳彻底满足了,他也算是解脱了。可是,她仍然有某种欲望,哪怕是喝酒喝得头疼了也无所谓。这说明了什么呢?说明她是一个年轻的、充满激情的女人!

这时,卡佳也醒了。他们躺了几分钟,眼睛在黑暗中闪闪发亮……两个人融为一体之后,立刻就失去了自我。他们几乎同时达到了性高潮,一种强烈的快感沿着脊柱传到了大脑。而后,他们愈加贪婪,想再来一次。这一次,他们几乎是一刻不停地"翻云覆雨"。但是,快乐仿佛离他们越来越远了——在某个无底洞里。他们仿佛进入了难以想象的黑暗的深渊,眼前出现了黄色的圆圈。他的膝盖和胳膊肘都磨出了血,而卡佳则像个布娃娃似的瘫倒在了床上。

"天哪,这张床吱吱作响,声音太大了!"回过神儿来之后,卡佳突然醒悟了,"你都对我做了些什么呀!我们不能太大意,搞不好要出事的!"

阿列克谢皱了皱眉头:"你没吃药?"

"这个月没吃。"卡佳停顿了一下,说道。

说完,她光着脚跑到了卫生间……

在这个春天的夜里,他们把通风窗打开之后,一股寒冷、清新的空气迎面扑来。他们俩坐在床上,抽起烟来。

"这个谢廖沙,"卡佳低声说道,"一下班就来接我。然后,我们这样……他马上就会骑上来……嗯,你明白吧!他跑过去,打开了音响。我们……'中场休息'的时间比较长。我很想让他在我身边躺一会儿,可他就知道听音乐和抽烟……得到了满足以后,他就不再坚持了……而你却躺在那儿,咬着嘴唇……"

"嗯……"阿列克谢有些含糊其词——这样的坦诚使他感到十分厌恶。她最好简单地说"你比别人棒"——简单明了!可是,她偏要说"我已经满足了,别再坚持了"……听起来很有趣!

"你知道吗,"卡佳继续说道,"在我们的办公室里,我永远都只喜欢你!我觉得,如果我们之间发生了什么事情的话,那么一定是甜蜜、幸福的事情。在入口处的时候,虽然有点儿尴尬,但是我很陶醉,预感到了会得到真正的满足。你看,我没猜错吧!"

阿列克谢皱着眉头说:"这些话,我已经听了很多次了,也写过很多次了。现在,我们达到目的就可以了……"

"不,不!我正在准备与您做一个了断!我很喜欢你送给我的那本书里的一个故事……作家在街上看到了一个关于打字员的广告,于是便把她想象成了理想中的人物,创作了一部短篇小说。在小说中,他写了自己如何爱上了她,并且把自己的作品拿给她看。就在打字员打完了最后一个句子的时候,他摁响了门铃——分秒不差地成为了故事的主人公。"

秘密走廊

"我写完这部小说的时候,"阿列克谢痛苦地说,"和你现在一样大。现在,根本就没有什么打字员了——没有人需要他们了。电脑、打印机……这个故事已经过时了,而我也已经老了。"

"不对!无论是男主人公还是女主人公,都没有老去——电脑可以取代这个不幸的女人,但却不能改变她。我在这个女主人公身上看到了自己,却没有注意到这台打字机。我就是你讲的故事里的那个打字员,一切都已经发生了!"

这次谈话过后,卡佳显然已经忘了现在是"危险期"。她快速地爬到他身上,把头发往后一甩,咬着嘴唇……热情奔放、激情四射地结束了"战斗"。她大汗淋漓,用手捂着嘴。然后,她趴在他的胸口处,瞬间就睡着了,连洗澡都忘了。

早上六点钟,卡佳推醒了睡得很沉的阿列克谢。她说,再过一个小时,几个与她合住的人就要起床了。

"用给你煮点儿咖啡吗?"

"不用了。"他忧郁地喘着气,穿好了衣服。早晨,内心的极度空虚让人难以忍受——这不是维克多的诗,而是日本诗人的诗句。

精神焕发的卡佳坐在揉成一团的被子里,眯缝着眼睛瞧着阿列克谢。难道还要转过脸去不成?就像《一个四十岁男人的早晨》那幅画一样,太自然了!就让她看吧!年轻时,他的身材还是相当不错的!

她轻松地跳下床,双手搂住了他的脖子。

他轻轻地把她的手分开,亲吻了一下她的额头,说道:

"再见!咱们单位见!"

走廊里空无一人,而卫生间水龙头里流出的水却在哗哗地响。阿列克谢大步流星地走到了门口。虽然卡佳已经交代他怎么往外走了,可是他仍然把门锁弄得叮当作响。偏偏在这个时候,水龙头不出声了。他竭尽全力才拔出插销,把手指都弄破了,才终于把大门打开了。门口站着一个穿滑雪服的女人,手里拿着遛狗的皮带,就像在等着他开门一样。

"嗯……谢谢你!"她拉长了声音说道。接着,她立刻停了下来,张着嘴巴盯着他看。

他慌乱地瞟了她一眼。难道说,这是卡佳的妈妈?不会,未免太年轻了——这个人也就三十五岁左右。那么,她为什么要这样看着他呢?在这里,她没见过陌生的男人吗?这个陌生的女人把目光从阿列克谢的肩膀上方转向了走廊的尽头。他顺着她的目光,看向了卡佳的门,然后又把目光转回到了楼门上。这么说,她就是卡佳的妈妈?该死!……看起来,还真有点儿像!啊不,一点儿都不像!只是,他好像在什么地方见过这个女人。可是,在哪儿见过她呢?染过发的金发女郎,身材姣好……跟她睡过觉吗?莫非是喝醉了以后跟她睡过觉?

紧接着,他认出了她。十五年前,他喝醉了酒之后,在文学研究所的宿舍里和她睡过觉。她是列娜·波雷瓦伊洛——微微发胖,脖子上有块红记。

阿列克谢的眼神把自己出卖了——他认出了她。

"是你?"她简短地说道。

"是我!"他貌似开玩笑地回答道。亚里士多德的"承认与否"一直在他的头脑里回旋,但愿不会产生什么不良的后果!

后面,浴室门的插销发出了响声。阿列克谢背靠着门框,绕到了臀部滚圆的列娜的左侧。列娜的表情很尴尬:似笑非笑,似哭非哭。但是,她控制住了自己的情绪。狗在女人手里的皮带中挣扎着。阿列克谢没有转身,直接走下了楼梯。这个场景持续了不到三十秒钟。

在大街上,阿列克谢深吸了一口气,点燃了一支烟。嗯,竟然有这样的事!她竟然和卡佳住在同一座楼里!他知道,列娜一毕业就搬到了莫斯科,结了婚,又离了。他无论如何都想不到,自己会在这种情况下与她再次相遇——就像十五年前,他走在宿舍楼的走廊里一样!……库

秘密走廊

佐夫科夫曾经断言,他们恰巧读了同一本有深度、有内涵的书。这一次相遇说明了什么呢?说明了他这十五年的光阴都付诸东流了吗?他虽然已经三十八岁了,但是好像仍然处于二十三岁或者更年轻的阶段,不是吗?就像布尔加科夫说的那样,一套破旧的公寓即是Z先生全部生活的真实写照!准确地说,是"毫无前景可言"。不同的是,那个房间是"23号"。十五年前,Z先生就是沿着这条走廊朝前走的,只不过这个房间是"38号"——阿列克谢在一分半钟之前刚从这里走出去。问题是,Z先生下一次会从哪个房间里出来呢?他又会在走廊的尽头碰见谁呢?

阿列克谢看到咖啡厅的玻璃上挂着"二十四小时营业"的招牌,便走了进去,点了一杯咖啡。可以在这里洗一洗脸!可是,这里没有盥洗室。刚才,他不就是蓬头垢面地偶遇了列娜嘛!他很想知道,列娜是不是住在卡佳的隔壁,是否听到了他们在床上折腾的声音。还有,他怎么知道列娜是单身呢?"今天她是孤身一人。"他自问自答,"不过,今天对Z先生来说,可是值得纪念的日子!"

他到了单位,才把脸洗了。他比大家早到了一个小时,趴在桌子上打了个盹儿。然后,他走进衣帽间时,碰见了卡佳。她默默地把一只颤抖的手伸到了他面前。

"瞧瞧你干的'好事'吧!"她低声说道,"我太爱你了,爱得要死!"

阿列克谢走进办公室,看了看自己那青筋暴露的手。虽然他因为睡眠不足而感到有些头晕,但是他的手却丝毫没有颤抖。让他感到高兴的是,他虽然有点儿力不从心,但还是让这个可爱的姑娘得到了满足。大概也有人会这样刺激他的娜塔莉娅……不过,他不喜欢卡佳,就像当时不喜欢列娜·波雷瓦伊洛一样。可是,他到底爱谁呢?

回到家之后,他意外地看到了娜塔莉娅担忧的目光。她很少这样靠在门框上,站在走廊深处凝视着他。很显然,她是要对他说点儿什么。最后,她什么也没说就回自己的房间去了。

可以说，卡佳已经有好几天没对阿列克谢表现出特殊的热情了，如果把她那含情脉脉的眼神算在内的话。星期五，她把阿列克谢叫到楼梯间，直视着他的眼睛问道：

"你今天到我那儿去吗？"

他回避了她的目光。他其实很想去——性感而温柔的卡佳能唤起他的激情。但是，对他来说，与一个年轻女孩儿谈恋爱是绝对不行的。他们只是开始时需要激情四射的性生活，然后就一切都归于平淡了。他什么都不能给她，并且不想给她。

"怎么，你不想干那种事了？"她声音颤抖地说。

"想……"他坦诚地回答道。

"那是怎么回事？你还有别的计划？"

哦，他的计划太多了！

"咱们走吧！"阿列克谢点了点头。他想起来了，要想让女人快速地冷静下来，就得尽可能频繁和持久地和她做爱……让她渐渐地变得"性冷淡"，有一种"饱胀感"。他必须一连几个晚上都赖在卡佳身上，然后再像吸血鬼一样摆脱她。这样做，无论是对他还是对卡佳，都有好处。然后，她将遇到一个正常的年轻人，嫁给他，给他生孩子。

看来，这个问题解决起来并不难。

两场激战过后，阿列克谢陷入了睡眠之中，但却被卡佳吵醒了：

"万岁！继续开战！"

"开什么战？什么'万岁'？"他睡眼惺忪地嘟囔着。

"该干吗就干吗！我来月经了！万岁！你现在不用担心了，我来月经了！可是，我一直在担心——那个疯狂的夜晚之后，我就一直在吃药！"

她拿着一包卫生巾，跑进了浴室。

秘密走廊

阿列克谢看着天花板，笑了。他所期待的"伽摩①现象"没能出现，取而代之的是所谓的"同居生活"。他熟悉了她的月经规律和周期，还有她那倦怠的眼神和乖戾的脾气，以及女人迷惑男人的一切……下一次，他还是希望她来月经，这样就不用为此而焦虑不安了。无忧无虑、没完没了的性生活只会在书本和电影里见到！生活中平淡无奇的性交非常多，使作为"伴侣"的女人沦为了"性奴隶"，即使她不是你的妻子或心爱的人。熟悉了女人的身体以后，男人往往会认为自己已经占有了女人，可事实上恰恰相反：是女人控制了男人。大自然给予了妇女一种保护措施，使她们不至于被男人玩够了之后甩掉，就像阿列克谢希望的那样。

当他思考这些问题的时候，欲望再一次向他袭来。假如卡佳什么都不对他说的话，他就能安静地睡到深夜了！要到波雷瓦伊洛那儿去放一放电吗？阿列克谢皱了皱眉头。为什么？他怎么能像《新巴尔科夫》或《里姆斯基·卢帕纳雷》的主人公一样，开这样的玩笑呢？这种令人发指的突变是什么时候发生的呢？年轻时，在去文学研究所之前，他真的很想成为梅什金公爵或者阿辽沙·卡拉马佐夫②这样的人！可是，他却成了一个像克里姆·萨姆金③一样令人厌恶的无耻之徒。

卡佳走过来，躺到了他身边。她紧紧地依偎在他身旁，没有脱掉睡衣。

"亲爱的，你没有害怕吧！咱们现在去吃晚饭……"她拉长了声音，噘起了小嘴，"然后，咱们就躺在床上看录像。你不要害怕我的父

---

① 在印度，伽摩是众神中最英俊的一位，身边总有各种女人围绕，象征着甜蜜的爱意。
② 陀思妥耶夫斯基的《卡拉马佐夫兄弟》的主人公。
③ 高尔基的作品《克里姆·萨姆金的一生》的主人公。

母……我已经告诉他们了,我现在有了新男朋友。亲爱的,晚上你想吃点儿什么?"

啊哈,这是另一种家庭生活!吃晚餐,看录像……与她那略显紧张的、微笑着的父母见面。啊不,谢天谢地!对不起,小女孩儿!

阿列克谢站了起来,开始穿衣服。

"我还是走吧!"他说,"请原谅,我得回家吃晚饭!"

卡佳坐在床上,掩上睡袍的前襟,一脸的不高兴。

"怎么会这样?如果我不能拥有你,那么你也就……难道你就是为此而来的吗?"

难道他能说是为别人而来吗?这就是"同居生活"!只能和女人谈性生活,她会津津乐道。可是,当你一言不发的时候,她就一定会问:"你怎么了?除此以外,就没有可谈的了吗?"

"下次来的时候,我给你拿点儿印刷品。你一定很喜欢小说的主人公!"说着,他皱了皱眉头。他像克里姆·萨姆金一样,又说出了不合时宜的话!

卡佳就像被他打了一样,脸上的表情很难看。

"不,"她语气缓和而坚定地说,"你再也别到这儿来了!"

"嗯,就这样令人满意地收场了!"他这样想着,来到了走廊里。就像做噩梦一样,他遇到了波雷瓦伊洛和另外一个女人——有可能是卡佳的妈妈。她们站在门口,聊着天。他微微地向她们点了点头,然后继续向前走去。这样的话,一切都自然而然地解决了。一个不错的女孩子!她很棒,可是他……无端地侮辱了她,伤害了她的感情。上帝呀,他到底是怎么了?

他觉得自己很卑鄙:"如果说这是卡佳新生活的开始,那么我这四十岁多岁就算是白活了。我和维克多有什么不同呢?"他惭愧地回想起了库佐夫科夫对维克多讲的道德、东正教和爱国主义……他相信库佐夫

秘密走廊

科夫说的话。不过，阿列克谢只有在教堂的圣餐仪式开始之前进行忏悔时才会想，在来秘密调查杂志社工作之前，牧师列举的几项罪状（欺诈、缺斤短两等）与他毫不相干。可是，现在就不一样了，他与《以高山为背景的肖像》、《和谐的僵尸》这些画像，还有涅米洛夫斯基的"黑材料"都脱不了干系，就差犯谋杀罪了。当然，他并没有直接欺诈和蒙骗，但他在这一过程中充当了库佐夫科夫的帮凶。为此，他还拿到了报酬……

"现在，你荒淫、好色，不但与那些不太正经的女孩儿有染，而且还玩弄正经女孩儿的感情。这比荒淫、好色更糟！她作为一个小姑娘，十分相信你笔下凄美的爱情故事，而你却鄙视她！好了，你现在不喜欢这个故事，觉得它有些幼稚和牵强。实际上，当你写它的时候，这个构思令你十分激动！现在，十五年过去了，你终于用故事的情节打动了一个人。可是，后来又发生了什么事情呢？你恬不知耻地放弃了年轻时的信仰和追求！再过十五年，你是不是也会漠然地否定这部正在创作的小说呢？"在类似的"自我鞭挞"之后，他通常会陷入沉闷的"休眠"之中。他驼着背，坐在地铁里，疲惫地盯着对面的玻璃窗反射出的人影。道林·格雷的肖像……

他回到家里的时候，已经是深夜了。他准备上床睡觉时，听到了一个奇怪的、低沉的声音。他仔细一听，是娜塔莉娅捂着枕头痛哭的声音。他躺在那里，凝视着黑暗。需要过去问问是怎么回事吗？需要若无其事地去问"娜塔莉娅，你怎么了"吗？他没有勇气这么做。过了一会儿，娜塔莉娅的抽泣声停止了。他仍然一动不动躺在那儿。他的眼神是冷漠的，他的心就像一块沉重、冰冷的鹅卵石。

下　篇

* * *

库佐夫科夫购买了一套奇特的仿声设备,开始对涅米洛夫斯基的声音进行模仿了。当然,这并不像库佐夫科夫描绘的那么简单。"电话交谈"的主题在很大程度上取决于寡头的选择。但是,与涅米洛夫斯基同样级别的商人、政客不会成为选择的对象,因为目前的"电子仿声计划"只针对一个人的"黑材料"。即使是知名人士的声音,也会有百分之五十失真。因此,需要一位名人——离得比较远的名人。于是,他立刻就想到了车臣人。车臣共和国比波罗的海沿岸的国家离得远……

的确,能识别出来的车臣政治家和武装分子的声音并不是很多。马斯哈多夫、巴萨耶夫、乌杜戈夫、阿尔沙诺夫、拉杜耶夫……他们都经常在与车臣有关的新闻和纪录片中出现。这样的话,"把他们的声音录下来,再输到程序中"就很容易了。但是,他们可能会派人来莫斯科,残酷地打击伪造者。这些人可不是"在法律的范围内行事"的"祖师爷"和"反对派"。库佐夫科夫首先想起来的就是这个人:"……是我们的朋友扬达尔比耶夫吗?阿列克谢,你还记得他吗?在宿舍里,你叫他'山羊'……他在杜达耶夫那儿是'二号人物'。这是个大人物,不过现在已经失业了!现在,你能想起他,他会很高兴的!你认识他,所以模仿他的语调会容易一些!"

阿列克谢称赞道:"这个方案很不错!可是,涅米洛夫斯基与从前的儿童诗人和退位的车臣政治家交谈的内容到底是什么呢?他最好是和'头号人物'打交道,对吧?"

"别这么说!"库佐夫科夫反驳道,"虽然现在扬达尔比耶夫已经退居二线了,但是他仍然在参加反对马斯哈多夫的集会。竞选失败以后,他被迫加入了以巴萨耶夫、格拉耶夫和哈塔卜为首的'反对派'阵

秘密走廊

营……现在,谁在车臣最有影响力?是马斯哈多夫还是所谓的'反对派'?很有可能是'反对派',因为他们控制着武器和毒品交易,控制着大部分石油企业,并且经常搞绑架和恐怖活动。不管怎么说,涅米洛夫斯基和别列佐夫斯基都同这些人保持着联系,因为他们正在向马斯哈多夫的同伙戈培尔和乌杜戈夫的人寻求解决问题的办法。'反对派'的代表人物是扬达尔比耶夫。这位作家、思想家……戴着一顶毛皮高帽,留着波浪胡子……并不是你想象的那样,像哈塔卜或者泰坦尼克号似的某种'稀罕物'!"

后来,他们在"反对派"的刊物上看到了有关涅米洛夫斯基的报道,便确定了谈话的主题:妨碍了寡头的似乎是与车臣为邻的北高加索的达吉斯坦、卡巴尔达-巴尔卡尔、卡拉恰耶夫-切尔克斯自治共和国的有反车臣情绪的领导人。他们虽然不是特别有影响力,但却能阻止从车臣把毒品和石油运出来,并且能阻止向车臣运送武器。涅米洛夫斯基请求调派忠实于联邦共和国的瓦哈比①的各个组织,准备暴动,目的是推翻现在的政权,建立起一个类似于印古什共和国的奥舍夫政权的"分裂主义政权"。扬达尔比耶夫会问及费用和支付方式等问题。为了不至于单调和更加合乎情理,阿列克谢还构想出了附加的情节。他曾经在报纸上看到过这么一篇报道:一名年轻的男子坐火车从车臣带了八十万美元到莫斯科,立刻就被逮捕了。简讯的作者幸灾乐祸地宣布说,钱被悉数没收了。阿列克谢笑着说道:"我们这些常读侦探小说的哥们儿知道,在这种情况下,他们的使命比金钱更重要。例如,首都电视台的记者在信息方面支持了马斯哈多夫政权……《车臣快递员被逮捕》的撰稿人也是如此。对警察或联邦安全局的人来说,正确的做法是把携带巨款的快递员带到收款人那里,并逮捕所有与此相关的人员——这样做才合乎逻

---

① 产生于十八世纪的阿拉伯伊斯兰教的教派。

辑。可是，他们的做法却恰恰相反——在报纸上警告说：'一定要稳住，不露声色！'"顺便说一句，阿列克谢再也没有听到和看到过与"快递员事件"有关的后续报道。

因此，当扬达尔比耶夫在"电话交谈"中询问这笔钱的去向和收款员的命运时，涅米洛夫斯基回答说，这笔钱作为"封口费"被他们支付给收件人了。至于快递员："泽利姆汗，如你所知，他知道的太多了。""我明白了！"沉默了几秒钟之后，泽利姆汗回答道。

读完这篇报道之后，库佐夫科夫笑着说道：

"很可惜，这个秘密吸引不了维克多·卢帕纳雷！如你所知，他要是像男人一样去战斗，就不会像狗一样被杀了。直接说您的快递吧！好啦，伊里奇，你赢到'承诺费'了！两百美元到手了！我会提前支付的！也就是说，在出版之前，还要考虑一下读者的反响。当然，你对涅米洛夫斯基和泽利姆汗已经感到厌倦了。但是，这件事情迫在眉睫。有一个叫亚历山大·季莫费耶维奇·济宾的读者——'九常委'中的老将之一，给我打了一个电话。还记得那个叫斯科尔兹内①的人在德黑兰的行动吧！所以说，济宾这个人不一般。五十年代，他退休了之后，团结了一些斯大林的崇拜者，其中包括一些有影响力的人物。当然，这个'小圈子'已经不存在了。没有他的帮助，我们就搞不到弗拉斯科的'录音'。这个济宾意识到自己已经到了垂暮之年，所以为了不把这些秘密带到坟墓里，便决定公开这些秘密。你最好带着录音机到他那儿去一趟！"

"什么秘密？"

"天知道是什么秘密！他是不会在电话里对你说的！你去一趟就知道了——我们毕竟是'秘密调查机构'……万一是能引起轰动的事

---

① "二战"期间，德国党卫军特种部队的头目。

秘密走廊

件呢?"

"好吧!"阿列克谢叹了一口气。接着,他在心里犯起了嘀咕:录音机要到卡佳那儿去取。虽然他们见面时也会打招呼,但却没有交流。卡佳表现得极不自然——他每次出现在接待室里,她都头也不抬地忙着干别的事:翻腾抽屉,摆弄电脑鼠标,打电话……在此之前,她只是坐在那里,对着墙壁发呆。阿列克谢正在考虑如何向她道歉,但即使在与娜塔莉娅一起度过的最美好的岁月里,他也没有学会向别人道歉。于是,他驼着背,笨拙地走到了卡佳的写字台旁。

他想象着,问卡佳要录音机时,卡佳脸上的表情会是什么样的。于是,他表现得十分焦急。在旁观者看来,他的表情既丑陋又可笑。

"哎,卡佳……我需要一个录音机!"

卡佳连头都没抬,就从抽屉里取出录音机,放到了他面前。

"有录音带吗?"她冷漠地问道。

"有……啊,没有!"

卡佳表情刻板地拿出录音带,放到了他面前。

"谢谢……"

"不用谢!请你记得买电池!"卡佳补充道,然后便全神贯注地研究起自己的手指甲来,"买完了之后,你把发票给我,我给你钱!"

"好吧,钱的事……"他慌张起来。

"为什么说'好吧'?"她嘲弄地抬起头来看着他。

阿列克谢无法忍受她的目光,只是狡黠地笑了一下,就退了出去。

济宾的住处离"基辅"地铁站不远。窄小的两居室里,弥漫着令人窒息的老年人特有的味道。这是一个满脸皱纹、老态龙钟的九十岁老人,而过道里的小柜子上摆着的照片上,却是一个穿着克格勃制服的潇洒的小伙子。他的身边有一个微笑着的漂亮女人,大概已经去世了——他们谈话的时候,她一直没有出现。

下 篇

　　阿列克谢进行了自我介绍之后，他们走进了房间。正如阿列克谢所料，老人仔细地研究了他的记者证，并且核对了照片。房间里的陈设很简陋，都是四十年代的笨重家具。他们坐在一个落满了灰尘、蒙着一块丝绒布的圆桌旁。另一个房间的门紧闭着，里面大概是一个"小型博物馆"——阿列克谢随便想着。

　　"您有什么想要告诉我的吗，亚历山大·季莫费耶维奇？"阿列克谢一边问，一边仔细地研究起这位老人来。老人的目光中带着一种发自内心的痛苦。这种严肃认真的、充满了忧郁的、超凡脱俗的表情，阿列克谢在做护林员时曾经见过。当时，每年的2月23日、5月9日或者11月7日，他都会去拜访将军爷爷，并将他们的丰功伟绩记录下来。后来，他把这些笔记交给了小组的领导。他们后来是如何处理它的，他就不得而知了——也许是给某一本"回忆录"当素材了吧！

　　阿列克谢小的时候，一些在国内战争中战斗过的老兵还健在，有些事情很容易问清楚。他小小的年纪，常被"复仇者"的豪言壮语所感染，聚精会神地听老人讲战场上佩着马刀的剽悍的战士勇猛杀敌的故事，还有国内战争时期的勇士们挥舞着战刀奋勇向前的故事。他发现老人那灰白的眉毛下面望着他的眼睛混浊而模糊。显然，老人是不太愿意回答他的问题，有时甚至直接回绝了。但是，不知为什么，那些健谈的人，尤其是过去的农民，更愿意回忆革命前的生活。例如，有一个人不厌其烦地说，当时有一种"小龙虾"牌糖果，绝非现在的糖果所能比！这种糖果特别便宜，二十戈比一俄磅。当年，他是个英姿勃勃的年轻人，穿着红色的衬衫，后边跟着一帮女孩子。他经常给大家分发舞会上用的大"领结"。当时，他们经常在"闹市区"荡秋千和转木马……现在，阿列克谢饶有兴趣地听着这些陈年往事。童年的时候，他曾经抱怨过，为什么要给小孩儿讲这些愚蠢的"领结"……

　　的确，关于国内战争，有一位老人说得非常简短，就像在回答调查

秘密走廊

问卷上的问题（他确实参加过问卷调查）。阿列克谢惊奇地了解到，他们当中的一些人既在红军里服过役，又为白军打过仗，并且不止一次地游走在红军和白军两个阵营之间，还说是"根据需要"。当时，他还没有看过小说《静静的顿河》，所以觉得这很荒唐。来自外贝加尔①的一个曾经的哥萨克人让他感到很惊讶，因为他从未听说过外贝加尔有一位叫"左拉"的红军英雄。据他说，在白军首领谢苗诺夫领导的军队中作战的都是布里亚特人②，而不是俄罗斯的哥萨克人，这与当时很流行的电影《达乌尔里亚》③里演的完全不同。

阿列克谢望着济宾，觉得自己将要听到的不是什么令人震惊的秘密，而是童年时在祖父那里听到的那种荒谬的、让"猎奇者"大失所望的故事。老人一开始讲话，阿列克谢的疑虑就得到了证实。济宾以十分枯燥的"问卷式风格"开始陈述了，讲话的方式有点儿像著名的足球老将尼古拉·斯塔罗斯京。他出生在乌拉尔的一个名叫"雷佳奇"的村子，二十六岁之前和母亲一起在家务农，后来在斯维尔德洛夫斯克和列宁格勒的工厂里做工。二十九岁时，他应征入伍，被分到了特种兵部队，曾经在中亚地区与易卜拉欣－贝伊的匪帮作战。他还曾就读于边防军学校，毕业后被派到了政府的卫戍部队。三十二岁时，他第一次见到了斯大林。当时，领袖与伏罗希洛夫、奥尔忠尼启则、亚戈达一起来视察了位于昆采沃④的新别墅。迎接他们的是建筑师梅尔扎诺夫。他按照古老的习俗，用左手拿着帽子……

---

① 位于贝加尔湖以东，在东西伯利亚的东南部。原属中国，《中俄尼布楚条约》签订后割让给了俄国。

② 蒙古人的一支。

③ 本片于1972年在苏联首映，讲述了哥萨克人在第一次世界大战及国内战争中的命运。

④ 莫斯科的一个地名。

下 篇

梅尔扎诺夫拿着帽子,好像要把老将军的故事变得有了点儿意思。但是,从三十二岁开始讲起,也未免太"久远"了。

"亚历山大·季莫费耶维奇,"阿列克谢客气地打断了这位老人的话,"我今天只带了一盘磁带。如果总是这样'从头说起',恐怕我的磁带就不够用了。"这时,他发现自己真的很糊涂——录音机根本就没有打开,只是放在了面前的桌子上,"安德烈·瓦西里耶维奇·库佐夫科夫告诉我,您希望在我们的帮助下,把一些重要的秘密公布出来。"

济宾动了动青色的嘴唇,严厉地说:

"我并不认同你们的这种'公之于众'的说法——我理解不了。'公之于众'是什么意思?是诽谤过去、歌颂当下的意思吗?什么是好,没有人能说得清。是每个星期都在上涨的物价吗?"

老人说着说着就跑题了。

阿列克谢叹了一口气,决定耐心地等待这位老人转到正题上来。可是,他仍然在唠叨:

"不要只想着你自己!弗拉希奇当时在车上说:'应当取消骑士团的补贴!'可是,坐在后排的马林科夫却说:'您只停留在口头上,怎么没有勇气给最高苏维埃主席团的主席写一份材料呢?'弗拉希奇激动地说:'我这就写!'后来,他履行了诺言!可是,这些人呢?……"

"是这样……"

"我认识保罗·阿尔捷米耶维奇·阿尔捷米耶夫上校和保罗·安德烈耶维奇·日林中将!……这导致了什么样的后果呢?"济宾紧盯着阿列克谢,"诚实的共产党人和爱国人士预料到了会发生这样的事情。他们虽然死了,但却曾经试图保卫苏维埃制度。这就是给您的证明……"老人说着,卷起了桌子上的台布。

"台布下面藏的是证明材料和安葬费吗?"阿列克谢开心地想着。但是,他错了。台布下面藏的是贵重的军用保险柜,上面的绿色油漆已经

秘密走廊

剥落了。亚历山大·季莫费耶维奇用颤抖的手从口袋里掏出了一把带锯齿的钥匙,喘着粗气将身子探向了保险柜。紧接着,锁咔嗒一声被打开了。济宾把手伸到保险柜里,警觉地看着来访者——他在观察阿列克谢是否在窥探保险柜里藏的东西吗?阿列克谢表情温和地看着开裂的天花板。

老人在昏暗的光线中摸索着,锁上了保险柜,然后就从桌子底下出来了。

"在这里!"他一边说,一边把一个泛黄的苏联时期的旧信封拿给了阿列克谢。

阿列克谢对这个信封没有太大的兴趣,只是瞟了一眼,但却立刻张大了嘴巴——这正是娜塔莉娅十五年前在锡梅伊兹镇的邮局投到邮箱里的那封信!信封上印着贺词"苏联海军节快乐",还有他永远不会忘记的"莫斯科市邮政总局,待取信件,列昂尼德·安德烈耶维奇·瓦西里耶夫收"。

阿列克谢简直不敢相信自己的眼睛,惊愕地将目光从信封上转向了济宾。这么说,他——神秘的列昂尼德·安德烈耶维奇·瓦西里耶夫就是"上帝吹落到人间的蒲公英"?!

"您是从哪儿得到这个东西的?"阿列克谢声音嘶哑地问道。

"这个东西?"老人眯缝起了眼睛,注意到了阿列克谢的惊讶和警觉,"您根本就不知道自己说的是什么。"

阿列克谢控制住了自己的情绪,尽可能镇定地说:

"可是,这封信并不是写给您的!难道说,您就是列昂尼德·安德烈耶维奇·瓦西里耶夫?"

济宾宽容地笑了:

"如果有必要,那么我就是列昂尼德·安德烈耶维奇·瓦西里耶夫。在必要时,我还可以是马克·阿布拉莫维奇·什内尔松。退休前,我没有公民证，用的是别人的名字——想用多少个就用多少个，连户口本上的地址都取消了。退休后，我就是孤家寡人了——只有到了墓地才能彻底脱离我们的这个系统。现在是……"他绝望地摆了摆手。

"这个信封里装的是什么？"阿列克谢装作若无其事地问道，然后悄悄地打开了录音机（济宾掀台布时，他把录音机放到了腿边）。

"这是一封信，是一位有名的谍报员在1984年寄给我的。然后，他就立刻自杀了。他是我的朋友和同事。这封信十分神秘，要间接地从克里米亚寄过来，通过谍报机构转到我手里。他利用在国外获得的材料，揭发了某些高层领导的背叛行为……但是，无论是这名谍报员，还是他的上级领导，都没有对截获的信息进行处理，因为他们没有得到上层人物强有力的支持。于是，他决定以自己的生命为代价，把事件向前推进，希望以'对他的自杀进行调查'为契机，开始对高层的背叛行为进行调查和检举。但是，他无法确定自己保留的卷宗是否被销毁了。于是，为了使调查不至于搁浅，他就写了这封信，并通过正常的渠道——邮政总局寄给了我，寄的是'待取邮件'。他想让我把我们这个圈子里有影响力的成员介绍给他，利用现有的关系，不让调查停滞不前。"

"那么，您这样做了吗？"阿列克谢忍不住问道。

亚历山大·季莫费耶维奇点了点头。

"怎么样？"

"不怎么样！我们的同事，还有谍报员及其上司都处于这样的境地。那些仍然试图进行调查的人很快就发现自己失去了工作或者……"济宾意味深长地停顿了一下，"……在坟墓里。由于种种原因，这件事情持续了相当长的一段时间——有一年的时间吧！"

"您为什么不把这封信公之于众呢？"阿列克谢懊恼地问道，"比如说，在最后一届党代会的前夕……"

"您真是太年轻了！"老人无奈地说，"谁敢刊登这封信呢？《苏维

秘密走廊

埃俄罗斯》吗?然后,我就会像尼娜·安德烈耶娃一样受迫害……"

"可是,那些持不同政见者不是也受到了迫害吗?"阿列克谢脱口而出。他发现济宾的目光有些犀利,便改口说:"那又怎么样?在政治斗争中,没有迫害就无法达到目的。就连我这个普通人都被找去兴师问罪了,就不要说您这个有思想的肃反工作人员了!"

"有思想的人……必须特别警惕!"济宾笑了,"因为胡说八道,我差点儿玩儿完!有一次,不知道他们是不是故意的,竟然把我和已经去世了的前车辆总局局长的司机济宾搞混了,害得我差点儿被捕入狱!还有一次,是在三十年代,有人怂恿我称赞'拉姆津'系列产品中的一个直流蒸汽锅炉——您还记得吧,我们在斯大林的别墅里装了这个'害虫'。于是,立刻就有人打小报告说,济宾很欣赏这个'害虫'。我们的'自己人'里竟然有人打小报告,说济宾很欣赏这个'害群之马'。我在奥尔忠尼启则的客厅里见过他几次。于是,我就去了'可爱'的卢比扬卡①!在那里,我被审讯了两个小时!如果这个'拉姆津'不被赦免的话,我就无法脱身!这件事情是否与乡间别墅的警卫长伊万·费多谢耶夫有关呢?中央委员会的人寄来的邮件被他们散乱地堆在了桌子上。费多谢耶夫走进来的时候,警卫长一如既往地整理了一下邮件,而服务人员则看了看这些东西,然后开始向贝利亚汇报。不知为什么,两个服务人员同费多谢耶夫之间的关系很不融洽。'这么说,他仔细查找过了?''是的,仔细查找过了!''读了吗?''是的,读了!'于是,费多谢耶夫被逮捕了,随后被枪杀了。这件事情好像发生在1951年……"

"发生在'贝利亚时期'?"

老人用异乎寻常的眼光看着阿列克谢,摇了摇头。

"这封信的作者……"济宾拍了拍信封,"他预言的一切事情都在

---

① 克格勃总部所在地。

'改革时期'发生了。他是怎么做到这一点的呢？他并不是那个……柯查丹玛斯。"

"您是说诺查丹玛斯吗？"阿列克谢微笑着核实道。

"就是那个阿姆斯特丹玛斯！"有点儿耳背的老人纠正道，"侦查员写道，在间谍的作用下……"

济宾摘下眼镜，将信纸折了起来。

"嗯，您要说什么？"他得意地问道，"就像给我寄信的人预测的那样，他们根据政治局的集体决议发表了声明。您认为这个决议很容易推翻吗？不过，这并不意味着我们没有采取行动。这封信中列举的与雅科夫列夫和谢瓦尔德纳泽有关的材料，我已经通过我们的渠道交给国家安全委员会主席克留奇科夫了……"

这个情况是真实的！不久前，阿列克谢出席了克留奇科夫主持的新闻发布会，讲的就是这件事情。

"嗯，好吧！"阿列克谢说道，"虽然现在有点儿晚了，但还是请您把信借给我吧！我去复印一下，然后拿去发表。"

老人摇了摇头。

"我不能把整封信都交给您。帮助过这个侦查员的人还活着，具体的细节可以忽略不计……有些情报仍然属于官方的秘密。"

"您想等到这个秘密成为现实，就像苏联的解体一样吗？"阿列克谢不无嘲讽地想着。他想起了特鲁巴切夫的话："保守别人的秘密让我感到很累。"

"我给您读的这段话，您可以公开发表。"亚历山大·季莫费耶维奇继续说道，"还有一件事情，揭开了1968年捷克斯洛伐克某个机构的神秘面纱。忠实于诺沃提尼的人和莫斯科的将军们准备宣布'全国进入了紧急状态'。当时，在召开捷克斯洛伐克共产党中央委员会全体会议的前期，一位将军被指控贪污受贿。其结果是，此人被迫逃往国外，而另

秘密走廊

一个人则神秘地自杀了……"

"是的,对他而言,1968年和1998年没有什么区别!"阿列克谢心想,"他的所有生活都停留在了过去,而在现实中只有桌子下面的那个生了锈的保险柜!如果既没有捷克斯洛伐克,也没有苏联,那么杜布切克本人就会在捷克斯洛伐克的总统选举前死于一场神秘的车祸。那么,还有什么'布拉格之春'可言呢?一切都会神不知鬼不觉地成为过去!我为什么要知道捷克斯洛伐克的将军自杀的原因呢?这件事情发了十五年之后,特鲁巴切夫开枪自杀了。他去世以后,又过去了十五年……"

老人又讲了一件事情,是阿列克谢早就从特鲁巴切夫那里听说过的:"一帮丑陋的人!"在克格勃谍报人员的帮助下,很快就公布了建立捷克斯洛伐克社会主义共和国新政府的谈判进程。这个秘密的信息来自于苏联大使馆……阿列克谢再次掌握了1984年的秘密。特鲁巴切夫上校的信是从"过去"寄到"未来"的,但是这封信终究要回到"过去"……就像马尔克斯的《百年孤独》的主人公对马孔多灭亡的预测一样。马孔多灭亡之后,留下了一片废墟……

济宾将信纸整齐地折叠起来,塞到了信封里。他吃力地俯下身子,探向了保险柜。从桌子底下出来之后,他狡黠地看了一眼阿列克谢。

"你们就把我刚才给您讲的那些片段发表了吧,看看反响如何!"他提议道,"如果没有什么反响,我就再给您一部分。当然,要带评论……这件事情很敏感!"

"这个老头儿不像我想象的那样古板、刻薄!"阿列克谢感到很惊讶,"因为特鲁巴切夫上校的秘密而出名,他是不会介意的!瞧……还说要带评论……"

阿列克谢希望获得能引起强烈反响的信息,但是这个想法落空了——他获得的材料只不过是内容吸引人而已。

"借此机会,"阿列克谢说道,"我想问您一些与领袖有关的事情。

这么说吧，我想让我们的出版物更有声望。"

"好吧。"老人欣然地点了点头。

"现在，有很多人都在写领袖的私生活……"

"所有这些都是子虚乌有的，是为了吸引读者而杜撰的。"

"明白了。"阿列克谢关掉了录音机。

"有一天，领袖的确喝了酒。"济宾突然咧开毫无血色的嘴唇，笑了，"就在追悼日丹诺夫的酒宴上……"

"是啊！"阿列克谢点了点头。还能问济宾点儿什么呢？

"发生过暗杀领袖的事情吗？"

"坦率地说，没有发生过。1936年年初，有人企图拘禁他。亚戈达及其助手阿格拉诺夫……卫戍区司令保克尔及其助手沃洛维奇和尉官金采利组成了一个特殊的战斗小组。他们企图闯入克里姆林宫，逮捕领袖。做成这件事情非常简单，因为特卡伦是克里姆林宫的警卫长，直接由亚戈达指挥。武装分子准备就绪，亚戈达安排他们在捷尔任斯基广场和卢比扬卡的院子里静观事态的变化。这些家伙都有两米多高，并且身手不凡，空拳散打、刺刀肉搏都不在话下。结果，他们被一名组织成员告发了。他现在还活着……"

"现在还活着？"

"我不太清楚……他不是莫斯科人。阿格拉诺夫、保克尔、沃洛维奇和金采利都是在我的面前被逮捕的。特卡伦被枪决了，达根被抓了，政委库尔斯基被枪决了，亚戈达的随从——大尉切尔托克从七楼跳下去摔死了。后来，帕诺夫、吉洪诺夫、科兹洛夫和戈卢博夫他们也相继消失了。行动快要结束时，亚戈达本人也被捕了。这就是他们5月1日聚集在红场上，疯狂地把四五支手枪塞到军用背包里的原因！"

"亚戈达迫使高尔基慢慢地死去……确有其事吗？"

"都这么说！不过，具体的情况我不是很了解。有一次，高尔基的

秘密走廊

儿子马克西姆确实被亚戈达的人灌醉了。他被扔到了雪地上，死于肺炎。这件事情让高尔基感到很痛苦。儿子去世了一个月以后，他就成了一个体弱多病的老人，没过多久就去世了。发生这件事情之前，亚戈达经常光顾高尔基的别墅……我曾经有幸陪他去过那里。他们一直散步到了凌晨四点。有一种奇怪的声音从那里传来，夹杂着单调、沉重的敲击声……"

说到这里，老人停下来，陷入了沉思。于是，阿列克谢关掉了录音机。他们坐了一会儿，阿列克谢便起身告辞了。走到门口，他转过身来，突然问济宾：

"您杀过人吗？"

"当然，我是被迫这么做的。"亚历山大·季莫费耶维奇简短地回答道，并进一步解释了一下，"我杀的是敌人……"

"嗯……怎么样？"阿列克谢笨拙而又含糊不清地说道。

"什么怎么样？我们让他们靠墙站着，照着他们的后脑勺开了枪。还能怎么开枪呢？"

"是的……当然！"阿列克谢低声说着，走了出去。

* * *

在回家的路上，阿列克谢一直在想，应该怎么对娜塔莉娅讲这封信的事呢？几个月以来，他们之间的对话极其简单。怎么和她说呢？有必要对她讲吗？显然，很有必要，因为这件事涉及她的父亲。他要是保持沉默，似乎也不合情理。但是，他并不打算在她面前进行长篇大论的叙述，只是简单地介绍了一下济宾这位老人。至于为什么要去济宾那儿，就不用说了。阿列克谢忽然意识到，只要把录音带交给她，说一句"你听一听……你会对这个感兴趣的"就可以了。

但是,娜塔莉娅好像不在家,虽然已经晚上八点多了。要知道,这不是她出去约会的日子。很奇怪,最近两个周末,她都没有出去,只是独自一人坐在家里品尝马丁尼酒。他们在走廊里相遇时,阿列克谢闻到了艾蒿的味道。"大概是姘头和自己的妻子度假去了,她就百无聊赖了。"阿列克谢猜想着。

他给自己做了个"火腿三明治"吃,然后喝了一杯茶,坐到了电脑前。

与雅尔塔有关的中篇小说进展得十分缓慢。几个星期以前,阿列克谢的一句话使写作中断了:"主人公有了一个新的想法。"可是,他就是想不出来,这究竟是一种什么样的想法。后来,他意识到,男主人公可以有两种选择:离开这个女人的家或者留下来。"离开"的尝试没有成功——这么说,他应该留下来。于是,男主人公决定使用一个计策:问一问这个女人,是否保留了他的照片。她回答说:"你把所有东西都拿走了……有照片,还有手稿。"手稿!神秘的"双冠王"既是作家,又是科学家。"好吧。"男主人公说道,"我现在回酒店,可能有些晚了。如果你允许的话,我就在这里过夜了。"于是,女人便高兴了起来。她悄悄地溜出房间,回来时拿着白色的床单。她把他安顿在沙发上之后,就离开了。男主人公坐在床上,思考了起来。男主人公身为"双冠王",否认自己被女人迷恋是毫无意义的,因为他已经被高颧骨的老汉认出来了。听一听女人所说的话就知道了,"双冠王"早就不爱她了。他提出要分手,理由是她妨碍了他集中精力进行创作。至于其他理由,都只是猜测而已。夏天,他在这儿租房的时候遇到了这个女人。他觉得,在度假的时候爱上她很合时宜,总比在海滨浴场或者咖啡馆里找个伴儿要好。她竟然轻信了他——换句话说,就是像现在这样爱上了他。他利用了这个女人,利用了她的轻率和她那迟来的爱,利用了她这个外省的女人对他的莫大信任……直到为了成名或者为了事业而娶了别人。"还有

秘密走廊

什么比把你和恶棍相提并论更糟糕的呢？"男主人公心想，"我是不是急于把自己想象成与恶棍对立的人了？"他突然反问自己，"我有这么好吗？"他像剧中忏悔的男孩儿一样，努力地回忆着最近一段时间自己做过的好事，可就是想不起来。他的一生就像海峡一样，将"善"与"恶"完全分开了。回想自己这一生，他感觉索然无味，甚至令人作呕。于是，他的思绪便再次回到了女人那里。他开始考虑，怎样才能让她不至于误入歧途。可是，结论却是：所有的努力都是徒劳无益的。"只有爱才具有说服力！"男主人公是这样认为的，"怎样才能说服这个女人呢？如果她爱我，而我却不爱她……"他脱掉衣服，钻进了被窝。他在发抖，毫无睡意。他在琢磨，她为什么会有这么大的魅力。这样的爱情，他过去从未经历过，甚至连想都不敢想。在无人理睬、遭人唾弃的时候，这种感觉尤为明显。

男主人公站起身来，摸索着走出了房间。在走廊里，他停下脚步，侧耳倾听，发现旁边有女人的呼吸声。虽然他没有听得很清楚，但是他却本能地感觉到，这是与他同居过许多年的一个女人的呼吸声。男主人公转了个弯儿，打开了第一道门。女人的气味恰似带给他温暖的波浪，甘甜和酸涩中带着一种淡淡的薰衣草的味道——只有南方的卧具才会散发出如此的芳香。好像有一个带有这种气味的人拉着他的手，把他带到了这里。这时，床角处出现了一团白色的东西。"我在等你呢！"一个女人说，"于是，你就来了！""是的，我来了！"男主人公回应道。

这时，窗外传来了熟悉的刹车声。于是，阿列克谢便把视线从电脑上移开了。是娜塔莉娅吗？除了例行的约会，她会和谁在一起呢？阿列克谢决定去探个究竟，尽管这样做违背了他的原则。他走到窗前，侧身拉开了窗帘。楼下停着一辆进口汽车，旁边站着的还是那个人。他穿着一件羊皮夹克，长着一张非常丑陋的脸。一年前，在那个该死的星期六，他就是站在那里搂着娜塔莉娅的腰。只不过，她这一次是把两只手抵在了他的胸前。那个男子对她说了些什么,她慢慢地摇了摇头。阿列克谢拔出插销,打开了一扇窗户。

"……星期六。"传来了"猪仔"坚定的声音。

"不行!"娜塔莉娅回答道,"无论是这个星期六,还是其他的星期六,都不行!"

那个男人扬起手,想要打她的脸。娜塔莉娅迅速地躲闪着,后背撞到了"奔驰"车的前门。

阿列克谢冲出家门,朝楼梯跑去。下楼的时候,他跑丢了鞋。幸运的是,楼门是敞开的。阿列克谢只穿着一双袜子,像印第安人一样快速而又无声地跑到了大街上。"猪仔"背对着他,甚至没有注意到他的出现。他狠命地揪着娜塔莉娅的头发,让她仰着头,口吐飞沫地说:

"你拿我当小孩子了吗?我说星期六,就是星期六!"

阿列克谢没有躲避打斗,但是他没有强悍的体格。不过,他知道,在与"猪仔"这样的大块头交锋时,他的优势在于快速出击和出其不意。他一边跑,一边握紧了拳头,然后一个跳跃,照着娜塔莉娅情人的脖子就是一拳,就像篮球运动员在扣篮。"猪仔"像一头野猪一样,疼得尖叫了一声,但是没有倒下。他就像一头驴一样,猛地向后一仰,松开了娜塔莉娅。千万不能慢下来!阿列克谢揪住他的头发(就像他刚才揪住娜塔莉娅的头发一样),使劲儿把他的脸往"奔驰"车的前盖上撞。"猪仔"的身子软了下来,瘫倒在了地上。车窗上留下了一道血痕……

娜塔莉娅张着嘴,看着这一切,完全愣住了。过了一会儿,她才终于清醒了过来,抓住阿列克谢的胳膊:

"咱们赶快跑吧!快点儿!"

"别动!"倒在地上的"猪仔"突然咬牙切齿地说。他四肢着地,脸朝下跪在地上。接着,他握住汽车的门把手,站了起来。"你是谁?是她的丈夫吗?你知道自己的下场是什么样的吗?"他打开车门,将身

秘密走廊

体探向了驾驶室。

"他的车里有枪!"娜塔莉娅尖叫了起来。

阿列克谢照着车门踹了一脚,车门猛地一下撞到了"猪仔"的脑袋,发出了令人厌恶的响声,很像是用斧头砍到庞然大物发出的声音。幸亏他用肩膀挡了一下沉重的车门,否则他的脑袋就会被撞成扁平的鲫鱼头,而不再像猪头了。"猪仔"栽倒在路边,双手捂着耳朵,哀号了起来。

阿列克谢气喘吁吁地朝四周看了看。除了他们,漆黑的街道上空无一人。有些窗户是开着的,里面亮着灯,但是阿列克谢却看不到一个人影,也听不到声音。也许正相反——他们听到了声音,但却因为害怕而不敢探出身来。他一脚把"猪仔"从车门处踢开了,然后俯身进入了散发着卫生间香料味道的"奔驰"车驾驶室,从"杂货堆"里拿起了不知是什么型号的一把很重的手枪。

"放回去!"那个男人声嘶力竭地喊道。

"你这头野猪!"阿列克谢感到非常惊讶——要是换了别人,早就昏倒在地了,可他还在说"放回去"!

"你有携带武器的许可证吗?"他低声问道,"我怀疑你没有!因此,你的枪是要充公的!"说着,他把手枪别到了腰带上。

"你的末日到了!""猪仔"说着,吐出了一块牙齿的碎渣,"你还不知道自己在和谁打交道吧!你会缓慢而痛苦地死去!不过,你得先给我买一辆新车,而不是看着你的女人如何在你的眼前死去。"

如果换一种情况,阿列克谢有可能会感到害怕。但是,他现在胆量过人,是不会放弃主动权的——应该吸取库佐夫科夫的教训。

"不!是你不知道自己在和谁打交道!"阿列克谢平静地反驳道,"你听说过'秘密调查机构'吗?我就是从那儿来的!我现在就把你的车牌号记下来，交给我们的人！然后，你就会看到《钻石的天空》① 中的情节。我们会不惜一切代价把你彻底搞臭！你这条狗！你不仅看不到新的'奔驰'车，而且得把自己的车交给我，好补偿我的精神损失！"

让阿列克谢感到非常惊奇的是，他自己送上门来了。听到"秘密调查"这个字眼时，"猪仔"愣了一下神儿。他没有再说话，迅速地从地上爬起来，马上就钻到了车里。他钻到驾驶室里时，恐惧地瞥了一眼阿列克谢，心想："他不会再砸车门吧！"

"没什么，只要我的'野鸭'能从这头'肥猪'那里挣脱出来就行！"阿列克谢高兴地想着。

"猪仔"的下半边脸上血迹斑斑，像吸血鬼一样。他坐在驾驶座上，慌乱地搜寻着打火装置。

"你到楼门口去！"阿列克谢提醒娜塔莉娅，"免得他再冲撞咱们！"

不过，这位"撤退的情人"显然是顾不上报复了。"奔驰"车的发动机已经启动了，完全不必担心男主人踢坏了"猪仔"的脑子。"猪仔"踩了一下油门，黑色的高级轿车瞬间就冲了出去，一个急转弯就消失在房子后面了。

接下来，是一阵沉默，甚至能听到蚊子的叫声。阿列克谢瞥了娜塔莉娅一眼，发现她站在楼门口，有些奇怪地低着头。

"咱们走吧！"他说。

她转过身来，猛地拉开门，朝楼上跑去，高跟鞋发出了叮咚声。阿列克谢弯着腰，穿着沾满灰尘的袜子，跟在她后面慢慢地走着。在路上，他拾起了自己的鞋。莫非他这个穿着运动裤的普通人，刚才真的"修理"了一个"俄罗斯新贵"，并夺走了他的枪？要不是因为腰部酸

---

① 瓦西里·皮丘拉创作的一部以犯罪为题材的喜剧，于 1999 年在第 21 届莫斯科国际电影节上首映。

痛,他真以为这是一场梦呢!事后,他才感到有些恐惧和疲惫。

阿列克谢走到门厅里,脱掉了袜子。他抬起头来,突然看到了镜子里的自己。几个星期之前,他在雨后从墓地回来,手里拿着袜子,出现在娜塔莉娅面前时,大概就是这副模样。他皱了皱眉头,把袜子扔到了墙角。

"娜塔莉娅!"他喊道。

她出现在了自己房间的门口,神情忧郁、痛苦不堪。他对她说出了早就考虑成熟了,但却一直没有勇气说出口的话:

"娜塔莉娅,我爱你!我会爱你一辈子!"

她脸色苍白,双手紧贴着胸部。

"我……我……"她刚要开口说话,腿就不听使唤了。她跪倒在他的面前,抓住了他的一只手,把它紧紧地贴在了自己那滚烫的嘴唇上。

"不……不!"他抓住她的胳膊,把她扶了起来,"这一切都是我的错……不是你的错!在这种情况下,我不应该抛下你不管!没有你,我简直无法活下去!"

她搂着他的脖子,把脸埋在他的胸前,哭得全身发抖。

"阿辽沙①,我们这是在互相伤害!"

"对不起……请原谅……"他不知所措地低声说道,"你能原谅我吗?"

"我们怎么互相伤害了呀?"她重复道,"阿辽沙……我陷入了困境……十分痛苦……你要知道……阿辽沙,亲爱的……"

他搂紧了她,然后把她抱了起来……

……深夜,他在娜塔莉娅的怀抱中醒来,迎着她呼出的热气,感觉到了过去的那种幸福。他突然感受到了自己在春天的梦里预见到的情

---

① 阿列克谢的昵称。

节,并且意识到了"雅尔塔的故事"的女主人公究竟是谁。女主人公耳背的父亲——一位颧骨很高、头发花白的老人,实际上是一位退伍军人……

* * *

第二天,阿列克谢很晚才到单位,看到了前所未有的混乱景象。卡佳一脸无助地看着散乱的电脑设备、横七竖八的连接线、翻倒在地的办公桌和散落了一地的文件。库佐夫科夫的办公室也是如此——墙角的那个保险柜像罐头盒一样被打开了,里面五花八门的东西乱作了一团。

看到阿列克谢,衣衫不整的库佐夫科夫松了口气,惊呼道:"你终于来了!过来吧!"说着,他伸出手来。

"为什么要过来?"阿列克谢感到有些莫名其妙。

"把枪拿来!"

"枪……"阿列克谢挠着头,"这是因为手枪……还是什么?"

"关手枪什么事?"库佐夫科夫不耐烦地摆了摆手,"还有更严重的呢……"

"'更严重'是什么意思?你怎么知道枪的事?"

"按照职责,我应该知道这些。"库佐夫科夫笑着调侃道,"我嘛,终归是侦查机构的负责人!不过,说真的,你好像昨天还亲自对惨败的输家说,你是秘密调查杂志社的人。一大早就有一个知名的'权威人士'给我打了个电话。他是个阿富汗人,专门为我们的广告代理公司保驾护航。他把一切都搞清楚了,认为犯错误的是他的'客户'。你为自己着想,做得也没错。这件事情已经处理完了,但是枪必须还回去。把枪拿出来吧!"

"你想什么呢?我会带着它在莫斯科四处乱转吗?我把它藏在家里

的阁楼上了!"

"明白了。下班后,我跟你去家里拿。听着,你被卷入了一个危险的事件!任何时候都别以为用枪托能把那头'公牛'制服!你还是缴械吧!好吧,你以前特别爱惜自己,总想当个'老好人',而不是……现在看来,'秘密调查'对你产生了一定的影响!"

"我听不明白!"阿列克谢耸了耸肩,"你知道吗,他打了娜塔莉娅……"

"我知道。"库佐夫科夫把脸扭过去,清了清嗓子。

他们都默不作声,也不看对方。最后,阿列克谢打破了沉默。

"这是怎么回事?"他指了指地上的那些乱七八糟的东西。

"这个……应该说是涅米洛夫斯基他们开始行动了。好在,我把所有发送给印刷厂的'黑材料'都安全地藏起来了。保险柜里只有一点儿钱,被他们这些混蛋拿走了。当然,我们的'废物'保安什么都不知道。他们什么也没看见,什么也没听见,尽管这里的自动装置是好的。"说完,他指了指保险柜。

"保险柜怎么了……"

"我认为,是排版厂或者印刷厂的人透露了信息。具体是谁,已经不重要了。我刚到办公室,正在'观赏'满地的杂物时,接到了印刷厂厂长的电话。他担心涅米洛夫斯基或者车臣人进行报复,要取消订单。当然,他没有直接说出来,但却让我明白了这是怎么回事。并且……是在我们下了订单之后。出于礼貌,他委婉地请求退回订单!"

这时,电话铃响了。于是,库佐夫科夫拿起了电话。听着听着,他的表情变得严肃起来。

"是这样……"他挂断了电话,然后说道,"别墅里的一位邻居给我妻子打电话说,昨天夜里,有人进入了我家。现在,那个人应该在等着我们这些'客人'回家。另外,你们家可能也是这样……"

下　篇

"我早就料到了！"阿列克谢沮丧地说，"现在，我们该怎么办？"

"怎么办？"库佐夫科夫压低了声音说道，"咱们到走廊里抽支烟吧！深夜来袭的不速之客有可能在这里安装了窃听器。普拉托内奇到内务部去找监听方面的专家了，他们会来检查的。"

他们走到以前的研究院破旧的走廊里，站在积满灰尘的窗前，发现窗台上有一个装烟头的罐头盒。

"我了解涅米洛夫斯基他们这些人，所以事先做了备份。"库佐夫科夫低声说道，"我们将在白俄罗斯印刷……你还记得吗？就是印我那本书的那个印刷厂！我们的侦查员季马拿着胶片，坐在自己女朋友的公寓里等着我的电话。我一说暗号，他就立即去机场。"

"非常好！"阿列克谢说，"不过，把印刷品运到俄罗斯境内需要许可证……就像你的那本书一样，要在过境时接受检验。这个消息会在把杂志运抵莫斯科之前通过有关人员传到涅米洛夫斯基那里。这些印刷品在大环线上就会被拦截和销毁——谁能阻止得了他们呢？"

"我的书是1997年出版的。就在这一年的2月15日，在俄罗斯和白俄罗斯毫无障碍地发行了期刊。在一个国家注册的许可证，在另一个国家同样有效。无论是在莫斯科还是在明斯克，我都可以印刷杂志，并且可以自由地发行。信息空间是共享的！不管怎么说，这个协议都不是一纸空文！在边境上，我们只要出示了俄罗斯和白俄罗斯新闻出版部门签订的协议的副本，证明已经登记了，就能安稳地把出版物运到莫斯科。在包装纸上，我们要求用白俄罗斯语打印杂志的名称——不管是《秘密手册》还是其他名称。涅米洛夫斯基他们能读懂白俄罗斯语吗？这个主意好吗？"

阿列克谢漫无目的地笑了笑。不管是"电话录音"，还是与卡佳的私会，都能使他那空虚无聊的生活变得丰富多彩。在与娜塔莉娅和好之前，阿列克谢过着空虚、无聊的生活。现在，这一切都没有意义了。起

秘密走廊

初,阿列克谢觉得用黑材料来报复涅米洛夫斯基的想法既大胆又机智,但是现在看来,这种想法非常幼稚可笑。可是,他没有退路了。库佐夫科夫会认为这是一种背叛行为,但是阿列克谢做得也没错。

"那我们就走一步看一步吧!"阿列克谢叹了一口气,"我们以前的计划进展得还算顺利!"

"我敢肯定,一切都会很顺利的!好在,我现在什么都没有给杂志社,否则涅米洛夫斯基又要恐吓他们了。现在,我们得谨慎行事。我要制订一个计划,把材料转交给报社。这样一来,除了主编,任何人都不会知道它的内容。然后嘛……已经开始在莫斯科发行了。"

"能达到意想不到的效果吗?我们已经失去了最佳时机,这恐怕只能是个败局了。现在,他们已经知道等待我们的将会是什么了,所以他们会不遗余力地进行回击。普拉托内奇预料到的那件事情进展如何了?他们要是无法用其他方式阻止我们出版,会不会直接把我们给杀了?这样的话,他们会立刻引起怀疑。不过,他们才不会在乎呢!什么?还不知道是谁下令暗杀了里斯季耶夫①?那又怎么样?"

"怎么,你想打退堂鼓?"库佐夫科夫死盯着他问道。

"只有懦夫才会打退堂鼓!就算是油锅,也要往下跳!"

"我就知道你会这么回答!"

"但是,必须把不利的状况考虑在内。你不认为涅米洛夫斯基的新闻机构,现在就会发表声明说,根据已经掌握的材料,有人准备用高科技手段模仿一个诚实的企业家和一个社会活动家之间的谈话。他们认为,有必要提醒一下,有些人与这件事情毫无关系。我就是所谓的'失去了最佳时机'!发表了这个声明之后,任何一家报社都不会同意刊发

---

① 俄罗斯的著名电视节目主持人。1995年3月1日晚上,他在从节目现场回家的途中被暗杀。

我们的'黑材料'!"

"这一点,我没有想过。"库佐夫科夫显得有些惊慌。

突然,像往常一样,身穿灰色制服的联邦安全局工作人员彼得罗夫一声不响地出现在了他们的身后。

"你们好,伙伴们!"他向库佐夫科夫和阿列克谢打了声招呼,"你们怎么站在这里?我有话要对你们说!"

"就在这儿说吧!"库佐夫科夫提议道,"昨天夜里,'大批人马'到我们这儿来进行了洗劫……我们担心他们安装了'蟑螂'窃听器。"

"有这样的事?"彼得罗夫认真地看着他们,"或许,你们需要帮助——把'蟑螂'清出去!"

"谢谢!普拉托内奇已经和内务部的人接上头了!如果处理不了,就得去找你了。"

"你们看着办吧!小伙子们,请你们马上告诉我,你们是从哪儿弄到涅米洛夫斯基的这个东西的……我们的领导对此很感兴趣!"

阿列克谢有些不满地看了看库佐夫科夫,笑着说道:

"祝贺您,阴谋家先生!我不知道在莫斯科是否还有人不知道这份'黑材料'!"

秘密调查杂志社的领导十分尴尬,一个字都说不出来。

"不,您不要认为我们有意见!"彼得罗夫急忙说道,"根据整体情况来判断,上边……"他指着天花板说,"早就认识到了,涅米洛夫斯基的问题无论如何都得解决。我们已经研究了如何向报社转交'黑材料'。可是,突然间,同样是出于这种想法,你们跑到了'火车头'的前面。坦率地讲,我们没有涅米洛夫斯基和扬达尔比耶夫在电话里进行交谈的录音,只有涅米洛夫斯基、扬达尔比耶夫和乌杜戈夫进行交谈的其他录音。不过,没有与这个话题有关的录音。也就是说,录音不是我们录制的。在我这里,你们是不会吃亏的。所以,请你坦白地告诉我,

秘密走廊

你们的录音是从哪里搞到的——是内务部的人还是俄罗斯国防部情报局的主要官员提供给你们的呢？他们也在做这种事吗？"

库佐夫科夫惊讶地张开了嘴，但是很快就回过神儿来。他的反应与不太精明的阿列克谢形成了鲜明的对比。他的眼神里充满了喜悦——胜利的喜悦。

"彼得罗夫，"他对彼得罗夫说道，"要知道，所有与'口水战'有关的材料都是匿名发送的。在任何情况下，我们都会这么做。我们很乐意提供帮助，只是还不知道，是内务部的人还是国防部情报局的主要官员给了我们这盘磁带。他们没有留下回信的地址——换作是您，也会这么做的。他们可以选择一个能刊登这种材料的出版物，把材料印出来之后就盲目地发行出去。好吧，他们也许已经暗示过出版物的主编了，只是没有详细说明'黑材料'的来路。不过，没有人暗示过我。"

"原来是这样！"彼得罗夫有些疑惑地低声说道，"可是，他们为什么偏偏把磁带给了你们，而没有交给保密单位或者州委会呢？一旦给了他们，印刷的数量就会比你们多很多。"

"你怎么知道他们没给高层的领导呢？保密单位或者州委会有可能为了安全起见，拒绝了……于是，他们就给我们送来了。现在，不排除其他出版机构也得到了这个材料的可能性。"

"我没有收到！"彼得罗夫肯定地说，"寄来的磁带是用什么包装的？可以给我看一下吗？"

"他们把磁带装在一个普通的信封里，放到了我们单位楼下的信箱里。杂志的名称是用打印机打印出来的……我还留着。只是，要找到这个信封，是件很麻烦的事情。你看，我们这儿出事了，被翻了个底朝天。我一找到它，就立刻拿给你看！请你相信我！"

阿列克谢已经无数次地惊叹于库佐夫科夫非凡的应变能力了。

"可以把磁带交给我吗？"彼得罗夫再次抛出了诱饵，"只是暂时地……"

"彼得罗夫,我都认不出你来了!我们怎么能把仅有的'黑材料'拿出来呢?暂时拿出来也不行!涅米洛夫斯基会把我们送上法庭的!检察院的人到我们这儿来之前,一般是不会事先通知的。我可以向他们解释一下,就说磁带在联邦安全局!你想让我们这么做吗?'黑材料'发表了以后,你可以按照官方的程序来向我们索要这盘磁带。没有任何问题,我们会把磁带交给你的!"

彼得罗夫陷入了沉思。

"这样吧,小伙子们……"最后,他说道,"我受他们的委托,向你们转达一个信息:你们可以按照自己的计划行事,这样做不会妨碍我们的计划。不过,你们要是擅自行动,遇到了麻烦就得自行解决了。至于这个'黑材料'嘛,我们一概不知!那么,我们之间的谈话也就不存在了!当然,在特殊情况下,你们仍然可以得到我的帮助。到了那个时候,我希望能够与你们再次合作。我觉得,你们好像有什么事情瞒着我。"

"我要是处在你的位置上,也会这么想。"库佐夫科夫点了点头,表示赞同,"这件事情确实有点儿神秘!"

"小心点儿!干这种事是要掉脑袋的!好了,再见!"

彼得罗夫一转身,不见了——和来的时候一样,就像钻到了墙缝里一样,转眼就不见了。

"你还说'涅米洛夫斯基的新闻机构会先发制人,提前发表声明来澄清事实'呢!"库佐夫科夫得意地对阿列兑谢说道,"他的新闻机构是不会有所行动的!那样的话,岂不是'此地无银三百两'了……哈哈哈!我们的判断是正确的!涅米洛夫斯基'不是士官生的寡妇,没有必要自己惩罚自己'①！他正在东躲西藏……搞不清楚是被我们的'黑材料'给害的，还是被侦查机构给查出来的。电话录音真的存在吗？为了探明虚实，他们现在已经开始侦查了，而不是在威胁！阿列克谢，你真棒！我服了你了！"

"这跟我有什么关系？"阿列克谢嘀咕着。他感到很遗憾，彼得罗夫透露的关于电话交谈的惊人信息，为库佐夫科夫的欺诈提供了新的素材。

"怎么没关系？只有真正的作家才能想象出不真实的东西！国家安全局的人信以为真了！"

"谢谢！但是，我宁愿在其他方面施展自己的才能，"阿列克谢难过地说，"以便不那么让人怀疑！"

"什么叫'让人怀疑'？要是真有这样的谈话呢？我们只是猜对了而已！我告诉过你，这就像写一部描写历史上的反面人物的小说！至于你的小说，就像乌克兰人说的那样：'不要难过……'在这场战役中取得胜利以后，我们就把你的那本新书给出版了。"

"至于新书嘛，得重新写了！"阿列克谢叹了一口气，"再写下去，可就不是涅米洛夫斯基和扬达尔比耶夫之间的对话了。"

"但是，这次对话将改变历史！我告诉你，这种机会对一个作家来说是百年不遇的！你没听彼得罗夫说过吗？'上边'早就意识到了！我跟你说什么来着？按照逻辑，一旦消灭了涅米洛夫斯基的势力，其他亲西方的寡头就会跟风。你是知道的，从开始到现在，我们付出了很多。"

"我认识一个人，早在苏联时期就想拧掉涅米洛夫斯基这类人的脑袋。结果，他开枪自杀了。"

"我们是不会开枪自杀的！"库佐夫科夫保证道，"你胡说八道些什

---

① 果戈理的戏剧《钦差大臣》中的一句话。

么呀!在这个时候说这些,未免有些不吉利!上帝保佑,我们比革命者更坚强、更勇敢!不能动不动就哭天喊地、开枪自杀、上吊寻死、跳窗户……瓦列尼科夫是好样的!他要是开枪自杀了,会有什么好处呢?好了,不切实际的空谈已经够多了,咱们去收拾一下吧!对了,你去给家里打个电话吧!注意,电话也有可能被窃听!"

阿列克谢走进接待室时,看到卡佳优雅地蹲在地上捡拾着散落的文件。他马上就不想回自己的办公室了,因为那里肯定也是一团糟。从早晨到现在,他还没有进过自己的办公室。他站在那里,看着卡佳的后脑勺——像天真的少女一样的圆圆的后脑勺。卡佳抬起头,与他的目光相遇,立刻就羞红了脸。

"卡佳,"阿列克谢说道,尽管他在一秒钟之前还没有想要与她进行交谈,"你是一个美丽、热心的姑娘,比我强很多。找一个像你这样的女朋友,是每一个男人的梦想。"

"事实证明,不是每一个男人……"卡佳的声音很微弱。说着,她低下了头。

"对我来说,做追求女孩儿的梦,为时已晚……问题是,我已经不是那个年龄的人了。每个人都有自己的秘密,我也有。没错,我是一个自私自利、以自我为中心的人。但是,这不应该是我'非礼'你的理由。"

此时,卡佳的眼睛里充满了泪水。

"问题是,我很爱我的妻子——我不能没有她!这甚至算不上是感情问题,而是我们的命运所致。无论是好是坏,都是我们共同的命运!去年,我们没有像丈夫和妻子一样地生活,但是任何东西都没有改变。她有过别的男人,我也有过别的女人,但是我们仍然像从前那样彼此吸引。我没有逃避你,我是在逃避她。如果你认为我背叛了你,那么你的判断是正确的。但是,我先背叛了她。当然,在这件事情上,你没有错。不过，要想立刻纠正这两种背叛行为，我确实做不到。非常感谢，你在我最困难的时候帮助了我！伤害了你，我感到非常懊悔！可是，我毕竟以自己的方式爱过你。你对我说过的与我的小说有关的话，我永远也不会忘记。我想让你知道……我对你冷嘲热讽，不是因为我冷酷无情，而是因为我不自信。当然，你会因此而感到很痛苦。如果可以的话，请你原谅我！"

卡佳擦干了眼泪，站了起来。

"您告诉了我这一切，非常好！"她突然开始称呼他"您"了，"是的，我爱上您了！当时，有许多事情，我并不知道。现在，我知道了。在与您交往之前，我有过男朋友。可是，现在我所理解的爱情……却不曾有过。原来，我总是想，两个人只要有床笫之欢就可以了。后来我才知道，这样的感情是不牢固的。显然，必须先有爱情，才会有床笫之欢。您和您的妻子一定是这样吧！"

阿列克谢点了点头。

"我应该知道这一点……虽然我为此付出了沉重的代价。"卡佳充满忧伤地继续说道，"就像西方电影里演的那样，您伤透了我的心！现在说这些，已经毫无意义了。我觉得，我的身体和灵魂都已经支离破碎了。现在，我比任何时候都需要男人。我的一切伤痛都是因您而起的，您明白吗？"她声音嘶哑地低声说道，可阿列克谢却觉得她在喊叫，"您都对我做了些什么？"她哽咽着，眼里噙满了泪水。

阿列克谢有些不知所措，只好保持沉默了。

"我能从这件事情里'走出来'，一定能'走出来'！还有，如果您……和您的妻子在一起……不能'共命运'的话……您要知道，我在等着您。哪怕是我要结婚了，我也能做到！这并不意味着我对别人不专一——这是另外一回事。我要把握好自己的命运——与自己心爱的人在一起，无论命运是好是坏。"

"谢谢你,卡佳!"阿列克谢很难为情,说话的声音小得连他自己都听不见,"我知道您很忧伤、很痛苦……再努力一次,忘了我吧!"他也不由自主地把"你"换成了"您","是我让您经历了一段痛苦的生活!每个人的爱情都是神圣的,而您却把自己渴望的神圣的爱情与我这么一个饱经风霜却一无是处的人联系在了一起……在我看来,您比我高尚得多。您是一个心地善良、充满自信的好姑娘!我是什么样的人呢?一个蠢货,知识分子的败类!我无法让唯一爱我的人获得幸福!对你来说,我有什么用呢?"

"如果我知道这些,可能会感觉轻松些。"恢复了平静的卡佳回答说,"去吧,阿列克谢!要记住,我爱你!我不能没有爱情!"

阿列克谢低着头走进了自己那被翻得乱七八糟的办公室。在编辑们忙乱而无序地收拾残局的时候,一个可怕的想法突然向他袭来。家里怎么样了?要是涅米洛夫斯基的爪牙们到他家去搜查了,而娜塔莉娅又没有去广告公司上班,并且再也不打算去了……那些身材魁梧的狗奴才会把家里翻个底朝天。为了拿到雇主施舍的美元,他们奉命搜查了房子,不允许任何人出来。在这种情况下,他们会做些什么呢?不允许有人妨碍他们,不能有目击者,否则他们就会杀人……或者把人抓去当人质,好与库佐夫科夫他们谈条件。阿列克谢抓起了电话听筒,但手指却抖得无法拨号。最后,他终于成功地拨通了电话。长长的嘀声过后,他充满欣慰地听到了娜塔莉娅的声音:"你好!"

"娜塔莉娅,你没事吧?"

"你说话的声音怎么变成这样了?我这里一切正常,亲爱的!我正在打扫卫生,等着你回家呢!"

"娜塔莉娅,不要给任何人开门!即使有人一个劲儿地按门铃也不要开!到阁楼里把手枪拿出来!如果他们想破门而入,你就取下枪的保险装置——侧面的一个小开关,然后拉上枪栓!一听到'咔嗒'声,就朝他们连开三枪！然后，你就报警，说有人武装袭击……我马上就到你那儿去！"

"他们是谁？你说的是谁？发生了什么事？你说的这些跟他们有什么关系？"

"我回去以后再给你解释！"

阿列克谢挂断了电话，跑出去找库佐夫科夫了。半路上，他差点儿撞到怀里抱着一堆沾满了灰尘的文件夹的卡佳。

谢天谢地，身为"作战参谋之一"的巴维尔正在库佐夫科夫那儿坐着——他是被传唤来的。

"巴维尔，你已经全副武装了！"

"我不得不这样做！"巴维尔闷闷不乐地点了点头。尽管天气十分闷热，但是他仍然穿着皮夹克，胸前鼓鼓囊囊的。很显然，皮夹克里边穿着防弹背心。

"咱们走吧！坐库佐夫科夫的'伏尔加'或者坐我的'羚羊'商务车到我家去！咱们先把库佐夫科夫送回家，然后视情况而定。如果没有什么事，就送我回家。"

"你怎么开始发号施令了呢？是不是想取代我？"受了刺激的库佐夫科夫问道，"巴维尔去那儿，库佐夫科夫到这儿……到底发生了什么事？"

"是你自己说的，现在必须在我家等待客人！涅米洛夫斯基的人会不会觉得你的妻子和孩子妨碍了他们，把他们赶出去呢？这一点，你考虑到了吗？莫非你考虑的只是如何'扭转乾坤'？"

"的确如此！"库佐夫科夫低声说道，"你说的对，应该把他们带出城去！走吧！"

下 篇

* * *

  谢天谢地,无论在那一天,还是在晚些时候,都没有发生破门而入和搜查这一类的事情。后来,普拉托内奇解释说,他在内务部的朋友确实在办公室的电话里找到了窃听器。涅米洛夫斯基的人偷听到了阿列克谢和妻子的通话内容,得知阿列克谢的妻子有手枪,并且会朝门口开枪,所以决定尽量避免不必要的麻烦。于是,第二天就有了"侦查员"巴维尔在涅米洛夫斯基的保安人员面前演的那场戏。

  事情是这样的:星期五晚上,《秘密调查》编辑部全体员工的妻子和孩子都坐上"羚羊"商务车,被拉到了莫斯科郊外的普拉托内奇朋友的别墅。普拉托内奇的这位朋友是从内务部退役的将军,曾经当过部长。房子有点儿破旧,是四十年代修建的,但是十分宽敞、明亮。这是一栋三层的楼房,足以安排下所有人。最重要的是,这里有警察严加把守。阿列克谢本来也想邀请卡佳来这里,但是卡佳得知自己不得不和他的妻子住在一个屋檐下,便毅然决然地拒绝了。

  一路上,库佐夫科夫的"伏尔加"轿车为"羚羊"商务车保驾护航。"伏尔加"轿车由巴维尔驾驶,而"羚羊"商务车则由普拉托内奇驾驶。车辆驶出环路以后,一辆"马自达"轿车跟在了他们后面。巴维尔去过车臣,很熟悉路线。他用手机与为"羚羊"商务车带路的库佐夫科夫取得了联系,让他们的车在最近的乡间土路上拐进森林。于是,他们的车便拐进了森林。"马自达"轿车就像与前面的车拴在一起一样,紧紧地跟在后面。在森林里,巴维尔放慢了车速,想让跟踪的汽车靠近一些。突然,他把车横在了路上。"马自达"轿车被迫停了下来,试图向后退,但轮子却开始打滑了。

  巴维尔迅速从座椅下面取出"卡拉什尼科夫"牌消音枪,把枪筒架

秘密走廊

在"伏尔加"轿车的窗框上,向"马自达"轿车的车轮射击。跟踪者跳下汽车,跑进了森林。不过,巴维尔让他们的企图落空了。他在他们的后面开了几枪,逼停了他们的车。然后,他瞄准了他们,命令他们脸朝下趴在路边。普拉托内奇用他们的裤腰带在后面捆住了他们的手,还没收了他们的枪支、弹药、无线电台和手机。"羚羊"商务车上的乘客并没有看到这一切,因为"伏尔加"轿车停在它前面二百米处。

然后,"羚羊"商务车和"伏尔加"轿车绕过有一边塌陷了的"马自达"轿车和四名脸朝下趴在地上、裤子滑到了膝盖处的男人,安稳地驶向了高速公路。

大概是不幸的保安为了在主子面前证明自己的无辜,撒谎说"秘密调查机构的实力太强了",所以涅米洛夫斯基就没有再派人洗劫库佐夫科夫的办公室和别墅。

磁带和用计算机排出来的杂志的"大样文件"星期五就发送到了白俄罗斯。三天以后,一切都准备好了。他们在明斯克预约了一辆小型的厢式货车,路上的安全保障由密探出身的季马负责。

库佐夫科夫与著名的通俗小报编辑约好了,把见面的地点定在了夜总会的"情人包间",而不是酒吧或者舞厅。这家报社被与涅米洛夫斯基为敌的一个寡头控制着。当编辑站起身来的时候,等待他的不是丰满的脱衣舞女演员,而是穿着皮夹克、手拿公文包的库佐夫科夫。这里的摆设极尽奢华:一张特别大的圆床几乎占满了整个房间,上面铺着缎子床罩,旁边有一个盥洗盆,四周的墙壁可谓"金碧辉煌"。库佐夫科夫把一张刻着"黑材料"的软盘和一个CD盘交给了还没回过神儿来的报社编辑。但是,他们事先说好了,没到约定的时间,既不能读这些东西,也不能听这些东西。软盘设有密码,库佐夫科夫会在杂志与读者见面的前一天在电话里把密码告诉报社的编辑。然后,库佐夫科夫便从后门离开了。走之前,他要求编辑十分钟以后再离开。编辑坐在床上,睁大了眼睛注视着古怪的床和镜子般闪亮的天花板(能够反射出他的光头)。这时,门开了,进来了一个赤裸着上身的妓女,拖着长声说着"啊哈"。她的肌肉不是很发达,腿也不长,整个身体丰满而圆润。就算是这样的女人,他也喜欢,因为他的妻子是一个大鼻头、骨瘦如柴、有些驼背的女人。

娜塔莉娅在将军的乡间别墅里时,阿列克谢经历了磨难,终于创作完了与雅尔塔有关的中篇小说。家庭的戏剧性结局提示他,小说该收尾了。

男主人公决定留在这座神秘的房子里。在回答"我是否还活着"这个问题时(只有高尚的人才能永存),他觉得自己已经处于死亡的边缘了,无法与命运抗争。但是,作出选择之后,他并未感到轻松。毕竟,这个女人爱的不是他,而是另外一个人。因此,他必须揭穿这个骗局。

"但是,谁被欺骗了呢?"男主人公问自己。吃完了早餐,女人上班去了,留下他一个人在二楼的双人房里工作。"一个女人怎么能既爱着别人又被别人欺骗呢?比方说,即使我没有回到雅尔塔,没有找到这个房子,我的女人也会继续爱我。现在,她的梦想即将变成现实了,为什么会受骗上当呢?这一点对谁来说是必要的呢?对我来说是必要的!我想要的是别人爱我,而不是我爱别人。我过去是个利己主义者,现在仍然是个利己主义者。我甚至不允许自己去犯与孪生兄弟相同的错误,因为我的行为方式与他不同。当然,我不是有意去这么做的。但是,我总觉得他是一个骗子。怎样才能证明我不是他,而他也不是我呢?唯一的办法就是做他不会做的事情。例如,他永远也不会为了别人牺牲自己。我应该做的是,发自内心地回绝对方,而不是表面上拒绝。这样一来,她就会非常幸福。"

然而,简单的解决方法并不一定是正确的。他错了,尽管没有马上明白错误的原因。

秘密走廊

这个女人亲自跟他讲了一席话。

晚饭时,她几乎没有吃东西,一直盯着他看。于是,男主人公的内心深处产生了疑虑——难道她看透了他?于是,他不安地问:"你是什么人?"女人回答说:"你已经回来两个星期了,什么都没有写。你既没有随身携带笔记本电脑,也没有把打字机拿来。起初,我以为你可能会用手写,但是我在擦你办公桌上的灰尘时发现,你并没有坐下来写作。"

他保持着沉默,不知道该如何回答。"当然,在这两个星期里,有你的陪伴,我感到很幸福。"她继续说道,"但是,我知道,如果没有什么收获,你会感到非常痛苦。如果说我有什么过错的话……你最好不要回来,因为你迟早会把我抛弃。""不是这样的!"他只想起了这么一句话。

高颧骨的聋哑老人平静地嚼着饭,不时地朝他们看一眼。老人要是想知道他们谈话的内容,可以根据他们的嘴形很容易地判断出来。

夜里,女人睡着了以后,男主人公便开始觉得自己十分天真、幼稚了。在他看来,只牺牲了自己那微不足道的"个性",就赢得了一个女人的爱,是非常值得满足的!事实上,这并不是很荒谬:她所爱的不是现在的他,而是梦里的他。只有满足了她提出的各种条件,她才会感到幸福。

他静静地站起来,走进了双人房,坐到了写字台前。左边是女人准备的一摞整齐的白纸,右边是整齐地排成一排的削尖了的铅笔。他拿起一张纸,在台灯的黄色光圈里坐了很长一段时间。

他觉得自己的整个生命直到现在都仿佛是一张白纸。

* * *

印完了的杂志被顺利地运到了莫斯科,卸到了离环线不远的艺术家联盟以前的工作室——现在已经变成生产墓碑的厂房了。用玉石和青铜雕刻的逝者的墓碑中间,便是存放《秘密调查》杂志的仓库。

库佐夫科夫穿着一身新西装(里面是雪白的衬衫),面带微笑、情绪饱满地来到了单位。他像孩童一样,脸上泛着红光,露出了一种神秘而庄重的表情,就像刚刚得知了一个天大的新闻。

在两名"特工"和库佐夫科夫手下的两名编辑的护送下,一早就把杂志分发给莫斯科的几个批发商了。两天后,登着"黑材料"的报纸和杂志就会出现在市面上。

库佐夫科夫把杂志的样本扔到了阿列克谢面前:

"欣赏一下吧!"

封面上是涅米洛夫斯基和扬达尔比耶夫的照片,下边是一行语言尖刻的声明:"泽利姆汉,不要担心钱!"

"咱们与涅米洛夫斯基之间的'战争'已经开始了!"库佐夫科夫兴高采烈地搓着手,"干得漂亮!除了值班的编辑以外,其他人都去休假吧!"他派头十足地命令道,"今天,会计过来的时候,你就能拿到假期的工资和医疗补贴了……再加上正常的工资,就超过一千美元了。所以,就像资本家说的那样,什么活儿都不要拒绝。你是不是要到其他地方去?去吧,带上妻子!万一……将军的别墅,我们不能无限期地使用。"

"我已经考虑过了……大概,我和娜塔莉娅要去克里米亚,因为那里是改变我们命运的地方。从此以后,我们就再也没有去过那里。"

"我能理解!令人激动的回忆!我赞成!"

库佐夫科夫的脸上露出了微笑,但他的思绪却游离在了某个遥远的地方。他坐在那里,表情凝重且充满了幻想,仿佛在欣赏一首美妙的音乐。他的手机铃声响了起来,是贝多芬《第五交响曲》的序曲。

"我是库佐夫科夫!"像往常一样,他精神饱满地说道。然而,梦幻般的表情很快就从他的脸上消失了。他苦笑着听着，然后说："不是这样的！我再说一遍，不是这样的！我想要的是什么？我想要的是真理！假的？这不可能！在这种情况下，你大可不必担心——让他们起诉我们好了！我们有经验丰富的律师！你看，有人在那儿冲着你大声喊叫！你有什么好怕的？你要是害怕了，人家就会突然大声对你说'这是事实'。是我在蔑视真相吗？好吧，事实就是这样的。对我来说，的确存在着不容置疑的真相。是啊，我这个金钱至上、罪孽深重的人……就喜欢弄清真相。其中的一个真相就是：你们这样的人就不应该活在世上。"

库佐夫科夫挂断了电话，脸上露出了厌恶的表情，就像看到了一只讨厌的昆虫。

"是涅米洛夫斯基吗？"阿列克谢低声问道。

"是的。"库佐夫科夫点了点头，"咱们骗过了他，阿列克谢！不过，这个混蛋已经知道杂志在莫斯科了。这是他在绝望中打来的电话！"

"在绝望中？"阿列克谢表示怀疑地摇了摇头，"他完全有能力把这些杂志全部销毁！顺便说一句，他也有能力把我们全部干掉！"

"杂志全都被他们分发给各个经销商和俄罗斯报刊发行局了，不会被全部销毁。有关的报纸，他应该还不知道……不然的话，报社的编辑早就给我打电话了。至于我们嘛……不是还有你的'枪筒'嘛！"

库佐夫科夫指的是巴维尔和普拉托内奇从涅米洛夫斯基的手下那里没收的手枪，正所谓"猪仔的手枪已经给了弟兄们"。

"确实在我这儿！"阿列克谢皱着眉头，动了动左肩。套着硬邦邦的新枪套的沉重的"枪筒"被他夹在了腋下。虽然枪套已经被磨得锃亮了，但是他仍然感到不太习惯。这把手枪是库佐夫科夫送给他防身用的。

"这下可好了！要是没有枪，你还得躲着这头'猪'。有了枪，你就谁都不怕了。更何况，季马也在这儿，已经严阵以待了。巴维尔坐在楼下的车里,注视着通向大楼的道路。就让他们慌忙逃窜吧!要知道,我们每一个人都是'一个顶十个'。更何况,还有你、我和普拉托内奇呢!咱们一定会突围的!不是靠敲诈勒索来的那点儿美元在贫困中勉强度日,而是掐断涅米洛夫斯基之流的喉咙——这是我多年以来的梦想。现在,我的梦想就要实现了。"

门开了,普拉托内奇快步走了进来。

"巴维尔从楼下打来了电话!"他说,"有三个手持冲锋枪、佩戴着内务部徽章的人走进了大楼。他们是不是受涅米洛夫斯基的指使到你们这儿来的呢?你们这儿虽然有武器,但是你们没有携带枪支的权力。赶紧把枪支和弹药给我和巴维尔!"

"我的这把枪,给你吧!"阿列克谢一边对库佐夫科夫说着,一边解开了该死的枪套,"我可以没有枪!不过,他们可是有枪的!他们如果根本就不是内务部的人,而是涅米洛夫斯基的人呢?"

"那就突围!"焦虑不安的库佐夫科夫固执地说道,"把门反锁上,不让他们进来!阿列克谢,你先拿着武器!如果他们射击的话,咱们就还击!"

原来,这只不过是虚惊一场!以前,他们这层楼里从未出现过穿灰色迷彩服的人。巴维尔默默地跟着他们,等着他们上了电梯。根据显示的数字,他判断出他们要上顶楼。显然,他们要去一家"刑侦代理公司"——这栋楼里有很多这一类的公司。

库佐夫科夫一整天都在接收杂志的发行信息,这将决定他什么时候给报社的编辑打电话。从目前的状况来看,应该是第二天出结果。

傍晚时分,疲倦的库佐夫科夫提议,让阿列克谢和普拉托内奇到他的别墅去吃晚饭。

"咱们弄点儿单身汉的东西吃,比如说烤肉串!反正夫人们都不在,在哪儿吃都一样,还可以喝点儿酒!咱们现在最好待在一起!我那儿很

秘密走廊

宽敞，风景又好……为了稳妥起见，咱们把巴维尔和季马也带上！咱们就在那里过夜！"

"可爱的小牦牛！"普拉托内奇高兴起来了，"兄弟们每个人喝上一斤五六两酒，来个'一醉方休'，怎么样？"

"还是等到事情结束以后再喝吧！"库佐夫科夫笑着说，"到了那个时候，咱们再大摆筵席！现在，咱们还是喝点儿啤酒吧——咱们的敌人是不会打瞌睡的！"

他们决定开着两辆车走，就像上个星期五到将军的别墅去一样——事实证明，这种方法很有效。于是，大家一起走到了楼下。巴维尔一见到他们，就习惯性地从"伏尔加"轿车上下来了——这是他在银行工作的时候养成的习惯。他四处张望了一下，脸上立刻露出了恐惧的神情。

"卧倒！"他一边喊，一边往外掏手枪。

这时，传来了机枪扫射的声音。声音不大，很像巴维尔的那支带消音器的枪发出的声音。

巴维尔停顿了半秒钟，然后举起了他的"贝雷塔"霰弹枪。于是，"砰砰！砰！砰！砰砰！"的声音在耳边响了起来。从枪筒里喷射出来的火药就像从燃烧器中喷出的火焰，打破了夏日黄昏的寂静。屋顶上传来了"砰！砰！砰！砰！"的声音，子弹是从楼的另一端射过来的。巴维尔立刻趴在了"伏尔加"轿车的引擎盖上。在他的侧面，一阵机枪扫射过后，他的外套裂开了——从肩部到腰部。在楼顶的房檐上，一个穿灰色迷彩服的男子一闪而过，改变着射击的位置。跟在季马身后的库佐夫科夫十分吃惊地把身体一转，抬头向上看去。突然，两股鲜血从他的嘴里流了出来。

"库佐夫科夫！"阿列克谢绝望地喊道。

这时，在楼顶的中间位置，又响起了机枪扫射的声音。通风口的烟囱上面飘起了一股烟雾。库佐夫科夫的头猛地歪到了一边。他仰面倒在地上,重重地摔倒了——这是不祥之兆。

"砰!砰!"穿着防弹服的巴维尔再次向屋顶上开了枪。

"左边!向左边扫射!"他向季马喊道。

季马有些不知所措地蹲在地上,靠着铁桶。他瞄准了之后,用自己的"TT-33"手枪开了一枪,发出了一声闷响。水泥块和瓦片从楼顶上落了下来,空气中弥漫着火药味。阿列克谢和普拉托内奇把库佐夫科夫拖到安全区域的防水板下面,马上就发现他的右眼处有一个深红色的洞。尽管浑身是血,但是库佐夫科夫仍然想要说点儿什么。

"什么?你想说什么?"阿列克谢跪在他面前问道——他不相信库佐夫科夫的死期已到。

库佐夫科夫吃力地张开流着血的嘴唇,声音怪异而又微弱地说:

"不可避免……报应!不可避免的报应!"

他那灰色的脸变得扭曲了。他痛苦地喘着气,就像死在战火纷飞、硝烟弥漫的战场上的战士一样,挺直了身体。

* * *

后来,阿列克谢时常回忆起库佐夫科夫那可怕的怪异表情。像往常一样,事情进展得很顺利时,他会和别人一样感到高兴。只是,他的微笑跟往常不一样了。在对别人的问话进行回应时,他总是显得心不在焉。在他那带着嘲讽的灰色眼睛里,瞬间闪过了一种恍惚而忧郁的神情。于是,他坚定地朝着自己的目标——死亡走去。这时,他的手机里响起了贝多芬的《命运交响曲》……命运在敲门……是《命运交响曲》夺走了他的生命吗?他是在死前"下载"的这首曲子吗?不管过去了多

秘密走廊

长时间，阿列克谢都觉得这是另一首曲子——斯维里多夫①的华尔兹……

有很多次，阿列克谢梦见了库佐夫科夫那神秘的微笑。当阿列克谢和他谈起休假的事情时，他眺望着远方，就像在听只有他自己才听得懂的音乐……虽然他身在尘世里，但是很显然，他已经感觉不到惶恐不安了……

在这个俄罗斯男人身上，有许多优秀的品质：刚毅、坚强、勇敢……他虽然在那个真假难辨的骗局中死去了，但却干了一件大好事……在生活中，他就像来到了一个巨大的滑雪场，令人眼花缭乱地急转弯了好几次。好像没有库佐夫科夫摆脱不了的困境——一般来说，他都能摆脱。他离开了自己的祖母，离开了自己的祖父……但是，在所有的幸运中都蕴含着高层次的哲理。今天，一个人如果躲过了那块朝他的脑袋飞过来的砖头，那么明天就一定会有一件更严重的事情在等着他！如此说来，他命中注定要被涅米洛夫斯基雇人射来的子弹打中！

除了旺盛的精力和与众不同的超凡能力，他走的时候还留下了什么呢？是"秘密调查机构"吗？现在，由谁来经营呢？有了要发表的诗歌怎么办？不过，现在很少有人喜欢阅读诗歌……

这个与众不同的人为什么要活着呢？他把什么留给了自己的孩子（一个小男孩儿和一个小女孩儿）呢？在葬礼上，孩子们把蜡烛放在胸前，神色凝重。现在，他们快乐的爸爸是躺在棺材里的一具僵尸，一只眼睛上还戴着黑色的眼罩……没有了库佐夫科夫，一个寡妇怎么把孩子抚养成人呢？她是个美丽的、体态丰盈的女人，脸上总是露出惊恐的表情，大概是长期与不同寻常的人生活在一起的缘故吧。现在，这种表情没有了。这个女人经受了如此沉重的打击，哭得面部表情都已经僵硬

---

① 苏联音乐家。

了……

在莫斯科，有将近一半的人都是库佐夫科夫的朋友和熟人，但是来参加葬礼的却只有二十来个人……"一个私人侦探机构的负责人、秘密调查杂志社的一名编辑被暗杀……"电视台在报道这件事情的时候，就像在说一个在剿匪中死去的匪徒。

军事委员会委派库佐夫科夫生前的战友——曾经与库佐夫科夫在一个团里待过的"阿富汗人"指挥前来参加葬礼的仪仗队……士兵们把枪栓弄得咔嚓作响，步枪齐鸣了三声。普拉托内奇听着葬礼上的音乐，脸一下子就红了。音乐刚一结束，他就走到了士兵们跟前：

"你们演奏的是什么曲子？请演奏《坚不可摧的联盟》……我另外付钱！"

音乐家们表示赞同地点了点头。此刻，一直在克制着自己的感情的普拉托内奇哭了起来。仪仗队的士兵们疑惑地看着这位上尉，而这位上尉则向四周看了看，然后下令说：

"准备发射！"

枪栓咔嚓作响，步枪齐鸣。

"即使在下葬的时候，库佐夫科夫也是与众不同的。"阿列克谢心想。

墓地的工作人员用铁锹往墓穴里填着土，溅起的小石子敲打着棺材盖。这时，有人碰了一下阿列克谢的胳膊肘。他回头一看，原来是永远都穿着灰色西装的彼得罗夫，只是胳膊上多了一个黑色袖箍。

"您过来一下！"彼得罗夫提议道。

沉浸在悲痛中的阿列克谢无奈地拖着沉重的脚步，跟着联邦安全局的彼得罗夫走在沙石小路上。他们停下脚步，站在了一个高大的"方尖碑"旁。碑上刻的是一个肩膀宽阔的高加索人的全身像，下边用大写字母写着"哈姆雷特"。看来，这应该是对死者的称谓。

秘密走廊

"'黑材料'的事情进展如何?"彼得罗夫轻声问道。

一想到这个"黑材料",阿列克谢就觉得恶心。就是因为这个"黑材料",库佐夫科夫才躺进了潮湿的墓穴。还有这该诅咒的二百美元,这是他从库佐夫科夫那里拿到的录制"黑材料"的报酬。他决定,等追悼会结束了以后,就把钱塞到库佐夫科夫家的桌布下面去。这份杂志也让阿列克谢感到十分厌烦。他最近两天做这些事情,只是为了把杂志卖出去,然后把卖杂志得到的钱交给库佐夫科夫的家人。普拉托内奇提议,由阿列克谢来主持代理机构和杂志社的日常工作,哪怕是临时的。但是,这个建议被阿列克谢断然拒绝了。首先,他认为库佐夫科夫有自己的写作风格,没有人可以代替。其次,他认为自己根本就不具备进行"秘密调查"的潜能,他来这里工作只是为了挣钱。另外,杂志以前的主编是他的老朋友……

"嗯,进展如何……"阿列克谢无奈地回答道,"发行部门会完成自己的任务——把杂志按时送到订户手里。不过,零售恐怕就成问题了。涅米洛夫斯基已经插手了,零售商也许会害怕……"

"我们可以帮助你们!"彼得罗夫说,"一定会有人买的!但是,只有通过电视广告才能产生轰动效应,仅靠卖杂志是不够的。报纸有什么问题吗?主编维休林暗示说,他需要密码……还有密码?"

"就是普通的计算机密码!通过它,能够打开软盘中的文本文件和光盘中的试听文件。只有库佐夫科夫知道密码!其实,维休林是不需要光盘的,把杂志给他就可以了。可是,他一定要录音……"

"不知道有没有其他办法!你有备份吗?"

"你想一想,我怎么会有备份呢?把录音带交付印刷之后,库佐夫科夫就把其他材料都藏起来了。没有人知道他把材料藏到哪儿去了!即使材料在编辑部,涅米洛夫斯基的人'突袭'之后也就没有了。不过,在我看来,维休林坚持要提供录音给他,是因为害怕惹出是非,所以就以此为借口不想履行协议了。"

"不，不是因为这个！"彼得罗夫肯定地说，"我们检查过维休林给你们做的……同时也要保证他的安全。他确实准备印刷你们的材料，但是他需要录音，以便按照法律的程序……"

"怎么会这样？那就把我的录音带给他！"

"不！"联邦安全局的人摇了摇头，"当你拿着'黑材料'从与匪帮头子的激战中逃出来的时候，我们就决定放过你了。不过，正因为如此，我们行动的性质也发生了变化。没想到，问题出在了你们的出版物上。涅米洛夫斯基他们进行的所有宣传都是针对你们的……以此来证明，一切都是假的，像往常一样。然后，我们的材料就会接二连三地发挥作用了。不过，他是不会善罢甘休的。"

"是否能够改变一下我们的行动计划呢？在库佐夫科夫去世之前，这一切就已经成了定局。事后，我可不想充当活靶子！"

"可以。但是，得在你们的杂志进入印刷程序之前，并且要在库佐夫科夫被害之前。现在，无论我们多么想要这些印刷品，都已经来不及了……虽然接触到'黑材料'的人并不多，但是他们都已经知道了，杂志的主编被穿着迷彩服的不明身份的人给打死了。你自己判断一下吧！我们怎么能忽略这一事实，开始实施另外一个行动计划呢？不，我们现在还是把已经开始的事情进行到底吧！"

"请不要在我面前强调公民的责任，好吗？"阿列克谢请求道。他忧伤地瞥了一眼库佐夫科夫的坟墓，发现小土堆变大了。于是，他回想起了切列帕诺夫。"我们对你们的这些保证和声明感到厌倦了，就像一切都取决于我们这些普通人一样！你们要是愿意的话，早就把涅米洛夫斯基这样的恶棍绳之以法了。"

"我们可没想让你跳出'黑材料'的旋涡！"彼得罗夫并没有失去耐心，平静地说道，"没人请你，是你自己陷入了一个巨大的政治旋涡。

秘密走廊

现在应该怎么办？退回去吗？这样做显然不合适。阿列克谢，这可不只是一个阴谋！根据谍报部门掌握的材料，夏末，车臣的武装分子即将入侵北高加索的一个共和国，目的是把这个共和国从俄罗斯分裂出去。这件事情一旦发生了，就会产生连锁反应……就像1991年的时候苏联解体一样。必须给分裂主义的策划者——涅米洛夫斯基之流以沉重的打击……起到了警示作用。我明白，"他朝墓地点了一下头，"这种场景不会激起你的热情。要知道，库佐夫科夫是你的朋友，和你志同道合。就让他白白地死去了吗？你应该把密码告诉我！"

"我真的不知道密码！"阿列克谢压低了声音，恶狠狠地说道，"我要是知道的话，早就给维休林打电话了！你要是不相信，就去问普拉托内奇好了——库佐夫科夫非常信任他！不过，他也不知道这个该死的密码！"

彼得罗夫垂下了头，看上去有些闷闷不乐。

"当然啦，我们可以破解密码！"他喃喃地说，"但是，为了破解密码，可能会浪费一些宝贵的时间……"沉思了片刻之后，他仿佛看到了一丝希望，"听着，根据我们的经验……这些密码不会从天而降，通常是在事件发展的过程中出现的一些有特殊意义的词或者句子。你记得有类似的东西吗？也许，库佐夫科夫会把某个特殊的词语当作'黑材料'的密码……"

阿列克谢耸了耸肩，看了看坟头上人们敬献的花圈。库佐夫科夫的妻子娜杰日达痛苦地哭泣着，跪倒在了丈夫的坟前。普拉托内奇和巴维尔想把她拉起来带走的时候，阿列克谢突然想起了密码。

"对了！"他说，"我知道密码是什么了！是'不可避免的报应'！"

下 篇

* * *

第二天，阿列克谢作为杂志的主编，下达了第一个（也是最后一个）命令：所有员工，包括卡佳和校对员在内，都出去度假。就像库佐夫科夫希望的那样，一个编辑也没有留下来值班。他建议大家离开莫斯科一个月，为的是避免检察机关和警察局的人为了"黑材料"来找他们的麻烦。就让依靠投机钻营飞黄腾达的维休林来替大家受过吧，既然联邦安全局能为他保驾护航！只有与杂志的"经营"毫无关系的普拉托内奇留了下来，因为从他那儿什么信息也得不到。

不过，在和普拉托内奇告别的时候，阿列克谢感到有点儿愧疚。库佐夫科夫在的时候，他们之间一直保持着兄弟般的亲密、友好、和谐的关系。现在，库佐夫科夫不在了，他和普拉托内奇之间就没有什么话可说了。他们是完全不同的两种人……普拉托内奇非常热衷于"秘密调查"——包括侦查机构的调查工作和杂志社的工作，但阿列克谢却不时地对工作进行冷嘲热讽。结局似乎是老天早就安排好了的！

"莫非你也要暂时离开一段时间？"阿列克谢问话时，没有直视普拉托内奇的眼睛。

"不，我不会离开！"他回答问题的时候，没有看着对方，"在这里，我还有点儿事……"

"你还要去找谋杀库佐夫科夫的凶手吗？原则上……你认为有可能吗？"

普拉托内奇耸了耸肩。

"有时候，知道了杀手是谁，却不知道雇凶杀人者是谁。可是，我知道雇凶杀人者是谁……"

"你想证明涅米洛夫斯基参与了这件事情吗？"

秘密走廊

"咱们走着瞧!"

"普拉托内奇,也许我不应该离开这里,应该留下来等他们来抓我。"阿列克谢主动说道。平心而论,他根本就没有留在秘密调查杂志社工作的想法。这里的气氛让他感到窒息,因为这里的一切都会使他想起血腥的场面:库佐夫科夫的眼睛变成了可怕的窟窿……

"没什么!"普拉托内奇平静地说,没有一点儿谴责的意思,"留在这里,你能做些什么呢?你忙于日常事务,感觉很疲惫。没有'录音材料',有的只是神经高度紧张。你要是离开了这里,我会感到轻松一些。你不在这里,我也就无须回答任何问题了。我能做的就是把你的关于休假的指示告诉他们——这就是全部的谈话内容。他们会说'等你们回来……',可是到了那个时候,卢比扬卡那边会向媒体抛出新的'爆料',他们就顾不上我们了。"

他们就像商量好了似的,绝口不提主要的事情。那么,杂志社和出版社的事情怎么办呢?普拉托内奇知道阿列克谢对库佐夫科夫办的侦探方面的杂志持否定态度,也知道他不想在这儿继续干下去了。更何况,他对"秘密调查机构"出版的文学杂志不感兴趣。阿列克谢已经拒绝当主编了,但是否还留在杂志社,他只字未提。实际上,他不打算留在这儿了,但他不想在库佐夫科夫尸骨未寒的时候就宣布这件事情,最好等休假回来之后再说……

"好吧,再见!一个月以后见……"普拉托内奇说话的语调与其说是疑问的,不如说是肯定的,"如果我们注定要见面的话……"

"你说这话是什么意思?"阿列克谢眨了眨眼睛。

"哦……没什么,走吧!"

他们相互拥抱了一下,算是告别了。

再见了!永别了,"秘密调查机构"!再缺钱,也要远离政治!这是小人物喜欢玩的游戏,目的是证明自己是个大人物!小人物与大人物的不同之处是，他们往往是受害者。

不，还是让"大人物"们在浑水里摸他们的鱼吧！找一个诱饵，挂到鱼钩上，冠以"职责"的名头……现在，已经没有"职责"可言了，只有"交易"。嗯，这也是一种生存方式！"不过，我可不想参与……我可不想！"阿列克谢反复地说着，离开了令人感到厌恶的以前是科研院的这座火柴盒似的混凝土建筑。

他不断地告诫自己，正确的做法是"离开别人的游戏"。不过，有一点他深信不疑：对他而言，库佐夫科夫、"秘密调查"和"政治圈套"是把他从不堪回首的家庭生活中拯救出来的关键……按照众所周知的神秘的生活法则，人类之爱是不容许透支的。就在重新获得娜塔莉娅的时候，他失去了库佐夫科夫……所以，阿列克谢感到很内疚，虽然库佐夫科夫的行为本来就是很危险的，注定不会有好结果。因此，阿列克谢想尽快忘掉近一年来自己与娜塔莉娅之间发生的一切。他甚至觉得，他用库佐夫科夫的牺牲换来了与娜塔莉娅的和解。

但是，对于娜塔莉娅来说，这一切并不是那么简单。阿列克谢就像与雅尔塔有关的故事的男主人公一样，需要向女主人公证明自己是一个真诚的人。在他们的关系中，有太多的"暗礁"和"险情"了。他们就像走进了雷区一样，慢慢地、摇摇晃晃地回到了从前。时而是突然的沉默，时而是回避目光的交流……当他们相拥在床上的时候，一股寒流骤然向他们袭来……在这该死的一年里，他无法承受重负……他们都非常清楚地感觉到，他们需要一个孩子。

后来，在将军的别墅里，在娜塔莉娅的房间里，他们再次谈到了要孩子的事情。她把手放在肚子上说："我觉得，问题不是出在流产上……我们必须从头再来，回到我们相恋的地方去。阿辽沙，咱们去克里米亚吧！"

于是，他们就有了去克里米亚的想法。在库佐夫科夫去世的那天，

秘密走廊

阿列克谢还说起过这件事情。现在,在"杂志社枪战"的前夕,无论如何都要离开这里,以免被警察叫去询问。为什么不去克里米亚呢?

阿列克谢通过莫斯科铁路工人报社的熟人弄到了两张预订卡,订到了两张第二天去辛菲罗波尔的火车票。

早晨,当他和娜塔莉娅来到库尔斯克火车站的站台上,经过一个圆形的"铁路书报亭"的时候,发现刊登着"黑材料"片段的报纸很快就被抢光了。

不过,随着库佐夫科夫的永远逝去,报纸上将会刊登其他内容。

* * *

雅尔塔给阿列克谢留下了奇怪的印象。一方面,雅尔塔变化不大,只是有点儿变旧了(变成了灰色调),地面也莫名其妙地下沉了。楼房墙壁上的水迹表明,在一个春秋季雨水较多的城市里,在楼顶上洗日光浴并不是很好的选择。另一方面,通过对疗养胜地的诸多建筑进行观察,可以看出"资本主义殖民地建筑风格"的变化。谢天谢地,在莫斯科,几乎没有这样的变化,只是在城市的西部矗立着一些摩天大楼的框架!"新颖"只体现在路边的一些巨大的广告牌上……宣传的是乌克兰的移动通信服务和女性的卫生用品,就像雅尔塔的所有居民和游客都在拨打手机,并将带小绳的卫生棉棒换成了带护翼的卫生巾一样。就像阿列克谢在可怕的梦里预知的那样,眼前是令人眼花缭乱的进口新车和二手车。像十五年前一样,红色和黄色的"1 路"、"2 路"和"3 路"无轨电车摇摇晃晃地行驶在单行线上……在雅尔塔人表情阴郁的脸上,似乎只能看到"贫穷"……

雅尔塔的两个著名的地标性建筑是海港客运站和"塔夫里达"酒店。这些建筑都因年久失修而被迫停用了。达尔桑山上的"创作之家"

已经不再接收俄罗斯作家了,而乌克兰的"创作者"却负担不起在这里进行创作所需的费用。阿列克谢在1984年住过的那座老房子,不知是卖给别人了,还是长期租赁给别人了。可是,不管是出售还是出租,所有的建筑,包括电影院、展览馆、百货商场、电影制片厂在内,都是在苏联时期修建的……这个苏联最高级别的度假胜地变得越来越像典型的南方省会城市了,主要景点就是一个服装批发市场。

只有在滨河路,才会有置身于繁华的疗养胜地的感觉:带有玻璃橱窗的精品店、名字十分幽默的"第三罗马"餐厅,还有咖啡馆、娱乐场……经过翻修,建成了金属屋顶的"阿瑞安达"酒店。在离佩佩利亚耶夫以前的住处不远的纪念品商店里,五颜六色的纪念品被摆成了三排。开设在帆船上的"西班牙人"餐厅,因拍摄了很多部苏联电影而远近闻名。现在,它正承受着激烈竞争的压力——这里还有一家名为"金羊毛"的希腊仿古"游船餐厅"。在这里,唯一没有改变的就是滨河路上的那家早就出了名的铅笔盒形状的"1号美食家"餐厅。像雅尔塔的无轨电车一样,它是红、黄两种颜色相间的。

像往常一样,巴里库洛夫①山上的灯塔一直亮着。不知在什么时候,圣约翰大教堂的钟楼作为"黑海上的指路明灯"出现在了这里。在达尔桑山上,周围栽满了柏树的亚美尼亚教堂那长长的阶梯在阳光的照射下,显得格外耀眼。

灰绿色山坡上的这座神奇的城市会使人想起一个巨大的古希腊剧场。一条条街道和一排排房屋就像是剧场里的观众,而半圆形的雅尔塔湾则是舞台,如梦似幻。港湾里停满了白色的游轮和当地破旧的内燃机轮船……

也许,对那些第一次来雅尔塔的人来说,这里有着某种魔力:永远

---

① 源于希腊语,意思是"旧地"。

秘密走廊

都被烟雾笼罩着，不同于世界上任何一座城市。但是，头脑中留存着对过去的回忆的雅尔塔人却会觉得眼前的一切都变化得太快了。

雅尔塔变了，生活在这里的人们也变了。二十世纪八十年代末到皮聪大①进行了短期旅行之后，阿列克谢就再也没有去过任何疗养地。让阿列克谢感到极其震惊的是，政治和经济在很大程度上改变了人们在度假时对时尚的认识。在此之前，人们崇尚的是健美和曲线美，男人穿着紧身裤和T恤衫，而那些因为身材而无法穿这些衣服的人，则穿着得体的白色裤子和宽松的纯棉短袖衬衫。如今，那些大腹便便、小腿短粗的资产阶级大佬们在任何情况下都不愿意受到歧视。于是，他们便为自己订购了时尚的度假服装：裤裆肥大的短裤和孕妇裙似的肥大的T恤衫。最让人感到惊讶的是，有一种能把罗圈儿腿"拉直"的衣服。不知为什么，它反倒能使那些本来身材匀称、发育正常的小伙子变得腿部弯曲、大腹便便。

唉，在肉体和精神上强加给凡夫俗子的不仅仅是服装的风格！在雅尔塔，所有海报都在号召人们参加下列活动："在烂泥中摔跤的女人"、"在泡沫中共舞"、"公开的脱衣舞冠军赛"、"维尔卡·谢尔久奇卡"②的节目、嗓音沙哑的变态老人鲍里斯·莫伊谢耶夫的演唱会，还有"血腥的争斗"。这会让大家变得目光短浅、大腹便便、皮肤不洁净，还会使"企业家"变得更加唯利是图。人们身上所有正常的东西，比如纯洁、美丽……都变成了卑鄙无耻的东西……盗窃、杀人、背叛，还有愤怒和仇恨。他们并不知道，存在着另外一个世界，与他们在讨厌的办公室、别墅和桑拿房中看到的世界完全不同。在雅尔塔的旧货摊上，仍然

---

① 格鲁吉亚的一个城镇。
② 指的是乌克兰演员、歌手、制片人安德烈·丹尼尔科。1993年，他在一个幽默节目中男扮女装，用了"维尔卡·谢尔久奇卡"这个名字。

出售黄色书籍和录像带——只有和他们一起来的"怪胎"、"光头党"和穿着裤子的雏妓才需要这些东西。从前,雅尔塔是知识分子的梦幻之地,而现在"自由知识分子"从四面八方跑到这里,为的是给阔佬们提供服务。有一张海报证实了这一理念,上面有阿列克谢熟悉的字样"谢苗·库班斯基公司推出:反极权电影节",下面画了两个赤身裸体的同性恋者。显然,这是"反极权主义"的象征。

在雅尔塔,阿列克谢和娜塔莉娅不知道该住在什么地方。娜塔莉娅作为军官的女儿,从小就和母亲一起住在部队的疗养院里。所以,她自然而然地就有权享受折扣价。她提议还去住斯维尔德洛夫大街上的那个疗养院,也就是她在1984年曾经住过的那个疗养院。可是,在这里,他们连安全检查都没有通过,因为该机构现在隶属于乌克兰的国防部。于是,他们只好去了另一个疗养院——塞瓦斯托波尔大街和滨河街交会处的黑海舰队疗养院。根据主楼大门上的"圣安德烈海军旗"和俄罗斯的"三色旗"可以判断出,这幢大楼仍然归俄罗斯所有。

在这里,一切问题都顺利地解决了。住宿费是每天二十美元……房间里有卫生间和浴室,还有能够俯瞰大海的露台。实际上,在这里根本就看不到海。

该度假村的一切都保留着苏联时期的样子:有楼层值班员……休息室里有跳棋、国际象棋,还有样式陈旧、没有遥控器的笨重的彩电……墙角处有一棵落满了灰尘的棕榈树……仿佛连空气都是苏联式的。房间里的陈设很简单:二十世纪七八十年代的木床、坏了的木制沙发、"萨拉托夫"牌的小冰箱和播放着乌克兰语节目的收音机。

在这里,他们将要"一切从头做起"。

秘密走廊

* * *

在苏达克镇附近，离达克诺镇不远，观光巴士经过了一个被树篱围起来的平台，上面耸立着一个纪念碑。纪念碑上雕刻着克里米亚半岛，带有吉列王朝的标志。阿列克谢甚至为之一惊——这个纪念碑与他十五年前在噩梦中见到的模型惊人地相似。于是，他环顾了一下四周。这是海市蜃楼吗？不，石碑依然耸立在原地，直到汽车转弯了以后才在视线中消失。

这么说，"修道院院长帕尔费尼疑案"不是幻觉——就发生在这里，在苏达克镇和费奥多西亚市之间的某个地方！以前，阿列克谢绝对不会想到，在梦里，库班斯基给他讲的侦探故事竟然会如此真实和详细。但愿这只是一场梦——故事充满了血腥和暴力！当然，他要是读过或者听过这个故事就好了。可是，在1984年以前，他对"塔拉克塔什案件"一无所知，对克里米亚的鞑靼人也知之甚少……他不止一次地想钻进图书馆去查找，看是否真有这样的事情发生。但是，在他的潜意识中，一个未知的怪物向他袭来的时候（就像当年在雅尔塔的时候那样），他又打消了这个念头。"不要看！"有人对果戈理小说里的霍马·布鲁特说。可是，他还是看了，然后就消失了。在这个充满了痛苦的梦中，有许多奇怪的事情……如果像阿列克谢梦见的那样，克格勃的人把娜塔莉娅和她的母亲带到了辛菲罗波尔，然后去了莫斯科就好了。可是，"黄蓝旗"① 下的雅尔塔先知形象是怎么回事呢？再深入探究下去，就太可怕了！

"我们路过的那个纪念碑叫什么？"阿列克谢用一种奇怪的嘶哑的声

---

① 指乌克兰的国旗。

音问导游。

不知为什么,导游皱了一下眉头,给出的答案和佩佩利亚耶夫所讲的一样:"克里米亚的鞑靼人在十九世纪谋杀了东正教的修道院院长。"他稍微停顿了一下,补充道:"这是去年才立的碑!"

阿列克谢靠在了椅背上。

这就是过去发生的一切!梦是有预见性的,就像"雅尔塔之梦"一样,构成了他新小说的素材!"雅尔塔之梦"十分形象地反映了现实生活中的一些事情,可是这样的事情实际上并没有发生过——他只不过是做了一场白日梦!

然后,他平生第一次这么想:那时,他梦寐以求的一切都仿佛是潜意识里的一种暗示或者情景再现,就像在现实中不为人知的"塔拉克塔什案件"一样。

"你怎么了?"娜塔莉娅一边问,一边仔细地观察着他脸上的表情。

"没什么。"他苦笑着说。

他们来到克里米亚已经有一个星期了。来到克里米亚的第二天,阿列克谢惊奇地发现,他虽然已经离开了莫斯科,但是满脑子都是临走时发生的事情。他还能自如地走到电视机房,去看克里米亚电视台转播的"莫斯科新闻",以便了解"爆料丑闻"的进展情况。事件正在朝着正确的方向发展!当然,涅米洛夫斯基通过自己的新闻发言人否认了一切内容,并要求对原始记录进行鉴定。维休林明显是受了联邦安全局的人的指使,说原件多半是在不明身份的人突袭秘密调查杂志社时被盗走了,而杂志社的主编则很快就被人打死了。他故意停顿了一下,然后补充说:"可能还是那个不明身份的人干的!不过,还是需要查明其中的利害关系,从而找出受益者。"

紧接着,普拉托内奇出现在了屏幕上,说法跟前边那个人如出一辙。

秘密走廊

在最初的几天里,电视台的人在谈论与"黑材料"有关的话题时,把矛头指向了报纸,然后才说"黑材料"来源于《秘密调查》杂志,并且说整版报道中暗示了"电话交谈"的内容,使杂志的销售呈现出了良好的势头。阿列克谢不久前还对"秘密调查"很失望呢,现在却为此而感到高兴,实在是不可思议!于是,他便有了这样的想法:十分期待联邦安全局的调查材料能够浮出水面。

不知是因为阿列克谢无论如何都摆脱不了对往日生活的眷恋,还是因为雅尔塔留给他的除了美好的回忆,还有一些黑暗而沉重的东西,从到达克里米亚的第一天开始(确切地说,是在第一天晚上),他就尝试着重新建立与娜塔莉娅之间的关系了。

这是一个月圆的夜晚,天气十分闷热。长时间的欢愉过后,他也没能入眠。他们十分兴奋,满身是汗,尽量不互相触碰。他们似乎都能感觉到,即使刚刚发生了关系,他们也是同床异梦、貌合神离。他们虽然彼此原谅了,但是仍然无法完全走出一年来"生活的可怕阴影"。

白天,他们在雅尔塔那被太阳烤得炙热的、人满为患的狭窄海滩上晒太阳,在有点儿汽油味的海里游泳,在海岸边漫步,或者坐在咖啡馆里喝咖啡。他们一刻都没有分开过,但却是"各怀心腹事"。

十五年前,他们两个人手挽着手,沿着锡梅伊兹镇的台阶往上走,可现在却分别坐在台阶的两侧,不想下去。台阶已经脏得不像样了,"梦幻别墅"和"克谢尼娅别墅"的屋顶上出现了一个大洞,窗户就像人类空洞的眼窝,花坛里的花消失不见了。阿列克谢和娜塔莉娅与锡梅伊兹镇一起发生了变化。在这里,他们很想与青春不期而遇,但遇到的却是现在的自己。也许,这就是他们不搂着对方的肩膀问"你还记得吗"的原因。

雅尔塔很快就使他们感到厌倦了,于是他们便去了其他地方,但这样做根本就无法消除内心的空虚。对过去的回忆已经不复存在了——即使有回忆,也都是恐怖的噩梦。就拿今天来说吧,阿列克谢又见到了梦中的纪念碑。

回来以后,他们吃了晚饭,在阳台上坐了一会儿,便躺下休息了。阿列克谢看了一眼手表——六点钟开始"新闻联播"。他充满歉意地冲着娜塔莉娅笑了笑,便向有电视机的房间走去。刚走到门口,他就听到了一个惊人的消息:"莫斯科的著名银行家涅米洛夫斯基被暗杀!详细情况稍后播出!"

"这肯定是他干的!他这么快就开始行动了!"阿列兑谢一边想,一边紧盯着屏幕。不过,暗杀的细节并没有立即播报,首先讲的是与国家领导人有关的"官场新闻"。最后,屏幕上终于出现了涅米洛夫斯基的那张干瘪的脸,活像埃及的木乃伊。"今天下午,有一个身穿上校军装的人出现在了高架桥上的银行董事会办公室。"听着这些报道,阿列克谢有一种不祥的预感,"他出示了内务部的证件,并声称他和银行的董事长涅米洛夫斯基有紧急业务要谈。来访者通过安全门时,报警器响了。警卫要求他把武器交出来,可是来访者说,他的枪是政府发放的,他无权交到其他人手里。有人去叫在金融交易大厅值班的警察时,他推了警卫一下,然后朝涅米洛夫斯基的接待室走去。在银行的岗亭里值班的两个保镖一边警告他,一边向他跑去。但是,这名身穿上校军装的男子先向他们开了火,当场就打死了两个警卫。紧接着,攻击者朝门锁开了枪,进入了涅米洛夫斯基的办公室。在那里,他一个人也没有发现。银行家和一个保镖藏在一间休息室里,把门伪装成了一面橡木做的墙。这时,恐怖分子冲到了窗口,以为涅米洛夫斯基会跳窗离开办公室。保镖通过秘密监视孔观察到了这一切,向恐怖分子连开了几枪⋯⋯袭击者在被送往医院的途中死亡。此人好像是已经退休的警察伊万·祖博夫上校,在一家私人侦探代理公司任副总经理。该机构的负责人——一个名叫安德烈·库佐夫科夫的人在不久前遇害,被一个身穿军服的人杀死

秘密走廊

了。后来，杂志上出现了银行家涅米洛夫斯基和前总统泽利姆汉·扬达尔比耶夫的'电话交谈风波'……涅米洛夫斯基对这一事实予以否认。"

这时，屏幕上出现了普拉托内奇的照片，还有银行家办公室地毯上的血迹，以及加上了马赛克的模糊人像。

阿列克谢感到十分震惊，闭上了眼睛。原来，普拉托内奇与其说是用疑问的语调，不如说是用肯定的语调说的那句"如果我们还能见面的话"的寓意是这样的！"可以猜测到……你都做了些什么，普拉托内奇！……涅米洛夫斯基没有死，而你却搭上了性命，还搞乱了库佐夫科夫的一盘棋……"阿列克谢心想，现在，"秘密调查机构"要追查的人——恶贯满盈的涅米洛夫斯基戴上了"受害者"的假面具，殊不知杀手就是他的手下！你瞧，电视台的人在第一次进行报道的时候就带有倾向性！他们说，库佐夫科夫被打死了之后，才出现了与涅米洛夫斯基有关的爆料！他们拿这套军服做文章，用的是相同的手法：扬言攻击库佐夫科夫的人和攻击涅米洛夫斯基的人穿的是一样的衣服。

阿列克谢站起身来，走出了有电视机的房间。报应是必然的！可是，不应该再有报应了呀！库佐夫科夫被杀害了，普拉托内奇被杀害了，"秘密调查机构"也被捣毁了！然而，涅米洛夫斯基却活得好好的。他像十五年前一样，干着见不得人的事情。

"你卑鄙地躲过了一劫！"他对自己说，"你心里很清楚，会有这样一个结局！这不是很公平，但是似乎很合理。普拉托内奇虽然犯了错误，但却忠实于他们共同的信仰，直到最后……而你呢？"他坐在大厅里的椅子上，双手颤抖着点燃了一支烟，"你应该回到娜塔莉娅身边！在生活中，她是你的'唯一'！"

阿列克谢扔掉烟头，回到了房间里。"在这个该死的新闻播出之前，一切都应该像几分钟之前一样！"在回房间的路上，他反复地提醒着自己,"她什么都不应该知道!不应该重演十五年前在雅尔塔的那场噩梦!"

这时,娜塔莉娅仍然坐在阳台上。阿列克谢出现时,她并没有转过身来。阿列克谢靠在栏杆上,斜眼看着她,看到了她眼里的泪花。她莫名其妙地抑郁起来,无精打采地坐在那儿。"她听到了?"阿列克谢吓了一跳,但是马上就打消了这个念头——没有打开有乌克兰语频道的收音机,她怎么会听到呢?况且,她对普拉托内奇也不太熟悉,不可能为了他而伤心流泪。

"发生了什么事?"他问。

娜塔莉娅用掌心擦干眼泪,转向了他。在她的眼里,他看到了熟悉的冷冰冰的目光。

"什么也没有发生!"她说,"能发生什么事呢?一切照旧——你有你的生活,我有我的生活。会有什么变化呢?我们干吗要跑到这儿来呢?我们干吗要自欺欺人呢?一切都会恢复原状的!你坐在自己的电脑前,而我……我们的未来是什么样的呢?还会十分贫困吗?我已经厌倦了这样的生活……想要孩子吗?可是,谁来养活孩子呢?你失去了工作……再找一份新的工作,又得过去好几年。所以,我必须供养一个三口之家。我得重新去令人厌恶的广告公司谋职!这就是所谓的'从头再来'吗?"她号啕大哭起来。

她说的一切都是真的。不过,阿列克谢期待的不是这种打击。他走到娜塔莉娅跟前,没有勇气当面弄清楚,普拉托内奇的死对她来说意味着什么。以后,他将如何在这个世界上生活呢?除了妻子,他还能有什么呢?可是,他们之间突然出现了一道鸿沟。

于是,他跑出了房间。"一切都是徒劳……生活就是一个错误!"这句话萦绕在他的脑际。阿列克谢下楼之后,漫无目的地走着。这时,天空中乌云翻滚,海面上狂风怒吼。在某个地方,从咖啡馆里传出了震耳

秘密走廊

欲聋的音乐声:"你应该在我身旁,你应该原谅一切!……""应该"这个字眼听起来有点儿奇怪,一直萦绕在他的脑际。南方的商家为了游客兜里的美元,使出了浑身的解数,竞争十分激烈。那么,就让俄罗斯人以各种正常的或者奇怪的方式去度假吧!阿列克谢走到了滨河路,然后拐到了普希金大街。和十五年前一样,在历史博物馆里,以"刑具展览"为主。入口处不仅有海报,而且有展出的"摩西椅子"(直接放在外面)。椅子上坐着一个身穿灰色粗帆布上衣的模特,帽子遮住了他的脸。起风了,从街头的算命先生手里吹落了一些神秘的字帖。阿列克谢心里一惊,感觉坐在椅子上的人在晃动。

阿列克谢非常想喝点儿什么,于是便走到了最近的支着帐篷的咖啡馆。在门口的柏油马路上,坐着一个蓄着胡子的老头儿,很像靠墙放着的一个旧的大布口袋。老头儿的面前有一只黑色的看门狗,歪着头,吐着舌头。老头儿非常认真地对狗说:

"如果波林娜打电话来,就告诉她,我很忙!"

阿列克谢走过去的时候,醉鬼抬起头来说:

"给支烟抽吧,作家先生!"

"什么?"阿列克谢慌张地转过身来,"你是从哪儿……"阿列克谢还没有把话说完,就认出了这个老头儿。其实,他根本就不是老头儿,只是有些未老先衰,并且谢了顶。他就是满脸皱纹、瘦骨嶙峋的佩佩利亚耶夫。

阿尔伯特·伊万诺维奇用看门狗似的通红的眼睛嘲讽地看着他。

"这是怎么回事?"阿列克谢十分惊讶地低声问道,"你为什么在这儿?"

"我还能在哪儿?"

"我不知道……可是,你是个学者啊!"

佩佩利亚耶夫笑了笑,清了清嗓子。

"真是件稀罕事！一个学者！现在，谁还需要学者？你能给我一支烟抽吗？"

阿列克谢把手伸到口袋里，掏出了一包烟。但是，他不敢把这包烟递到佩佩利亚耶夫那脏兮兮的、有尿味儿的手里。于是，他便从里面拿出一支烟递给他，然后"啪"地一下用打火机点燃了这支烟。

"是这样……"阿尔伯特·伊万诺维奇说着，很享受地深吸了一口烟，"现在，一切正常。这么说，你又来找我们的庇护神了！真够可以的！"

"什么叫'真够可以的'？"

"没什么。你来了，这里却什么都没有了。可能，你也即将不复存在。我甚至不知道，你是真的存在，还是只出现在了我的想象中。"

"是这样……你尝试过戒酒吗？"阿列克谢同情地问道，"这样是不行的……现在，俄罗斯的学者们都生活得不太好，可是他们并不是都成了酒鬼……毁了自己并不是很好的选择。关于哥特人，你的论文题目非常有意思……"

"什么哥特人？"佩佩利亚耶夫咧开嘴笑了起来，露出了可怕的烂牙根，"哥特人也不能不喝酒！在布斯别克的记录里，克里米亚的哥特人有五种常用的发音方式，其中'吉列姆施科普'的意思是'再来一杯'，与《狗心》①里的'再来两杯'如出一辙。"他对自己的即兴创作非常满意，放声大笑起来，"莫非哥特人就是因为酗酒才消失了？他们认识了斯拉夫人，就开始酗酒了吗？事实上，俄罗斯人很了不起！顺便问一句，你为什么认为我是个酒鬼呢？难道我在前世就是个酒鬼吗？"

说着，他挽起了上衣的袖子。他穿的衣服肮脏到了极点，不知是工作服还是帆布衬衫。在他的胳膊上，从肘部到腕部，到处都是可怕的青

---

① 俄罗斯著名作家布尔加科夫创作的中篇小说。

秘密走廊

紫色疤痕。

"很长一段时间了,伏特加酒对我已经不起作用了,只是暂时缓解一下疼痛而已。现在,我得用吗啡或者鸦片了。可是,没有人肯借钱给我!"他突然号叫起来,"从前,大家都需要我。持不同政见者、办事处的人和安全委员会的人都来找我……现在,他们却把我佩佩利亚耶夫赶得远远的:'走吧,愿意去哪儿就去哪儿吧!'我想到我的走廊那儿去!我的挖掘工程明天就开始!可是,你却总是在我面前提起哥特人!你要是喜欢他们,就和哥特人一起留在那里好了!"

"什么?……"阿列克谢低声问道,"你指的是什么?在哪儿?在地洞里?一切都发生过,对吗?……"他抓住了佩佩利亚耶夫的衣领,"回答呀,你这个投机分子!"

阿尔伯特·伊万诺维奇的一只手被拉了起来,就像被挂在衣架上。他像蜥蜴一样,一下子就从自己的衬衫里挣脱了出来。由于用力过猛,他摔倒在柏油马路上,发出了低沉的笑声。他的上半身露了出来,针织长裤也滑落了。

"在哪里?"他咯咯地笑了起来,"在卡拉干达!哦,寻找这些地方已经使我感到厌倦了!孩子,在走廊里,我让你走错路了!嗯,你打吧!打我吧,你这个可怜的门外汉!"

这时,周围的人都在看他们。阿列克谢表情怪异地站在佩佩利亚耶夫身边,手里拿着他的衬衫。

"你说……"他气喘吁吁地说,"你曾经是一个好人……很有才华……当时,发生了什么事?是谁指使你把我领到迷宫里去的?目的是什么?你把自己给毁了,也就罢了。可是,你为什么要害我呀?"

"咱们还真得搞清楚,到底是谁害了谁。"阿尔伯特·伊万诺维奇的声音听起来既冷静又清晰,"确实有人把你带到了迷宫里……可是,你却把我送到了地狱!我给你讲一个发生在很久以前的故事吧……堕落的天使变成了恶魔，长期诱惑着一个虔诚的教徒。这个教徒耐心地倾听着，甚至频频地点头。恶魔累了，停顿了几秒钟之后，突然亲切地问道：'你还记得《天使之歌》吗？'恶魔一想起这个来，就痛哭流涕。请告诉我，谁是真正的诱惑者？谁给谁建造了地狱？"

"我不想听你的这些寓言故事！这些东西，我都听了上百遍了！"阿列克谢大喊起来，"请你给我解释清楚！我已经受够了！在现实生活中，最后一次……你就发一发慈悲吧！"

"慈悲？"佩佩利亚耶夫眯起了眼睛，"请你看着我！你认为我能承受得起'慈悲'这个字眼吗？在'慈悲'面前，我无能为力。可是，你却指望我发慈悲！你认为，我能把你领进哪里的某个迷宫，就说明我超凡脱俗、无所不能吗？你为什么要纵容怯懦的人呢？你看到了吧，他在经受磨难！你知道什么叫'磨难'吗？你的处境比我的处境要好上一千倍，而你却站在这儿抱怨！没有走不出去的迷宫！你滚吧！"他歇斯底里地喊道，"你让我感到恶心！等你想清楚了，咱们再谈吧！"

"你对这位老人做了些什么？"一位大妈拉了拉阿列克谢的袖子，"他打扰你了吗？走你的路吧！"

这时，阿尔伯特·伊万诺维奇敏捷地从地上跳起来，飞速地沿着大街向前跑去。他抖动着瘦削的肩膀，很快就消失得无影无踪了。那只看门狗站在那里，紧紧地盯着阿列克谢手里的那件佩佩利亚耶夫的衬衫。他把衬衫放在狗的面前，然后拖着沉重的脚步慢慢地向前走去。

"他说的对。"阿列克谢忧郁地思忖着，"如果我还活着……我这是在哪儿呢？我活在什么样的现实里呢？我是从迷宫里走出来了，还是留在那里了呢？我是又生病了，还是早就死了呢？当时，我为什么会那么痛苦呢？"

假如能够同时过两种生活，那么年轻的阿列克谢就会永远留在这里，而另一个他则会在迷宫的另一头继续生活。这样的生活，他从来都

秘密走廊

没有经历过,就连在梦里都从未经历过。难道说,这些都是与雅尔塔有关的小说里的情节?难道说,周围的这些人都是他想象出来的?也许,他们每个人都有自己的"生活走廊"。莫非他们是沿着自己的走廊来到这可耻的现实世界的?

夜幕很快就降临了,他像醉汉一样在街道上游荡着。因为时钟被"无党派人士"拨快了一个小时,所以在这里,天黑得比较晚——这就是这里和莫斯科不一样的地方。这里面有一些东西是不真实的,来自于童话故事。比如,时间被偷走了,邪恶的精灵把时钟的指针挪到了魔法城堡的塔楼上……塔楼就像缆绳下面的缆车……阿列克谢来到亚历山大·涅夫斯基大教堂,发现一切都还是那么美丽。他站在教堂旁边,回想起了自己到迷宫里之前曾经来过这里——难道是在梦中见到的?著名的安东尼奥·萨尔维亚蒂①的神秘作品——镶嵌在圣像的上方,一盏神灯闪着红光。"上一次,我见过这个圣像吗?"阿列克谢心想。他马上就在胸前画了一个十字,于是大公便对他微笑了一下。"好了,请帮帮我吧!"阿列克谢眼泪汪汪地对他说。亚历山大笑了笑,什么也没有说……

路过灯火通明的电器商店时,阿列克谢竟然心血来潮,想买一个手电筒——可能是打算和娜塔莉娅一起在雅尔塔那昏暗的街头漫步。他木然地走进一个店铺,买了一个手电筒。可是,他们后来为什么没有一起散步呢?大概是以后还想来雅尔塔吧!

过了一会儿,他来到了苏维埃广场。贪图享乐的当地新潮小青年们坐在长凳上喝着啤酒。阿列克谢穿过地下走廊,来到了莫斯科大街。在一个像大灯笼似的圆形售烟亭旁边,他又看见了佩佩利亚耶夫的看门狗,嘴里叼着主人的衬衫。狗一看见他,就汪汪地叫着跑到了墙根处。

---

① 意大利画家。

下　篇

阿列克谢朝四周看了看，发现自己就站在以前走出迷宫的地方。就在这儿，他被人抓到了"疯人院"！这里有一个通道……顿时，他僵住了。

墙上有一个深色的矩形缺口，旁边蹲着看门狗。阿列克谢走向墙壁的时候，看门狗丢下佩佩利亚耶夫的衬衫，龇着牙汪汪地叫了起来。阿列克谢没有理会狗的叫声，径直朝矩形的缺口看去。里面漆黑一片，什么也看不见。他突然想起了自己刚买的手电筒，便打开它，照亮了混凝土的台阶——这台阶竟然和他在梦里见到的一模一样。

看门狗汪汪地叫着，从侧面向阿列克谢扑去。狗的眼里闪着凶光，显然是要咬他。他像足球运动员射门一样，飞起一脚，踢了那条狗一下。那条狗像猪一样哼了一声，打了个滚儿，消失在花坛边的树篱旁，再也没有回来。

这个星期，阿列克谢不止一次乘坐无轨电车路过莫斯科大街，看到过这座房子。不过，他没有见到墙上的那个矩形缺口。他关闭了手电筒，陷入了沉思。发生的这一切事情，恐怕都不是偶然的。当天，他在公共汽车上看到了修道院院长帕尔费尼的雕像和刻着凶神恶煞的"摩西椅子"，遇见了佩佩利亚耶夫（他承认自己去过迷宫），最后发现了这只守在入口处的小狗……这是什么地方的入口呢？难道这是秘密走廊的入口？

如果他钻到墙里，会怎么样呢？经过了漫长的岁月，他会进入某种全新的现实生活，还是会因为受到"奖赏"而遭遇新的不幸呢？可是，有谁需要这种"奖赏"呢？二十世纪八十年代中期，他本人乃至全国的人都认为，这种现实生活比另一种现实生活更好。现在，俄罗斯的人口每年都会减少一百万——这还不够吗？难道有人觉得我们人口减少的速度太慢了吗？

如果情况正相反，会怎么样呢？如果他有机会重新回到过去，会怎

秘密走廊

么样呢？不知为什么，当天发生的一连串事情都与这里——他走出迷宫的地方，而不是他进入迷宫的地方——有关。而且，佩佩利亚耶夫的狗显然不想让他进去。另外，佩佩利亚耶夫说过，没有走不出去的迷宫……他的意思是"阿列克谢仍然在迷宫里"吗？那么，他在无意之中买的手电筒和后来在亚历山大·涅夫斯基教堂中的救助又该怎么解释呢？事实上，要是没有手电筒，他无论如何都不可能进入秘密走廊！

熊熊的希望之火突然在他的心中燃烧了起来。如果从另一边出来，也就是从博物馆商店的门出来，那么他就又变成了二十三岁时的模样。在那儿，他会遇见年轻的娜塔莉娅、健在的父母，以及库佐夫科夫和普拉托内奇吗？他把痛苦、绝望，还有过失和罪孽都留在了这里……在他看来，所有这一切都是噩梦，就像以前在哥特式迷宫中的梦幻之旅一样。不过，他非常清楚，为了避免再来到这里，他不应该做什么。而且，像他和娜塔莉娅希望的那样，一切都会重新开始。他们可以继续共同生活下去，而不是仅仅在空间上回到初恋的地方。哪怕能像与雅尔塔有关的小说的男主人公那样也好啊！

于是，阿列克谢再次打开了手电筒。

"好吧，上帝保佑！"他在胸前画了一个十字，然后走了下去。

* * *

他还没有迈下几个台阶，就看见左边有个红色的东西亮了起来。一个颤抖的人的轮廓出现在了眼前——这是穿着克格勃上尉制服的涅米洛夫斯基。

"记住，"他说话的声音模糊不清，"如果你现在不退回去，那么这个通道将永远闭合。"

"滚开！"阿列克谢说着，冲着悬在半空中的影子吐了一口唾沫。

下　篇

涅米洛夫斯基咧开嘴笑的模样很吓人，就像闪着霓虹灯的广告牌上那个爱吃油炸薯片的人一样。然后，"红点儿"突然灭了。

阿列克谢回头看了看，发现返回去还来得及。外面，雅尔塔的灯光在闪耀，娜塔莉娅还在疗养院里等着他。可是，他还有回头路可走吗？他已经走了十五年了，循环往复地走在这条该死的路上，结果又回到了这里——迷宫的另一侧。难道要像矮种马①似的，充满了仇恨地绕着圈子跑来跑去，并且被死尸纠缠着吗？不，他宁愿死在这里，也不愿意出去！

于是，阿列克谢又往下迈了一步。刹那间，他身后传来了沉闷的隆隆声。他回过头去一看，发现墙壁在移动，雅尔塔的灯光消失了——他被锁在了地洞里。

阿列克谢被恐惧包围着，狂躁地让手电筒的光束在那面墙上来回移动，就像要在上面找到一条裂缝似的。随后，他醒悟了，对自己说："为什么要浪费电池呢？反正也没有别的路可走了，只能往前走！"

于是，他便继续往前走，认出了十五年前的路线。从这里到有圆柱的大厅，道路是笔直的，没有岔路。接下来，路况变得复杂起来。在手电筒的照射下，有个东西闪了一下光。他弯下腰来，发现这是一个"百事可乐"的瓶盖。透过斑斑锈迹，勉强能辨认出上面的"阴阳标志"——这是光明与黑暗、善良与邪恶的象征。那么，这一次的寓意是什么呢？上一次的"黑暗"是什么意思呢？……它没有任何意义。又是佩佩利亚耶夫搞的鬼！阿列克谢把瓶盖扔到身后，落在石头上，像小铁锅一样发出了咔嗒声。与此同时，从后面传来了佩佩利亚耶夫那喉音很重的笑声，把阿列克谢吓得毛发都竖起来了。他定了定神儿，说道：

"还是好莱坞的那一套！能想出点儿新鲜玩意儿来吗？"

---

① 英国的一种很矮的马。

秘密走廊

"噢,是这样啊!"佩佩利亚耶夫在后面咆哮着,"我们会考虑的!"

阿列克谢郁闷地转过身去,心想:"不胜荣幸!按照你的意思,我就活不成了!那么,你这只'山羊'就别想活在人世!"

"你要对'山羊'负责!"佩佩利亚耶夫突然大声吼道。然后,一切归于了平静。

阿列克谢继续往前走,发现墙上那熟悉的指针闪了一下。几分钟后,他走到了十字路口的拱门处。

现在,和十五年前一样,他面临着抉择:三条走廊中只有一条通往圆形的洞穴,走哪一条呢?乍一看,这个问题相当简单。他非常清楚地记得,带箭头的那条走廊在通往弗莱尔①多神教神庙的走廊对面,而他和佩佩利亚耶夫从下水道进来时走的那条宽走廊在弗莱尔隧道的右侧。可是,上一次,在右边的走廊里,除了蝙蝠,他什么也没有找到。只有一条走廊,阿列克谢未曾认真地考察过。

显然,这条走廊比第一条走廊还要低。可是,阿列克谢能完全相信自己的眼睛吗?在莫斯科大街上,出入口定期开放、关闭,还有涅米洛夫斯基和佩佩利亚耶夫神秘地出现,都说明这里聚集了太多扭曲而虚假的世界中的"地下妖孽"。比如说,一条宽宽的走廊竟然在他的面前隐没了。可是,阿列克谢并不相信有这种可能性。他觉得,这个与迷宫有关的充满了欺诈的游戏是有一定之规的。赌棍是无论如何都不会在游戏的过程中改变游戏规则的,否则就没有必要作弊了。

最后,阿列克谢走了那条未曾走过的走廊。

不,没有任何东西能让他想起那条宽的走廊。但是,他仍然继续走了大约两百米。这时,他似乎听到了一种乐曲。于是,他停下脚步,侧耳倾听。没错,是一种乐曲——一种悲戚而单调的乐曲,甚至让人想起

---

① 斯堪的纳维亚古代神话中的"丰产与和平之神"。

了敲击板子发出的啪啪声。很明显，这种声音是从后面传来的，并且离他越来越近。编造了新的"恐怖故事"吗？是啊，除了吓唬他，还能吓唬谁呢！

"我不怕你，佩佩利亚耶夫！"阿列克谢喊道，"我不惧怕任何人！"

与此同时，他的心脏在胸膛里怦怦直跳，就像一只鸟糊里糊涂地飞进了用玻璃围起来的阳台。手电筒发出的光在拱门上晃动着，可怕的声音越来越近了。突然，阿列克谢想起了济宾老人讲的在高尔基的别墅里守夜的故事："一种奇怪的音乐声从那里传来，伴随着单调而沉重的敲击声……"黑暗中，一个红色的东西闪了一下，像是不久前拍摄的涅米洛夫斯基的三维图像——看上去有点儿像手拿红赭石和黏土制作的长笛的"骷髅人"。这个"骷髅人"摇摇晃晃地跟在他身后，弯着身子，垂着双臂。它艰难地前行，就像上了发条的玩具。它长着一颗马头，大骨架嘎嘎作响，直接向阿列克谢走来。

阿列克谢想转身跑开，但是转念一想，他一旦这样做了，就会迷路，永远都无法逃离此地。可是，无论是奔向美好的现实生活，还是投入痛苦的现实生活，他都找不到出口。阿列克谢关闭了手电筒，靠在了墙上。积蓄了上千年的腐臭味包围着他，到处都是散落的赭石片。这时，两个"骷髅人"慢慢地走了过去。"嘟—嘟—嘟"——长笛发出了沉闷、喑哑的声音。"他们没有看到我！"阿列克谢松了一口气。就在这一刻，他又听到了一阵咯吱声。"上帝啊，还有谁在那儿？"被人发现固然可怕，可是默默无闻更加让人难以忍受。他犹豫了一下，打开了手电筒。

还是老熟人——两米高的头上有洞、脚上带箭的"罗密欧"和优雅的"朱丽叶"。相互拥抱着前行。阿列克谢被这种场景给迷住了，张着嘴巴看呆了。

"开始！"后面传来了佩佩利亚耶夫的声音。

秘密走廊

于是,"罗密欧"与"朱丽叶"瞬间变成了乌克兰电视节目里的人物:国家银行董事会主席维克多·尤先科和乌克兰的"石油女王"尤利亚·季莫申科。只是,英俊的尤先科被弄成了满脸麻子,而季莫申科那松散的头发被编成了辫子,在头顶盘成了发髻。她就像果戈理作品里的一位小姐,脸色有点儿发绿。而且,两个人的眼睛都闪着神秘的橙黄色的光。

"要有俄罗斯人应有的精神、气质!""季莫申科"舔着毫无血色的厚嘴唇说道。

"我需要那个俄罗斯人的皮肤——真正的光滑皮肤。""尤先科"回答道。

他们伸出双手,朝着阿列克谢移动着。看来,他们不需要任何魔鬼的帮助。阿列克谢不寒而栗,发现他们的指甲特别长,大概有十厘米,并且十分锋利,向内弯曲。

"快走,这是一股邪恶势力!"他喊道,"看在圣父、圣子和圣灵的分儿上,快走吧!"

这时,"食人鬼"浑身颤抖了起来。一股神秘的风就像撕碎抹布一样把"罗密欧"与"朱丽叶"撕成了碎片,把骨头架子和半人半马的弥诺陶罗斯①以及吹笛子的牧羊女也一起带走了。对于这对恋人,阿列克谢一点儿也不感兴趣。"罗密欧"温柔地拥抱着"朱丽叶"那脆弱的骨架,而"朱丽叶"则优雅地把自己的头骨搭到了"罗密欧"强健的锁骨上。

阿列克谢刚要喘口气,手电筒的光束中就出现了一副新骨架。它走起路来摇摇晃晃,发出了断断续续的轰隆声。"主啊,这是什么?难道

---

① 希腊神话中克里特岛上的牛首人身怪物,为弥诺斯的妻子帕西法厄与公牛所生,后被忒修斯杀死。

整个地牢里的死人都复活了吗?"他惊恐万分,慌乱地用手电光给这些"复活者"画着十字。于是,"复活者"像纸板搭的房子一样散架了,骷髅头滚到了阿列克谢的脚下。

"是啊,这可不是一般的手电筒!真得感谢亚历山大·涅夫斯基!"他兴奋地惊呼着,用手电筒发出的光为所有复活的"新兵"进行着洗礼,并且为走廊里所有发出响声的骷髅头画着十字。

阿列克谢走回到圆形的洞穴,在摇摇欲坠的骨头的散落声中,像砍甘蔗一样用手电筒发出的光"劈杀"着。最后,他回到了有圆柱的十字路口。展现在他面前的是令人不寒而栗的画面:"骷髅人"从三个出口蜂拥而至。他放下了双手,因为无论如何都不可能把这些"骷髅人"消灭干净!怎样才能让他们安静下来呢?或许,能够安魂的祈祷会管用!可是,他对祷告知之甚少。阿列克谢痛苦地回忆着,嘟囔了起来:

"神灵……万能的神……所有的肉体……死亡,嗯……不要有无辜的死亡……消除魔鬼,嗯……请您赋予世俗社会的人们以生命……感谢您的恩赐,嗯……主啊,愿灵魂安宁……灵魂……您死去的奴隶……您知道他们的名字……在……在尘世里,在富饶的地方,嗯……还有什么地方来着?完全……根本……愿您的在天之灵保佑您的子民,使他们免遭疾病和磨难……"

这时,咯吱作响的骨头安静了下来。"骷髅人"站在那里,在风中摇曳着,颌骨发出了响声。可是,无论阿列克谢怎样绞尽脑汁,都想不起来祷告词。于是,他便用沙哑的声音唱起了歌曲《永恒的记忆》:

"让我们在幸福中得到永恒的安息!主啊,让您死去的仆人……您知道他们的名字……请为他们祈祷,让他们的记忆永恒!他们的灵魂是善良的,就让他们的记忆世代相传吧!啊,永恒的记忆!"

就像往后倒电影胶片一样,死人向出口的黑洞退去。那些用手电筒发出的光画过十字的死者从一堆白骨里站了起来,就像好莱坞的影片

秘密走廊

《终结者》里演的一样，集结成了"骷髅人"，飞回到了自己的墓穴和洞穴，弄得阿列克谢差点儿没来得及躲开。从帷幔下面飘来了拥抱着的"罗密欧"与"朱丽叶"。带着牧羊犬的"迷宫主人"吹着笛子——吹出来的已经不是"嘟—呜—呜"了，而是"呜—呜—嘟"。

一切都安静了下来。

"不错！"佩佩利亚耶夫的声音传到了阿列克谢的耳朵里。

阿列克谢愤怒地转过身去，想用手电筒发出的光给佩佩利亚耶夫画个十字，但却一个人都没有看见。

"要知道，我受过高等教育！"隐身的佩佩利亚耶夫装腔作势地说道，"我这么说，并不意味着他们都是文盲！别让我去充当骗子——那样的话，我以后就没法儿做人了！在这里，我的灵魂与你同行，而我的肉体则躺在街心花园的长凳下面。不管怎么说，我弄到了一点儿海洛因——虽然是替代品，但是也不错。"

"见你的鬼去吧！"阿列克谢心想，"既然你能隐身，并且还活着，那么你就不是很危险。"

"唉，怎么对你说呢……"阿尔伯特·伊万诺维奇用教授的语气反驳道。

"闭嘴！"阿列克谢朝他大声喊道。

"好吧！作为一个好人，你必须作出决定……三条路中，应该走哪条路？我闭嘴……"

"你这个混蛋！最好给我指一条明道儿！"阿列克谢心想。事实上，没有什么好选择的，这三条路都不适合他走。"你真是个白痴！"突然，阿列克谢一拍脑门儿，叫道。佩佩利亚耶夫表示赞许地"嗯"了一声。"应该注意一下'罗密欧'与'朱丽叶'是从哪条走廊里飞过来的，而'丑八怪'男人和牧羊人又是从哪条走廊里飞过来的！要知道，那才是我要通过的走廊！"其实，最让他感到高兴的是"安抚"了这些突如其来的"士兵"。但是,他当时并没有意识到这一点。现在,猜一猜到底是哪条走廊吧!好像是有蝙蝠的那条……也有可能不是……

唉,那个虔诚的大公要是能指点他一下,让他再买个指南针就好了!"要是有雷达和探测设备就好了!"阿列克谢用佩佩利亚耶夫的口吻嘲笑着自己。他像以前一样,靠着一个圆柱坐了下来。他关上手电筒,陷入了沉思。十五年前,他选择的是带箭头的那条走廊。阿列克谢就是从那儿出来的!他顺着地下水流的方向走,从上游到了下游(应该是从北向南,靠近大海)。最后,他发现出口竟然在入口的东边。如果是这样的话,那么死者面对的走廊就是往西边去的走廊了吗?不对,这里没有笔直的通道!虽然……佩佩利亚耶夫说,吹笛子的牧羊人和长着马头的"骷髅人"都是脚朝西,朝着日落的方向……

阿列克谢急匆匆地站了起来。僵尸往西边走了!带箭头的走廊通往东边!"家乡的粮囤"所在的走廊在北边!有蝙蝠的走廊在南边!

于是,他跑到南边的走廊里,用手电筒对着走廊画了个十字。

"我的舌头——我的敌人!"隐身的佩佩利亚耶夫嘟囔着。

"你的敌人——没有良心!"阿列克谢推测着。

在进入拱门之前,阿列克谢小心翼翼地用手电筒照了照天花板——至少要看清楚这里有没有蝙蝠!他小心谨慎地捯着碎步,来到了拐角处。十五年前,他走到了这里,就没有再往下走。他犹豫了片刻,把衬衫拉到头上,以防止怪物的爪子抓伤了自己的头。接着,他用手电筒照亮了墙角。手电筒发出的光亮自然地滑过了拱门,在他面前出现了一条宽阔的走廊!

上一次,由于疲劳和神经紧张,阿列克谢把圆厅前面的最后一个转弯给忘了!而且,转弯处比走廊要窄!妖孽把蝙蝠放到这里,是为了迷惑他,并且吓跑他!

但是,他高兴得太早了。狭窄的走廊并没有岔路,可是他记得有好几条呢!为了这个错误,他有可能付出惨痛的代价!阿列克谢没有急于往前走,而是回忆着自己在很久以前走过那条路时的细节。

就在附近,佩佩利亚耶夫突然忧伤地哭了起来。

"你怎么了?"变得很和善的阿列克谢惊讶地问道,"这一次,你就认输了吧!你想……可是,你嘴上却说,没有这样的迷宫……"

"他死了!"佩佩利亚耶夫号啕大哭起来。

"谁死了?"阿列克谢吃了一惊。

"我死了!"佩佩利亚耶夫呻吟着,"在那条长凳下面……永别了!"他伤心地接着说道,"我得去那儿了!你能不能……很容易做到……为我的灵魂安息而祈祷,就像为这些……"

"当然……"阿列克谢说道,"等一等!你叫什么名字?"说着,他醒悟了过来,"你的教名是什么?你受过洗礼吗?"

没有人回答他的问题,只有诡异的微风轻抚着他的脸庞。显然,佩佩利亚耶夫那罪恶的灵魂急于赶往悲凉的地方。

阿列克谢回到自认为是"东方"的地方,为"上帝的罪恶仆人"佩佩利亚耶夫的灵魂安息而祈祷。令他感到懊恼的是,他非常缺乏祈祷的知识。接着,他唱起了《永恒的记忆》这首歌。

在他的身后,有人叹了一口气。阿列克谢已经对各种各样的意外情况习以为常了,所以没有感到恐慌,而是回头看了看。

"不许为我祈祷!"特鲁巴切夫上校伤心地说。他穿着一件翻领的缎面家居外套,和从前一样胡子拉碴,胸部的右侧有一片发黑的血迹,中间是一个弹孔。

"有人告诉我,主教或者长老可以为你祈福。"阿列克谢停顿了一下,"不过,最亲近的人也可以……可是,娜塔莉娅……她不相信……"

"会相信的!"特鲁巴切夫轻声说道,"你要珍惜她!请你,也就是说……关于我……好了,去吧!不管生活的道路上出现了什么,你都不要转弯儿!"说完,他就消失了。

阿列克谢继续往前走,认出了一些东西。在墙边的那个坑洞里,放着一个哥特人的石制骨灰盒。根据他的记忆,在骨灰盒的后面,应该有几个急转弯。

在他的面前,悬在半空中的涅米洛夫斯基的形象变得清晰了。

"你认为,通过时间的隧道可以退回去吗?"他问道,"哪怕只是想象一下也好!这是什么东西?这不是你的骨架!你看一看吧!"他一边说,一边挥舞着幽灵般的双手。

突然,拱门敞开了,露出了一个巨大的地下室,就连最隐秘的角落都暴露无遗。此时,阿列克谢觉得自己仿佛站在一幅巨大的地图上。

河水顺势而下,泛着银光。展现在眼前的是一片树林和战斗的场景。在走廊里,不同部落的士兵排成队列,手里拿着圆形、椭圆形和矩形的盾牌。他们身穿锁子甲①,头戴钢盔,佩带着剑、军刀、弓、箭筒、战斧和狼牙棒。黑暗中,只见装备完善的战车上火光冲天,龇牙咧嘴的战马在嘶鸣。在令人感到恐惧的队列后面,是辎重队。最后,在来势汹汹的车队后面,出现了妇女、儿童和老人……"这么说,所有曾经存在的不朽民族都生存下来了!"阿列克谢激动地说道。

"他们在这里,永远地进入了时间的隧道!"涅米洛夫斯基指着前方说道,"他们是塔夫拉人、辛梅里安人、玛代人、古希腊人、古波斯人、西徐亚人、罗马人、拜占庭人、哥特人、匈奴人、阿兰人、萨尔马特人、苗特人、辛德人、哈扎尔人、卡拉伊姆人、波洛伏齐人、鞑靼人,还有鬼才知道的什么人!你想从这些已经不存在的人中间穿过去吗?那你就试试吧!"

接着,他又挥了挥手。巨浪一般的长矛落了下来,一排排的盾牌马

---

① 在古代的战争中使用的一种金属铠甲。

秘密走廊

上就合拢起来。

"你想利用手电筒发出的光……"以前的克格勃上尉嘲讽道,"你的电池恐怕不够用!"

"不,"阿列克谢说,"我会这样走过去的!"

他对此深信不疑,因此而信心百倍。

"这是一种什么样的方式?"涅米洛夫斯基撇了撇嘴。

"他们会放我过去的——我为他们祈祷过了。安息吧!"他大声喊着,"永恒的记忆!"

"仿真人"都站了起来,盾牌也分开了。在簌簌声中,"战士"们排成了队。伴随着隆隆声,"战士"们推着战车退到了墙边,在中间形成了一条通道。

"你还说电池不够用呢!"阿列克谢笑了,"他们会用火把为我照亮前行的道路!"

涅米洛夫斯基脸上的红晕就像烧坏了的灯丝一样,只闪了一下,就马上消失了。紧随其后,一个巨大的幽灵也消失了。于是,阿列克谢只能一个人待在封闭的墓穴里了。

这时,手电筒发出的光亮减弱了。走廊变得越来越诡异,很容易让人迷路。从一个低矮的半圆形洞穴旁边经过的时候,阿列克谢仔细地观察了一下它的两个门。在一块巨石的下面,便是"罗密欧"与"朱丽叶"的墓室。在另一侧,他看到地板上横放着一个壁龛,里面躺着一个长着马头的男人和一个牧羊人。

在这里,涨红了脸的涅米洛夫斯基再次挡住了他的去路。

"在那里,您没有找到想要的东西。"很明显,他把称呼换成了"您","这是河的另一侧。在这种情况下,起决定性作用的是时间,其余的就都不值得一提。如果您在河的这一侧是个失败者,那么您在河的另一侧也是个失败者。难道您还指望那里是神话中的'黄金之国'埃尔多拉多吗?"

"那么,您还有什么可担心的呢?咱们'井水不犯河水',各走各的路好了!"

"您是不是看到了……"涅米洛夫斯基犹豫了一下,"从某种意义上讲,我们是'一根线上的蚂蚱'。生活中常有这样的事情:偶然相遇的两个人会莫名其妙地彼此依赖。您能影响到我,我也能影响到您。我不知道,在时空错位的情况下,您为什么能够主宰我的命运。也有可能,您无论如何都主宰不了我的命运。大概,就像您观察到的那样,我不是一个普通人……"

"是魔鬼的仆人!"阿列克谢肯定地说,"在苏维埃时期,有一部电影叫《魔鬼的仆人在磨坊里》……这就是您和死去的佩佩利亚耶夫。"

"我们都是别人的仆人……"涅米洛夫斯基模棱两可地回答道,"生活就像一个该诅咒的磨坊——难道不是吗?如果您认为生活是神圣的,那么只能说明'在这个世界上,血腥和邪恶还不够多'。咱们还是回到正题上来吧!我提议,用和平的方式解决咱们之间的争端。我告诉您回去的路!有人在那里等着您,为您担忧。"说着,他在半空中画了一个矩形。阿列克谢在这个"屏幕"上看到了雅尔塔疗养院的一个房间,娜塔莉娅正在忧郁地从房间的一个角落走向另一个角落。"真不应该让女人等待!大概,您也确信这一点。可是,女人除了需要男人以外,还需要其他东西。这些东西,我都可以给您!"

涅米洛夫斯基打了个响指,"屏幕"立刻就变黑了。

"您的《永恒的记忆》是在为所有已经灭绝的部落和民族吟唱……依您看,为什么他们消失了,而其他民族却能够生存呢?其中包括几个世纪以来被有计划地消灭的族群,比如犹太人、亚美尼亚人……原因很简单。就像一位银行家冠冕堂皇地说的那样,能够生存下来的除了强者,还有那些拥有金钱的富人。您将得到的都是真金白银,而这些死者通过相互残杀而掠夺来的财富却都被埋在了地下。"

他挥了挥手，迷宫就像一张无边无际的地图，出现在了阿列克谢的面前。走廊里空无一人，只有宝石在闪闪发光……地下宝库里的无价之宝闪着耀眼的光芒。

"这就是哥特人和世界上的其他流浪者向往的'黄金国'，也是过早离世的佩佩利亚耶夫的'理想国'！您想成为基督山伯爵吗？拿去吧，这些都是您的！至于箱子的运输问题，您不用担心。在上边，也就是我们所在的河流的一侧，有一家世界上最好的银行。有一个属于您的账户，里面的存款数额非常可观。等待您的还有文学方面的巨大荣誉、成千上万的仰慕者和与妻子团聚的幸福。在又脏又乱的房间里，她无法找到感觉！或许，您还可以去找别的女人——要多少就有多少！您同意吗？"

阿列克谢想起了十五年前，谢苗·库班斯基也曾向他提出，给他三千卢布的预付款。当时，他差点儿没上了库班斯基的当。

"要知道，"他说，"您所讲的失败者的心理特点是对的。从未拥有过金钱和声望的人，一旦得到了这一切——难道就不会有什么心理变化吗？他们肯定不会幸福！顺便说一句，在您的脸上，我看不出您因为发了一笔横财而感到特别幸福。您脚下的地球在燃烧，但是在这里……别害怕！您可能认为，我会像佩佩利亚耶夫那样，马上就死去。那么，在阴间，金钱对我来说毫无用处！要知道，他不是来消灭您的，而是想让您在地狱里过得舒适些。您还是把这些钱塞到自己的屁股底下吧！您杀了库佐夫科夫，还杀了普拉托内奇！您认为，我会背叛他们，接受您那肮脏的钱财吗？"

"那好吧，"涅米洛夫斯基咧嘴笑了笑，"您走吧！不过，河的另一侧也有我的人——他们会让您尽快和自己的朋友取得联系。"

说完，他就消失了，神奇的地图也卷了起来。

这时，阿列克谢觉得很累——神奇的幻影把他弄得疲惫不堪。他的双腿像灌了铅似的，无比沉重。他感到很痛心，勉强能够拿住手电筒。进入基督教教徒的墓地时，他的呼吸变得顺畅些了。墙壁就像巨大的海绵，把几百年来的祈祷声和供奉香火的烟雾都吸走了。他看到了一个带小窗户的地下室，里面有一个"洞穴教堂"。从教堂的旁边走过时，他在胸前画了一个十字，祭拜了一下神灵。这就是他一直在找的那个墙垛！

但是，在这里等待他的却是一场灾难。他跪在墙垛旁边，发现佩佩利亚耶夫掏出石头来的那个地方，被人用水泥砌上了。在他的手里，除了手电筒，什么都没有——哪怕有一把小刀也好啊！阿列克谢叹了一口气，靠着墙坐了下来。陷阱就在这里！电池的电量即将耗尽，无法照亮回去的路了。他有些体力不支，只能先在这个迷宫里休息一下了。于是，他关掉手电筒，闭上了眼睛。

不知道坐了多长时间，他睁开眼睛时，周围已经不是一片黑暗了。一个手拿蜡烛的小矮人站在他面前，衣衫褴褛、骨瘦如柴，脸上布满了皱纹。

"咱们走吧！"小矮人对阿列克谢说，"我给您看一些东西！"

阿列克谢什么也没问，站起身来就跟着他走了。他发现小矮人走路的时候脚不着地，但是他对类似的怪事已经习以为常了。他们转过墙垛，发现墙壁的一侧有一些凿出来的壁龛，很像石制的棺椁。小矮人照亮了其中的一个盖满了石块的壁龛，建议道：

"请您把手伸到石头里！那里应该有一块篷布！把它拉下来！"

阿列克谢乖乖地照着他说的去做，找到了篷布，把它连同石头一起拖到了一边。轰隆隆的响声过后，一个木箱的盖子露了出来。阿列克谢充满疑惑地看了看这位"同伴"，后者冲他点了点头。

"不要害怕，没有人被葬在这里！打开吧！"

秘密走廊

阿列克谢掀开木箱的盖子,看到木箱子里有废弃了的镐头、铲子、斧头、锤子、凿子等工具。"这有可能是'黑考古学家'的储藏室!"阿列克谢异常兴奋地喊着,抓起了撬棍和铁锹。这时,小矮人(如果可以把他称作"人"的话)笑了。

"您为什么要帮助我?"阿列克谢问道,"在生活中,我从来都没有见过您!"

"您见过我!"对方回答说,"确实见过,只不过是背影!多年以前,在雅尔塔的亚历山大·涅夫斯基大教堂……当时,我跪在祭坛前祈祷,而您则站在我身后。当时,我并不知道这件事情。在过去的生活中,我误入了歧途,几乎到了想要自杀的地步。于是,我便请求上帝帮助我。那时,您也是来向上帝求救的。但是,您见到我以后,断定我有可能更需要帮助。于是,您就对上帝说:'帮帮他吧!'这件事情,我是死后才知道的。然后,上帝因为您的祈祷而帮助了我。现在,上帝又因为我的祷告而帮助了您。"

此时,阿列克谢的眼里充满了泪水。这是对他的善良举动的一种回报!在过去的生活中,他要是再慷慨一点儿,是不是会得到更多的回报呢?

"取出石头以后,不要把撬棍扔掉——以后还能派上用场!"他的恩人继续说道,"愿上帝保佑你!再见!"

小矮人吹灭了蜡烛,走廊里一片漆黑。阿列克谢打开手电筒时,小矮人已经不见了。

阿列克谢用撬棍撬开水泥墙垛,从下面取出了几块石头。接着,他用铁锹拓宽了通道,取出了一个木头盖子。在走廊里,混凝土墙上的三角形裂缝中仍然塞着抹布,上面盖着锈迹斑斑的铁板。

阿列克谢吃力地往上爬,被难闻的气味熏得皱起了眉头。手电筒的光亮很弱,好在不用走太长时间。他把撬棍扛在肩上,沿着黑色的管道移动着。在下水管道里，阿列克谢朝四周看了看，发现了一个铁的支架。他系了一个特殊的活结，把手电筒挂在了纽扣上。然后，他爬了上去。在那里，他毫不费力地用一只手握住支架，用另一只手移开了盖子。像上次一样，他浑身上下都是垃圾。然后，他便回去取铁棍了。铁棍很快就派上了用场——地下室的铁门被锁上了。为了把门撬开，他把工具插到了门锁和门框之间的缝隙里。

"没有退路，只能往前冲！"他颇为满意地低声说着，爬上了一个小铁梯子。

于是，他很快就找到了紧急出口的小门。他在街上看到了"摩西椅子"。像十五年前一样，它仍然在原地。不过，其他刑具和装置都看不到了——也许是被放在了永久性的展品中。阿列克谢移开了野蛮人的座位，走进了商店。这里没有什么变化，就连所罗门·克里木的肖像画都还在原地。在手电筒微弱的光线中，一位秃头老人好像非常气愤，眼里闪着凶光。在门和阿列克谢之间，立刻就出现了四个东方人打扮的满脸胡须、手持武器的人，其中的一个人手里拎着血淋淋的面目狰狞、龇牙咧嘴的马头。

"伙计们，"阿列克谢说道，"这些都是小孩子玩儿的游戏！今天，我是头一次见识这种阵势！你们要是识趣的话，就趁早离开这里！"

来自塔拉克塔什村的四个人一声不吭，一动不动地站在那儿。

"修道院院长帕尔费尼！"阿列克谢激动地喊道。

杀手们颤抖着跪倒在地，蜷缩成一团，然后就消失了。阿列克谢向所罗门·克里木的肖像画挥了挥拳头，所罗门的眼睛立刻就转动了起来。他跑到墙边，把肖像画翻了过去，让它冲着墙壁。然后，他撞开工作人员入口的门，下到了地下室。

值班员伊萨伊奇急忙从桌子旁边的沙发床上跳了起来。他面容憔悴，谢了顶，留起了络腮胡子，仍然穿着军服。

秘密走廊

"站住！往哪儿去？不许动！"他一边喊，一边用手去摸桌子。

"闭嘴，你这个出卖灵魂的家伙！"阿列克谢一边说，一边把伊萨伊奇推到一旁，随手从办公桌上拿起了一串钥匙。

在大厅里，电子钟上的红色数字"00：00"亮了起来。阿列克谢用钥匙打开了入口的门，深深地吸了一口新鲜空气。不知是否因为冬天的寒冷，一团团雾气从乌昌苏河的河面上升腾了起来。透过雾气，阿列克谢看见谢尔盖·彼得罗维奇·切列帕诺夫站在入口的外面。切列帕诺夫已经老了，两鬓斑白。在他的身后，两个熟悉的身影隐约可见——有可能是沃斯特留科夫和贡佐夫，也有可能是库佐夫科夫和普拉托内奇。

"我们等你很久了！"谢尔盖·彼得罗维奇说，"咱们走吧！还有很多事情要做！"

ТАЙНЫЙ КОРИДОР

Андрей Воронцов

本书译自俄罗斯 Вече 出版社 2007 年版